イレーナの帰還

マリア・V・スナイダー
宮崎真紀 訳

MAGIC STUDY
BY MARIA V. SNYDER
TRANSLATION BY MAKI MIYAZAKI

ハーパー
BOOKS

MAGIC STUDY

BY MARIA V. SNYDER

Published by K.K. HarperCollins Japan, 2016

イレーナの帰還

前回までのあらすじ

ある殺人を犯した罪で死刑囚となった孤児院育ちのイレーナ。ついに死刑執行の日を迎えるも、そこで思わぬ選択肢を与えられる――今すぐ絞首刑か、それとも、イクシア領最高司令官の毒見役になるか。だが毒見役を選んだイレーナを待ち受けていたのは、逃走防止の猛毒だった。敵か味方かわからぬ上官ヴァレクの監視下に置かれ、かくして少女は毎日与えられる解毒剤なしには生きられぬ身体に。

やがてイレーナには“魔力”があること、その力を狙った悪しき者に幼いころ隣国シティア領から拉致されてきたことが判明。いつしか心通わせるようになったヴァレクや仲間とともに彼らを討取るも、イクシア領では“魔術を持つ者は即処刑”となる掟が。ヴァレクらに別れを告げ、シティアの魔術師アイリスとともに故郷の地へと旅立つが――

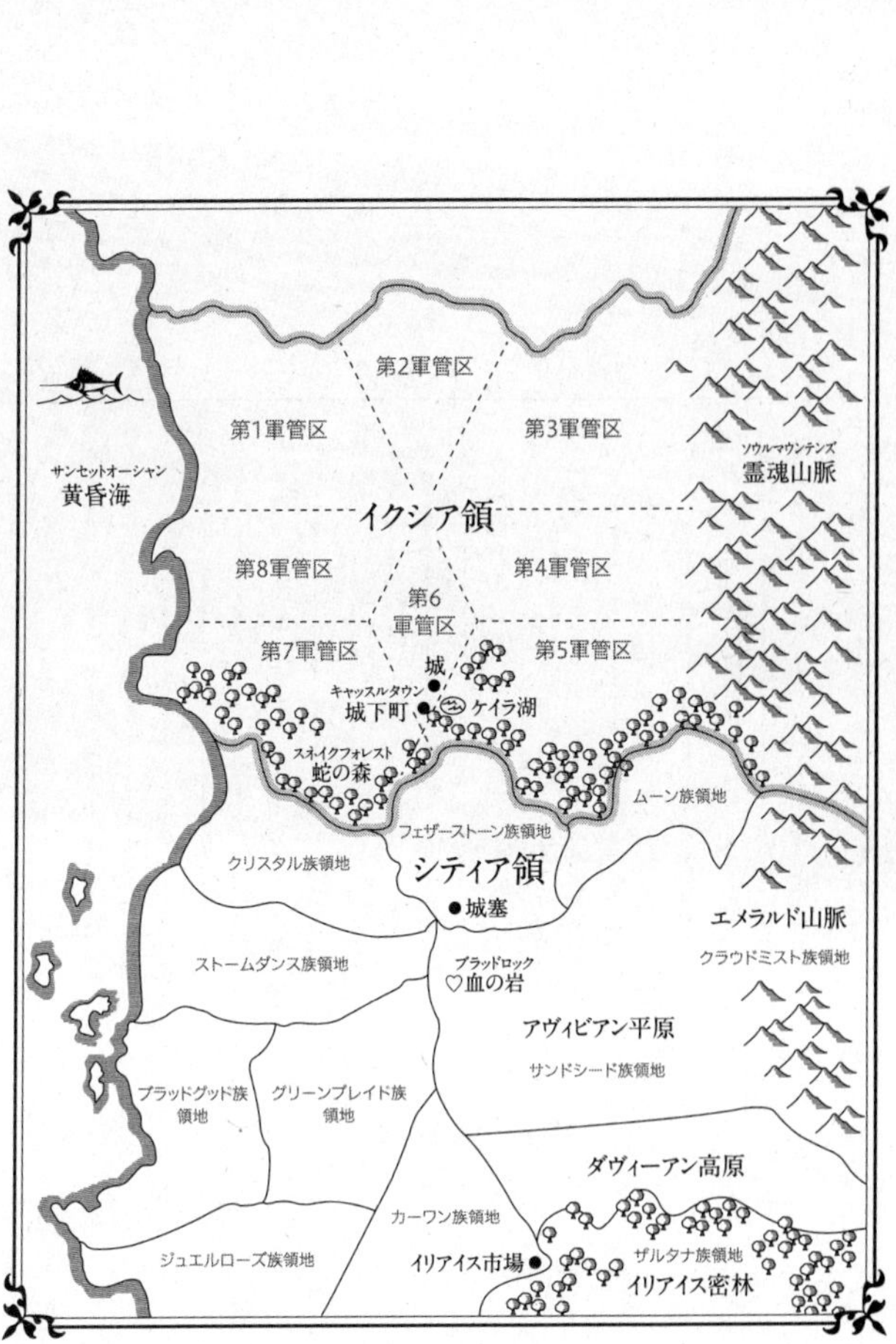

第2軍管区
第1軍管区
第3軍管区
黄昏海《サンセットオーシャン》
霊魂山脈《ソウルマウンテンズ》
イクシア領
第8軍管区
第4軍管区
第6
軍管区
第7軍管区
第5軍管区
城
城下町《キャッスルタウン》
ケイラ湖
蛇の森《スネイクフォレスト》
ムーン族領地
フェザーストーン族領地
クリスタル族領地
シティア領
城塞
エメラルド山脈
クラウドミスト族領地
ストームダンス族領地
血の岩《ブラッドロック》
アヴィビアン平原
サンドシード族領地
ブラッドグッド族
領地
グリーンブレイド族
領地
ダヴィーアン高原
カーワン族領地
ザルタナ族領地
ジュエルローズ族領地
イリアイス市場
イリアイス密林

おもな登場人物

イレーナ――元死刑囚の少女
イーザウ――イレーナの父親
パール――イレーナの母親
リーフ――イレーナの兄
ローズ――シティア領第一魔術師範
ベイン――シティア領第二魔術師範
ジトーラ――シティア領第三魔術師範
アイリス――シティア領第四魔術師範
トゥーラ――カーワン族の娘
オパール――トゥーラの妹
フィスク――物乞いの少年
ファード――連続殺人鬼
アンブローズ――イクシア領最高司令官
ヴァレク――イクシア領防衛長官
アーリ――イクシア領最高司令官付兵士
ジェンコ――イクシア領最高司令官付兵士
カーヒル――イクシア領元国王の甥
マロック――カーヒルの部下。大尉
ゴール――カーヒルの部下
キキ――青い目の牝馬

1

「着いたぞ」アイリスが告げた。

わたしはあたりを見回した。そこは生命の息吹に満ち満ちた密林だった。草木が鬱蒼《うっそう》と茂っているせいで前に進むこともままならず、頭上を覆う木々からは蔓《つる》が垂れ、絶えず聞こえてくる鳥たちの鳴き声が耳をつんざく。密林に入ってからというものずっとわたしたちにつきまとっている毛のふさふさした小さな生き物たちが、大きな葉の陰からこちらをうかがっている。

「どこにですか？」ほかの三人の少女たちにちらりと目を向けながら、わたしは訊《き》いた。みな困ったような顔をして、肩をすくめている。ひどく蒸し暑いため、着ている綿のワンピースは汗まみれだ。わたしの黒いズボンと白いシャツも、やはり汗ばんだ肌に貼りついていた。重い背嚢《はいのう》を背負い、曲がりくねった細い道を歩きつづけたせいで全員疲れていたし、名前もわからない虫が寄ってくるので身体《からだ》が痒《かゆ》くて仕方がない。

「ザルタナ族の居住地だ」アイリスが答えた。「おそらく、ここがおまえの故郷だろう」

青々と茂る草木を見渡したが、集落らしきものは見当たらない。南へたどる道中、アイリスが「着いたぞ」と言うとき、そこはたいてい小さな町か村の真ん中で、木や石や煉瓦《れんが》造《づく》りの家々があり、周囲には畑や牧草地が広がっていたのに。そうした場所に着くたび、鮮やかな服をまとった住民に歓迎され、騒々しい話し声と香辛料の匂いに迎えられた。彼らはわたしたちの話に耳を傾け、やがて、とある家族が大急ぎで呼び出される。そして、そこまで一緒に旅を続けてきた、北の孤児院にいた子どものひとりが、興奮とざわめきの中、存在すら知らなかった家族との再会を果たすのだ。

そうしてシティアの南へと下るにつれて、旅の一行は減っていった。冷たい北の空気から遠く離れ、今わたしたちは、どこを見ても集落の気配などない高温多湿の密林の中でぐったりしていた。

「ここが?」わたしは訊いた。

アイリスはため息をついた。きつく団子状に結った黒髪にはほつれが目立つ。険しい表情に似合わず、翡翠《ひすい》色の目がかすかにいたずらっぽく輝いた。

「見た目というのはあてにならないものだ。目ではなく、心で探すんだ」

汗で濡《ぬ》れた手を弓杖《ボウ》の木目に滑らせ、滑らかな表面に意識を集中させる。心が空っぽになり、密林のざわめきが消えると、意識を飛ばした。木漏れ日を求める蛇とともに藪《やぶ》の中を這《は》い進み、手足の長い動物と一緒に、宙を飛ぶように枝の間を縫う。

やがて、木の頂に集う人々が見えた。彼らは心を開けっぴろげにして、くつろいでいた。夕食の献立を決めたり、ここ界隈《かいわい》のニュースについて話したりしている。けれどその中のひとりは、密林の下方から聞こえてくる音を気にしていた。何かがおかしい。侵入者がいる。危険が迫っているのかもしれない。

〝わたしの心に入りこんだのは、誰？〟

はっとして、われに返った。アイリスがこちらを見つめている。

「彼らは木の上で暮らしているんですか？」わたしは訊いた。

アイリスがうなずいた。「だがいいか、誰かの心がおまえの意識を受け入れたからといって、その奥深くにまで潜っていいということにはならない。それは『倫理規範』に反する」師範級の魔術師が生徒を叱責するような、厳しい口調だった。

「すみません」

アイリスは首を振った。「おまえがまだ半人前ということを忘れていた。城塞に行って、早く訓練を始める必要があるな。だが残念ながら、ここでしばらく足止めを食いそうだ」

「どうして？」

「ほかの子どもたちにしてやったように、おまえを家族のもとに残していくわけにはいかない。とはいえ、すぐに引き離すのは、やはり無慈悲というものだろう」

すると、大きな声が木の上から聞こえてきた。「ヴァネッタデン」

アイリスが腕をさっと振り上げて何やらつぶやく。だが、彼女が魔術をはねつけるより先に、わたしの筋肉はこわばってしまった。身動きできない。一瞬ひどく慌てたが、すぐに冷静になって心の防御壁を築こうとした。けれど、必死に積み上げた煉瓦は、何者かの魔術によって簡単に崩された。

一方のアイリスは平然と木の頂に声をかけた。「われわれはそなたたちザルタナ族の同胞だ。わたしはジュエルローズ族のアイリス。議会に属する第四魔術師範だ」

また聞き慣れない言葉が上方からこだました。魔術が解かれたとたん両脚が震え、わたしは地べたに座りこんで眩暈《めまい》がおさまるのを待った。双子のグレイセナとニッキーリィも一緒にくずおれ、呻《うめ》いている。メイは両脚をさすっていた。

「何をしに来た、アイリス・ジュエルローズ？」樹上の声が訊いた。

「行方不明だったそなたたち一族の娘が、見つかったらしいのだ」アイリスが答える。

ややあって、枝の合間から縄梯子《なわばしご》が下りてきた。

「さあ行こう、みんな」アイリスが促した。「イレーナ、わたしたちが登る間、下を支えてくれ」

では、わたしが登るときは誰が梯子を支えるのか。思わずむっとすると、アイリスが心の声で叱った。

〝おまえなら難なく木々に分け入れるだろう。なんならおまえが登るときには、梯子を引き上げさせてもいい。自分の鈎《かぎ》とロープを使いたければ〟

確かにアイリスの言うとおりだ。イクシアにいるときには梯子など使わなくても、木に登って敵から身を隠した。今も腕を鈍らせないために、ときどき梢《こずえ》の中を〝歩く〟ようにしている。

アイリスがわたしに微笑《ほほえ》んだ。〝たぶん、おまえの血がそうさせるんだろう〟

ムグカンを思い出し、不安が胸にあふれた。おまえは呪われたザルタナの血を引いていると、あいつは言っていた。今は亡き南の魔術師を信じる理由などないし、家族ができるかもしれないとあまり期待しすぎないよう、ザルタナ族についてアイリスに尋ねるのを避けてきた。死にゆくときでさえ、ムグカンには人に呪いをかける力があったのだ。

ムグカンとブラゼル将軍の息子レヤードは、わたしを含め、三十人を超える子どもをシティアから誘拐した。手前勝手な恐ろしい計画に利用すべく、年に二、三人ずつ少年少女を拉致し、イクシアにあるブラゼルの〝孤児院〟に入れたのだ。強力な魔力を持つ家系に生まれた子ばかりだったから、みな魔術師になる可能性があった。

アイリスによれば、魔力というのは生来のもので、各部族からほんの数人しか魔術師は輩出されないらしい。「もちろん、一族に魔術師がたくさん生まれれば、次世代に誕生する割合がもっと増える。ムグカンはリスクを冒しても、幼いうちに子どもを誘拐した。魔力を持っているかどうかは、成長するまでわからないんだ」

「男の子より女の子のほうが多く誘拐されたのはどうしてですか？」

「男の魔術師はたった三十パーセントしかいない。師範になったのは、ベイン・ブラッドグッドただひとりだ」

ジャングルの天蓋からぶら下がる縄梯子をしっかり支えながら、ザルタナ族には魔術師が何人いるのだろうと考えた。傍らでは三人の少女がワンピースの裾をベルトにたくしこんでいる。梯子の桟に足をかけようとしているメイにアイリスが手を貸し、グレイセナとニッキーリィがあとに続く。

国境を越えてシティアに入るとき、少女たちはすぐさま北の制服から、南の女たちが着ているような色とりどりの綿のワンピースに着替え、少年たちも質素な綿のチュニックとズボンという格好になった。一方わたしは頑なに毒見役の制服を着続けたが、とうとう蒸し暑さにやられて、少年用の綿のシャツとズボンを買うしかなくなった。

最後にアイリスが緑の天蓋に姿を消すのを待って、わたしはブーツを一番下の桟にかけた。足は中に水が充満しているかのようにずしりと重い。渋る両脚を交互に持ち上げて梯子を登り、途中で一息入れた。ここにいる人たちがわたしに会いたがらなかったら、どうしよう？　行方不明の娘だと信じてもらえなかったら？　こんな年の行きすぎた子はいらないと言われたら？

すでに家族との再会を果たした子どもたちはみな、すぐに受け入れてもらえた。年の頃は七歳から十三歳で、家族から引き離されて数年しか経《た》っていない。身体の特徴、年齢、それに名前によって、身元は簡単にわかった。今や残るは四人のみ。一卵性双生児のグレイセナとニッキーリィは十三歳。メイは十二歳で最年少。最年長のわたしは二十歳だ。アイリスによると、ザルタナの一族が六歳の娘を失ったのは十四年前。あまりにも長い歳月が経っている。もはやわたしは、子どもとは言えない。

それでも、ブラゼルのもくろみから逃れ、無傷で生き残った最年長の子なのだ。誘拐されたほかの子どもたちは、成長して魔力があるとわかると、拷問された挙句その霊魂《ソウル》をムグカンとレヤードに奪われた。ムグカンは己の魔力を高めるため、心を失った虜囚たちの魔力を利用したのだ。そうして子どもたちは生きる屍《しかばね》と化した。

アイリスは子どもたちの家族にそれを知らせる辛《つら》い任務を担ったが、わたしはわたしで、ただひとり生き残ったことに後ろめたさを感じていた。そして生き残るために、多くの代償も払った。

イクシアでの日々に思いを馳《は》せるうちに、ヴァレクのことを思い出した。恋しくて胸が焦がれる。片腕で梯子に掴《つか》まり、ヴァレクがわたしのために彫ってくれた蝶《ちょう》の首飾りをまさぐった。なんとかしてイクシアに戻る方法を考えよう。わたしの魔力はもはや制御不能ではないし、この樹上に住む見知らぬ人たちと暮らすより、ヴァレクと一緒にいたい。シティアという国の名前さえ、口にすると糖蜜みたいにべたつく。

「イレーナ、早く」アイリスの声が上から聞こえた。「いつまで待たせるんだ」

ごくりと唾をのみこみ、束ねた長い髪に手をやった。黒髪を撫《な》でつけ、絡みついた蔓の巻きひげを数本引き抜く。密林の中を長く歩いてきたにもかかわらず、それほど疲れていなかった。身長一メートル六十二センチと、平均的なイクシア市民より小柄ながら、イクシアで過ごした最後の一年でずいぶん筋肉がついた。生活環境が一変したおかげだ。それまで地下牢《ちかろう》で常に飢えていたのが、突然、アンブローズ最高司令官の毒見役になったのだから。でも、身体は健康になったとしても、心も健康だったとは言いきれない。

首を振っていやな記憶を払いのけ、目下の状況に集中した。梯子を登りきれば、そこには太い枝か、木の中に作られた階段の踊り場のようなテラスがあるのだろうと思っていた。しかし、行き着いたところは部屋の中だった。

目を丸くしてあたりを見回す。部屋の壁と天井は大小の枝で作られ、ロープでくくられていた。その隙間から差しこむ陽光。束ねた枝を細工して作った椅子には、木の葉でできたクッションがのっている。小さな部屋には、四人分ほどしか座る場所がなかった。

「彼女ですか?」長身の男がアイリスに尋ねた。綿のチュニックと半ズボンは木の葉色。緑のジェルが髪にすりこまれ、肌にもくまなく塗られている。肩には矢と矢筒がかかっていた。たぶん衛兵だろう。さっきのように人の身体を麻痺《まひ》させられる魔術師だとしたら、なぜ武器が必要なのか? だが、アイリスに魔力をたやすく跳ね返されていたのを思えば、武装するのもうなずける。アイリスは矢の向きをそらすこともできるのだろうか？

「そうだ」アイリスがうなずいた。

「噂《うわさ》を市場で耳にし、あなたが訪ねてくるのではないかと思っていました、第四魔術師範。どうかここでお待ちを。長老を連れてまいります」

アイリスは椅子に腰かけ、少女たちは室内を探検し、ひとつしかない窓から見える景色に歓声をあげた。わたしはといえば、狭い室内をうろうろしていた。例の衛兵は壁をすり抜けて姿を消したように見えたが、目を凝らすと壁にわずかに隙間があり、その先はこれまた枝でできた橋に通じていた。

「座りなさい」アイリスがわたしに告げた。「肩の力を抜いて。ここなら安全だ」

「あんな心温まる歓迎を受けたのに？」すかさず言い返す。

「ごく一般的な出迎え方だ。連れのいない訪問者は、極めて稀《まれ》なんだ。密林では肉食動物に襲われる危険が常にあるから、旅人はたいていザルタナ族の案内役を雇う。まったく、ザルタナの村に向かうと告げてからずっと、ぴりぴりして身構えどおしだな」アイリスはわたしの脚を指さした。「まるで戦いに臨もうとしているみたいじゃないか。ここにいる人々は家族なんだ、おまえを傷つけるはずがないだろう」

アイリスに指摘されて初めて、攻撃に備えるように立ち、背中から引き抜いたボウを握りしめていたことに気づいた。「すみません」一メートル五十センチほどの木のボウを、背嚢の脇についたホルダーに戻す。

未知のものへの不安から、ずっと緊張していたのだ。記憶にある限り、家族は死んだと聞かされてきた。もう二度と会えないと。だから、わたしを養子に迎え、愛し、慈しんでくれる家族が現れないかとよく夢見たものだ。だがそんな空想も、ムグカンとレヤードの実験台となって忘れてしまったし、何より、今のわたしにはヴァレクがいる。今さら家族が必要だとは思えなかった。

「それは違うぞ」アイリスが声に出して言った。「家族はおまえが何者で、なぜ今の自分があるかを知る手助けになる。自分で思っている以上に、おまえには家族が必要なんだ」

「たしか、人の心を読むのは『倫理規範』に反するとおっしゃってましたよね」心に土足で踏みこまれ、声が尖《とが》る。

「わたしたちは師匠と弟子として繋《つな》がっているんだ。おまえがわたしを指導者《メンター》として受け入れた時点で、心に通じる道をわたしに無制限に明け渡したようなものだ。わたしたちの繋がりを断ち切るのは、滝の流れを変えるより難しいだろう」

「道を作った覚えなんてありません」わたしはぼやいた。

「意識して繋がりを作ろうとしても、決して作れない」アイリスはわたしの顔をじっと見つめた。「おまえはわたしを信頼し、忠誠を誓った。それこそ、絆《きずな》を紡ぐために必要なすべてだ。おまえの心の内や記憶をのぞきはしないが、うわべの感情はわかる」

言い返そうと口を開いたところに、緑色の髪の衛兵が戻ってきた。

「こちらへどうぞ」衛兵が促した。

わたしたちは枝の中をくねくねと進んだ。はるか高所にある部屋と部屋を、橋や通路が繋いでいる。樹上にこんな迷路みたいな住居があるなんて、下からはまったくわからない。

寝室を迂回《うかい》して居間を抜ける。誰とも会わず、人影を見かけることさえない。部屋をちらりとのぞき見ると、すべて密林で手に入るもので装飾されているようだ。ココナッツの殻、木の実、ベリー、草、小枝や木の葉が上手に加工され、壁掛け、ブックカバー、収納箱や彫刻になっている。白と黒の石を貼りあわせて作った、尻尾の長い動物そっくりの置き物まである。

その人形を指さし、アイリスに尋ねた。「あれはなんていう動物？」

「ヴァルマーだ。とても頭がよくて遊び好きで、密林に何百万匹といる。それに好奇心も強い。木の陰からこちらをのぞいていたのを、覚えているだろう？」

わたしはうなずき、じっくり観察しようとしても少しもじっとしていない、小さな生き物を思い出した。ほかの部屋でも、色の違う石でできた動物の置き物をさらに見つけた。

ヴァレクが彫刻した石の動物のことが蘇《よみがえ》り、寂しさがこみ上げる。ヴァレクがこれらの石像を見たら、作者の腕前にさぞ感じ入るだろう。可能なら、ひとつ送ってあげてもいい。

でも、いったいいつまた彼に会えるのか。最高司令官はわたしに魔力があると知り、シティアに追放した。イクシアに戻れば死刑執行命令が有効となるけれど、かの地にいる友人たちと連絡を取ってはいけないとは言われていない。

村を抜ける間どうして誰にも会わなかったのか、まもなくわかった。円形の広い談話室に足を踏み入れると、そこに二百人ほどの人々が集まっていたのだ。全村人がここにいるらしく、大きな石造りの炉を囲む木彫りの長椅子に、人々がぎっしり座っている。

わたしたちが部屋に入ったとたん、しんとなった。全員がわたしに注目している。肌がぞくりとした。顔も服も泥だらけのブーツも、隅々まで値踏みされている気分だ。みなの表情からすると、どうやらわたしは期待はずれだったらしい。アイリスの背中に隠れてしまいたかった。ザルタナ族についてアイリスにもっと聞いておけばよかったと後悔した。

ようやく年配の男が前に出てきた。「わたしはバヴォル・カカオ・ザルタナ。ザルタナ族の族長で、議会の代表だ。おまえがイレーナ・リアナ・ザルタナか？」

わたしは気後れした。その名はやけに堅苦しく、一族とがっちり結びついていて、どうもしっくりこない。「イレーナです」とだけ答えた。

わたしより二、三歳上に見える若者が、大勢の中をかき分けて現れた。族長の横で足を止めると、翡翠色の目を細め、わたしを睨《にら》みつけた。顔には敵意と憎悪が刻まれている。

かすかな魔力がわたしの身体をかすめた。

「こいつは人を殺しているぞ」若者が叫んだ。「血の匂いがする」

2

みんながいっせいに息をのむ音が聞こえた。今や人々の顔は敵意に満ち、憎しみと激しい怒りに歪《ゆが》んでいる。気づくとわたしはアイリスの陰に隠れ、多くの目が放つ負のエネルギーから逃れようとしていた。

「リーフ、どうしておまえはいつもそう大げさなんだ」アイリスがたしなめた。「イレーナは過酷な人生を送ってきたんだ。知りもしないことをとやかく言うもんじゃない」

アイリスに睨《にら》まれ、リーフと呼ばれた若者はしおれた。

「わたしも血の匂いがする。だろう？」アイリスが訊《き》く。

「でも、あなたは第四魔術師範だ」

「つまり、おまえはわたしがしてきたことも、その理由も知っている。責める前に、妹がイクシアでどんな苦労をしてきたか聞いてみるといい」

若者は歯を食いしばり、言い返そうとした言葉をのみこむように、喉の筋肉をこわばらせた。わたしは思いきってもう一度室内に目を走らせた。今度は心配そうな顔、考えこむ顔、おどおどした顔さえあちこちに見える。ザルタナ族の女たちは袖なしのワンピースか、半袖の明るい花柄のブラウスにスカートという出で立ち。スカートは膝丈だ。男たちは明るい色のチュニックと簡素なズボン姿。誰もが裸足《はだし》で、細身で褐色の肌をした人が多い。

そのときやっとアイリスの言葉が胸に落ちた。わたしは彼女の腕を掴《つか》んだ。

〝兄？　わたしに兄がいるんですか？〟

アイリスが口元を歪めた。〝そう、兄だ。唯一のきょうだいだよ。わたしがザルタナ族について話そうとするたびにおまえが話題を変えなければ、とうに話していた〟

相変わらず一筋縄ではいかない運命らしい。イクシアをあとにするとき、これで問題は片づいたと思っていたのに、またしてもこんなふうに驚かされるとは。しかもほかのシティアの人たちはみな地上の村で暮らしているのに、わたしの家族は樹上生活だ。

似ているところはないかと、リーフをまじまじと見た。しなやかな身体つきの仲間たちと比べ、筋骨たくましい体格と角張った顔が目立つ。わたしと共通するのは、黒髪と緑色の瞳だけだ。

部屋の中に気まずい空気が流れた。姿を消すことができたらいいのに。あとでアイリスに、そんな魔法がないか訊いてみよう。

そのとき、わたしと同じくらいの背丈の年配の女性が前に出てきた。こちらに近づきながらリーフを睨みつけると、彼はうなだれた。それから女性はいきなりわたしを抱きしめた。わたしは戸惑い、一瞬たじろいだ。彼女の髪はライラックの香りがする。

「十四年間、ずっとこうしたかったの」女性は腕に力をこめた。「この腕が、かわいい娘をどんなに抱きたがっていたか」

その言葉でわたしは過去に引き戻され、六歳の子どもに返った。女性に抱きつき、泣きじゃくる。十四年間、母親なしで生きてきたのだから、ついに再会を果たしたとしても平静でいられると信じていたのに。南へ旅する間も、好奇心のほうが強くて、感情には流されないと思っていた。〝会えてうれしいですが、城塞に行かなくてはいけないので〟と告げて別れるはずだった。

それなのにこうして身体がわななくほどの感情の波にのみこまれるとは、情けないけれど、まるで予想外だった。溺れかけている者の命綱であるかのように、相手にしがみつく。

遠くでバヴォル・カカオの声がした。「みなの者、仕事に戻れ。第四魔術師範はわれわれの客人だ。今夜は正式な晩餐会《ばんさんかい》を催さねばならん。ペタル、客室を用意せよ。ベッドは五台必要だろう」

談話室を満たしていた騒々しい話し声が散っていく。先ほどの女性が――母が身体を離したときには、部屋はほとんど空っぽだった。女性の瓜実顔《うりざねがお》と〝母さん〟という呼称を重ねるのは、まだ難しい。第一、本当の母親かどうかもわからないのだ。母親だとしても、何年も離れていたわたしに〝母さん〟と呼ぶ権利があるのだろうか？

「父さんも大喜びするわ」女性は顔にかかっていた黒い髪の束を後ろに払った。長いお下げ髪には灰色に染めた房が交じり、淡い緑色の目には涙が光っていた。

「どうしてわかるんですか？」わたしは訊いた。「もしかしたら、わたしはあなたの娘じゃ――」

「あなたの魂とわたしの魂に欠けた穴が、ぴたりと一致するの。あなたは間違いなくわたしの娘。できれば母さんと呼んでほしいけど、無理ならパールと呼んでちょうだい」

アイリスから渡されたハンカチで、わたしは涙を拭った。あたりを見渡して父を捜す。父さん。わたしに残されたささやかな自尊心を崩してしまいかねない、もうひとりの存在。

「父さんは試料を集めに出かけているの」わたしの心を読んだのか、パールが言った。「知らせが届けばすぐに戻ってくるわ」そう言って顔を横に向ける。視線を追うと、リーフが近くに立っていた。腕組みをし、拳を握りしめている。「兄さんにはもう会ったわね。リーフ、そんなところに突っ立ってないで、こっちに来て妹にきちんと挨拶なさい」

「その匂い、虫唾《むしず》が走る」兄はそう言い捨て、きびすを返して行ってしまった。

「あの子のことは気にしないで。神経過敏なの。あなたが行方不明になったことをなかなか受け入れられなかった。強い魔力に恵まれてはいるけれど、あの子の魔力は……」一瞬、口をつぐんだ。「独特なの。人がどこで何をしたか察知するのよ。具体的にではなく、ざっくりとだけど。議会はあの子を召集して、犯罪や争い事の解決に協力させ、被告が有罪か無罪か判断させているわ」やれやれとばかりに頭を振った。「ザルタナの人間が持つ魔力は独特なのよ。あなたは、イレーナ？　あなたからも魔力を感じるわ」パールの口元に笑みがこぼれる。「わたしの力でわかるのはこの程度。あなたにはどんな力があるの？」

わたしは助けを求めるようにアイリスに目を向けた。

「イレーナの魔力は無理やり引き出され、最近まで制御不能だった。特性はまだわからない」

パールの顔から血の気が引いた。「無理やりですって？」

わたしは母の袖に触れた。「たいしたことじゃないんです」

パールは唇を噛《か》んだ。「この子は燃え尽き《フレイムアウト》に？」アイリスに問いかける。

「いや、わたしが保護してきたし、本人もいくらか制御できるようになった。だが、魔術師養成所に来てもらわねばならない。そうすればもっと指南できる」

母が両手でわたしの腕を掴んだ。「誘拐されてから何があったのか、すべて話して」

「わたし……」追いつめられた気分だった。言葉が喉から出てこない。

バヴォルが歩み寄り、助け船を出す。「ザルタナ族は、あなたが一族のひとりを弟子に選んでくださったことを光栄に思います、第四魔術師範。さあ、部屋に案内いたしましょう。歓迎の宴の前に一休みなさってください」

ほっとしたが、母のこわばった表情が、話はこれからだと告げている。アイリスと三人の少女がバヴォルに従って出ていこうとしたとき、母の手に力が入った。

「パール、娘と過ごす時間はたっぷりある」族長がたしなめた。「もう家に帰ってきたのだから」

母はようやくわたしから手を離し、後ずさった。「また今夜ね。いとこのナッティに、宴の席にふさわしい服を貸してと頼んでおくわ」

みんなと客室に向かいながら、思わず顔がほころんだ。今日これだけいろいろなことがあったのに、それでも母は、娘の服のことを気にかけていたのだ。

粛々と始まった歓迎の宴は、いつしかすっかり盛り上がっていた。さまざまな果物や調味した冷肉が出されるたびにわたしが毒見をするので、もてなす側の気分を害してしまったかもしれないが。昔ながらの習慣はなかなか直らないものだ。

夜気はシトロネラ油の燃える香りに満ちていた。そこに、湿った土の匂いが交ざりあう。食後、多くのザルタナ人が、竹とより糸でできた楽器を引っ張り出してきた。たちまち踊り出す者もいれば、音楽に合わせて歌う者もいる。そうこうするうちに、白い毛のふさふさした小さなヴァルマーが天井の梁《はり》からぶら下がり、テーブルからテーブルへと跳ね始めた。ペットにしている者もいるらしく、黒、白、オレンジ、茶色のヴァルマーを、肩や頭にのせている。隅で宙返りしたり、テーブルの食べ物を盗んだりするヴァルマーもいて、メイと双子は、おかしな動きをする小動物の長い尻尾に大喜びだ。グレイセナは黄土色と金の縞《しま》の小さなヴァルマーに、どうにか自分の手からものを食べさせようとしている。わたしの隣にはパールが座った。リーフは姿を現していない。わたしは、ナッティに貸りた明るい黄色と紫の百合《ゆり》の柄のドレスをまとっていた。この派手すぎる服を着ている理由はただひとつ。パールを喜ばせるためだ。

イクシアの友人、アーリとジェンコがこの場にいなくて本当によかった。こんな服を着ているわたしを見たら、きっと笑い転げたことだろう。ああ、だけど、ふたりに会いたくてたまらない。やっぱり、ふたりがこの場にいたらよかったのにと思う。ジェンコの目がきらりと光るところが見られるなら、笑われたってちっともかまわない。

「数日中には発《た》たねばならない」やかましい歌声と音楽が響く中、アイリスがよく通る声でバヴォルに告げた。たちまち周囲の空気が沈んだ。

「なぜそんなに急ぐんですか？」母が尋ねた。狼狽《ろうばい》して眉をひそめている。

「ほかの少女たちを家に帰さなければならないし、城塞と魔術師養成所を長いこと留守にしすぎた」

アイリスの声に疲労と悲しみが滲《にじ》む。考えてみれば、アイリスも一年近く家族と会っていないのだ。イクシア領で身を隠し、密偵を続けていたのだから、疲れ果てているはずだ。

一瞬、そのテーブルに座る誰もが黙りこくった。やがて母が明るい声で沈黙を破った。

「その子たちを家に送っていく間、イレーナはここで待てばいいわ」

「しかし、イレーナを迎えに戻ると第四魔術師範には遠回りだ」バヴォルがたしなめた。

長老に向かって、母は顔をしかめてみせた。その目の奥で、脳みそが大車輪で回転しているのがわかる。「そうだわ！　城塞までリーフがイレーナを連れていくのはどう？　二週間後に第一魔術師範のところに行く用事があるから」

心が激しく乱れた。確かにもう少しここにいたいけれど、アイリスと離れ離れになるのは怖い。いくら家族とはいえ、見ず知らずの相手だらけなのだ。警戒せずにはいられない。それはイクシアで身をもって学んだ技だ。おまけにリーフが同行するなんて、毒入りワインを飲まされるくらい気が進まない。

だが、意見を口にする前に母がうなずいた。「ええ、そうしましょう」その鶴の一声で決まった。


翌朝、アイリスが背嚢《はいのう》を背負うと、かすかなパニックに襲われた。「ひとりでここに置いていかないで」わたしはすがった。

「おまえはひとりじゃない。数えたところ三十五人もいとこがいるし、おじやおばも大勢だ」アイリスは笑った。「それに、しばらく家族と過ごすべきだ。彼らを信用するすべを学ばなければ。城塞内にある魔術師養成所で会うとしよう。それまで魔力制御の練習を続けるように」

「わかりました」

メイがわたしにぎゅっと抱きつく。「イレーナの家族って、とっても楽しい。わたしの家族も木の上に住んでいるといいな」

わたしはメイのお下げ髪を撫《な》でた。「いつかあなたの家を訪ねるわ」

アイリスが口を挟む。「この寒季に、メイも魔術師養成所に入るかもしれない。魔力の源に手が届けば、の話だが」

「やったあ！」メイが歓声をあげる。それから双子もひとりずつ、わたしを抱きしめた。

みんなを見送るために一緒に縄梯子《なわばしご》を下り、ひんやりした空気が漂う地上に立った。そして、アイリスと少女たちが狭い道を苦労して進む後ろ姿を、見えなくなるまで見つめていた。みんながいなくなったとたん、身体がうすっぺらな紙切れになり、そよ風に吹かれただけでずたずたに破れてしまいそうな気がした。

すぐには木の上に戻りたくなくて、周囲を観察した。緑の天蓋をくまなく見ても、そこに住居があるようにはとても思えない。あたり一面に茂る植物のせいで、どこを向いても視界は開けなかった。やかましい虫の鳴き声に交じって、近くで水が流れ、跳ねる音が聞こえる。けれど茂みをかき分けても、音の出所を見つけることはできなかった。

汗だくだし、蚊の餌食にはなるしでつくづくいやになり、あきらめて縄梯子を登った。

ようやく湿気のない森の天蓋に戻ったが、部屋の迷路の中でたちまち迷子になった。

見覚えのないいくつもの顔が、わたしを見て会釈したり微笑《ほほえ》んだりする。あるいは、眉根を寄せたりそっぽを向いたり。自分の部屋がどこにあるのか、何をすればいいのかさっぱりわからなかったが、誰かに尋ねたくはなかった。

過去を母に打ち明けることを思うと、二の足を踏んでしまう。避けられないことだとわかってはいても、今はまだ無理だ。ヴァレクに心を開いてすべてを打ち明けられるようになるまでにも一年近くかかったのに、会ったばかりの相手にどうして話せるというのか？

そこで、木の間をぶらぶらとさまよいながら、先ほど耳にした〝川〟を探した。見渡す限り眼下には緑が広がり、ときどき灰色の滑らかな山肌を見かけた。以前アイリスから、イリアイス密林は深い谷間にあると教えてもらった。ダヴィーアン高原の麓の曲がりくねった縁に沿ってできたせいで、密林は変わった形をしていて、片側からしか人は入れない。「だからとても守りやすいんだ」と、アイリスは言っていた。「崖をよじ登って高原にたどりつくのはまず不可能だから」

ロープの吊り橋《つりばし》の上でふざけてバランスを取っていると、声をかけられた。不意をつかれ、慌てて手すりを掴む。「何？」わたしは必死にバランスを取り戻そうとした。

「何をしてるのかって訊いたのよ」ナッティが橋の端に立っていた。

「景色を楽しんでいるの」

疑わしげな顔からすると、今の答えに納得できなかったらしい。「本物の景色が見たいなら、ついてきなよ」ナッティはさっと飛び去った。

ナッティは近道をして枝の間を抜けていく。遅れを取るまいと、わたしも必死に木から木へと飛び移った。ナッティのか細い腕と脚が伸び、蔓《つる》を掴む。そのしなやかな身のこなしはまるでヴァルマーだ。木漏れ日を受けると、蜂蜜色の髪と肌が光り輝いた。

シティアに来て、少なくともひとつはいいことがあった。今までは褐色の肌はわたしだけだったから、ここに来てやっと、周囲と溶けこめたように思えた。とはいえ、肌の青白いイクシア人と長い間北部で暮らしていたものだから、褐色の肌の色調にこんなに幅があるとは思いもよらなかった。恥ずかしながら、シティアに初めて足を踏み入れたときは、濃いマホガニー色の肌をついまじまじと見つめてしまった。

ナッティがいきなり足を止めたので、危うく衝突しそうになった。わたしたちは密林で一番高い木にある、四角いテラスに立っていた。視界を遮るものは何もない。

眼下に広がる翡翠《ひすい》色の絨毯《じゅうたん》が、向かいあうふたつの切り立った岩肌にまで続いていた。ふたつの絶壁が交わるところに巨大な滝があり、飛沫《しぶき》を上げて勢いよく流れ落ちる水が、最後は霧と化していた。絶壁の頂の向こうには広々とした台地が見える。褐色、黄色、金色、茶色が混ざりあい、平らな地形を彩っていた。

「あれがダヴィーアン高原？」わたしは訊いた。

「そう。野草以外に生き物はいないの。雨がほとんど降らないから。きれいでしょ？」

「きれいなんてもんじゃないわ」

ナッティがうなずき、わたしたちはしばらく黙ってたたずんでいた。だが訊きたいことがありすぎて、わたしはついに沈黙を破り、ナッティにいろいろと質問した。密林について尋ねるうちに、話題はザルタナ族に移っていった。「なぜナッティと呼ばれているの？」

ナッティは肩をすくめた。「本名はヘイゼルナット・パーム・ザルタナっていうんだけど、小さいときから、みんなにそう呼ばれてたの」

「じゃあ、パームがミドルネームなのね」

「ううん」ナッティはテラスの端からさっと飛び降り、それを支えている枝の中に入っていった。木の葉が揺れたかと思うと、すぐにテラスによじ登ってきて、ひと塊の茶色の木の実をわたしに手渡した。「パームは〝パームツリー〟のパームで、わたしの名字なの。ザルタナは部族の名称。一族の人間と結婚した相手はみんなザルタナを名乗ることになるけど、部族は各家から成り立っているの。ほら、こんなふうに割ってみて」ナッティは木の実をひとつ手に取ると近くの枝に打ちつけ、殻の中を見せた。

「あなたの一家はリアナ。〝蔓〟という意味よ。イレーナの意味は〝輝く人〟。誰もが密林の中にある何かにちなんだ名前か、古いイリアイス語の名前をつけられる。わたしたち、強制的にイリアイス語を習わされるのよ」ナッティは目をぐるりと回してみせた。「いいわよね、あなたは、あれを習わずにすんだんだから」人さし指でわたしをつつく。「しかも、うるさい兄さんたちの相手もしなくてすんで。わたし一度、兄さんを蔓で縛って宙ぶらりんのままほったらかしにしたことがあるの。そりゃあひどい目に遭ったのよ……ああ、しまった、忘れてた！　さあ、一緒に来て」慌てて木々の中に戻っていく。

「忘れてたって、何を？」急いであとに続きながら訊いた。

「あなたをパールおばさんのところに連れていくことになっていたの。午前中ずっとあなたを捜していたのよ」ロープの吊り橋をうまく渡るため、ナッティはわずかに速度を落とした。「イーザウおじさんが遠出から帰ってきたから」

会わなければいけない家族がまたひとり増えた――このまま、うっかりナッティからはぐれてしまおうか。でも、何人かのいとこたちから向けられた敵意に満ちた視線を思い出し、ナッティと一緒にいることにした。追いついて、腕を掴む。

「待って」息を切らしながら尋ねる。「ねえ、どうしてあんなに大勢のザルタナ人が、わたしを見ると眉をひそめるの？　血の匂いがするから？」

「違うわ。リーフには悪事や不吉な未来が見えるってみんな知っているから。リーフはいつもああやって注目の的になりたがるのよ」ナッティはわたしを指さした。「ほとんどの人が、あなたは本当のザルタナ人じゃなくて、イクシアの密偵だって思ってるの」

3

「冗談でしょう？　わたしが密偵だなんて、まさか」

ナッティはうなずいた。その真剣な表情とは対照的に、頭の高い位置で結ったポニーテールが軽快に跳ねる。「ただの噂《うわさ》よ。だけど、わざわざそれをパールおばさんやイーザウおじさんに耳打ちする人は誰もいない」

「なぜみんな、密偵だと疑うの？」

そんなこともわからないのかとばかりに、ナッティが薄茶色の目を丸くした。

「ほら、その服」ナッティはわたしの白いシャツと黒いズボンを身振りで示した。「北部の人間が強制的に制服を着せられていることは、みんな知っているわ。本当にシティアの出身なら、ズボンなんて二度と穿《は》きたがらないはずだって」

そう言われて、ナッティのオレンジ色のスカートにちらりと目をやった。茶色の毛皮のベルトに裾がたくしこまれ、下に穿いた黄色の半ズボンが見えている。わたしの視線など気にもとめずに、ナッティは続けた。「それにあなた、武器を持っているんだもの」

それはたしかだ。練習場所を見つけた場合に備えてボウを持っている。でも、今のところ練習できる広さがあるのは談話室だけだし、あそこはいつも人でいっぱいだ。これで腿に装着してある飛び出しナイフについてナッティに打ち明けたら、どうなることか。

「誰がそんな噂を流してるの？」

ナッティが肩をすくめる。「いろんな人たちよ」

続きを待って黙っていると、ナッティがとうとう口を割った。

「みんなに言いふらしてるのはリーフ。あの女はどうも怪しい、実の妹ならそうとわかるはずだって」ナッティは袖をいじり、明るい色の綿生地をまくり上げた。「シティア人はいつも心配しているの。いつかアンブローズ最高司令官が攻撃してくるんじゃないかって。北の密偵がわたしたちの防衛情報を集めてると考えているのよ。確かにリーフはいつも大げさだけど、強い魔力の持ち主だわ。だからみんな、あなたが密偵だと信じてる」

「あなたは？」

「わかんない。様子を見るつもり」ナッティはタコができている足に目を落とした。

わたしがザルタナ族の中で目立っているもうひとつの理由だ。みなが裸足の中、わたしはまだ革のブーツを履いている。

「賢明だと思う」わたしはつぶやいた。

「そう？」

「ええ」

ナッティは薄茶色の目をきらめかせてにっこりした。小さな鼻のまわりに点々とそばかすが散っている。それからまた先へと進み始めた。

あとに続きながら、自分のスパイ容疑について考えた。もちろんイクシアの密偵ではないけれど、正真正銘南部の人間だとも言いきれない。第一、シティア人と呼ばれたいのかどうか自分でもわからなかった。

南部にいる理由はふたつ。死刑を免れるため、そして、魔術を学ぶためだ。家族との再会はおまけだったし、つまらない噂のせいでここにいづらくなるのも困る。とりあえずは、横目でちらちら見られても知らん顔を決めこむことにした。

けれど、ナッティとともに家に戻ると、母の怒りに知らん顔はできなかった。小柄で華奢《きゃしゃ》な身体から、無言の怒りが波となって打ち寄せてくる。

「どこに行っていたの？」母の口調が尖《とが》る。

「ええと、アイリスを見送って、それから……」その説明は、怒りに燃える母の前ではいかにも説得力が乏しく、わたしは口をつぐんだ。

「あなたとは十四年間も離れ離れで、ほんの二週間後にはまたいなくなるのよ。どうしてそんなに自分勝手なの？」言ったそばから母は椅子にへたりこんだ。まるですべてのエネルギーを使い果たしてしまったかのように。

「あの、ごめんなさい――」

「いいの、こっちこそ悪かったわ。ただ、話し方も態度もあまりにも他人行儀だから。父さんが帰っていて、とても会いたがっているの。リーフには本当に、頭にくるわ。あなたには、よそ者なんだと思ったままここをあとにしてほしくないの」

罪の意識と無力さを感じ、わたしは自分の身体を抱きしめた。母は多くを望みすぎている。わたしはきっと、母をがっかりさせてしまうだろう。

「父さんったら、昨夜真夜中にあなたを叩《たた》き起こしに行こうとしたのよ。わたしが止めたけど、午前中もずっと家中をうろついて。適当に用事を言いつけて、やっと二階に行かせたの」パールは腕をさっと広げた。「わたしたちが先走りすぎても、どうか許してね。あなたが帰ってきたことが本当に思いがけなくて。昨夜はこの家で過ごしてほしいと言い張るべきだった。でもアイリスから、あなたをあんまり追いつめないようにと言われたの」そこで深いため息をつく。「おかげで頭がどうにかなりそうだったわ。わたしはただ、あなたをこの腕に抱きしめたいだけなの」だがそうする代わりにパールは腕を膝に落とし、青と白の袖なしワンピースの上にのせていた。

返す言葉がなかった。アイリスが言っていたとおり、家族と過ごすのに慣れるまで、わたしには時間が必要だ。だけど母の気持ちもわかる。イクシアを離れて以来、日に日にヴァレクが恋しくなっていた。子どもを失うことは、それ以上に辛《つら》いはずだ。

戸口に立つナッティが、ポニーテールから垂れる左右の髪を引っ張った。ナッティがそこにいることに、母も気づいたらしい。「ナッティ、客室棟にあるイレーナの荷物をここに運んでもらえる?」

「わかった。クラーリコウモリがヴァルマーを麻痺《まひ》させるより早く、持ってくるわ」ナッティはオレンジ色のスカートを翻し、たちまち姿を消した。

「予備の客間を使ってね」母は喉に片手を押しあてた。「もともとあなたの部屋なんだし」

わたしの部屋――今まで自分の部屋なんて持ったことがないのに、当たり前のように聞こえる。自分なりにそこを飾り、わたしらしい部屋にするとしたらと想像してみたが、なんのイメージも浮かんでこなかった。イクシアで暮らす間、玩具《おもちゃ》やプレゼント、装飾品といったものとはまるで無縁だったからだ。こみ上げてきた皮肉な笑いをぐっとこらえる。わたし専用の個室といえば、地下牢《ちかろう》だけだった。

パールが勢いよく椅子から立った。「さあ座って。昼食を持ってくるわ。あなたったら、がりがりなんだもの」慌ただしく出ていきながら、天井に向かって声をあげる。「イーザウ、イレーナが帰ってきたわ。お茶にするから下りてきて」

ひとりになったわたしは、居間を見回した。暖かい空気はかすかに林檎《りんご》の匂いがする。ソファとふたつの肘掛け椅子はロープを編んでできたように見え、手触りは硬い。枝をしっかり結びあわせて作られた、それまでに見たほかのザルタナの椅子とは別物だ。

肘掛け椅子に深く腰かけると、赤い木の葉模様が入ったクッションが、お尻の下で乾いた音をたてた。クッションの中に何が詰まっているのだろう。それから、ソファの前にあるガラス張りの小さなテーブルに置かれた、黒い木製のボウルに目がとまった。あのボウルも手彫りのようだ。室内を観察しながらなんとかくつろごうとしたが、それも、奥の壁に面した長いカウンターが目に入るまでだった。

カウンターにずらりと並んでいるのは、螺旋状《らせんじょう》のチューブで繋《つな》がれた、変わった形の瓶だった。いくつかの瓶の下には、火のついていない蝋燭《ろうそく》が置かれている。その光景はわたしに、レヤードの実験室を思い出させた。レヤードが集めたガラス瓶や金属機器の記憶が蘇《よみがえ》り、不安になる。ベッドに繋がれたわたしの傍らで拷問にうってつけの器具を探すレヤードの姿が頭に浮かび、汗が首を伝い、胸が締めつけられた。

たくましすぎる自分の想像力を叱りつける。二年も経《た》つのに、似たような仕掛けを見ただけで怯《おび》えるなんて、ばかげている。

なんとかカウンターに近づいてみると、中には琥珀《こはく》色の液体が入っている瓶もあった。そのうちの一本を手に取って中身をくるくると回すと、林檎のきつい匂いが鼻をついた。ふいに、笑いながらブランコに乗っていた記憶が脳裏をよぎったが、意識を集中させたとたん、そのイメージは消えてしまった。がっかりして、瓶を下ろす。

カウンターの奥にある棚には、さらに多くの瓶が何列も並んでいた。どうやらこれは、アルコールを作る蒸留器らしい。さっきの液体は、おそらくアップル・ブランデーだろう。イクシア領第七軍管区のラスムッセン将軍がご自慢にしていたような類いの。

母が戻ってきた気配がしたので、振り返った。手にしている盆には、カットした果物にベリー、お茶がのっている。ソファの前の小テーブルに盆を置くと、わたしを手招きした。

「うちの蒸留所に気がついたみたいね」まるで、ザルタナ人のどの家庭の居間にも蒸留所があるような口ぶりだ。「匂いに覚えがある？」

「ブランデー？」わたしは推測した。

母はわずかに肩を落としたが、笑顔は崩さなかった。「もう一度嗅いでみて」

琥珀色の液体が入った瓶に鼻を近づけ、匂いを嗅ぐ。たちまち心地のいい安らぎに包まれた。同時に、むせて息苦しくなる。仰向けに寝ていたり、元気に飛び跳ねたりしている記憶が混ざりあって喉を引っかき、眩暈《めまい》を覚えた。

「イレーナ、座って」母はわたしの肘に手を添え、椅子に導いた。「あんなに深く吸ってはだめよ。濃縮されたものなんだから」手をそっとわたしの肩に置いた。

「あれは何？」母に訊《き》いた。

「わたしのアップルベリーの香水よ」

「香水？」

「覚えていないのね」今度ばかりは明らかにがっかりした様子で、母の唇から笑みが消えた。「あなたが小さいとき、わたしはいつもあれをつけてたの。わたしの作るものの中で一番よく売れる、養成所にいる魔術師たちにとても人気がある香水なのよ。でもあなたがいなくなってから、わたしにはつけられなくなってしまった」言葉か感情か、そのどちらかを押しとどめるように、母はふたたび喉に手をやった。

〝魔術師たち〟という言葉を聞いて息が詰まった。前年の火祭《ファイア・フエスティバル》で、つかのま拉致されたときのことが脳裏に浮かぶ。テント、暗がり、灰の味、それらと混じりあうアップルベリーの匂い。わたしを絞め殺せと四人の男たちに命じるアイリスの姿。

「アイリスもその香水をつけている？」

「そうよ、アップルベリーは彼女のお気に入りだから。実を言うと昨夜、もっと欲しいと頼まれたの。匂いで思い出した？」

「初めて会ったとき、つけていたはずです」それ以上は言わずにおいた。もしヴァレクがその場に現れなかったら、アイリスに殺されていただろうということは。アイリスともヴァレクとも出会いは最悪だったのだと思うと、なんとも皮肉な話だ。

「わたしの研究によると、ある種の匂いは特殊な記憶と結びついているの。第一魔術師範に頼まれてリーフとわたしが取り組んできた計画がそれよ。犯罪の被害者が何かを思い出すきっかけとなる、さまざまな匂いをわたしたちは作ってきた。そういう記憶はとても強烈で、被害者の身に何が起きたのか、リーフにもよりはっきり見えるようになる」母はわたしから離れて椅子に腰を下ろし、三つのボウルに果物を分けた。「実は、アップルベリーが引き金になってわたしたちを思い出してくれたらと期待していたの」

「何かが頭をよぎったんだけど……」一瞬の印象を言葉にできずに口をつぐみ、募る苛立《いらだ》ちをぐっとこらえた。ここで過ごした六年間のことを、ちっとも思い出せないなんて。代わりに尋ねた。「いろいろな香水を作っているの？」

「ええ。原料になるすてきな花や植物を、イーザウが持ってきてくれるの。新しい香りを作るのはとても楽しいわ」

「それに、パールはこの地で一番の香水師だ」背後で男性の太い声がした。振り返ると、がっしりとした小柄な人物が立っていた。間違いなくリーフに似ている。

「魔術師範たちはパールの香水をつけているし、イクシアの女王や妃殿下たちも生前好んでいた」イーザウは自慢した。それからわたしの両手首を掴《つか》み、引っ張り上げた。「愛《いと》しいイレーナ、こんなに大きくなって……」父はわたしをしばらくぎゅっと抱きしめた。

土の匂いが鼻いっぱいに広がった。やがてイーザウは腕をほどくと、わたしが反応するより先に椅子に座った。果物が入ったボウルを膝に置き、お茶のカップを手にする。わたしがふたたび腰を下ろすと、パールから別のボウルが渡された。

櫛《くし》を入れていないイーザウの白髪は肩まであった。わたしは食事をとる父を見つめ、皺《しわ》の刻まれた両手が濃い緑色に染まっているのに気づいた。

「イーザウ、あなた、またあの葉油をいじってたのね？　どうりで下りてくるのに時間がかかるはずだわ。部屋を汚さないよう、必死で洗い落としたんでしょう」

返事もせずに首をすくめるイーザウの様子からして、ふたりはいつもこの調子で喧嘩《けんか》をしているらしい。イーザウは無言のまま首を傾《かし》げ、目を細めてわたしを見つめている。まるで何かを決めようとしているように。肌の色はミルクの入っていない紅茶に近く、額と目尻には深い皺が刻まれ、よく笑い、よく泣いた人らしい、やさしい顔だ。

「さて、この十数年、どうしていたか聞かせてほしいな」

わたしはため息を押し殺した。もはや逃げられないし、命令に従うのは北での暮らしで慣れている。わたしはふたりに、第五軍管区にあるブラゼル将軍の孤児院で育ったと話して聞かせた。成長して、レヤードとムグカンの実験用ネズミとして過ごした辛い日々についてはごまかした。奴《やつ》らが子どもたちを誘拐したのは、最高司令官を倒すのに子どもたちの魔力を利用するためだった、と聞かされただけで、両親は心を痛めていた。奴らがどうやって子どもたちから霊魂を奪ったか、そんな残酷な話を詳しくする必要はないだろう。

アンブローズ最高司令官の毒見役になった話に及んでも、自分がレヤードを殺して死刑囚となり、地下牢で執行を待っていたことについては触れなかった。地下牢で一年過ごした末に、絞首刑か毒見役になるかの選択肢を与えられたことも。

「おまえはきっと最高の毒見役だったに違いない」父が言った。

「なんてことを言うの」母が咎《とが》める。「この子が毒で死んでいたらどうするんですか」

「われらリアナ家の人間は、嗅覚と味覚に優れている。実際、イレーナはこうして無事でここにいるじゃないか。うまく毒を嗅ぎつけられなければ、長くはもたなかったはずだ」

「いつも誰かが最高司令官を毒殺しようと狙っているわけではないから。実際、そういうことがあったのは一度だけ」

パールは首元に手をやった。「ああ、きっと飼い犬の仕業ね。とんでもない奴だわ」

目を丸くして母を見た。いったい誰のこと？

「最高司令官の密偵のヴァレクを知ってるでしょう？　全シティア人が、あの男の頭が槍《やり》で突かれるのを見たがっているわ。あいつが王族のほとんどを殺したの。生き残ったのはたったひとり、王の甥《おい》だけ。ヴァレクなしでは例の強奪者も決して政権を奪えなかっただろうし、シティアとイクシアとの良好な関係が壊れることもなかったはずよ。それに、魔力を持って生まれた北の国のかわいそうな子どもたち！　ベビーベッドに入ったままヴァレクに殺されたなんて」

激しい嫌悪に身を震わせる母を見て、わたしは呆然《ぼうぜん》とした。首にかかった銀の鎖をまさぐって、ヴァレクが彫ってくれた蝶《ちょう》の首飾りに触れてぎゅっと握る。

ヴァレクとの関係を母にはとても話せない。それに、魔力があるとわかったイクシア人に対する最高司令官の方針についても話さないことにした。赤ん坊殺しほどひどい話ではないが、そうした不運な男女にはたいてい死がもたらされる。ヴァレクはその方針の支持者ではなかったけれど、最高司令官の命令には背かないだろう。たぶんいつかは、魔術師を部下に持つ利点を最高司令官にわからせてくれるはずだ。

「ヴァレクは、思っているほど恐ろしい人じゃないの」彼の名誉回復のために言った。「ヴァレクがいたからこそブラゼルとムグカンの計画を暴けたし、実際、彼らの悪だくみを阻止した立役者だから」本当は〝彼はわたしの命を二度も救ってくれた〟と続けたかったけれど、嫌悪感を露《あら》わにした両親のしかめっ面を見て、言葉をのんだ。

わたしの頑張りもそこまでだった。ヴァレクはシティアにとってまさに仇敵《きゅうてき》であり、その立場を変えるには言葉では足りない。両親を非難することはできなかった。初めてヴァレクに会ったとき、わたしだって彼の噂に怯えた。揺らぐことのない忠誠心、公正さ、自己犠牲の精神は、噂の陰に隠れてまったく見えなかったのだ。

そこにタイミングよくナッティが現れた。両手に持ったわたしの背嚢《はいのう》が揺れている。イーザウがそれを受け取った。「ありがとう」と礼を言い、姪《めい》のポニーテールを引っ張る。

「どういたしまして」ナッティはイーザウの腹部に軽くパンチをお見舞いすると、掴もうとする彼の手を軽やかに逃れ、あっかんべえをしてからスキップで去っていった。

「さあ、部屋に案内しよう」イーザウが促した。

父についていこうとしたわたしを、パールが止めた。「待って、イレーナ。ブラゼルの計画は?」

「阻まれたわ。あの男は今、最高司令官の地下牢にいるの」

「それで、レヤードとムグカンは?」

わたしは息をひとつ吸った。「死んだわ」誰が殺したのか訊かれるだろうと身構える。どちらの死にも自分がかかわっていると告げたらどうなるだろう。

母は満足そうにうなずいた。「ならよかった」


リアナ家の住居には一階と二階があり、イーザウは梯子《はしご》や階段の代わりに〝昇降機〟を使って行き来した。それは生まれて初めて見るものだった。衣装箪笥《だんす》サイズの小部屋で、床と天井に穴があり、太い二本のロープが通されている。その中に立つと、イーザウが片方のロープを引いた。木製の箱が上がっていき、やがてわたしたちは二階に到着した。

わたしが中に留《とど》まったまま降りずにいると、外に出たイーザウが昇降機に頭を突っこんで、「気に入ったかい?」と訊いた。

「これ、すごいわ」

「わたしの発明品さ。滑車が秘訣《ひけつ》でね」イーザウが説明する。「ザルタナ族の住居ではめったに見られない。わが一族は、変化をあまり好まないからね。だが、市場ではたくさん売ったよ」

「パールも市場で香水を売っているの？」昇降機から降りながら訊いた。

「そうだよ。たいていのザルタナ人は、イリアイス市場で物を売るか交換する。市場は年中無休。わたしの発明品とパールの香水で、われわれはけっこう稼いでいるんだ」廊下を歩きながらイーザウは続けた。「商品が充分な数できあがったとき、あるいは特注品の納期が来たとき、ザルタナ族のみんなで隊列を組み、市場に出かける。市場で物を売っているのはわれわれだけじゃない。だから何か欲しいものがあれば、買い物に行くこともある。あいにく、必要なものがすべて密林で手に入るわけじゃないからね。母さんのガラス瓶だとか、わたしの椅子に使う金物類なんかは」

「あのロープ製の家具も設計したの？」

「そう。ただしあれはロープじゃなくて、リアナだ」わたしが理解していないとわかると、説明した。「密林の蔓《つる》だよ」

「ああ」

「リアナは厄介な植物でね。おそらく、わたしたちの名字がリアナなのはそれが理由だろう」イーザウはにやりとした。「ところかまわずぐんぐん育って、木まで引っくり返してしまう。だから手入れを怠らず、切り倒す必要があるんだ。ある日わたしは、燃やす代わりにリアナを一束持ち帰って、それで何か作ろうとした」イーザウは廊下の右手にある入口にかかった綿のカーテンを開けた。身振りで先に部屋に入るようわたしを促す。

「リアナは乾くととても丈夫になる。しなやかなうちに編めば、なんでもできるんだ」

最初は倉庫かと思った。少し黴臭《かびくさ》いし、あらゆる大きさのガラス容器が置かれた棚が何段もあって、壁を埋めている。瓶にはさまざまな色合いの物質が入っていた。色とりどりの瓶から目をそらしたとき、初めてリアナ製の小さなベッドと木の机が目に入った。

イーザウが首をすくめ、緑色に染まった手で髪をかき上げた。「すまない。サンプルを保管するために、この部屋をずっと使っていたんだ。それでも今朝、ベッドと机はきれいにしたんだよ」隅に追いやられたブラックウッドの机を指さす。

「かまいません」失望の色が顔に出ないようにした。この部屋が、何かを思い出す手がかりになればと思っていたのだ。ブラゼルの孤児院に入る前のことを少しでも。

背嚢をベッドに置いて尋ねた。「二階のほかの部屋は？」

「わたしたちの寝室と、わたしの仕事部屋だよ。おいで、案内しよう」

イーザウのあとについて廊下を進んだ。左手にもカーテンのかかった出入口があり、そこが大きな寝室だった。紫の花模様のキルトがかかった広いベッドに、ふたつのサイドテーブル、容器ではなく本が詰まった棚がある。

イーザウは天井を指さした。枝を覆うように獣の皮が張ってある。「雨が染みてこないように油が塗ってあるんだ。雨漏りはしないが、暑くなる」

天井の中央には、厚板で作られた大きな花の形の器具がぶら下がっている。根元部分に巻かれたロープが天井を渡り、四方の壁に伸びていた。「あれは?」わたしは訊いた。

イーザウが微笑《ほほえ》む。「別の発明品さ。やはり滑車と数個の錘《おもり》が花を回転させ、部屋を涼しくする」

わたしたちはふたたび廊下に出た。イーザウの寝室の向かいにはもうひとつ寝室があった。簡素なシングルベッド、箪笥、ナイトテーブル。どれもきちんと片づいている。ほかに装飾品も発明品もなければ、居住者を示す手がかりもない。

「リーフは一年のほとんどを魔術師養成所で暮らしているから」イーザウが説明した。

さらに廊下を進むと、広々とした部屋に突き当たった。その部屋を見渡し、にんまりした。イーザウの仕事部屋は植物、容器、木の葉の山、道具の数々で、足の踏み場もない。奇妙な代物やさまざまな液体の入った無数の壺《つぼ》の重みに耐えかねて、棚板がみしみしと悲鳴をあげている。向こう脛《ずね》をどこにもぶつけず室内を移動するのはとても無理そうだ。その散らかり具合はヴァレクの執務室と部屋を思い起こさせた。ヴァレクは本やら書類やら石やらを至るところに積んでいたが、イーザウは密林をそのまま部屋に招き入れたらしい。

わたしはしばし戸口で立ち尽くした。

「さあ、入った入った」イーザウはわたしの脇をすり抜けた。「見せたいものがあるんだ」

室内を縫うようにしてやっと彼のところにたどりついた。「ここで何をするの?」

「いろいろとね」テーブルに積まれた書類を引っくり返す。「密林で試料を集め、何が作れるかを考えるのが好きなんだ。薬や食料。母さんのための花。あった！」白い手帖を手に取る。「ほら」

手帖を受け取りながらも、意識は室内に向き、何か見覚えのあるものはないかと探していた。ザルタナ族の在所に着いてからずっと抱いていた不信感が、〝母さん〟という言葉でふたたび湧き出す。とうとうイーザウに、パールに訊いたのと同じ質問をぶつけてみた。

「どうしてわたしが娘だとわかるんですか？　ずいぶん確信があるみたいだけど」

イーザウはにっこり微笑んだ。「その手帖の中を見てごらん」

わたしは表紙をめくった。最初のページにあったのは、赤ん坊の木炭画だった。

「そのままめくって」

次のページには、幼子のスケッチ。ページを次々にめくると、その幼女は子どもから十代の少女へと成長していき、やがて見覚えのある誰かになった。

わたしだ。

喉が塞がれ、今にも涙があふれそうになる。父は、わたしがいなくなったあともずっと愛してくれていた。当のわたしは、ここで過ごした日々を何ひとつ思い出すことさえできないのに。手帖には、イーザウとパールとここで暮らしていたはずの、わたしの子ども時代が描かれていた。

「すばやくページをめくると、これがまた楽しいんだ。あっという間に二十歳になってしまうから気をつけて」イーザウはわたしから手帖を取り上げて開いてみせた。「ほらね？　だからわたしの娘だとわかるんだ。生まれて以来、毎年おまえの絵を描いてきた。行方不明になってからもね」最後のページを開き、そこに描かれた肖像画をじっと見つめる。「そう見当違いでもなかったな。完璧とは言えないが、おまえをこの目で見られた今、手直ししておこう」

イーザウは手帖を胸に抱いた。「おまえがいなくなった当初、母さんはこの手帖を持ち歩いて一日中眺めていたよ。だがそのうちやめてしまい、数年後、わたしが新しくおまえの絵を描いているのを見つけると、捨ててくれと言ってきた」イーザウは手帖をわたしの手に戻した。「もうこの手帖は見せないからと、わたしは母さんに約束した。知る限り、母さんは見ていないと思う。だからこれはわたしたちふたりだけの秘密だ。いいね？」

「わかった」わたしは一ページ一ページに目を凝らした。

父が細部にわたるまで描きこんでくれた絵を見つめるうちに、本当に自分の家族なのかと疑う気持ちはすっかり消えた。その瞬間、自分はザルタナ族の一員だと自覚した。安堵《あんど》感《かん》が押し寄せる。そして、もっと両親と絆《きずな》を深めようと心に誓った。でも、相手がリーフとなると話は別だ。

「このスケッチをリーフに見せるべきよ」手帖をイーザウに返しながら水を向けた。「そうすれば、わたしが妹だって信じるかもしれない」

「リーフのことなら心配いらない。絵を見る必要はないよ。あいつにはおまえが誰なのか、ちゃんとわかっている。突然おまえが現れたショックで、気が動転しているんだろう。おまえが行方不明になって、ずっと辛い思いをしてきたから」

イーザウは静かに続けた。

「おまえが連れ去られたあの日、リーフはおまえと一緒だったんだ。おまえが、地上で遊びたいから下に連れていってくれとねだってね。あいつは当時八歳。年齢的には幼く思えるかもしれないが、ザルタナの子は歩けるようになるとすぐに、密林でのサバイバル術を教えられる。ナッティなんて歩くより先に木登りを始めた。母親は頭を抱えていたよ」

イーザウは蔓の椅子に腰を下ろした。埃《ほこり》のように疲労感が彼を覆う。

「リーフがひとりで家に戻ってきたとき、わたしたちはたいして心配しなかった。迷子はいつも一、二時間のうちには見つかったからね。第一、イリアイス密林はさほど大きくない。肉食動物は昼間活動しないし、夜になれば居住地に近づかせない仕掛けも設置してある。だが、おまえを見つけられないままじりじりと時が経ち、われわれもしだいに焦り出した。首飾り蛇か森豹《もりひょう》の餌食になってしまったのだろうと、誰もが思った」

「首飾り蛇?」

イーザウはにこりとし、待ってましたとばかりに目を輝かせた。「樹上にいる緑と茶色の人食い蛇さ。中には体長十五メートルもあるのもいて、枝に巻きついて密林に溶けこみ、身を隠している。獲物が近づくと、その首に巻きついて絞めつけるんだ」イーザウは両手を使って実演してくれた。「それから丸ごとのみこんで、数週間かけて消化する」

「気持ち悪い」

「まさに。しかも蛇の体内に何があるか、殺さない限り知り得ない。皮があまりにも厚くて矢は役に立たないし、近づくのは自殺行為だ。森豹も同様。奴は仕留めた獲物をねぐらに引きずりこむ。そこにもやはり人は近づけない。結局、おまえがまだ生きていると信じ続けたのはリーフだけだった。かくれんぼのつもりでどこかに隠れてるんだってね。ほかのみんなが嘆き悲しんでいる間も、リーフはひとりでおまえを捜しに、来る日も来る日も密林に向かった」

「捜すのをやめたのはいつなの？」わたしは尋ねた。

「昨日だ」

4

リーフがあんなに怒るのも無理はない。十四年もかけて捜してくれたのだから、兄にわたしを発見させてあげられたらよかった。わたしがまだ生きていると信じてくれたのは、リーフだけだったのに。

リーフのことを考えるときには決まって辛辣になったことを悔やんだ。本人がイーザウの仕事部屋の戸口に現れるまでは。

「父さん」リーフはわたしには目もくれずに言った。「その女に言ってくれないかな。城塞に行きたいなら、二時間以内に出発するって」

「どうしてそんな急に?」イーザウが尋ねた。「まだ二週間あるじゃないか!」

「バヴォルが第一魔術師範から伝言を受け取ったんだ。何かあったらしくて、すぐに来てほしいって」頼られて誇らしいのか、リーフは胸を張ったように見えた。みぞおちに一発お見舞いし、その鼻をへし折ってやりたい気持ちを抑えた。

リーフがきびすを返して立ち去ると、わたしはイーザウに尋ねた。「二週間のうちに城塞に行くことになっている人は、ほかにいないの？」

イーザウが首を横に振った。「城塞は遠い。何日も歩かなければならないんだ。それにザルタナ人はあまり密林を離れたがらない」

「バヴォル・カカオは？　わたしたちの代表なんでしょう？　城塞に行かなくていいの？」たしかアイリスは、議会は四人の魔術師範と十一の部族それぞれの代表者から成り立っていると説明してくれた。彼らの合議制でシティア領を統治しているのだと。

「ああ。暑い季節の間、議会は解散しているんだ」

「そう」暑い季節が始まったばかりだなんて、とても信じられない。寒い季節のイクシアから来た身には、南の国はすでに焼けつくほど暑く感じる。「じゃあ、城塞までの道順を教えて」

「イレーナ、リーフと行ったほうが安全だ。さあ、荷造りしよう。二時間で準備しろだなんて……」ふと口をつぐみ、わたしにさっと目を向けた。「まさか、あの背嚢《はいのう》がおまえの全所持品か？」

「あとは、ボウ」

「となると、いくらか備えが必要だな」イーザウは室内をがさごそと探し始めた。

「そんな必要は……」一冊の本を渡され、言葉が途切れた。表紙は先ほどの手帖のように白いが、中には植物や木の絵があり、その下に手書きの説明文がある。

「これは？」

「わたしが作った携帯用の図鑑だよ。おまえには密林のサバイバル術をもう一度教えるつもりでいたが、今のところはこれで我慢してもらわないと」

楕円形《だえんけい》の葉の絵があるページを見つけた。絵の下にある説明によると、それはティリピという名の葉で、茹《ゆ》でると水薬ができ、解熱剤になるという。

次にイーザウが持ってきたのは、一組の小さなボウルと奇妙な見た目の道具だった。

「図鑑があっても、それなりの道具がなければ無意味だ。さあ、母さんを捜しに行こう」

そこで言葉を切り、ため息をついた。「母さんはさぞがっかりするだろうな」

父の言うとおりだった。わたしたちは蒸留所で作業中の母を見つけたが、ちょうどリーフに文句を言っているところだった。

「僕のせいじゃない。そんなにあの女にいてほしいなら、自分で城塞に連れていったら？ああ、そうか、母さんは十四年もの間、そのかわいいおみ足で密林の地面を踏んだことがなかったんだっけ」

パールは香水の瓶を握りしめて振り返り、投げつける構えをした。リーフが後ずさる。

戸口に立つイーザウとわたしに気がつくと、母は瓶に香水を入れる作業に戻った。

「そいつに言っておいてよ。二時間後に《パームの梯子《はしご》》の下にいるからって」リーフはイーザウに言った。「来なければ、僕ひとりで出発する」

リーフが出ていき、部屋には静寂がそのまま居座った。「食料も必要だな」父はそう言って厨房《ちゅうぼう》に逃げこんだ。

かちゃかちゃとガラス瓶のぶつかる音がして、母が近づいてきた。

「はい、これ。アップルベリーは二本ともアイリスに。ラベンダーはあなたに」

「ラベンダー？」

「五歳だった頃、あなたはこの香りが大好きだったの。だから、まだ好きかなと思って。もしよければ、あとでほかの香りも試してみるといいわ」

蓋を開けて匂いを嗅いでみた。やはり五歳の頃の記憶は何ひとつ蘇《よみがえ》らなかったけれど、ヴァレクの執務室でテーブルの下に隠れたときのことを思い出した。あのときわたしは《蝶の塵《バタフライ・ダスト》》の解毒剤の処方を探していた。わたしの体内にあったとされるその毒は、毒見役を逃亡させないためのヴァレクの策だったのだ。毎日一服の解毒剤を飲まないと死ぬと信じこまされ、その治療薬を見つけようとした。だが、早めに執務室に帰ってきたヴァレクに見つかってしまった。わたしが使っていたラベンダーの香りの石鹸《せっけん》のせいで。

それは大人になった今でもお気に入りの香りだった。「すてき。ありがとう」

パールの目にふいに不安がよぎった。口をぎゅっと結んで両手を握りあわせると、大きく息を吸い、きっぱりと口にした。「わたしも一緒に行くわ。イーザウ、わたしの背嚢はどこ？」食料を腕に抱えて戻ってきた夫に尋ねる。

「二階のわたしたちの寝室だよ」

パールは夫の脇をすり抜け、せかせかと出ていった。妻の突然の決断にイーザウが驚いていたとしても、顔には出さなかった。

わたしは父が持ってきてくれたパンと果物を荷物に加え、香水の瓶を外套《がいとう》でくるんだ。南を旅する間はあまりの暑さに脱いでいたが、道端で野宿するときには、それが柔らかなベッド代わりになった。

「食料は何日分もないし、城塞では服がもっと必要になるだろう。金は持っているのか?」

わたしは背嚢の中を探った。食料や服を手に入れるのにお金が必要だなんて、今もまだぴんとこない。北の国では生活必需品はすべて支給されていたからだ。背嚢から、別れ際にヴァレクがくれたイクシア金貨を取り出した。

それをイーザウに見せながら訊《き》いた。「これは使える?」

「しまっておきなさい」父はわたしの手を両手で包み、硬貨を隠した。「この金を持っていると、誰にも知られてはいけない。城塞に着いたら、アイリスに頼んでシティアの金に両替してもらいなさい」

「どうして?」

「北の人間と間違われるかもしれない」

「だけど、わたしは――」

「ああ、もちろん違う。だが南の人間は、イクシアから来た人間に警戒心を抱く。たとえ政治亡命者であってもな。おまえはザルタナ人だ。それを常に忘れないように」

ザルタナ人――頭の中で復唱する。自分に言い聞かせていればそうなれるものだろうか、と思いながら。でも、そんなに簡単なことではないとわかっていた。

イーザウは机の向こう側に行き、引き出しの中を次から次へとかき回し始めた。その間にわたしはヴァレクのお金をしまった。父がくれた備品と食料で、背嚢はぱんぱんだ。中の物を整理しよう。持ってきたロープと鉤《かぎ》は必要だろうか？　北で着ていた毒見役の制服は？　使う機会などなければいいとは思っていても、まだ手放す気にはなれない。

金属がかちゃかちゃ鳴る音がした。手のひら一杯分の銀貨を持って、イーザウが戻ってきた。「これしか見つからなかったが、城塞までなら間に合うはずだ。さあ、二階に行って母さんにさよならをしておいで。遅れそうだぞ」

「でも、さっき一緒に行くって――」

「いや、今頃ベッドの中さ」あきらめながらも受け入れる、そんな口調だった。

父の言葉について考えながら、昇降機を引っ張り上げた。パールは寝室にいて、キルトの上で丸くなっていた。枕に顔を埋《うず》めて泣き濡《ぬ》れ、身体を震わせている。

「この次」泣きながら言った。「この次はリーフと一緒に城塞に行くわ。次はきっと」

「ええ」母がずっと密林から出ていないというリーフの言葉を思い出して言い足した。「また会いに、なるべく早く帰ってくるわ」

「この次。次はきっと行くから」

密林の外に出るのを先延ばしにできたことで、いくぶん落ち着いたようだ。パールはようやく身体を起こして立ち上がり、ワンピースを撫《な》でつけて頬の涙を拭った。

「次に帰ってくるときは、もっと長くここにいてちょうだい」

まるで命令のようだった。「はい、パー……母さん」

パールのしかめっ面から心配の色が消え、美しさが蘇る。母はわたしをぎゅっと抱きしめ、耳元で囁《ささや》いた。「もう二度とあなたを失いたくないの。充分気をつけるのよ」

「そうする」もちろんそのつもりだった。苦労して身につけた習慣は簡単には消えないものだ。


樹上から下りる出口は数えるほどしかない。そのそれぞれに、近くに住居を構える家の名前がつけられていた。わたしは《パームの梯子》がある部屋に到着した。最初の横桟に片足をかけた瞬間、ナッティの声が聞こえた。両親とバヴォル・カカオには別れの挨拶をしたが、ナッティはどこを捜しても見つからなかったのだ。

「イレーナ、待って」

足を止め、木々を伝って戸口にやってくるナッティを見上げた。手に色鮮やかな布を握りしめている。

「作ったの」そこで息を整える。「あなたのために」

それは、キンポウゲの小花模様が入った淡黄色の――ザルタナ族の基準からすれば控えめな色合いのスカートと、珊瑚《さんご》色の無地のシャツだった。わたしが敬遠するような目でスカートを見ると、ナッティが笑った。

「ほら」ナッティはスカートの裾を開いてみせた。「ね？　スカートみたいに見えるけど、実はズボンなの。平原を進むときにそんな黒いズボンを穿《は》いてたら、すごく暑いわよ」ウエストバンドを持ってわたしの腰に押し当て、長さを確かめる。「それにこれなら目立たなくてすむでしょ」

「すごいわ、ありがとう」わたしはにっこりした。

「気に入った？」

「気に入ったわ」

ナッティは満足げだ。「だと思った」

「よければもっと作ってくれる？　バヴォルに頼んだら、城塞に来るときにたぶん持ってきてもらえるから」

「もちろん」

背嚢を下ろしてお金を探す。「いくら？」

ナッティは首を横に振った。「イリアイス市場に着いたら、ファーンの店で布を買って。そのあと彼女に頼んで、それをわたしに送ってもらってちょうだい。一着作るのに必要な布は三メートル。あなたが欲しい分だけ作るわ」

「だけど、あなたの手間賃は？」

いらないとばかりにナッティはまた首を振った。ポニーテールが大きく揺れる。「ザルタナ人は家族からはお金をもらわないの。だけど……」茶色の目がきらめく。「その服は誰のデザインかってもし訊かれたら、好きなだけわたしの名前を教えてあげて」

「そうするわ。ありがとう」もらった服を畳み、背嚢に詰めこむ。それを見届けたナッティはわたしに抱きつき、じゃあねと言った。

わたしはナッティのぬくもりを感じながら梯子を下りた。でも、身体を温めてくれたそのぬくもりも、リーフから浴びせられた最初の冷笑で吹き飛ばされた。

リーフは地上で待っていた。黄土色の綿のチュニックに焦げ茶色のズボンにブーツという旅装になっている。革の大きな背嚢を背負い、太いベルトから山刀《マチエテ》をぶら下げている。

「遅れずについてこいよ。さもないと置いていくぞ」わたしの顔を見ずに宙に向かってそう言い放つと、広い背中をくるりとこちらに向け、すたすたと歩き出した。

そのうちリーフの背中を見ていることに嫌気が差すだろう。だけど今のところ、彼の歩く速度はちょうどよく、いい足ならしになった。

どちらも口をきかないまま、密林を抜ける細道を歩いた。シャツはすぐに汗で濡れ、気がつくとわたしは首飾り蛇を探して頭上を見上げていた。イーザウの話には森豹《もりひょう》のことも出てきた。時間ができたらイーザウからもらった野外図鑑で絵を探してみよう。

鳥がさえずり、動物の鳴き声が緑の天蓋に響き渡る。声の主が何か知りたかったけれど、リーフに尋ねてもきっと聞き流されるに違いない。

一度、リーフが足を止めてベルトから山刀をはずしたので、わたしも無意識のうちにボウを掴《つか》んだ。だが彼は鼻で笑いながら、なたで若木を切っただけだった。

「絞め殺しイチジクだ」肩越しに振り返り、むっつりした様子で言う。

わたしは返事をしなかった。やっと話しかけてもらったのだから、光栄に思うべきだろうか？

リーフはわたしにかまわず先を続けた。「寄生植物さ。太陽の光を浴びるためにほかの木に寄生するんだ。充分大きくなったところで、寄生相手を絞め殺す」イチジクの枝を幹から次々に刈り取る。「おまえなら、その手順はよくご存じだろう？」刈った枝を地面に放り投げ、先に進んだ。

密林の生態についての教えではなく、わたしに対する嫌み。ボウで足を引っかけてやろうかと思ったが、そんなのは下品で卑劣な行為だ。心そそられながらも、結局、背嚢のホルダーにボウを戻した。

太陽が傾きかけたちょうどそのとき、イリアイス市場に着いた。ずらりと並ぶ竹でできた建物は、屋根が藁葺《わらぶ》きで、簾《すだれ》が壁の役目を果たしていた。客が店内をのぞけるように、そしてそよ風が涼を運んでくるように、簾の一部は巻き上げてある。

リーフとわたしは坂を下り続け、密林のはずれの開けた場所にあるその市場に到着した。熱帯雨林の巨大な木々はもはや視界から消えていた。その先に見えるのは、イクシアにある蛇の森《スネイクフォレスト》と似た森林だ。

「今夜はここで野営して、明け方に出発する」リーフはそう告げて立ち並ぶ店に向かった。

日没とともに市場は閉まると思っていたが、ずらりと並んだ松明《たいまつ》に灯がともされ、活気は衰えない。百人はいそうな客たちの話し声、子どもを呼ぶ声、買い物した荷物を抱えて屋台を渡り歩く人々の足音。そんなざわめき越しに、物々交換のやり取りが聞こえる。

買い物客の中には見慣れたザルタナの民族衣装を着ている者もいるが、緑色のレギンスとチュニック姿の客も大勢いる。その服は森に住むカーワン一族のものだ。イクシアから移動してくる途中に、服装による部族の見分け方をアイリスに教わった。

光沢のある絹のズボンにビーズで飾った丈の短いシャツ、薄手のベールという伝統的なジュエルローズ族の装いをした女性も何人かいた。ジュエルローズ族は男たちでさえ、裾がズボンの膝まで届く丈の長いチュニックをビーズや宝石で飾っている。アイリスに一族の習慣を教えてもらってもなお、いつもの簡素なリネンのシャツにズボン、太いベルト姿のアイリス以外、わたしには想像できなかった。

市場を歩きまわり、売られている品物の多様さに驚いた。食べ物や服といった実用品が、宝石や手工芸品と一緒に並べられている。松明の松の匂いがあたりにたちこめていたが、その中から肉の焼ける匂いを嗅ぎつけるまでに時間はかからなかった。涎《よだれ》が出るほどおいしそうな匂いに誘われて炉にたどりつくと、汗まみれの長身の男が、炎の中でじゅうじゅうと音をたてる肉を器用に回していた。男の白いエプロンは煤《すす》で汚れている。わたしはその場ですぐに食べる焼きたての肉と、あとで食べる燻製肉《くんせいにく》を買った。

まわりの買い物客たちから浴びせられる鋭い視線をやり過ごしながら、ファーンの店を捜した。ひとりになれる場所を見つけたらすぐに、ナッティからもらった服に着替えようと心に決める。すぐに、筒状に巻いた布が山と積まれた台に目がとまった。柄物の布をあれこれ見ていると、小柄で色黒の、目の大きな女が、品物の向こうからこちらをのぞいた。

「いらっしゃい」

「あなたがファーン？」

見開いた目に警戒の色を浮かべ、女はうなずいた。

「ここに来るようナッティ・ザルタナに言われたの。無地の布はある？」

ファーンはテーブルの下から無地の生地を引っ張り出し、台の上に置いた。わたしたちは一緒に三着分の布地を選んだ。

「本当にこのイリアイス柄はいらないのかい？」ファーンがピンクと黄色の派手な花柄の布を持ち上げる。「無地はザルタナの男が着るものだよ。この柄は女の子にとっても人気があるのに」

わたしは首を振った。代金を払おうとしたそのとき、森の柄をした緑色の布を見つけた。

「これもお願い」その柄物を指さす。支払いをすませると、三着分の布はナッティに送るように頼んだが、森の柄の布は背嚢にしまった。

「送り主は誰にする？」ファーンが尋ねた。羊皮紙を前に、羽根ペンを持つ手を構える。

「いとこのイレーナ」

羽根ペンが宙でぴたりと止まった。「おやまあ。行方不明のザルタナの子かい？」

わたしは苦笑いを浮かべた。「もう行方不明でも、子どもでもないわ」

売店をさらにいくつか通り過ぎ、密林に生息する動物たちの置き物を陳列している台で足を止めた。置き物は、色とりどりの小さな石を貼りあわせてできていた。わたしは黒と白のヴァルマーの像を選んだ。ヴァレクへの贈り物だ。どうやって彼に贈ればいいかわからなかったので、買ったばかりの緑色の布でくるんだ。

市場の向こうで、焚《た》き火《び》が激しく燃え上がり始めた。しだいに売り買いの声が減り、店主たちは簾を下ろして店じまいを始めた。客は周囲の森か、野営地に引き上げる。リーフはとある焚き火のそばに座っていた。膝にボウルをのせ、近くに座っているザルタナ人の若者三人に話しかけている。炎で揺らめく空気越しに、相好を崩しているのがわかる。その瞬間、リーフの顔が一変した。眉間の皺《しわ》が消えて口角が上がり、堅苦しい印象は消え、こわばった顎が緩んでいる。まるで十歳若返ったようだ。

わたしが誘拐されたとき、リーフは八歳だったとイーザウは言っていた。つまり兄とはたった二歳しか違わないのだ。当初は三十歳と推測していたが、実際は二十二歳だった。

思わずそちらに近づいたが、わたしに気がつくとたちまちリーフの顔から陽気さが消えた。敵意むき出しのしかめっ面を見て足を止める。わたしは今夜、どこで寝たらいいの？

誰かに肩を叩《たた》かれたので、くるりと振り向いた。「あたしの焚き火のところにおいでよ」ファーンだった。彼女の売店の奥に、小さな炎が見える。

「いいの？　イクシアの密偵かもしれないのに？」冗談のつもりだったのに、ファーンの口から出てきた言葉は思った以上に刺々《とげとげ》しかった。

「だったら最高司令官に報告しといて。あたしはシティア一の布を作ってるって。それから、もしかの有名なあたしのイリアイス柄で新しい軍服を作りたいなら、注文票を送ってこいって」

隙ひとつないアンブローズ最高司令官が派手なショッキングピンクと黄色い花柄をまと

った姿を想像し、わたしは思わず笑った。

朝日の最初の光が市場の藁葺き屋根に当たる頃、わたしはもう仕度をすませてリーフを待っていた。ファーンはとても親切で、夕食をもてなし、こっそり着替えができる場所を教えてくれた。実はナッティはファーンの一番のお得意さまで、ザルタナ人の服の布地はみんなファーンの店のものなのだ。

暖かな朝の空気の中、なんだか落ち着かなかった。脚のまわりをふわりとした布が覆っている状態に、なんとかなじもうとする。裾は柔らかな革のブーツの縁にちょうどかぶさるくらいだ。城塞に着く頃には、ブーツを履いていてもそう目立たなくなるだろうとファーンは請けあった。足を泥だらけにしたがるのは、密林と森に住む一族だけらしい。

ようやくリーフが現れた。わたしの存在を無視して、すたすたと森の道を歩き出す。二、三時間も経《た》つと、黙って彼のあとをついていくのにうんざりしてきた。ボウを手に取り、歩きながら攻めと守りの練習を始める。手の中にある木の感触に集中し、意識を研ぎ澄ます。アイリスいわく、それが魔力の源から力を引き出すわたしなりのやり方なのだ。

魔力を制御する練習をするため、わたしは意識を外に飛ばした。最初にぶつかったのは、冷たい石の壁だった。面食らって退却し、そこで初めて、その壁が頑《かたく》なに閉ざされたリーフの心だと気づいた。なるほど、予想してしかるべきだった。

リーフを避けて、周囲の静かな森を探った。木の実を探しているシマリスに忍び寄ったり、若い鹿と一緒に物音にびくっとしたりする。意識が進むにつれ、いろいろな生き物たちに触れる。より遠くへ遠くへと飛ばし、どこまで行けるか試した。

もう十キロ近く離れているのに、後方には市場にいる人たちを感じることができる。わくわくして、近くに町はあるだろうかと考えながら突き進んだ。最初は動物たちに触れただけだったが、引き返そうと思った瞬間、ひとりの男に意識が触れた。

『倫理規範』を破らないように注意しながら、相手の心の表面をざっと読む。男は猟師らしく、獲物を待っている。ひとりではなく、まわりに大勢の仲間がいる。彼らは道から少しはずれた藪《やぶ》の中に潜んでいた。ひとりは馬に跨《また》がり、武器を構えている。

彼らはいったい何を狙っているのだろう。好奇心から、ほんの少しだけ男の思考に潜りこんだ。そして獲物のイメージを目にしたとたん、慌てて意識を身体に戻した。

唐突に足を止める。はっとして息をのんだに違いない。リーフが振り返り、わたしを凝視した。「何してるんだ?」きつい口調だ。

「森に男たちがいる」

「そりゃあそうさ。森は猟の獲物でいっぱいだからな」頭の足りない相手に説明するかのようだ。

「猟師じゃない。伏兵よ。わたしたちを狙っている」

5

「伏兵だって？　ばか言うなよ」リーフの声には驚きが滲《にじ》んでいる。「ここはイクシアじゃないんだ」

「それなら、なぜ狩猟者たちは道のすぐ近くに潜んでいるの？」彼の口調も顧みず、こちらの言い分が通ることを願う。

「動物だって道を使う。苦労して藪《やぶ》を抜けるより楽だからな」リーフが歩き出す。「さっさと行くぞ」

「このまま行ったら罠《わな》にかかるわ」

「好きにしろ。僕はひとりで行く」

リーフがふたたび背中を向けると、わたしは怒りのあまり拳を握った。「わたしが嘘をついてるとでも？」食いしばった歯の間から絞り出すように言う。

「そうじゃない。でも思うに、おまえはすべてを疑ってかかっている。北の人間らしいよ」唾棄するように口を歪《ゆが》めた。

「わたしが密偵だと思ってるのね」苛立《いらだ》ち紛れに言葉をぶつける。「防御壁を低くするから、意識を飛ばして自分の目で確かめるといいわ。わたしは密偵なんかじゃない」

「僕は人の心は読めない。実際、ザルタナ人ならそんなことできっこない」

その嫌みを聞き流した。「わたしがどういう人間か、少しでも心で感じられない？」

「身体はザルタナ人なんだろう。アイリスが言うには、ムグカンに霊魂を奪われそうになったところを切り抜けたらしいが、それが事実とは言いきれない」わたしに指をつきつけて非難する。「おまえは手先かもしれない。北の人間に中身を乗っ取られた、空っぽの器。南のことを見聞きするのにこれ以上いい道具はない」

「ばかばかしい」

「ばかばかしいもんか。おまえの正体は丸わかりだよ」リーフの口調は静かだが激しかった。まるでよその世界をのぞき見しているかのように、目が虚《うつ》ろになる。「おまえから伝わってくるのは、イクシアへの強い忠誠心と思慕だ。鼻をつく、血と痛みと死の匂い。怒り、情熱、燃え盛る炎が全身を靄《もや》のように包んでいる」目の焦点がふたたびわたしに合う。「僕の妹なら、手に入れた自由を心から喜び、監禁した相手への憎しみを募らせているはずだ。おまえは北で霊魂をなくしたんだよ。僕の妹じゃない。穢《けが》れた身体で戻ってくるくらいなら、死んでいたほうがましだった」

沸き上がった怒りを静めようと深呼吸をした。怒りの言いなりになってはだめ。「いい加減にして。あなたが密林で見つけるつもりだったものと現実は違う。わたしはもう六歳の子どもじゃない。あなたには想像できないような苦境を切り抜けて、霊魂を奪われまいと戦った」そこで頭を振った。こんな石頭にいくら弁解しても仕方がない。「わたしは自分が何者かわかっている。わたしに対する見方を変えるべきなのはあなたのほうよ」

一瞬、睨《にら》み合いになった。

「このままじゃ罠に直行するだけ」

「僕が直行するのは城塞だ。おまえ、行く気があるのか？」

どうしたものかじっくり考えた。鉤《かぎ》とロープを使って木に登れば、森の天蓋を抜け、道から離れずに伏兵の頭上を通過できる。でも、兄なのに敵みたいに振る舞うリーフは？彼には山刀がある。一戦を交えるときの使い方は知っているのだろうか？

リーフが待ち伏せに遭って怪我《けが》をしたら？　それは自業自得だ。そもそもわたしたち兄妹《きょうだい》には血の繋《つな》がりがあるだけで、今後親しくなるとも思えない。それでも、良心が咎《とが》めた。イーザウとパールは、怪我をしたリーフを見たくはないだろう。だが考えてみれば、リーフは魔術師。魔術で自分の身が守れるのでは？　そう考えて、首を横に振った。魔術で何ができるのか考えられるほど、わたしには魔術の知識がない。

「まさか狩猟団が北の人間を怖《お》じ気《け》づかせるとはね」リーフは笑い、道を進み始めた。

実際、わたしは怖じ気づいていた。背嚢《はいのう》を下ろし、飛び出しナイフをそっと取り出して、新しいズボンの縫い目に沿って小さな切りこみを入れると、ホルダーを太腿に縛りつける。それからひとつに束ねた髪をお団子に結い上げ、ヘアピンでとめた。戦う身支度がすんだところで背嚢を肩にかけ、リーフのあとを追った。

わたしが追いつくと、リーフは鼻で笑った。一メートル五十センチのボウを手にし、気持ちをゾーンに持っていく。ゾーンというのは、敵の動きを予測する精神集中のテクニックだ。今回は道の前方に意識を集中させた。

伏兵は道の両側に六人ずついて、いつでも攻撃できるよう身構えていた。わたしたちが近づく音を聞きつけたのがわかったが、彼らはじっとしている。こちらが一団の中央まで来たときに初めて攻撃し、取り囲むつもりらしい。

わたしには別の計画があった。伏兵たちがいる場所のすぐ手前で背嚢を地面に落とし、声をあげた。「待って！」

リーフが振り返る。「今度はなんだ？」

「何か物音が――」

合図の声が森に響き渡った。鳥たちが翼をばたつかせ、いっせいに空へ飛び立つ。

剣を手にした男たちが、茂みから飛び出してきた。しかし、驚かせるのはわたしのほうだった。襲いかかってきた最初のふたりの剣を叩《たた》き落とすと、持っていたボウで相手のこめかみを打ち、地面に倒した。

三人目が近づいてくると、相手の脚をすくった。さらにふたりの男が襲いかかってきたが、受けて立とうとすると、道の両側に飛びのいてしまった。何事かと思ったが、ブーツの靴底に強い振動を感じ、見上げると立派な体躯《たいく》の馬が突進してくるのがわかった。慌てて飛びのいたが、その直前に剣が左の上腕をかすめた。怒りに任せ、一番近くにいた男の鼻をボウで突く。血がほとばしり、男は痛みに悲鳴をあげた。

「この女を止めろ」馬上の男が命じた。

わたしはリーフの姿を捜した。リーフは武装した四人の男に囲まれ、道の真ん中に立っていた。びっくりした表情だが、無事らしい。山刀は彼の足元にあった。

数では勝ち目はなく、残された時間はわずかだった。馬上の男は次の攻撃のために手綱を操り、馬を回れ右させた。鼻の折れた男は地面に横たわっている。わたしは男の胸に跨《また》がって立ち、ボウの先を首にあてがった。

「やめなさい。さもないとこの人の喉をつぶす」わたしは叫んだ。

馬上の若い男は手綱を引いて馬を止めた。しかしほかの兵士たちが、信じられないという顔でわたしを見ながら後ずさりすると、彼は剣を宙に掲げた。「そいつを放さないと、兄の命はないぞ」

どうしてリーフがわたしの兄だと知っているのだろう？　考えながらリーフを見た。その心臓には兵士の剣先が向けられ、距離はわずかしかない。兄の顔は恐怖で青ざめている。

自業自得だ。わたしの足の下にいる兵士は苦しそうにあえいでいる。

わたしは肩をすくめ、「どうやら袋小路ね」と馬上の男に答えた。

「いかにも。いったん休戦して、事態について話しあうとしようか？」

同意しかけると、相手が指をぱちんと鳴らした。人が動く気配を感じ、振り返るより先に、ドンというぞっとする音を耳にした。

頭蓋骨の奥に激痛が走り、そこで気を失った。

頭蓋骨の両脇をふたつの木槌《きづち》で叩かれているみたいに、頭がずきずきと痛む。一瞬目を開けたが、またぎゅっとつぶった。視界に入るのは上下に揺れる茶色い獣の皮膚だけで、吐き気がした。嘔吐しないようこらえるうちに、逆さまにされた状態で運ばれているのだと気づいた。もう一度思いきって薄目を開け、馬の背にうつ伏せにされているのを確認し、そして吐いた。

「目を覚ましたぞ」男の声がした。

ありがたいことに、馬が止まった。

「よし。ここで野営しよう」馬上の男が告げた。

脇腹を強く押され、地面にどさりと落とされた。落ちた瞬間、身体に衝撃が走ってぎょっとしたが、骨がどこも折れていませんようにと願うことしかできない。

日が暮れて、男たちが立ち働く音が聞こえてきた。もっと楽な体勢をとろうとして身体をよじり、パニックに襲われた。思うように動けない。そして、聞き慣れた音に気づき、胃がこわばった。手首と足首にかけられた手錠と足枷《あしかせ》の音だ。調べてみると、両手にかけられた金属の手錠の間に、三十センチほどの鎖がぶら下がっている。拘束されていると知ったとたん漏れそうになった悲鳴を押し殺し、手足をばたつかせたい衝動を抑えた。何度か深呼吸し、激しい動悸《どうき》と動揺を静める。

怪我の程度を確かめた。筋肉の痛みは別として、骨はどこも折れていないようだ。剣で切られた左の上腕はひりひりしたが、戦っている間は痛みを感じなかったし、ずきずきと響く頭痛に比べればどうってことはない。だからそのままじっとして、機会をうかがった。

すっかり暗くなる頃には、テントを張る物音は小さな囁《ささや》き声に取って代わった。頭痛がだいぶおさまると、もう一度身体を動かそうと試み、仰向けになることができた。目の前に広がった星空はすぐに、わたしを見下ろす男の顔で遮られた。何度も折られて歪んだ鼻に、寄った小さな目。月の光で男の剣がぎらりと光り、剣先が喉のすぐ上にあるのがわかった。「面倒を起こせば俺の刃《やいば》で串刺しにしてやる」男は下卑た笑みを浮かべた。「刃と言っても剣じゃないぞ」その証拠に、剣を鞘《さや》に収める。

面倒は起こすまいと心に決めた。少なくとも、今はまだ。わたしが無言なので、見張り役は満足したようだった。筋肉の盛り上がった腕を組み、こちらをじっと見つめている。

太腿にホルダーの感触があった。中に今もナイフがあるかどうかはわからないが、見張られている間は確認もできない。代わりに、場所を把握しようとあたりを見回した。

わたしを襲った連中は、森の中の開けた場所にテントを張っていた。燃え盛る炎を囲み、何か料理している。匂いからすると肉らしい。張られたテントはひとつだけ。リーフと馬に乗っていた男の姿は見えないが、馬は近くの木に繋がれている。人数を数えると、わたしの見張り役を含め十人。テントの中にはもっといるかもしれない。いずれにしても、わたしひとりで戦うには多すぎる人数だ。

わたしは上半身を起こそうとした。目が回り、胃の中が空になるまで吐いた。

焚《た》き火《び》から、ひとりの兵士が近づいてきた。年配の男で、短い白髪が逆立っている。彼は手にしていたカップをわたしによこし、「飲め」とだけ言った。

温かそうな液体から生姜《しょうが》の匂いが漂う。「これは?」声がかすれていた。

「つべこべ言うな」見張り役がわたしに一歩近づき、拳を振り上げた。「マロック大尉がおっしゃるようにしろ」

「落ち着け、ゴール。明日になったら、その娘には歩いてもらわねばならん」マロック大尉は兵士をなだめ、それからわたしに告げた。「それはおまえの兄が、背嚢に入れていた葉を使って作ったものだ」

リーフは生きている。その事実にほっとしたことに自分でも驚いた。

「それで頭痛がおさまるはずだ」カップの縁に口をつけるのをためらっていると、大尉が言った。瞳にかすかにやさしさが兆したが、厳しい表情は崩れない。

殺そうと思えばとっくに殺せたはずなのに、今になって毒殺しようとするだろうか?

「飲まないと、無理にでも喉に流しこむぞ」ゴールが脅す。

この男は本気だろう。だから、ほんの少しすすって毒見をした。甘い生姜をレモンジュースで割ったような味がする。一口飲んだら少し気分がよくなり、残りを飲み干した。

「娘をもっと焚き火に近づけろとカーヒルが言っていた。ここは暗すぎる。それと、今夜の見張りは四時間交替にしたからな」マロック大尉がゴールに告げた。

ゴールは両脇を抱えこむようにしてわたしを引っ張り起こした。また吐き気が襲ってくると思って身構えたが、平気だった。胃が落ち着き、頭もすっきりして、どうやって歩いたらいいのかということにまで考えが回った。左右の足枷を繋ぐ鎖は短すぎる。幸い、手錠と足枷は繋がっていなかったが。

その問題は、ゴールの肩に担がれたことで解決した。彼が焚き火のそばにわたしをどさりと下ろすと、ほかの連中はしゃべるのをやめた。その中のひとりが、鼻に貼られた血だらけの絆創膏《ばんそうこう》越しに、わたしを睨みつける。

マロックは食事の皿をわたしにくれた。「食べろ。おまえには体力が必要になる」

兵士たちがいっせいに笑った。少しも面白そうに聞こえない、ぞっとする響きだ。

皿にのった肉とチーズパンを前にして、食べるかどうか思案した。地面に胃の中のものを全部吐き出した直後だったが、肉を焼いた匂いに誘われ心が決まった。毒見をしてからかぶりつく。

頭痛がおさまり、食事で力もいくらか戻ったので、自分の置かれた状況について考えた。最大の疑問は、なぜリーフとわたしが捕まったのか。そして、誰に捕まったのかだ。ゴールがまだ近くをうろついていたので、訊《き》いてみた。

ゴールの手の甲が頬に飛んできた。「しゃべるな」と命じる。

頬がじんじんと痛み、涙が勝手にあふれてきた。このゴールって男、嫌いだ。

その後の数時間は無言を通し、逃げ道を探すことに時間を費やした。背嚢はどこにも見当たらなかったが、焚き火の向こうで大きな体格の男がわたしのボウを持ち、ほかの兵士を相手に練習試合をしていた。大男は汗だくになって練習用の相手の剣を不器用に叩きつけたが、やすやすと打ち負かされた。

その一戦を見て、彼らは質素な一般市民の服を着てはいるが、きっと軍人だと判断した。歳《とし》は二十代半ばから四十代後半。五十代もいるかもしれない。傭兵《ようへい》だろうか？　マロック大尉が彼らの上官だということは間違いない。

それならどうして彼らはわたしたちを攻撃したのだろう？　金目当てなら欲しいものを奪って逃げたはずだ。人殺しだとしたら、とっくにわたしの命はないだろう。残る可能性は、誘拐。身代金のため？　あるいは、何かもっと恐ろしい目的？

　娘がふたたび行方不明になったと両親が知ったらどうなるか、想像しただけでぞっとして、肩が震えた。それだけは避けなければと心に誓う。とにかく逃げよう。だがそれも、ゴールの厳しい監視のもとではままならないだろう。

　首を擦《こす》ると、手が血でべたついた。指先で調べてみると、うなじに深手がひとつ、それに、左のこめかみの上に小さめの切り傷がひとつある。さりげない仕草を装い、お団子にした髪にそっと触れてから、手を離した。

ヘアピンはまだ結い上げた髪に留まっている。ゴールがヘアピンに気づきませんようにと祈った。

　脱出の手段は手の届くところにある。あとは監視にちょっとした隙があればいい。残念ながら、すぐにはその機会は訪れそうになかった。男がふたりテントから現れて、こちらにまっすぐ近づいてきた。

「この女に会いたいとおっしゃっている」そう言うと、ふたりでわたしの足を引っ張ってテントに引きずっていった。ゴールがあとをついてくる。

　中に引きずりこまれ、放り出された。蝋燭《ろうそく》のほのかな灯《あか》りに目が慣れると、例の若い騎手が麻布のかかったテーブルについているのがわかった。鎖にも繋がれず、無傷のリーフが、その隣に座っている。テーブルの上にわたしの背嚢が置かれ、中身が広げられていた。

わたしはなんとか立ち上がった。「みんな、あなたの友達なの？」リーフに尋ねる。

何か固いものが頭の横にぶつかり、ふたたび床に倒された。リーフは椅子から腰を浮かせたが、騎手がその腕に触れると、思いとどまった。

「やめておけ、ゴール。外で待っていろ」騎手が命じた。

「こいつが許可なく口をききましたので」

「女がそれなりの敬意を示さない場合は、おまえが礼儀を教えてやれ。さあ下がれ」

わたしはまた立ち上がろうとした。ゴールは出ていったが、ふたりの兵士が戸口に残っている。もはや堪忍袋の緒が切れた。すばやく動けば、手錠の間の鎖を騎手の首に引っかけて、絞め上げることができるかもしれない。

目で距離を測っていると、騎手が口を開いた。「わたしならばかな真似《まね》はしないだろうな」膝の上の長く太い剣を持ち上げる。

「あなたはいったい何者？　何が目的なの？」問いつめた。

「言葉に気をつけないと、ゴールを呼ぶぞ」騎手が微笑《ほほえ》む。

「いつでもどうぞ。その代わり手錠をはずして、正々堂々と戦わせて」相手が黙っているので続けた。「わたしが勝つのが怖いんでしょう。奇襲部隊が陥りがちな精神状態ね」

騎手は楽しそうにリーフを見た。リーフが心配そうに彼を見返す。ふたりはどういう関係なのだろう。仲間、それとも敵？

「ずいぶん威勢がいいな、聞いていなかったぞ」そう言って、わたしを見つめる。「虚勢にすぎないかもしれないが」

「確かめてみたら」

騎手は笑った。口と顎を金色の髭《ひげ》が覆っているが、それでもわたしより若く見える。十七、八歳かもしれない。目は褪《あ》せた青で、肩まである金髪を後ろでひとつに束ねている。着ているのは薄い灰色の簡素なチュニック。これだけ離れていても、生地が兵士たちの服より良質だとわかる。

「何が目的？」もう一度尋ねる。

「情報だよ」

思いがけない答えに、わたしは口をぽかんと開けた。

「おいおい、まぬけを装っても無駄だぞ。わたしが欲しいのはイクシアの軍事情報だ。隊の規模と配備の位置。強みと弱み。武器はどのくらいあるのか？　ヴァレクの正確な居場所はどこか。奴《やつ》が放ったほかの密偵は誰で、どこにいるのか。その手の情報だよ」

「なぜわたしがそんなことを知ってるっていうの？」

男がリーフにちらりと目を向けたのを見て、いきなり合点がいった。「わたしが北の密偵だと思っているのね」ため息がこぼれた。リーフがわたしを罠にかけたのだ。リーフがわたしの兄だとこの男が知っていたのは、それが理由。奇襲されたときにリーフが怯《おび》えて動揺していたのも、すべて演技だった。第一魔術師範との用事など、何もないというわけだ。わたしがテントに連れてこられてからずっと黙っているのもうなずける。

「わかったわ、誰もがわたしを密偵だと思いこんでいるようだから、それらしく振る舞わないと」挑戦的に見えるよう腕を組む。手錠がたてる金属音でそれも台無しだったが、とにかく反撃に出た。「あなたみたいな南のクズには、何ひとつ教えない」

「おまえに選択肢はない」

「そう思ってるなら、あとで驚くことになるわ」何しろ、彼が求めているような答えなどそもそも持っていないのだ。最高司令官の好物が知りたいなら、喜んで教えられるけれど。

「ゴールを使って拷問にかけ、自白させればいいことだ。奴は大喜びで従うだろう。だが、あまり美しいやり方ではないし、時間も食う。それにわたしは常日頃、事実というものは、疑われているというストレスから明かされるものだと思っているんでね」

　騎手は椅子から立ち上がるとテーブルを回り、こちらに近づいてきた。わたしを脅そうというのか、右手に剣を掴《つか》んでいる。わたしより二十センチほど背が高く、膝まである乗馬用の黒い革のブーツに濃い灰色のズボンを押しこんでいる。

「驚くことになるのはおまえのほうだ。これからおまえを第一魔術師範が待つ魔術師養成所に連れていき、心をバナナの皮みたいに剥いてもらう。それでやわな中心部にあるすべての答えが暴かれる。その過程で脳みそが少しばかりつぶされるだろうが……」そんなことはどうでもいいとばかりに肩をすくめる。「そうして手に入れた情報は、いつも正確だ」

目覚めて自分が虜囚となったことに気づいてから初めて、本物の恐怖が肌をかすめた。

密偵のふりをしたのは失敗だったかもしれない。「あなたが望む情報なんて持っていないと言っても、どうせ信じないでしょう？」

騎手はうなずいた。「おまえの北への忠誠心を証明するものは、背嚢の中にあった。イクシアの硬貨と制服だ」

「それこそ、わたしが密偵じゃない証拠よ。任務についているときに制服を荷物に入れておくようなばかな女を、ヴァレクが雇うわけがない」腹立ち紛れに口走り、たちまち後悔した。ヴァレクの名前を出してしまうなんて。騎手とリーフはすぐに、〝ついに口を滑らせたぞ〟という目つきで互いを見た。

わたしは時間を稼ごうとした。「あなたは誰？　どうしてそんな情報が欲しいの？」

「わたしはイクシア国王カーヒル。そしてわたしが欲しいのは王座だ」

6

イクシア国王？　このばかげた青年は、自分が国王だと思っているの？

「イクシア国王は亡くなったわ」わたしは正した。

「アンブローズがイクシアの政権を奪ったとき、おまえのボスのヴァレクが、国王と王族をひとり残らず殺したことは百も承知だ。だが奴《やつ》は致命的なミスを犯した」カーヒルは剣を突き刺す真似《まね》をした。「死体を数えなかったのさ。六歳だった国王の甥《おい》は南に逃れた。わたしはイクシアの王位継承者であり、その権利を主張するつもりでいる」

「そうしたいなら、人手が足りないと思う」

「どのくらい？」男は目に見えて興味を示した。

「少なくとも十二人以上はいないと」野営地にいる兵の数はそれぐらいだろう。

相手は声をあげて笑った。「心配するな。最高司令官の軍隊と暗殺部隊はシティアにとっておおいに脅威だからな。わたしを支持する兵役志願者は大勢いる。それに……」一瞬、口をつぐむ。「おまえを城塞に届け、わたしが危険な密偵の正体を暴いたことがわかれば、議会もアンブローズから政権を奪還しようとしているわたしに協力せざるを得ないだろう。そうすれば、シティア全軍がわたしの思いのままだ」

まるで玩具《おもちゃ》の兵隊で遊ぶ子どもみたいだ。彼が口にした〝六歳〟という数字から、頭の中ですばやく計算する。カーヒルはわたしよりひとつ年上の二十一歳だ。

「それでわたしを城塞に連れていこうとしているの？」

カーヒルはうなずいた。「あそこに行けば、第一魔術師範がおまえの心から情報を引き出してくれる」にやりと笑い、欲深そうな目をぎらりと光らせた。

カーヒルが初めてその話に触れたとき、なぜかわたしの中で魔術師範と城塞が結びつかなかった。脳みそをつぶされると言われたことで、動揺してしまったのだ。

「どのみち城塞に行くつもりだったのに、なぜわざわざこんなことを？」腕組みを解き、手錠を見せる。

「おまえは生徒になりすますはずだ。あいにく魔術師たちは『倫理規範』に重きを置きすぎて、相手が何か法を破って捕まらない限り心の内を詮索したりはしない。わたしが介入しなければおまえを招き入れ、シティアの秘密をすべて教えてしまっただろう」

つまりわたしは証拠品なのだ。あくどい犯罪者からシティアを救ったと、魔術師たちに示すわけだ。「わかった。一緒に城塞に行くわ」手首を揃《そろ》えて差し出した。「だから、これをはずして。おとなしくしているから」

「逃げ出さないという証《あかし》は?」カーヒルが尋ねた。

「わたしがそう言っているから」

「おまえの言葉なんてなんの意味もない」リーフが口を挟んだ。

その夜初めてのリーフの発言。拳で一発殴り、黙らせてしまいたい。この決着はいつか絶対につけてやるとばかりに、わたしはリーフを睨《にら》みつけた。

カーヒルはまだ疑わしげだった。

「十二人の部下に見張らせたらどう?」そう持ちかける。

「いいや。おまえはわたしの捕虜だ。それなりの身なりをしてもらう」カーヒルが手を振ると、テントの入口にいたふたりの兵士がわたしの両脇を掴《つか》んだ。

話し合いは終わった。わたしはテントから引きずり出され、焚《た》き火《び》のそばに放り出された。鷹《たか》のような目をしたゴールがふたたび監視につく。選択の余地は与えられなかった。でも、カーヒルの戦利品として城塞に届けられるつもりは毛頭ない。

その場に横たわって男たちの様子を見聞きするうちに、手っ取り早い方法が頭に浮かんだ。その夜、野営地が静かになると、ふたりの男がゴールと見張りを交替した。わたしは寝たふりをして、二番目のシフトの男たちが見張りに飽き飽きしだすのを待った。

残された武器は、たとえ力の程度や能力に不安が残るとしても、魔術だけだ。これからしようとしていることは『倫理規範』に明らかに違反するはずだが、もはや気にしていられない。魔術より肉弾戦のほうが好みだけれど、選択の余地も時間もない。

深呼吸して意識を飛ばそうとしたが、無惨に失敗した。ボウがないと集中できないのだ。目立つ動きはしたくなかったので、親指でほかの指先を擦《こす》った。肌を触れ合わせることで気持ちが研ぎ澄まされ、意識を身体から押し出すことに成功した。

見張りの男たちが居眠りしていることを祈ったが、ひとりはそっと口笛を吹き、もうひとりは頭の中で戦略を見直している。ふたりとも、心は眠りたがっているのに。

わたしはその眠気を利用した。ふたりの心に〝眠れ〟と命じ、あとは運に任せた。魔術に関するわたしの知識はとても乏しい。それでうまくいくかどうかまったくわからなかった。最初は、抵抗された。もう一度〝眠れ〟と命じると、まもなくふたりは地面に横たわったが、まだ目は覚めている。あまり強引なことはしたくなかったけれど、もうすぐ夜明けだ。〝眠れ〟と強い口調で命じると、とうとうふたりは降参した。

上半身を起こすと、鎖がカチャカチャと鳴った。激しく動悸《どうき》する胸に鎖を押しつけ、居眠りしている男たちの様子をうかがう。鎖の音については考えていなかった。自由がきくのは片手と口だけのため手錠の鍵を開けるのは一苦労で、さらに大きな音がした。そこで計画を変更した。ここにいる全員を、物音で目覚めないくらい深い眠りに誘ってはどうか。

意識を投じてひとりひとりの心に触れ、夢も見ない深い眠りに導いた。テントの中のカーヒルは、簡易ベッドで眠っていた。彼の心をくまなく調べようと思えば調べられたけれど、意識を奪うだけにしておいた。リーフは魔術に対する防御壁を作っていたから、心に触れることはできない。兄が熟睡していることを願った。

空いている手にダイヤモンドのヘアピンを持ち、歯にレンチをくわえて手錠の鍵をはずしにかかり、五回目にしてやっと開けた。空は白々としてきた。時間がどんどん過ぎていく。背嚢《はいのう》を取り戻しにテントに忍びこみ、所持品を中に詰めこんだ。思った以上に物音をたててしまったが、夜がすっかり明けるまで男たちは起きないと本能が告げた。立ち去る途中で兵士の脇にあったボウを引ったくる。

森を駆け抜けながら、一歩前に進むごとにあたりが明るくなっていくことに気がついた。思考は鈍くなり、息が切れ、足が思うように動かない。魔術を使ったせいで、すっかりエネルギーを消耗していた。

木の頂に目を走らせ、葉が大きめの、枝のこんだ場所を探した。それらしい枝振りの木を見つけると足を止め、背嚢から鈎《かぎ》とロープを出した。

やっと枝に鈎がかかったときには、腕がゴムになったみたいに力が入らなかった。皮肉な状況を笑う暇もなく、ロープで身体を吊《つ》り上げる。木の上に逃げるのはこれでもう三度目だ。遠くから聞こえた男たちの怒鳴り声が、わたしを急《せ》かした。

頂に着いてロープを巻き上げると、しっかり身を隠すためにさらに高い枝に登った。ファーンから買った緑色の布で身体を覆い、背中を幹に押しつけて膝を抱えてしゃがむと、下をのぞく隙間を残して長時間の待機に備えた。体力がすぐに回復しますようにと祈る。

野営地で起きていることを想像してみた。見張りの間に眠ってしまった兵士たちが怒鳴られ、わたしの背嚢と所持品がなくなっているのが見つかる。カーヒルが、彼のそばまでわたしが近づきながら殺さなかったことを知り、躊躇《ちゅうちょ》してくれることを願った。

わたしが隠れている木の場所は、思ったより野営地に近かったらしい。抜き身の剣を手にした追っ手たちが、予想よりも早く現れた。緑色の布にくるまり、じっとする。

兵士たちを先導しているのはゴールだった。藪《やぶ》の中を捜すために身をかがめ、それから声を張り上げた。「こっちだ。奴は遠くに行っていない。樹液がまだべたついているぞ」

汗がどっと噴き出す。ゴールはまるで猟犬だ。

片手でズボンの切りこみを探る。飛び出しナイフは没収されていなかった。滑らかな木の取っ手を掴むと、少し気持ちが落ち着いた。

ゴールが、わたしがいる木の根元で足を止めた。わたしは体重を前にかけ、枝にかがみこんだ。いざとなったら逃げられるように。

幹のまわりの地面をじっくり調べたあと、ゴールが目を上に向け、枝の間をのぞく。身も凍るような恐怖に襲われ、息が止まった。わたしは重大な過ちを犯していたことに気づいた。

獲物を前にした獣の笑みが、ゴールの顔に広がった。「見つけたぞ」

7

偽装に使っていた緑の布を背中からぐいと引っ張り、それをシーツのように振り広げた。

「あそこだ!」ゴールの手下が叫び、こちらを指さす。

手を離すと、布は男たちに向かってひらひらと落ちていった。それが彼らの顔にかぶさり、視界を奪うやいなや、わたしはほかの枝に飛び移った。突然力が漲《みなぎ》り、ゴールや彼の手下たちからさらに高く、さらに遠くへ、枝から枝へと移動する。

「おい!」誰かが下から叫ぶ。「奴《やつ》を止めろ!」

ゴールが木の上までは追ってこられないことを願いながら、移動し続けた。わたしが犯した過ちは、カーヒルがわたしの荷物を調べ上げていたのを忘れていたこと。ゴールは荷物の中に鉤《かぎ》とロープがあるのを知っていた。そのわずかな手がかりで、優秀な追跡者はたいして時間もかけずにわたしを見つけた。

悪態とわめき声が下から迫ってくる。わたしは全神経を集中させて、木から木へと逃げた。やっと頭がまともに働き出したとき、自分が大きな音をたてていることに気がついた。

ゴールたちは、木の葉ががさつく音と枝が折れる音を頼りに追ってきていた。彼らはただ、わたしが木から落ちるか、疲れきるのを待てばいいだけだ。

音をさせないように気をつけていったん速度を落とすと、地上にいる男たちの声が聞こえてきた。彼らは互いにわたしの位置を言いあい、近づいてくる。

「止まれ！」すぐ真下で声がした。

わたしは驚いて、全身をこわばらせた。

「あの女が止まったぞ」

わたしはそのまま上に向かった。カタツムリのようにのろのろした動きだったが、音はたてていない。

「おまえは袋の鼠《ねずみ》だ」ゴールの声だ。「さっさと下りてこい。そうすれば、痛い目に遭うとしてもわずかですむ」

下唇を噛《か》み、彼の〝寛大なる〟申し出に皮肉を返したくなるのをぐっとこらえた。そのまま木の中を移動し続ける。相手も黙りこんだため、彼らがどこにいるのかわからなくなった。さらに上の枝に移り、そこで止まって男たちの居場所を示す手がかりを探そうとしたが、一面に広がる緑しか見えない。

すると、空想が膨らみ出した。罠《わな》にかかった気分になる。ゴールがじっとこちらを見ている、そんな気がして仕方がなくなり、顔がかっと熱くなる。パニックで動悸《どうき》が激しい。

そのとき、アイリスが密林で授けてくれた教えが頭に浮かんだ。目ではなく、心で探せ。

深呼吸をひとつして、ボウを手にした。手のひらに伝わる木の滑らかな感触に気持ちを集め、意識を地上に移す。

連中は散り散りになっていた。わたしの右側の広い森林を捜している。木の下にゴールの気配はない。いやな予感が背筋を這《は》い、木の頂に目を走らせる。ゴールはすでに緑の天蓋に登ってきていた。わたしが急いでいたときに残した形跡を追ってきたに違いない。その心は、とことん痛めつけてやろうという黒い悪意に満ちていた。

わたしはじっとしていた。ゴールは、物音にわたしが気を配り始めた場所まで来ると一瞬戸惑いを見せたが、別の痕跡を見つけたらしく、わたしのいるほうに近づいてきた。

見つかるのは時間の問題だ。魔術を使って別方向に向かわせようか。あるいは眠らせる？　可能だとは思うが、結局ゴールは目を覚まし、わたしの居場所を突き止めるだろう。誰を捜しているのか忘れるように仕向けるという手もあるけれど、それには彼の心の奥底をのぞく必要があり、残りの体力を消耗してしまう。

頭を使いなさい。なんとしてもゴールを追い払わないと。カーヒルが別の追跡者を用意していない限り、ゴールが追ってこなければ逃げられるチャンスが高まる。新たな策略が頭の中で形を取り始めた。わたしは手にしていたボウを背嚢《はいのう》のホルダーに戻した。

ゴールの心に軽く触れたまま足を速め、痕跡をしっかり残すようにしてしばらくはそのまま進んだ。森の中の小さな空き地まで来ると木にぶら下がり、勢いをつけてどさりと着地する。ブーツの足跡をくっきりと残しながら空き地を横切り、反対側の藪《やぶ》を突破した。

さあ、ここからが肝心だ。わたしは足跡を逆にたどって、飛び降りた木に戻った。鈎をそのまま使っては跡が残るので、それを使って木の枝にロープを引っかけ、腕の力を頼りに登る。願わくは枝に擦《こす》れた跡が、木に登ったときではなく、空き地に飛び降りるときにできたように見えるといいのだけれど。登るとすぐにロープを巻き取って、肩から斜め掛けにした。これで両手は自由だ。

今の距離なら、ゴールにはこちらの物音が聞こえるはずだ。わたしは地面に落下したかのように小さく呻《うめ》いてみせた。細心の注意を払い、さらに木を登る。ゴールが見え、わたしは息を詰めた。

わたしが空き地に飛び降りたときの枝を、相手は念入りに調べていた。身を乗り出し、地面に目を凝らしている。

「地上に下りたってことか」ゴールはひとり言を言った。

ゴールも木にぶら下がってから着地し、わたしがつけた足跡のそばにしゃがんだ。彼の心はわたしを拷問する楽しみでいっぱいだ。〝眠れ〟と心に命じてみたが、従う気配はなく、逆に今の命令がゴールの疑念を呼んだ。彼は立ち上がり、空き地をざっと見渡した。

だめだ。〝上を見るな〟と低い枝に移動しながら、また彼の心に命じる。木の葉が揺れたがゴールは気づかない。ナイフの刃を飛び出させ、ロープを一メートル切り取る。その両端を手に巻きつけたところで、ゴールが振り返ってわたしの痕跡を調べた。

わたしは枝から飛び降り、ゴールの背後に着地した。相手が動くより先にロープの輪をその首にかけ、身を翻す。背嚢が彼の背中を押し、今やわたしはロープを肩にかけていた。片膝をつき、ゴールの身体が反り返るように背負う。その体勢では、彼はわたしに指先を伸ばすのが精一杯だったから、代わりに首を絞めているロープを引っ張った。

ゴールが意識を失ったと思った次の瞬間、彼の頭がわたしの後頭部にぶつかり、その全体重を背中に感じた。ゴールはそのまま後方宙返りをし、わたしの正面で着地した。

護身術の心得があったなんて。ゴールは身体を起こし、わたしの手からロープをもぎ取った。「これで終わりか？」その声は、わたしが絞め殺そうとしたせいでかすれている。

わたしは背中からボウを引き抜いた。ゴールは剣を。

ゴールがにやりと笑う。「小娘には小さな武器」そして自分を指さす。「大男には大きな武器」

わたしは足の親指に体重をかけ、戦闘態勢をとった。怖い相手ではなかった。ゴールの二倍ほどの筋肉を持つ友人アーリと、兎《うさぎ》のように敏捷《びんしょう》な、アーリの相棒ジェンコからだって、武器を取り上げられたのだ。ゴールなんて目じゃない。

ボウの木目に両手を滑らせ、ゴールの心とふたたび繋《つな》がった。彼は剣を突き出したが、わたしはその動きをすでに読んでいた。横ざまに脇に飛びすさり、腹を狙ってきた彼の剣をかわすと、懐に入ってボウでこめかみを殴る。ゴールは意識を失い、地面にくずおれた。ゴールが手下に加勢を頼まなかったのは幸いだった。わたしは彼の背嚢を調べた。出てきたのは、拳 鍔《ブラス・ナックル》、小さな鞭《むち》、黒い棍棒《こんぼう》、さまざまなナイフ、猿ぐつわ、手錠、鍵の束、そしてわたしが偽装に使った緑色の布。

ゴールを殺せば、南の国のためになるだろう。だがそれだと残念ながら、密偵ではないという主張と噛みあわない。そこでゴールを木まで引きずっていき、背中を幹に預けさせた。彼の背嚢にあった手錠は、木の後ろで手を固定するのにちょうど役立った。口には猿ぐつわをはめ、紐《ひも》を頭の後ろでしっかり結ぶ。

それから偽装に使った布と手錠の鍵の束を彼の背嚢から取り出し、背嚢と剣を藪に隠した。立ち止まって集中力を回復させ、心でゴールの手下たちを捜す。連中がそばにいないとわかると安心し、カーヒルの野営地の方角を確かめて出発した。

ゴールを見殺しにするわけにはいかなかった。かといって解放したらまた追われるだけだ。城塞に道案内してくれる人さえ見つかれば、カーヒルがゴールを捜す数時間のうちに先に到着できるだろう。最初はその心づもりで逃げていたが、だんだん苛立《いらだ》ってきた。これではまさしく犯罪者か密偵だ。でも、わたしはやましいことなどしていない。逃げるつもりはなかった。

魔術を使ってゴールを騙《だま》し、わたしの痕跡を見失ったと思わせることができるかもしれない。そうすればカーヒルを監視しつつ、一緒に城塞に行ける。だが彼は、わたしが捕虜にならなくてもそのまま城塞に向かうだろうか？　わからない。

ヴァレクに会いたくてたまらない。軍の戦略についての彼との話し合いはいつも、問題解決に役立った。ヴァレクなら、この状況にどう立ち向かうだろう。そう考えるとすぐに、大まかな計画が頭に浮かんだ。


「あの女を見失っただと？」カーヒルは繰り返した。目の前に立つ、しょげた四人の兵を睨《にら》み、顔をしかめる。「ゴールはどこだ？」問いつめた。

誰かがぼそりと答える。

「あいつのことも見失ったのか？」カーヒルの顔が怒りに燃えた。

四人は身をすくめて口ごもった。

本当は声をあげて笑いたかった。野営地の近くにいるわたしからは、カーヒルと四人の兵士たちがよく見えた。目につかないよう緑色の布の下に隠れながら、薄れゆく日の光と捜索隊が到着した騒々しさを利用し、わたしは空き地に近づいた。

「揃《そろ》いも揃って使えないばかどもだな。武器や逃亡に役立つ何かを持っていないかどうか捕虜を調べるのは、当たり前の手順じゃないか」カーヒルはまた四人を睨みつけた。「徹底的かつ綿密な捜索。武器ひとつ見つけたからといって、そこでやめるとは」鋭い視線にさらされ、四人はそわそわした。「マロック大尉？」

「はい、陛下」マロックは姿勢を正した。

「もしゴールが夜明けまでに戻ってこなければ、おまえに捜索隊の指揮を執ってもらいたい。例の密偵を見つけられるかどうかは、奴にかかっているからな」

「了解しました」

カーヒルはもったいぶった足取りでテントに戻っていった。カーヒルがその場からいなくなると、焚《た》き火《び》のまわりに立っている兵士たちの暗い顔が見えた。

肉の焼ける匂いで、お腹《なか》が鳴った。一日中何も口にしていなかったが、音をたててはまずい。ため息をつくと、もぞもぞと収まりのいい体勢をとり、長い待ち時間に備えた。

いったん兵士たちが眠りにつくと、緊張を保つのが難しくなった。マロック大尉が置いたふたりの見張りは野営地を周回している。魔術を使ったせいで体力が消耗し、眠気に襲われた。まぶたの重さにあらがった末、少しの間まどろんでしまったが、ゴールの両手が首にかかる夢を見て、真夜中にはっと目が覚めた。

見張りは野営地の奥にいた。眠っている兵士たちは魔力でさらに熟睡させたが、見張りは手強《てごわ》かった。前夜に居眠りした見張りが受けたひどい罰が頭から離れないらしく、ずっと気が張っている。そこでわたしは〝見るな〟という命令を試み、カーヒルのテントに忍び寄った。

テントの裏手に近づきつつナイフの刃を出し、布の壁に切れ込みを入れる。その小さな穴を抜け、中に入った。

カーヒルは眠っていた。リーフもわたしの侵入に気づかず、身体を横向きに丸め、片腕を簡易ベッドから垂らして寝ている。カーヒルは仰向けで、お腹で腕を交差させている。刃渡りのある剣は床に置かれ、手の届くところにあった。わたしはその剣を遠くにどかしてから彼の椅子に座った。

飛び出しナイフの刃を首に押し当てたとたん、カーヒルは目を開けた。

「静かにしないと命はない」わたしは声をひそめた。

カーヒルが目を見開いた。腕を動かそうとするも、上にあるわたしの身体がそれを阻止する。わたしは力任せに押しやられる前に、ナイフを持つ手に力をこめた。カーヒルの首筋に血が滲《にじ》む。

「動かないで。剣は届かないところにある。それほどばかじゃないの」

「そのようだな」

カーヒルの身体から力が抜けたのがわかる。

「どうしたいんだ？」カーヒルが訊《き》いてきた。

「休戦」

「どんな？」

「わたしを鎖に繋いで城塞へ連れていくのをやめれば、旅の連れとして同行する」

「それで、こちらになんの得がある？」

「ゴールを取り返し、わたしの協力を得られる」

「ゴールはおまえが？」

手錠の鍵束をカーヒルの目の前でぶら下げる。

「実の兄さえ信じていないというのに、どうしてわたしにおまえを信じられる？」

「わたしは休戦を提案した。今まであなたを殺す機会が二度もあったのに。あなたはイクシアにとって真の脅威よ。もしわたしが本物の密偵なら、あなたを殺し、北で名を上げるわ」

「わたしがこの休戦協定に背いた場合は？」

肩をすくめた。「また逃げるだけ。でもそのときはゴールの死体が置き土産よ」

「奴は優秀な追跡者だ」カーヒルが鼻高々に言う。

「お気の毒さま」

「おまえの申し出に応じない場合は？」

「それなら、ゴールはあなたに見つけてもらうことにして、わたしは消える」

「あいつを殺して？」

「ええ」はったりをきかせた。

「なぜ戻った？　おまえにとって問題はゴールだけだろう」

「密偵じゃないと証明する機会が欲しかったから」苛立ちをこらえきれずに続けた。「わたしはザルタナ人なの。罪も犯していないのに、犯罪者のように逃げるつもりはない。だけどあなたの捕虜にもなりたくない。それに……」それ以上、説明できなかった。ため息が漏れる。カーヒルの言うとおりだ。実の兄すら信じていないのに、どうしてカーヒルがわたしを信じるだろう？　わたしはすでに賭けに出て負けたのだ。

　計画変更だ。急ごう。一番安全なのは、アイリスを見つけることだろう。

カーヒルの喉から飛び出しナイフを引っこめた。一日中食事も睡眠もとらずに潜伏していたせいで、くたくただった。わたしはカーヒルから飛びすさった。

「わたしは誰も殺したりしないわ」カーヒルから目を離さないまま、ナイフで切れ目をつけたテントの壁に引き返した。

　振り返って布にあるはずの切れ目を探そうとしたとたん、いきなり眩暈《めまい》に襲われ、よろよろとしゃがみこんだ。テントがぐるぐると回り、ほんの一瞬、意識が遠のいた。身体から力が奪われていく。

　やがて意識が戻ると、カーヒルがわたしの飛び出しナイフを取り上げていた。

8

カーヒルはわたしから離れ、ナイトテーブルの角灯《ランタン》に火をともした。蝋燭《ろうそく》の灯《あか》りの中で、飛び出しナイフをじっくり眺めている。

「陛下?」テントの外から声がした。

わたしは覚悟した。飛びこんできた見張りに捕らえられ、手錠をかけられるに違いない。

「何も問題ない」カーヒルが告げる。

「何よりです、陛下」

見張りが立ち去る気配がし、驚いてカーヒルを見た。おそらく彼はわたしを〝しつけする〟前に、ゴールの居場所を吐かせたいのだろう。身体を起こし、リーフをちらりと見た。目を閉じていて、角灯の灯りとカーヒルの声で目覚めたかどうかはわからない。

「この印には見覚えがある」カーヒルは飛び出しナイフの柄に彫りこまれた六つのシンボルを見つめた。「おじの秘密の戦闘暗号だったと思う」わたしに視線を戻した。寝癖のついた髪が、最初に受けた若いという印象をいっそう強めたが、瞳の中では切れ者らしい知性が躍動している。

わたしはうなずいた。その暗号は戦争中、イクシア国王が指揮官に秘密の伝言を送る際に使っていたものだ。

「あれから長い時が経《た》った」カーヒルの顔が、つかのま悲しみに歪《ゆが》んだ。「意味は？」

「〝敵の包囲をともに耐え抜き、互いのために戦い、永遠の友情を誓う〟。贈り物なの」

「北の人間からか？」

シティアに来ることで失ったものを思い、寂しさで胸が震えた。シャツの膨らみを、その下にあるヴァレクが彫った蝶《ちょう》の首飾りを指で探る。「ええ」

「誰だ？」

妙な質問だ。なぜそんなことを気にするのだろう？　何か思惑があるのかとカーヒルの表情をうかがったが、あるのは好奇心だけだった。「ジェンコ。護身術の先生のひとり」歌いながらこちらの攻撃をかわすジェンコの姿が蘇《よみがえ》り、つい思い出し笑いをした。「ジェンコとアーリがいなければ、今日みたいにあなたから逃げてゴールと戦うなんて、とてもできなかった」

「立派な先生らしい」首に手をやり、血をなすった。

カーヒルは考えにふけっているようだ。両手で持っていた飛び出しナイフの向きを変えて刃を柄に押しこむと、飛び出させる。ナイフがかちりと鳴って、わたしはびくっとした。

「よくできている」カーヒルがつぶやく。

カーヒルが近づいてきたので、慌てて立ち上がり、身構えた。身体が弱り、頭が朦朧《もうろう》としていながらも、逃げる機会をうかがう。しかしカーヒルはわたしを脅す代わりにナイフの刃をしまい、こちらによこした。わたしは驚き、手にした武器を見つめた。

「では休戦だ。だが、問題が起きたらおまえを鎖に繋《つな》ぐ」カーヒルは身振りでテントの隅を示した。「疲れきっているようだから少し休め。明日は長い一日になる」自分の剣を手元に戻し、簡易ベッドに横になった。

「ゴールがどこにいるか知りたくないの?」わたしは訊《き》いた。

「危険が差し迫った状態なのか?」

「もしも有毒動物か肉食動物がこの森にいるなら」

「それなら、奴《やつ》には一晩冷や汗をかかせておこう。身動きできないとなれば仕方あるまい」カーヒルは目を閉じた。

わたしはテントの中をざっと見渡した。わたしが来てからずっとリーフは動かなかったが、目は開いていた。無言で寝返りを打ち、わたしに背を向けた。またしても。ため息をつく。リーフはどこまで聞いていたのだろう。だが、それを気にするにはあまりにも疲れすぎていた。疲労で手足がだるい。わたしは床に外套《がいとう》を広げ、角灯の火を吹き消し、間に合わせの寝床にどさりと倒れこんだ。

翌朝、リーフは一言も発さずテントを出ていった。わたしはというと、ゴールが戻ってこなかったことを部下たちに伝える間は中にいろと、カーヒルに命じられた。

昨夜の見張りの兵士たちを問いつめるカーヒルの声が、テントの外から聞こえる。

「物音ひとつしませんでした」ひとりが答えた。

「変わったことは何もなかったんだな？」カーヒルが訊き返す。

「陛下のテントで見えた光だけです。しかし、陛下はたしか――」

「もしわたしの喉にナイフがあったとしたらどうだ、イーラント？　わたしの言ったことを信じたか？」

「いいえ」

「それなら、わたしが脅されていないと、どうしてわかる？」

「わかりません、陛下。調べるべきでした」イーラントは情けない声で答えた。

「べきだった、は死をもたらす。戦時中なら二度とチャンスはない。北と戦争になっても、奴らは軍隊を送ってはこない。来るのは男ひとりだ。用心もせずにすやすや眠っている間に、ひとり残らず殺されるだろう」

誰かが嘲笑《あざわら》った。「男ひとりでわれわれを殺せっこありません」

「女ならどうだ？」カーヒルは尋ねた。

「無理です」ひとりの見張り役が、同意の拍手の中で断言した。

「それならこれを説明してもらおう。イレーナ」カーヒルが呼んだ。たちまちあたりがしんとなった。「悪いが話に加わってくれ」

カーヒルの教えに使われるのは癪《しゃく》に障るが、彼は正しい。ヴァレクの訓練を受けた暗殺者なら、見張りたちを難なく殺せるだろう。わたしは誰かが襲いかかってきた場合に備え、ボウを手にテントを出た。朝日がまぶしく、目を細めて兵士たちの表情をうかがった。

兵士たちの顔にあったのは、まさかという驚きや怒り。マロック大尉が剣を抜いた。リーフの姿は見当たらない。

「昨夜は問題だらけだったぞ、イーラント。次は確認しろ」

イーラントはうなだれた。「かしこまりました」

「イレーナはわれわれと城塞に行く。同僚として扱うように」カーヒルは命じた。

「ゴールはどうしたんですか？」マロック大尉が尋ねた。

カーヒルがわたしを見る。「ゴールの居場所を大尉に教えてやれ」

「ゴールを繋いでおいてくれる？」わたしは訊いた。ゴールの復讐《ふくしゅう》心は問題を引き起こすに違いない。彼の手に落ちることを思うとぞっとする。

「マロック大尉、ゴールに事情を説明しろ。あいつを自由にする前に、イレーナに危害を加えないと約束させるんだ」

「かしこまりました」

「わたしが許可を与えない限りはな」カーヒルはわたしに向き直った。「問題があれば鎖に繋がれるのはおまえだ。裏切れば、おまえにゴールをつけてやる」

兵士たちの間に、カーヒルの言葉を支持するどよめきが起こった。このちょっとしたショーで、兵士たちの間でカーヒルの株が上がったらしい。わたしはうんざりとカーヒルを見つめた。これまで何度となく脅されてきたから、脅し文句を口にしない人間こそが最も危険だと身をもって知っているのだ。リーフの姿を捜したが相変わらず見当たらない。わたしが自ら投降したので、そのまま家に帰ったのかもしれない。

マロックに手錠の鍵を渡し、ゴールと彼の背嚢《はいのう》の場所を教えた。大尉が救出に出かけると、残りの兵士は野営の撤収を始めた。カーヒルの部下たちはわたしを警戒し、敵意に満ちた目をちらちらと向けてくる。テントの布に切れ目が見つかったとき、その視線はいっそう厳しくなった。

カーヒルとゴールが戻るのを待つ間、わたしは背嚢の中を整理した。髪をとかして三つ編みにし、長いお下げをひねり上げてお団子にするとヘアピンでとめる。準備を怠らないに越したことはない。休戦したとはいえ、カーヒルはいまだにわたしを北の密偵だと思いこんでいる。

帰ってきたゴールはマロックとリーフと一緒だった。リーフがいるとは思わなかったが、怒りに燃えたゴールの表情は予想どおりだった。頬には猿ぐつわの紐《ひも》の跡が赤くくっきりと残っている。髪はぼさぼさ、服はよれよれ。ズボンは湿り、肌には蚊に食われた跡が無数にあった。ゴールは剣を握りしめ、つかつかとこちらに近づいてきた。

マロック大尉がゴールを制し、空き地を指さした。そこにはまだ寝袋が敷かれている。ゴールは恨めしそうにわたしを睨《にら》みつけながら剣を鞘《さや》に収め、寝床に向かった。

わたしは止めていた息をやっと吐いた。撤収がすむとカーヒルは馬に跨《またが》り、森の道を進み出した。ゴールがまた約束を忘れた場合に備え、わたしはマロックから離れなかった。大尉はわたしに微笑《ほほえ》んだ。「気をつけろよ」

カーヒルが手綱を馬に打ちつけ、踵で馬の脇腹を蹴った。馬が速度を上げ、兵士たちも走り始める。

「遅れるな」マロックが声をかけてきた。

アーリとジェンコとの訓練以来、走り込みをしていなかったが、南を旅する間に時間を見つけては身体を動かしていた。マロックに足取りを合わせながら訊いた。「どうしてカーヒルはあなたたちを走らせるの？」

「戦闘の準備をさせておくためさ」

訊きたいことはまだあったが口をつぐみ、マロックについていくことに集中した。次の野営地に着くころには、大尉の背中しか目に入らなくなっていた。体調維持のために続けた努力はちっとも足りなかった。ようやく目的地に着くと必死に息を吸い、なんとか酸素を取りこもうとした。盗み見ると、リーフも息を切らしているようだった。

設置が終わるとすぐに、カーヒルはまたテントの隅で眠るように言ってきた。わたしは外套を広げる手間も惜しんで、地面にくずおれた。朝になると、軽い朝食をとった。

それからの三日間は同じような毎日が続いたが、四日目の終わりには、もう疲れはたいして感じていなかった。夕食も喉を通り、少しの間焚《た》き火《び》のそばにいることもできた。目が合うといつもゴールは睨みつけてきたけれど、わたしは知らん顔をした。リーフはといえば、わたしなど存在しないかのように振る舞っている。

このまま森が永遠に続くのではないかと思えてきた。来る日も来る日も何キロも進んだが、道中誰とも会わず、村らしきものもない。カーヒルは集落を避けているのかもしれない。それがわたしのためか、彼のためなのかはわからない。

ようやく兵士たちもわたしの存在に慣れてきたらしい。互いに冗談を言いあったり、剣を交える練習をしたりしているが、警戒のまなざしも、わたしが焚き火に近寄ったとたん黙りこむこともなくなった。興味深いことに、彼らは何をするにもまずマロック大尉の許可を求めた。

旅を始めてから七日目、マロック大尉が意外な行動に出た。護身術の訓練をしていた兵士たちの輪に加わるよう、わたしを招いたのだ。「その杖《つえ》を相手に訓練したい」

わたしは同意し、ボウを使った基本的な防御の動きをいくつか披露して、木刀を使う兵士たちに対し長尺の武器の利点を示した。わたしが訓練に参加したことにカーヒルは興味を示した。いつもは訓練には見向きもせず、イクシア征服計画についてリーフと話をするほうを好んだが、今日はこちらに近づいてきた。

「木と木の戦いは練習にはいいが、木と鋼となると実戦では勝負にならない」カーヒルが話しかけてきた。「鋭い刃なら、その杖はばらばらだ」

「剣で危険なのはその刃の部分だけ。刃を避ければいいことだわ」

「見せてもらおう」カーヒルが剣を抜いた。

その太い剣は刃渡りがおよそ一メートルあり、見事な武器だがいかにも重そうだ。カーヒルがそれを扱うには両手が必要で、動きも鈍くなる。

両手に伝わるボウの木の感触に意識を集中させ、気持ちを戦闘態勢に持っていく。

カーヒルが突進してきた。そのすばやさに驚いて、後ろに跳びすさる。カーヒルは剣を片手で持ち、気づくとわたしは防御に回っていた。剣術に覚えはあるらしいが、たいした腕ではない。相手が大きな刃を振りまわすと、さっと身をかわして足を前に踏み出し、ボウで剣の腹を叩《たた》く。次にカーヒルが刃を振りまわしたときは、その手を打った。剣が突き出されるとボウを水平にしたまま打ち下ろし、剣先を地面にそらす。彼の剣を払い落とすまではいかなかったが、わたしは終始動き続け、カーヒルにわたしを追わせた。やがてカーヒルが両手で剣を持ったので、疲れてきたのだとわかる。ミスを犯すのは時間の問題だ。

対戦は長引いた。兵士たちはカーヒルに声援を送り、わたしを負かせと急《せ》きたてる。彼らはカーヒルの額に光る汗にも、ぜいぜいと上がった息にも気づいていない。

まもなくカーヒルが剣を大振りした。その隙をとらえ、相手の胸元に潜りこんでボウで脇腹を軽く叩く。「これでわかったでしょ？」訊きながら、次の攻撃を踊るようにかわす。

カーヒルは動きを止めた。「もう時間も遅い。決着はあとだ」そう言い、剣を鞘に収めてテントに歩き出した。

訓練はそこまで。兵士たちは黙々と道具を片づけた。

わたしは焚き火のそばに座り、カーヒルが冷静になるのを待った。隣にはマロック大尉が座っている。

「あんたは言い分を証明した」大尉が言った。

わたしは肩をすくめた。「もっと軽い剣だったら、カーヒルが勝っていたわ」

わたしたちは黙って炎を見つめた。

「どうしてカーヒルはあの剣を携えているの？」マロックに問いかける。

「あれは国王の剣だった。カーヒルとともに、なんとか南まで運んだのだ」

マロックの顔をまじまじと見た。なめし革を思わせるその肌は、長年の間にあらゆるものを見てきた苦労人のそれだった。肌が褐色なのは日焼けのためで、生来の色ではないと気づいた。「あなた、北の出身なのね」

マロックはうなずき、身振りで兵士たちを示した。「われわれ全員そうだ」

よく見ると、色白の兵もいれば、色黒の兵もいる。そこでわたしは思い出した。政権が移る前は、イクシアとシティアの国境は地図上のただの線にすぎず、どちらの国民も自由に行き来していたのだ。

マロックは続けた。「われわれは殺されるほど高位の軍人ではなかったが、忠誠を誓う相手を最高司令官に切り替えるつもりもなかった」小枝を火に放りこんだ。ゴール、トレイトン、ブロンス、そしてわたしは国王の衛兵だった。火の粉が夜空に舞い上がる。「国王は救えなかったが、われわれはその甥《おい》を救った。彼を育て、知っていることをすべて教えた。そして」マロックは腰を上げた。「いつの日か彼に王位を授けるつもりでいる」それから兵士たちに向かって大声で命令を発すると、自分の寝袋に歩いていった。

疲労がどっと押し寄せてきた。まぶたが重くなり、足を引きずるようにして暗いテントの隅に歩いていく。

眠りにつこうとしたまさにその瞬間、テントの中が明るくなった。誰かが近くにいる気配がする。

目をぱちっと開けると、剣を片手に携えたカーヒルが目の前にそびえ立っていた。彼の怒りが波となり、次々と押し寄せてきた。

9

ゆっくりと立ち上がり、カーヒルから後ずさった。

「部下たちの前でよくも恥をかかせてくれたな」声が怒りで震えている。

「あなたが言ったのよ、剣を相手にボウで戦えるか見せてみろって」

「あんなのはいかさまだ」

「なんですって？」

「おまえは勝負の間、魔術を使ったとリーフが言っていた。わたしを疲れさせたのだと」

怒りをこらえ、カーヒルの目をまっすぐ見つめる。「魔術なんて使ってない」

「それなら、何をした？」

「どうしてあなたが負けたか、本当に知りたい？」訊《き》き返す。

「答えがあるのか？」

「これからは馬から下りて、部下たちと一緒に走る必要があるわ。あなたには長時間戦う体力がないの。それから、軽い剣を見つけること」

「だが、これはおじの剣だぞ」

「あなたは、あなたのおじさんじゃないわ」

「だがわたしは国王で、これは国王の剣だ」カーヒルは譲らず、眉根を寄せている。

「それなら戴冠式に身に着ければいいじゃない。戦場で使えば、葬儀で身に着けることになるだけ」

「わたしが王位につくと信じているのか？」

「そういうことじゃなくて」

「だったらなんだ？」

「あのままいけば、わたしはたぶんボウであなたを打ち負かしていたってこと。その剣はあなたには重すぎる」

「部下にはいつも勝っているぞ」

まったく、部下が手加減するのは当たり前なのに。「戦場に出たことは？」

「まだない。われわれは訓練中だ。それに王たる者、戦闘中にわが身を危険にさらしたりはしない。軍事基地で戦闘を指揮する立場だ」

カーヒルの見解はわたしにはぴんとこなかったが、そもそもわたしにも戦闘体験はない。そこでこう続けた。「考えてもみて、カーヒル。部下たちはあなたを育て、王位の奪還を望んでいる。だけど、彼らがそうしたいのはあなたのため？　それとも彼ら自身のため？

南での亡命生活は、国王の衛兵時代と比べて、魅力的な暮らしとは言えないわ」

カーヒルは頭を左右に振りながら、鼻先でせせら笑った。「何もわかっていないな。なんだってそんなことを気にする？　やっぱりおまえは密偵だ。わたしを混乱させようとしているんだろう」そう言って簡易ベッドに戻っていった。

カーヒルの言うとおり、わたしにはどうでもいいことだ。ひとたび養成所に着いて身の潔白を証明したら、もう二度と彼のことで思い悩む必要はなくなるだろう。一方リーフは、一度ならずわたしの邪魔をしている。

テントの中を見渡すと、兄の簡易ベッドは空だった。

「リーフはどこ？」わたしは訊いた。

「出かけた」

「どこへ？」

「前もってわれわれの到着を知らせるよう、養成所に先に行かせた。それがなんだ？」

「家族の問題よ」吐き出すように答える。

カーヒルはわたしの目に、殺意のこもった光を見たに違いない。「おまえにはリーフを傷つけることはできない」

「いいえ、できる。あの人のせいで、こっちは大迷惑なんだから」

「あの男はわたしが守ることになっている」

「それが、北の王座奪還をめざす一員でいることの利点？」

「違う。おまえたちを捕らえたときに約束したんだ。おまえの引渡しに関して全面的に協力してくれたなら、悪いようにはしないと」

わたしは目をぱちくりさせてカーヒルを見た。「だけどリーフはわたしを罠《わな》にかけたわ」

「いいや、かけていない」

「どうしてそれを早く教えてくれなかったの？」

「実の兄に裏切られたと思わせておけば、志気をくじくことができると思ったんだ。だが、どうやら逆効果だったらしい」

もしリーフとわたしに心の絆《きずな》があれば、カーヒルの策は功を奏していたかもしれない。これでリーフに対する考えを覆していいものだろうか。わたしは迷い、顔を擦《こす》った。

簡易ベッドの端に腰かけ、カーヒルは黙ってわたしの様子をうかがっている。

「わたしを罠にかけたのがリーフでないとしたら、誰なの？」

カーヒルはにやりとした。「情報源は明かせない」

リーフは多くのザルタナ人に、わたしが密偵だと思いこませた。だから一族全体が怪しい。イリアイス市場にいた誰かが、わたしたちの行き先を耳にしたとも考えられる。

今は追及していられないが、よく覚えておこう。「リーフを養成所に行かせたと言ったけど、わたしたちもじきに着くの？」

「明日の午後には。だいたいリーフが到着する一時間後だ。それなりの人間に出迎えてもらわないと困るのでね」カーヒルが続けた。「運命の一日だぞ、イレーナ。少し寝たほうがいい」角灯《ランタン》の火を吹き消した。

外套《がいとう》の上に横になり、城塞と養成所について考えを巡らせた。アイリスは、明日そこにいるだろうか？ わからない。意識を飛ばしてアイリスを捜したが、出会うのは野生動物だけだった。アイリス抜きで養成所に行けば、第一魔術師範に心の殻を剥がされてしまうのだろうか？ 不安で胸がざわつく。未知なる相手よりゴールと対決するほうがましだ。でも、結局わたしは眠りについた。

不吉なレヤードの夢が頭の中で渦巻いた。

「また同じことの繰り返しさ、イレーナ」レヤードの幽霊が嘲り笑う。「選択肢もなければ、友もいない。だが、ナイフはある。またしても」

血まみれのシーツにくるまったレヤードのイメージが、夢の中に突然現れた。首にある致命傷は、わたし自身と誘拐された子どもたちを救いたいという願望の現れだった。

「自分が助かるために、また誰かの首を切るつもりか？」幽霊は訊いてきた。「自分の首をかき切ったらどうだ？」

泣き叫ぶ声で目覚め、顔が濡《ぬ》れているのに気づいてぞっとした。涙を拭い、悩むのはやめようと心に決めた。レヤードの幽霊が夢に出てくるのは許しても、人生を邪魔されるのは許さない。

甘いパンケーキの匂いとともに夜が明け、焚《た》き火《び》のそばで朝食をとっている兵士たちに加わった。食事を終えると、カーヒルの部下たちは荷造りをした。雰囲気は明るく、仲間内らしくわたしをからかう。だから肩に誰かの手が置かれたとき、すっかり油断していた。反応するより先に肩を掴《つか》む手に力がこもり、痛みが走った。肩越しに振り返ると、後ろにいたのはゴールだった。

ゴールは肩に指を食いこませながら耳元で囁《ささや》いた。「城塞への移動中はおまえに手出しをしないと約束した。だが、向こうに着いたら覚悟しておけ」

腹に肘鉄を食らわせると、ゴールが呻《うめ》いた。足を前に踏み出して彼の手を振りほどき、振り返った。面と向かって訊く。「なぜわざわざ警告を?」

ゴールは大きく息を吸い、にやりと笑った。「そのほうが狩りが面白くなるからさ」

「おしゃべりはいいから、この場で決着をつけましょう」

「だめだ。楽しむ時間が欲しいんでね。おまえを捕らえたときのために、あらゆるお遊びを用意してあるんだよ、おちびちゃん」

激しい嫌悪感に寒気を覚え、身震いした。全身に鳥肌が立つ。蒸し暑いシティアでこんな感覚を味わうなんて、思ってもみなかった。

「ゴール、テントを解体するのを手伝え」マロック大尉が命じた。

「了解しました」ゴールはちらりとわたしを振り返り、立ち去った。にやにやと笑うその目は期待に輝いている。

わたしはゆっくりと息を吐いた。これでは先が思いやられる。

兵士たちが野営地を畳み終わると、カーヒルは馬に跨《また》がり、わたしたちは森の中を進んだ。数時間後、木がまばらになり、上り坂になった。頂上に着くと、長い泥道によって二分された雄大な谷が目の前に広がった。道の左側は農地で、畑が幾何学模様を描いている。右側は広大な平原だった。生気にあふれる谷の向こうはまた尾根で、その頂上に白い要塞が見えた。

「あれが城塞？」マロックに問いかける。

マロックがうなずいた。「徒歩であと半日だ」何かを探すように灰色の目を右に向ける。

マロックの視線を追って、風にそよぐ丈のある緑の穂を見つめる。「ダヴィーアン高原？」

「いや、高原はもっと南東だ。あれはアヴィビアン平原。広大な平原だ。横断するのに十日かかる」

「城塞に行くには途中で平原を通るといとこは言っていたけど、わたしたちはその裾野に沿って進んでいるのね」

「平原を通ったほうが近道だからな。ザルタナ人は横断するが、ほかの者はみな、そこを領地とするサンドシード族との接触を避ける。森の道は距離は長いが、安全だ」

訊きたいことはもっとあったが、谷を下り出すとカーヒルが速度を上げたので、話している余裕がなくなった。カーヒルは城塞に早く到着したがっているのか、それとも平原から遠ざかりたがっているのか。

農場で働く労働者や、荷馬車を携えた行商人の脇を通り過ぎる。平原では背の高い草が揺れているばかりで何も見えない。近づくにつれて城塞はますます大きく見えてきた。途中、馬に水をやり、自分たちも水を飲むために一度休んだだけだった。

そびえ立つ両開きの門に近づくと、わたしは防壁の規模に目を丸くした。白い大理石の壁に緑の蔦《つた》が這《は》っている。壁に沿って手を走らせると滑らかで、酷暑にもかかわらずひんやりとしていた。森の中も充分暑いとばかり思っていたが、じりじりと照りつける太陽にさらされるのに比べたら、たいしたことはなかった。

開いた門の脇に立っているふたりの衛兵が、カーヒルに近づく。彼らと挨拶を交わすと、カーヒルはわたしたちを中庭に導いた。

まぶしい日光に目を細めた。目の前の荘厳な光景を本当に理解するまでに、少し時間がかかった。町全体が壁に囲まれていて、どの建物も外壁と同じように蔦の這う白い大理石でできていた。城塞というのは、イクシアにある最高司令官の城のような巨大建造物だろうと想像していたが、これは想像をはるかに超えていた。

「すごいだろう?」マロックが訊いてきた。

ぽかんと開けていた口を閉じ、うなずく。通りを進み始めると、人気がないことに気がついた。「みんなどこにいるの?」マロックに問いかける。

「城塞は暑い季節の間、ゴーストタウンになるんだ。議会は休みに入り、養成所は休暇中。最低減の人手で作物の世話をしている。それが許される者は避暑地に行き、ここに残っている者は、日中は日光を避けて家にこもっている」

無理もない。頭のてっぺんが燃えるように熱かった。「あとどれぐらいかかるの?」

「もう一時間だな」マロックが答えた。「ほら、四つの塔が見えるだろ?」東を指さす。

「あれが魔術師養成所だ」

その高さに目をみはる。あんなに高い建物の中に、いったい何があるのだろう?

わたしたちは人気のない通りをのろのろと歩いた。路面は土で固められた部分と玉砂利の部分とが交互になっていた。わずかな日陰に犬や猫、数羽の鶏がうずくまっている。高層の大きな四角い建物に近づくと、マロックが説明した。「あれが議事堂。シティア政府が事務所を構え、議会を開いている場所だ」

議事堂には一階分続く長い階段があり、二階にある正面玄関まで延びていた。戸口の両脇には翡翠《ひすい》色の支柱がそびえている。大階段の陰に身を寄せあう人たちがいた。わたしたちが通りかかると、向こうから近づいてきた。尿の強い臭気が鼻をつんと刺す。髪は脂ぎって絡まり、服も破れてぼろぼろだ。

ひとりの男が煤《すす》で黒くなった手を伸ばしてきた。「旦那さま、どうかお恵みを」

カーヒルの部下たちは知らん顔でそのまま進んだ。一団はひるまずついてくる。

「あの人たちは……？」質問しかけたが、マロックは歩調を緩めなかった。遅れを取るまいとしたところで、小さな少年に腕を引っ張られた。少年の茶色の目のまわりは腫れ、頬には汚れの筋がついている。

「きれいなおねえさん、お願いです。僕、お腹《なか》が空いているの。恵んでくれない？」

マロックはすでに半ブロック先を行っている。なぜこの少年にお金が必要なのかわからなかったが、こんな目を向けられては拒めなかった。背嚢《はいのう》を探り、イーザウがくれたシティアの硬貨を取り出す。それらを全部ざらざらと少年の手のひらにのせると、ひざまずいて目の高さを合わせた。「お友達と分けてね。それからお風呂に入ること。わかった？」

少年の顔がぱっと輝いた。「ありが――」

少年が礼を言い終えないうちに、ほかの人たちがいっせいに群がってきて、わたしはひどい悪臭にのみこまれた。彼らはわたしの腕を掴み、服を引っ張り、背嚢を奪おうとする。少年はポケットに硬貨をしまうと揉《も》みくちゃにされているわたしを残し、人々の脚の下をくぐって行ってしまった。いくつもの不潔な身体から押し寄せる腐敗臭に、吐き気を催す。

「きれいなおねえさん。きれいなおねえさん」と、いろんな声が呼びかけてくる。そのとき、玉石を蹴る蹄《ひづめ》の音が響き、わたしはやっとその合唱から解放された。

「彼女から離れろ」カーヒルが怒鳴りつけた。剣を宙で振りまわす。「行け。さもないと身体をまっぷたつにぶった切るぞ」

たちまち、みんないなくなった。

「大丈夫か？」カーヒルが訊いてきた。

「ええ」髪を撫《な》でつけ、背嚢をふたたび背負う。「あの人たちはいったい……」

「物乞いだ。ドブネズミどもめ」カーヒルの顔が嫌悪感で曇る。「今回はおまえが悪い。金さえ恵まなければ、奴《やつ》らはおまえを放っておく」

「物乞い？」

戸惑うわたしにカーヒルは面食らったらしい。「物乞いがどういうものかは知ってるだろう？」わたしが黙っているとカーヒルは続けた。「奴らは働かない。路上で暮らし、食べるために金をねだる。イクシアでも見かけたはずだ」いらいらしながら説明した。

「いいえ。イクシアでは誰もが仕事を持っているわ。生活必需品はすべて、最高司令官の軍隊が支給するし」

「財源はどこなんだ？」わたしが答えるより先に、カーヒルは肩を落とした。「おじの金だろう。奴は国庫を空にしたに違いない」

わたしは口答えしなかった。言わせてもらうなら、お金は国庫に貯《た》めこんでいるよりも、人助けに使ったほうがましだと思った。

「さあ」カーヒルは片足を鐙《あぶみ》からはずすとわたしのほうへ身を乗り出し、手を差し伸べた。「ほかの者たちに追いつかねば」

「馬で？」

「北に馬がいなかったわけじゃないだろう？」

「わたしは持ってなかった」そう言って鐙にしっかりと足をかけ、カーヒルの腕を掴んだ。馬上に引き上げられて鞍《くら》に跨り、カーヒルの後ろに座ったが、腕をどうすればいいのかわからない。

カーヒルがわずかに後ろを向いた。「ならば、馬は誰のために？」

「最高司令官と将軍。それから位の高い士官」

「騎兵は？」

カーヒルは情報を引き出そうとしているのだ。わたしはため息をこらえた。「見たことないわ」それは本当だったが、彼が信じようが信じまいが気にしないことにした。

カーヒルはまた肩越しに振り返り、わたしの顔をうかがった。彼との距離が近すぎることにいきなり気づき、恥ずかしくなる。青みがかった緑色の目がきらめき、まるで日の光を受けた水面のようだ。こんな暑い気候なのに、なぜ彼は顎鬚《あごひげ》をたくわえているのだろう。いつの間にかわたしは、そんなことを考えていた。髭のないカーヒルの顔を想像してみる。

今より若々しく、滑らかな褐色の肌と鷲鼻《わしばな》がよく見えるようになった。

カーヒルが前を向くと、わたしは首を左右に振った。これ以上彼とはかかわりたくない。

「しっかり掴まっていろよ」カーヒルが舌打ちで合図した。

馬が走り出した。鞍の上で身体が弾み、わたしはカーヒルの腰を掴んだ。地面ははるか下にあり、とても硬そうに見える。兵士たちに追いつくまで、馬の上でバランスを保つのに必死だった。ようやく彼らを追い抜いたところでほっとする。これでカーヒルも馬を止め、わたしを降ろしてくれるだろう。それなのに彼は馬を走らせ続け、部下たちは後ろを走ってくる。

城塞内を縫うように走り抜ける間、わたしは馬に神経を集中させた。カーヒルがしているように、馬の動きとわたしの身体の動きのリズムをなんとか合わせようとする。カーヒルは馬上で身をかがめ、わたしの両脚は鐙革を弾ませる。馬の動きに集中していると、わたしはふと、自分が馬の目で景色を見ていることに気づいた。

まるで泡の中にいるかのように、道がくるりとわたしを包んだ。はるか前方だけでなく、左右の景色も、後方の道もだいたい見える。暑いし疲れたし、どうして背中にふたりの人間が乗っているのだろうと馬は訝《いぶか》っていた。背中に乗るのはいつもペパーミントマンだけなのに。でも故郷にいたときは、麦わら少年《ストロー・ボーイ》がときどき調教に連れ出してくれたっけ。馬はたっぷりの干し草と水の入ったバケツが用意された、静かで涼しい馬房が恋しくてならなかった。

〝もうすぐ水が飲めるわ〟と頭の中で馬に声をかけた。届くことを願って。〝名前はなんていうの？〟

〝トパーズ〟

会話が成り立つなんて驚いた。ほかの動物たちと接触するときは、彼らの目を通してちらりと何かが見えたり、彼らの願いがほんの少しわかるだけだったのに。こんなふうに会話をするのは初めてだ。

背中が痛くなってきた。〝もう少し滑らかに走れる？〟と頼んでみると、トパーズは足並みを変えた。カーヒルは驚いて呻き声を漏らしたが、わたしはほっとため息をついた。まるで橇《そり》に乗って、雪の丘を滑り降りてくるような心地だった。

足並みが変わると速度がさらに速くなり、兵士たちはますます遅れを取った。カーヒルはトパーズの速度を落とそうとしたが、馬は水のことしか頭にない。

高い塔の下まで来ると、日陰で馬を止めた。カーヒルは馬から飛び降り、トパーズの脚を調べた。「こいつがこんなことをしたのは初めてだ」

「こんなことって？」

「こいつは三種類の歩法しかできない。速足《トロット》、駈歩《キャンター》、襲歩《ギャロップ》の三つだ」

「だから？」

「だから、今のはこいつの知ってる足並みではなかったということだ。馬の中には五種類まで走れるのがいるが、今のがどの歩法に当てはまるかさえわからない」

「滑らかで速い走り方だったわ。わたしは好き」

カーヒルが訝しげにわたしを見る。

「どうやって下りたらいいの？」わたしは尋ねた。

「鐙に左足をかけておき、右脚を後ろに振り上げて左側に移して、そして飛び降りる」

わたしはぐらつきながら着地した。トパーズが首を傾け、こちらを見た。水を欲しがっている。鞍から水袋をひとつ取って開けてやった。カーヒルは疑わしげに目を細めてわたしを見やり、それから馬を見た。

「これが魔術師養成所？」カーヒルの気をそらそうとした。

「ああ。入口は角を曲がったところだ。部下たちを待ってから中に入ろう」

部下たちが来るのに時間はかからなかった。養成所の入口まで歩いていくと、大理石の巨大な扉を扇形のアーチが囲んでいる。二階まで届く高いアーチを支えるのは桃色の支柱だ。門は開いていて、わたしたちは衛兵に止められもせずに中に入った。

そこは庭になっていて、奥に建物が集まっていた。町の中にある、もうひとつの町。驚くべき規模と色彩だった。異なる色の大理石を接ぎあわせた建物。建物の隅や屋根からこちらをのぞき見ている、さまざまな動物の彫像。きれいな庭や芝生。城塞の壁のまぶしい白さに参っていた目が、緑を見て癒《いや》された。

養成所の厚い外壁は長方形を形作り、全区域を取り囲んでいる。四隅には塔が立っていた。入口の真正面にある階段の上に人がふたり立ち、階段は最も大きな建物に続いている。建物全体としては黄色いが、桃色の大理石の小さなブロックが点在している。

階段に近づくと、立っているのはリーフと背の高い女性だとわかった。女性は裾が足首まで届く、濃紺の袖なしのドレスを着ていた。裸足で、白髪を刈りこんでいる。肌は日光を吸収する黒に近い色だ。

階段の下までやってくると、カーヒルは手綱をマロックに預けた。「こいつを厩舎《きゅうしゃ》に連れていって荷ほどきをしてくれ。あとで兵舎で会おう」

「かしこまりました」マロックはきびすを返した。

「マロック」とわたしは呼び止めた。「オート麦入りのミルクを必ずトパーズにあげて」

マロックはうなずき、立ち去った。

カーヒルがわたしの腕を掴む。「なぜオート麦入りミルクのことを知っている?」

わたしは急いで考えた。「ねえ、わたしはもう一週間以上もあなたと旅をして、馬に餌やりもしたのよ」これは事実だが、あなたの愛馬にオート麦入りミルクをねだられたと伝えるのはいい考えだとは思えなかった。それに、飼い主である自分が馬からペパーミントマンと呼ばれているなんて、カーヒルはきっと知りたくないだろう。

「嘘だ。オート麦入りミルクは特別なごちそうで、厩舎長が作る。あれを馬たちに与えるのは彼で、ほかの誰でもない」

言い返そうと口を開いたが、耳障りな声が割って入った。「カーヒル、何か問題でも？」

わたしたちは揃《そろ》って声の主を見た。白髪の女性とリーフが階段を下りてくる。

「特に何も」カーヒルは答えた。

ふたりはわたしたちより数段上で足を止めた。「この者がそうか？」女性が訊いた。

「はい、第一魔術師範」カーヒルが答える。

「イクシアに対するこの者の忠誠心は確かなのか？」女性はさらに訊いた。

「はい。イクシアの制服と硬貨を持っていました」

「この女のイクシアへの忠誠心と郷愁が、腐ったスープのような悪臭を放っています」リーフが言い添える。

女性がこちらに歩み寄ってきたので、わたしはその琥珀《こはく》色の目をのぞきこんだ。雪豹《ゆきひょう》の目に似ていて、同じように危険だった。彼女が視野を広げ、わたしをその中に取りこむ。

地面が波打つ琥珀色の液体に変わり、世界が消えた。わたしは沈み始めた。何かが足首を捕らえ、わたしを水面下に引きずりこむ。

服が剥ぎ取られ、続いて皮膚が、筋肉が奪われていった。骨が溶け、あとに残ったのは霊魂だけだった。

10

何か尖《とが》ったものが、弱点を探してわたしの霊魂を引っかく。侵入してくるその何かを押し返し、急いで心に防御壁を築き始めた。これでこの魔術師も、もうわたしに届かない。

だが積み上げた煉瓦《れんが》はもろくも端から崩されていく。相手の先手をなんとか取ろうと、全力で壁を築き、穴を修繕し、最初の壁の内側に別の壁を築く。けれど、それでも煉瓦は崩れ落ちていく。

もうやめて！　必死に立て直そうとしたが、壁が崩壊するのは時間の問題だった。とうとう壁が消えていくに任せたそのとき、いきなり力が漲《みなぎ》った。今度は蔦《つた》が這《は》う大理石の仕切りを築いて、侵入者を遮断した。

滑らかな大理石に身体を押しつけ、全力で踏んばる。心はすっかり消耗していた。どうしようもなくなって最後の力を振り絞り、助けを求めた。

大理石の壁がふいにヴァレクの彫像に変わった。心配そうにわたしを見つめている。

「助けて」

ヴァレクはわたしを胸に引き寄せ、力強く抱きしめた。「なんなりと、愛《いと》しい人」

すべての力を使いきってヴァレクにしがみつくと、暗闇が訪れた。


狭い部屋で目が覚めた。頭がずきずきする。

天井が視界に飛びこんできたので、ベッドに横たわっているのだとわかった。ベッドは窓際にあり、窓は開いている。上半身を起こそうとすると、こわばった脚が悲鳴をあげた。まるで誰かにごしごしと擦《こす》られたかのように皮膚が痛み、身体を蹂躙《じゅうりん》されたみたいだ。喉は渇き、火を噴きそうなほどにひりつく。ナイトテーブルには水滴のついた水差しと空のグラスがあった。

グラスにたっぷり冷たい水を注《つ》ぎ、三口で飲み干した。気分がいくらかましになり、部屋の中を見渡す。奥の壁に大型衣装箪笥《だんす》があり、その右側に姿見が、左側に戸口があった。

戸口にカーヒルが現れた。「起きたかと思ってな」

「どうなってるの？」わたしは訊《き》いた。

「第一魔術師範がおまえの心を読もうと試みた」ばつが悪そうだ。「抵抗するおまえにかなり手こずっていたが、密偵ではないと断言したよ」

「すてき」声を尖らせてあてこすり、腕組みをした。「どうやってわたしはここに？」

カーヒルは頬を赤らめた。「わたしが運んだ」

わたしは自分の身体をぎゅっと抱いた。カーヒルに触れられたと思うと鳥肌が立った。

「それで、あなたはどうしてまだここにいるの?」

「おまえが無事か確かめたくて」

「今になって心配してくれるわけ?」痛む脚で立った。まるで何周も走り込みをしたようで、腰も痛い。「ここはどこ?」

「生徒たちが寝泊まりする部屋だ。実習生棟だよ。おまえにあてがわれた部屋だ」

カーヒルに続いて隣の小さな居間に入ると、そこには大きな机、長椅子、テーブルとそれを囲む椅子、大理石の暖炉があった。壁も大理石でできていて、淡い緑色。テーブルの上にはわたしの背嚢《はいのう》とボウが置かれていた。

部屋にはもうひとつ扉があった。開けてみると、敷居の向こうは木々と彫像を擁した中庭だった。その景色の奥に、沈む夕日が見える。外に出てあたりを見渡したところ、あてがわれた部屋は平屋の長い建物の端に位置しているようだ。どこにも人の姿はない。

カーヒルも外に出てきた。「寒い季節が始まれば生徒たちが戻ってくる」そう言って道を指さす。「あの先は食堂と教室だ。案内しようか?」

「けっこうよ」と言い捨てて居間に戻り、戸口で振り返った。「あなたにも、あなたの玩《おも》具《ちゃ》の兵隊にも、もうかかわりたくないの。密偵じゃないってわかったんだから放っておいて」カーヒルを外に残したまま扉を閉め、鍵をかけた。念のため取っ手の下に椅子をはめこむ。

ベッドに横になり、身体を丸めた。ホームシックで全身がわななく。ヴァレクのもとに帰りたい。力強い腕に抱かれて、ぬくもりに包まれたい。つかのま接触したせいで、いっそう彼が恋しくなった。心にぽっかり開いた穴が胸の奥を焦がす。

シティアを出たい。燃え尽きを起こさないように魔力を抑制できるようになった今、いつまでもここにいる必要はないのだから。わたしがすべきことは北に向かい、イクシアの国境に行きつくことだけ。頭の中で計画を立て、持ち物のリストを作り、逃亡のためにトパーズを奪うことさえ考えた。やがて日が暮れて部屋が暗くなり、そのまま眠りについた。

朝日で目覚めると寝返りを打ち、誰にも気づかれずに養成所を抜け出す方法はないかまた思案した。でも考えてみれば、建物の造りすらわからないのだ。調べることはできるけれど人に会いたくないし、姿を見られたくもない。結局丸一日ベッドで過ごし、夜になるとまた眠った。

三日が過ぎた。誰かがわたしを呼びながら扉の取っ手をガタガタと鳴らし、ノックした。〝あっちに行って〟と怒鳴りつけ、相手が従うと満足した。

それからまたベッドでぼんやりと横たわった。心が漂い出し、庭にいる生き物に行きつく。ほんのわずかな接触だったけれどわたしはたじろぎ、静かな場所を求めた。

そして、トパーズを見つけた。ペパーミントマンはすでに顔を見せたが、ラベンダーレディはどこにいるんだろうと考えていた。トパーズの頭にわたしの姿があった。ラベンダーレディとは、馬がわたしにつけたあだ名に違いない。そんなふうに呼ばれるのはこそばゆかった。カーヒルとの旅では入浴時間がほとんどなかったが、どうにか時間を見つけては身体を洗い、母のラベンダーの香水を数滴つけていたのだ。

〝速く、滑らかに走る〞トパーズが心の中でつぶやく。

〝ねえ、はるか北まで連れていってくれる？〞わたしは問いかけた。

〝ペパーミントマンなしじゃだめ。ふたりを乗せて、速く滑らかに走る。僕は強い〞

〝あなたはとても強いわ。わたしがそばにいてあげる〞

〝だめだ、イレーナ。ふてくされるのもいい加減にしろ〞心に聞こえたのはアイリスの声だった。開いた傷にひんやりした軟膏《なんこう》をたっぷり塗られたように、心が癒《いや》される。

〝ふてくされてなんかいません〞

〝なら、その状態をなんと呼ぶんだ？〞アイリスは苛立《いらだ》たしげに訊いてきた。

〝自分の身を守っているんです〞

アイリスは鼻で笑った。〝何から？　ローズさえ心の中にほとんど入れなかったのに〞

〝ローズって？〞

〝ローズ・フェザーストーン、第一魔術師範だ。あれからずっとご立腹だよ。おまえは窮地を切り抜けたんだ。それで、本当の問題は？〞

本当は、まわりに誰も味方がいなくて、独りぼっちで心細かったのだ。でもそんな情けない本音をアイリスに知られたくなくて、胸の奥に隠し、質問を聞き流した。アイリスが戻ってきたとわかって元気が湧いた。養成所の中で信頼できるのはアイリスだけだ。

〝さあ、中に入れて。食べ物を持ってきたから食べなさい〟アイリスが命じた。

〝食べ物？〟トパーズの期待が膨らむ。〝林檎《りんご》？　ペパーミント？〟

思わず口元がほころんだ。〝あとでね〟

お腹《なか》がぐうっと鳴り、起き上がってベッドの縁に座ったとたん眩暈《めまい》に襲われた。日にちの感覚もずれていたし、空腹で身体が弱りきっていた。

扉を開けると、アイリスは約束どおり、果物とハムをのせた盆を持って現れた。パイナップルジュース入りの水差しとパンケーキも。わたしが食べている間、メイの故郷への旅について話してくれた。誘拐された子どもたちの中で、メイは家族のもとに戻れた最後のひとりだった。「あの子にそっくりな妹が五人いた」アイリスが頭を振る。

メイの帰郷を想像すると、つい笑みがこぼれた。六人の少女たちが歓声をあげ、泣いて笑って、いっせいにぺちゃくちゃしゃべり出したことだろう。

「六人に囲まれた父親は、娘たちに魔術の潜在能力があるかどうか試してほしいとわたしに頼んできた。メイにはいくらか力があったが、学校に入るのはあと一年は待ったほうがいいだろう。ほかの子たちはまだ幼すぎる」アイリスはふたつのカップにジュースを注いだ。「助けを呼ぶおまえの声が聞こえたから、訪問を切り上げて戻ってきた」

「ローズが侵入してきたとき?」

「そうだ。助けるには距離がありすぎたが、どうにか自力で切り抜けたようだな」

「ヴァレクが助けてくれたから」

「それはありえない。わたしでさえ接触できなかったんだ。あの男は魔術師ではない」

「でも、ヴァレクはそこにいたし、わたしは彼の力を借りたの」

信じられないと言わんばかりにアイリスが首を振る。

そこでふと考えた。アイリスはどうやって北にいるわたしを見つけたのだろう。

「あなただって、イクシアにいるわたしの力を感じとった。そのときの距離と、ヴァレクがわたしに接触した距離は同じでしょう?」

アイリスはまたしても首を振った。「ヴァレクは魔術に耐性がある。だからおまえはローズに対する盾として、あの男のイメージを利用したんだろう。去年、わたしがおまえの気配を感じたとき、おまえは自分の力を制御することができずにいた。無制御の魔力が爆発すれば、魔力の源に波を起こす。世界中の魔術師がその波を感じとることはできるが、それがどこからくるのか察知できるのは魔術師範だけだ」

アイリスの言葉でわたしは不安になった。「だけどあなたはメイの家にいたときに、わたしが助けを求めているのがわかったんでしょう? それだけ距離がありながら声が届いたということは、わたしの力はまた制御を失ったの?」制御不能となれば、燃え尽きが起きる。結果その魔術師は死に、すべての魔術師の魔力の源泉が破壊されてしまうのだ。

アイリスはぎょっとしたようにわたしを見た。「そんなことはない」眉をひそめて壁を見つめ、考えにふける。「イレーナ、わたしと別れてから、魔術を使って何をした?」

わたしは待ち伏せに遭ってからカーヒルと休戦するに至った顛末《てんまつ》を聞かせた。

「つまり、おまえはカーヒルの部下をひとり残らず眠らせたのか?」

「でも、十二人しかいなかったから。何かまずいことをしましたか?『倫理規範』を犯したとか?」魔術については知らないことが多すぎる。

アイリスはわたしの心を読んで鼻を鳴らした。〝それでよく馬と逃げようとしたものだ〟

「カーヒルとリーフとここにいるよりましです」声に出して言い返す。

「そのふたりだが」アイリスはふたたび眉をひそめた。「魔術師範はどちらとも話をした。ローズはおまえのことで彼らに騙《だま》されたと激怒している。カーヒルは大胆にも、暑い季節の最中だというのに、議会の開催まで要求した。まあ結局は、寒い季節まで待つしかないだろう。やつの話が議題に乗るかもしれないし、乗らないかもしれない」われ関せずとばかりに、アイリスは肩をすくめた。

「シティア人はカーヒルのために出征するでしょうか?」

「われわれは北と争うつもりはないが、別に好きなわけでもない。議会はカーヒルが成長するのを待っている。もしカーヒルが優れた指導力を身につければ、イクシアを取り返すという計画は議会に支持されるかもしれない」アイリスは首を傾《かし》げた。まるで出征する可能性について検討しているかのように。

「貿易交渉は、この十五年の間にわれわれがイクシアと初めて持った公的接触となる。国交回復のいいきっかけだ。われわれはアンブローズが、北の国を征したようにシティアを侵略するつもりではないかと案じてきたが、あの男は現状に満足しているように思える」

「シティアの軍隊は北の国に勝つでしょうか？」

「おまえはどう思う？」

「厳しいでしょうね。最高司令官の部下は忠誠心があり、献身的でよく訓練されています。彼らを負かすには、数か知略のいずれかで相手をはるかに上回る必要があるかと」

アイリスはうなずいた。「軍事行動に関しては細心の注意をもって始められるべきで、だからこそ議会も様子を見ているんだ。だが、わたしの目下の関心事はそんなことじゃない。おまえに魔術を教え、おまえの特性を見出《みいだ》すこと、それが最優先だ。おまえはわたしが思った以上に強い。十二人の男を眠らせるのはたやすいことではないし、おまけに馬と話をするとは……」黒髪をかき上げ、頭の後ろで押さえた。「もし盗み聞きしなければ、とても信じられなかった」

それから腰を上げ、アイリスは盆に皿を重ね始めた。「おまえがカーヒルの部下たちにしたことは、本来なら『倫理規範』違反と考えられるが、自己防衛として容認しよう」一瞬、口を閉ざす。「ローズがおまえにしたこともわれわれの倫理に明らかに反するが、おまえが密偵だと思いこんでしたことだ。『倫理規範』は密偵には適用されない。スパイ活動は許しがたいという点で、全シティア人は一致している。最高司令官は王政に人を送りこみ、暗殺を図って権力を握った。だからシティア人は、密偵が見つかると気を揉《も》むんだ。最高司令官が他国を侵略するために、情報を集めようとしているのではないかと」汚れた皿をのせた盆を持ち上げた。「明日養成所を案内し、それから訓練を始めよう。もし灯《あか》りが必要なら、衣装箪笥の中に蝋燭《ろうそく》と火打ち石があるし、寒くなったら建物の裏に薪《まき》もある。実習生の棟をあてがったのは、新入生用宿舎に入るには、おまえは年を取りすぎているからだ。それに学校が始まる頃には、実習生クラスに参加できるようになっているだろう」

「実習生クラスって？」

「養成所には五年にわたるカリキュラムがある。生徒たちは充分に成長した翌年にカリキュラムを開始する。子どもたちが魔力を使えるようになるのは、たいてい十四歳を越えた頃だ。カリキュラムには各年に名称がある。新入生、初級生、下級生、上級生、実習生という具合に。おまえは実習生の段階だと思うが、われわれの歴史と政治について学ぶ必要があるから、授業は違った内容になる」アイリスは頭を振った。「歴史や政治については、学期が始まる前にわたしが教えよう。科目によってはさまざまな段階の生徒たちと一緒になるだろうが、今はその心配はするな。荷物をほどいてくつろぐといい」

ようやく背嚢の中にアイリスに渡すものがあるのを思い出した。「母から香水を預かっているの」「ちょっと待って」出ていこうとするアイリスを呼び止めた。「背嚢の中を探る。運よく道中に香水瓶が壊れることはなかった。アップルベリーの香水をアイリスに渡し、自分のラベンダーの瓶はテーブルに置いた。アイリスは礼を言って部屋から立ち去った。

アイリスがいなくなると部屋が急にがらんとした。背嚢の中身をすべて出して、着古した制服を衣装箪笥にかけ、ヴァレクのために買ったヴァルマーの人形をテーブルに飾る。それでもまだ殺風景だ。アイリスに頼んで、イクシアのお金を両替してもらおう。そうすれば置き物や飾りでも買って、この部屋を明るくできるかもしれない。

背嚢の底から、イーザウにもらった携帯用図鑑が出てきた。寝室に蝋燭を持ちこみ、まぶたが重くなるまで図鑑を読んだ。父の膨大な記録によると、密林に生息するすべての植物や木には存在理由があるらしい。

いつしかわたしは、その図鑑にわたしの絵もあればいいのにと思っていた。そしてその絵の下に父の丁寧な文字で、わたしの存在理由が書いてあればいいと。

朝、アイリスは部屋に入ってくるなり鼻に皺《しわ》を寄せた。「まずは浴場に案内するのが先だな。服を洗濯室に持っていって、洗い立てのものを手に入れるとしよう」

　わたしは笑った。「臭い？」

「ああ」

　アイリスについて、青い支柱がいくつも立つ、別の大理石の建物に向かった。浴場は男湯と女湯に分かれていた。道中の垢《あか》を洗い落とせるのは実に爽快だった。それから洗濯室の女主人に、汚れてぼろぼろになった服を渡した。ナッティが作ってくれた服一式と、白いシャツに黒いズボン。どれも繕いが必要だ。

　それらの代わりに、緑色の綿のチュニックとカーキ色のズボンを借りた。アイリスによると養成所では、授業や毎日の行事に特に服装規定はないらしいが、特別な儀式となると、実習生は礼服が必要らしい。

　髪をとかして編み上げると、朝食のためアイリスと食堂に向かった。養成所を見回すと、内部の設計にパターンがあるのがわかった。道やそれに沿った庭が、さまざまな大きさと形の大理石の建物の先までくねくねと延び、学校の広大な敷地を生徒たちの宿舎が取り囲んでいた。養成所の裏の壁に沿って厩舎《きゅうしゃ》、洗濯室、犬小屋が並んでいる。馬たちは柵で囲まれた広い牧草地に放たれて草を食《は》み、隣は楕円形《だえんけい》の馬場になっていた。

　四つの塔について、アイリスに訊いてみた。

「塔には魔術師範が住んでいる」北西の角にある塔を指さす。「あれがわたしの塔だ。厩舎近くの、北東の角にあるのは第三魔術師範のジトーラ・カーワンの塔。南西がローズ・フェザーストーンの塔、南東が第二魔術師範のベイン・ブラッドグッドの塔だ」

「もし魔術師範が四人以上になったらどうするの？」

「魔術師養成所の歴史上、四人以上になったことはない。少ないときはあったが、多くはならない。まあ、そういう問題なら大歓迎だがね。塔は巨大だから、いくらでも部屋を共有できる」アイリスはそう言って微笑《ほほえ》んだ。

食堂には人が三人いた。細長い部屋に空のテーブルが何列も並んでいる。

「学校が始まると、これらのテーブルは生徒や教師、魔術師たちでぎっしり埋まる。みんなここで食事をするんだ」アイリスは説明した。

それからわたしに、朝食を食べていた男性ふたりと女性ひとりを紹介してくれた。三人は休憩中の庭師で、庭園の手入れに必要とされる膨大な労働力の一端を担っていた。

食事がすむと、わたしはトパーズのために林檎をポケットに入れた。そのあとアイリスがわたしを彼女の部屋に案内してくれた。数えきれないほどの階段を十階分上り、最上階に出る。部屋は円形で、床から天井まで届く窓が並んでいた。長いレースのカーテンが熱風で揺れている。日当たりのいい場所に置かれたクッションと長椅子は、青、紫、銀と色彩に富み、部屋を華やかにしていた。壁には本棚がしつらえられ、さわやかなシトラスの香りが漂っている。

「瞑想《めいそう》用の部屋だ。力を引き出し、魔術を学ぶのに、完璧な環境だよ」

室内を歩きながら窓の外に目を向けると、養成所が一望できた。北東に面した窓からは、小さな村が点在するなだらかな緑の丘が見える。

「フェザーストーン族の土地だ」わたしの視線を追ってアイリスが説明した。そして身振りで部屋の中央を示した。「座りなさい。始めよう」紫のクッションに座って脚を組む。

わたしは向かいにあった青いクッションに腰を下ろした。「だけど、ボウが――」

「ボウはもう必要なくなる。物理的な接触に頼らずとも魔力を引き出せる方法を教えてやろう。魔力の源は毛布のように世界を覆っている。おまえには、その毛布から糸を引き出して使いこなす能力があるんだ。だが、引き出しすぎてはいけない。さもないと毛布がくしゃっと丸まって、ある部分はむき出しに、ある部分は力が集まりすぎてしまう。噂《うわさ》では、毛布に穴が開いて魔力のない部分があると聞くが、わたしは見つけたことがない」

まるで泡が膨らむように、アイリスの身体に力が漲っていくのがわかった。彼女は片手を上げた。「ヴァネッタデン」

力が叩《たた》きつけられた。筋肉が硬直し、パニックが膨らんでいく。でもアイリスを見つめることしかできない。

「押しのけてみろ」アイリスが命じる。

煉瓦壁を築こうとしたが、それでは太刀打ちできないと気づき、今度も大理石の仕切りを引き下ろして魔力の流れを遮断した。筋肉が弛緩《しかん》する。

「上出来だ。今わたしは魔術の糸を引き出し、丸めてボールにした。それから呪文と身振りを使っておまえに投げつけた。生徒たちに呪文や身振りを教えるのは学習のためだが、実際は何を使ってもかまわない。魔力に集中するのを補助するだけだ。しばらくすれば、その手の呪文もいらなくなる。無意識に使えるようになるんだ。さあ、今度はおまえの番だ」

「でも、力の糸を引き出す方法がわかりません。いつもは、ボウの木目の感触に意識を集中させると、どういうわけか意識が分離して、それを人の心に飛ばしていただけだから。なぜそれでうまくいったんでしょう?」

「人の心を読むには、自分と相手の心を繋《つな》げる別の魔力の糸を使う。いったん絆《きずな》ができると、それはそこに残り、再度接触するのが簡単になる。たとえば、わたしたちの間の繋がりや、おまえとトパーズの繋がりがそうだ」

「それから、ヴァレクとの繋がりも」わたしは言い足した。

「ああ。だが、魔術に対するヴァレクの耐性を考えると、おまえとあの男の間にある絆は、潜在意識レベルに違いない。これまであいつの心を読んだことはあるのか?」

「いいえ、試したこともありません。なぜか彼が感じていることはいつもわかったから」

「生存本能だな。イクシアでのあの男の立場を考えれば、それも理解できる。おまえを生かすか殺すかは、ヴァレクが日々決めていたのだから」

「その生存本能が、ときどきわたしを救ってくれました」イクシアで遭った危機を思い出した。「窮地に陥ると、突然別の誰かに身体を支配されたようになって、信じられないことが起きる」

「なるほど、だがおまえも今はもう魔力を制御できるようになった。意識してそれができるはずだ」

「それはどうかと――」

アイリスは片手を上げた。「御託はいい。さあ、意識を集中させて。力を感じるんだ。糸をたぐり寄せて掴《つか》んでおく」

深呼吸し、さらに目を閉じた。少々ばかばかしいと思いながらも、まわりにある空気に意識を集中させ、魔力の毛布を感じとろうと試みる。

しばらくは何も起きなかった。と、空気が急に濃くなり、肌に圧力がかかった。魔力をもっと引き寄せようとする。圧力がさらに強くなるや、目を開けた。アイリスと視線がぶつかる。

「わたしに向かってそれを放ったら、その力で何がしたいか考えろ。言葉や身振りが役に立つだろうし、次回はそれを近道として使えるだろう」

力を押し戻した。「引っくり返れ」

しばらくまた何も起こらなかった。が、アイリスが目を剥き、引っくり返った。

慌てて駆け寄った。「ごめんなさい」

アイリスはわたしをじっと見上げた。「妙な具合だった」

「どんなふうに？」

「わたしを押し倒すのではなく、おまえの魔力はわたしの心に侵入し、倒れるように命じたんだ」アイリスはクッションの上に戻った。「もう一度やってみろ。だが今回は、壁のような物体として力を想像し、それをわたしに向けるんだ」

言われたとおりにしたが、結果は同じだった。

「正統な方法ではないが、機能している」アイリスはほつれた髪を耳にかけた。「今度は防御にかかろう。わたしの力がおまえに及ぶ前に、その向きを変えるんだ」目にもとまらぬ速さで、アイリスは魔力のボールをわたしに投げつけた。「ティアトットル」

後ろに跳びすさって両手を上げて阻んだが、間に合わなかった。世界がぐるぐる回る。防御の構えをとるより先に、わたしは色の筋に巻かれた。仰向けに倒れ、傾斜のある塔の天井を見上げる。梟《ふくろう》が一羽、梁《はり》にある巣で眠っているのが見える。

「常に防御態勢をとっておけ。不意打ちは食らいたくないだろう。とはいえ……」アイリスはシャツを撫《な》でた。「ローズはおまえの心に侵入できなかったが」

その話題を避けて尋ねた。「ティアトットルというのは、どういう意味ですか？」

「意味はない」アイリスは答えた。「自分でこしらえた。相手にも、わたしが何をしようとしているかわからない。こういう言葉を使うのは攻撃や守備のときだ。火や光をつけるような実用的な用途のときは、まともな言葉を使う」

「わたしにも火を熾《おこ》せますか？」

「充分な力があれば。だがあれは骨が折れる。魔術というのは体力を消耗するものなんだ。特に、ある種の魔術はほかの魔術よりはるかに。だがおまえは苦もなくほかの心と繋がることができるようだ。おそらく、それがおまえの特性だろう」

「なんですか、特性って？」

「魔術師はふつう、決まった魔術しか使えない。身体の怪我《けが》を治せる魔術師もいれば、心の傷を癒せる魔術師もいる。彫像のような大きな物体を動かせる者もいれば、最小限の魔力で火をつけられる者もいる」アイリスはクッションの飾り房をいじっている。「中には、ふたつや三つのことができる者や、リーフのように人の霊魂を感じるといった、ちょっと変わった才能を持つ者もいる。おまえの場合、人の心を読めるだけでなく、人や動物の行動を操れるようだ。稀《まれ》に見る才能だ。ふたつの能力を併せ持っている」

「それが限界？」

「いや。魔術師範はなんでもできる」

「それならどうしてローズが第一魔術師範と呼ばれて、あなたが第四なんですか？」

アイリスは苦笑した。「ローズはわたしより強いからだ。われわれはどちらも火を熾せるが、わたしが焚《た》き火《び》程度なのに対し、ローズには二階建ての建物を燃やせる力がある」

アイリスが言ったことについて考える。「もし魔術師にひとつの才能しかないとしたら、訓練が終わったとき何をするんです？」

「われわれは魔術師たちを、必要に応じてさまざまな町に割り当てている。そしてどの町にも治療師《ヒーラー》をひとりは置くようにしている。ほかの魔術師たちはひとりでいくつかの町を担当し、任務ごとにあちらの町に行ったり、こちらの町に来たりする」

「わたしは何を？」わたしが必要とされる場所があるのだろうかと思いながら訊いてみた。同時に、本当にそんなふうに役立ちたいのか、自分でもわからなかった。

アイリスは笑った。「答えを出すにはまだ早すぎるな。まずは力を集めて、それを使う練習をする必要がある。それに防御態勢を保つ練習も」

「力を消耗せずに普段から壁を築いておくには、どうしたらいいんですか？」

「たとえばわたしは、この塔の部屋に似た防御壁を想像する。硬くて頑丈だが、外が見えるように半透明にして。それきり壁のことは考えない。だが、魔力で攻撃されたら、意識が攻撃に気づくより先に、防御壁は強度を増し、攻撃魔術の向きをそらしてくれる」

指示に従い、心の中に見えない壁を築いた。アイリスは午前中ずっと不意打ちをかけてきたが、壁は持ちこたえた。残りの時間は魔力を集める練習をしたが、どんなに頑張っても、わたしの魔力はふたつのものにしかきかなかった。アイリスと、梁で寝ている梟だ。アイリスの忍耐力には目をみはる一方、わたしはシティアに来て以来初めて、希望を抱いた。いつか、魔術を操れるようになるかもしれない。

「出だし好調だな」昼食の時間が近づくとアイリスが言った。「食事に行ってきなさい。午後は休息をとること。これからも午前中に授業をしよう。そうすれば夜は練習と勉強に当てられる。ただし、今夜は厩舎長に会って馬を選ぶ必要がある」

「馬？」

「そうだ、すべての魔術師が馬を所有している。おまえもそのうちどこかに急行する必要が出てくるだろう。わたしにもシルクという愛馬がいるが、イクシアでの任務中はここに置いていかなくてはならなかった。おまえに助けを求められたときは、メイの父親から馬を借りることになった。でなければ、どうやってこんなに早くここに来られたと思う？」

それは考えてもみなかった。あのときは、窮地を脱することで頭がいっぱいだったのだ。アイリスの指示に従って、わたしは食堂に向かった。昼食をすませて自分の部屋に戻るとベッドに倒れこみ、眠りに落ちた。

夕食後、夜になると、厩舎長を捜しに行った。彼はずらりと並ぶ馬房の端にいて、革の鞍《くら》を磨いていた。背が低く、がっしりした体格の男で、ぼさぼさの茶色の髪は肩より長く、馬のたてがみのようだ。じろりと見つめられ、わたしは笑みを消した。

「いったいなんの用だ？　こっちが忙しいのがわからないのか？」

「イレーナです。アイリスに言われて来ました」

「ああ、新入生か。第四魔術師範はなんだって、全員が授業に戻ってくるまで待てないんだか」鞍を下に置きながらぼやいた。「こっちだ」

厩舎長はわたしを従え、厩舎の先に向かった。トパーズが馬房から顔を出した。大きな茶色の目が期待に輝いている。〝林檎？〟と、訊いてきた。

アイリスが言っていたとおりだ。意識しなくても、トパーズとふたたび繋がった。それとも、トパーズのほうからわたしに繋がったのか？　これについてはあとでアイリスに訊かなくては。わたしはポケットにあった林檎をトパーズにあげた。

厩舎長が振り返った。「これで、一生の友達ができたな」そう言ってげらげらと笑う。「こいつは食いしん坊なんだ。食べることがこんなに好きな馬を、俺は今まで見たことがない。ペパーミントキャンディさえあれば、あんたはなんだってこいつに調教できる」

わたしたちは干し草の納屋の前を通り過ぎ、牧草地に向かった。厩舎長は木の柵に寄りかかった。柵の中では六頭の馬が草を食んでいる。「一頭選べ。どいつも優秀だから、たいして違いはない。俺はあんたの指導者を捜してこよう」

「あなたは指導しないんですか？」厩舎長が行ってしまう前に訊いた。

「俺以外に誰もいない、こんな暑い季節の最中にはな」厩舎長は渋い顔で答えた。「馬糞《ばふん》を掃除したり、馬具を修理したりするのに手いっぱいなんだ。だから待つように言ったんだが、第四魔術師範がすぐに始めたがった。教官がひとり早めに戻ってきたのは幸いだったよ」さらに何やらぶつぶつつぶやきながら、厩舎に向かった。

牧草地にいる馬たちを観察する。トパーズのような焦げ茶の馬が三頭、黒が二頭、膝下が白い、銅色が一頭。馬について何も知らないわたしは、結局色で選ぶことにした。銅色の馬がこちらを見た。

〝彼女がいい〟トパーズが言う。〝キキならラベンダーレディのために、速く滑らかに走る〟

〝どうやったら、こっちに来てもらえる？〟わたしは訊いた。

〝ペパーミント〟トパーズは、自分の馬房のそばにかかっている革のバッグをうっとり見つめた。厩舎長の姿はない。わたしは厩舎に戻ってミントをふたつ取り出すと、ひとつをトパーズにやり、もうひとつを牧草地に持っていった。

〝キキにペパーミントを見せて〟

ミントを差し出すと、キキはほかの馬たちをちらりと見やり、それからわたしに向かって歩いてきた。近づくにつれ、顔が白く、左の目のまわりが茶色いことがわかった。目に何か違和感がある。馬がわたしの手のひらにあるペパーミントを舐《な》めて初めて、理由がわかった。目が青いのだ。そんな色をした馬の目を今まで見たことがなかったが、だからどうということでもない。馬についてはほとんど何も知らないのだ。

〝耳の後ろをかいてやって〟トパーズが助言した。

その牝馬《ひんば》の銅色の長い耳は前に垂れていた。わたしは爪先立ちになり、耳の後ろを爪でかいてやった。キキはうつむき、わたしの胸に首を押しつけてきた。

「ねえ、何を考えているの？」声に出して訊いてみた。トパーズのように声は聞こえてこない。耳をかいてやりながら魔力の糸を引っ張り、意識を投げた。〝わたしのこと、わかる？〟

キキは鼻面でわたしを押した。〝わかる〟

トパーズが喜んでいるのが伝わってきた。〝一緒に速く滑らかに走れるね〟

厩舎長の気配を背後に感じ、びくっとした。

「見つけたかい？」そう訊かれ、そちらに目を向けないままうなずいた。「そいつは平原から来たんだ。いい選択だよ」

「ほかの馬を選ぶべきだ」ふいに聞き覚えのある声がした。

さっと振り返ると、不安で胃がよじれた。カーヒルが厩舎長の横に立っている。

「どうしてあなたの言うことに耳を貸さなきゃいけないの？」口調がきつくなる。

カーヒルは薄ら笑いを浮かべた。「わたしがおまえの教官だからだ」

11

「まさか」ついつぶやく。「あなたが教官だなんて」

「選り好《えごの》みはできないよ」厩舎長《きゅうしゃちょう》は口を挟むと、戸惑ったような顔でカーヒルとわたしを見た。「ほかには誰もいないし、第四魔術師範はすぐに始めろと言っているんだから」

「わたしが厩舎の掃除や馬の餌やりを手伝うのはどうですか？　そうしたら、わたしに指導する時間ができるんじゃ？」厩舎長に訊《き》いてみる。

「お嬢さん、あんたにはそうでなくてもやることが山ほどある。自分の馬の糞《ふん》を掃除して面倒を見て、授業だって受けなきゃいけない。カーヒルは六歳のときから厩舎をうろついていたんだ。こいつほど馬を知っている人間はいないよ」にやりと笑う。「俺を除けば」

わたしは両手を腰に当てた。「わかりました。人間については知識不足らしいけど、馬については詳しいというなら」

カーヒルがひるんだ。いい気味だ。

「だけど、馬はこれにするわ」わたしは譲らなかった。

「こいつは魚目《さめ》だ」カーヒルが言った。

「なんですって？」

「目が青い、と言ってるんだ。縁起が悪い。おまけにサンドシード族に飼育されていた。連中の馬は調教するのが難しい」

　キキが鼻を鳴らした。〝いやな奴《やつ》〟

「カーヒル、くだらんことを言うな。ばかげた迷信だ。なんの根拠もない」厩舎長が諭す。「こいつは非の打ちどころのない良馬だ。このお嬢さんとの間にどんな因縁があるか知らんが、仕事はちゃんとやり遂げろ。俺には子守をする時間なんぞないんだ」厩舎長はまたぶつぶつとひとり言を言いながら立ち去った。

　カーヒルとわたしはしばらく睨《にら》みあった。キキがペパーミントを催促してわたしの腕を鼻面でつつく。

「ごめんね、もうないの」手を差し出して空っぽの手のひらを見せると、キキは頭を振って、ふたたび草を食《は》み始めた。

　カーヒルはこちらをじっと見ている。腕組みをしてみたが、それだけでは彼の視線をはねつけられそうにない。どうせなら分厚い大理石の壁を築けばよかった。カーヒルは旅装から無地の白いシャツとぴたりとした乗馬ズボンに着替えていた。

「その馬と決めたら、替えはきかないからな。だが、もしわたしが何か教えようとするたびに喧嘩《けんか》を売るつもりなら、この場で言ってくれ。さもないと時間の無駄だ」

「アイリスはわたしに乗馬を習わせたがっている。だから習うわ」

カーヒルは満足そうな顔をした。「よし。さっそく最初の授業だ」牧草地の柵を乗り越える。「乗り方を学ぶ前に、自分の馬について隅々まで知る必要がある。馬体の様子から気性まで」カーヒルはキキに向かって舌を鳴らしたが、キキが無視したので、自分から寄っていった。カーヒルが横に来るとキキは回れ右をし、お尻をぶつけて彼を転ばせた。

わたしは唇を噛《か》んで笑いをこらえた。カーヒルが近づこうとするたびに、キキはすっと離れるか、彼にぶつかるかした。カーヒルの顔が苛立《いらだ》ちで赤くなった。「もううんざりだ。端綱を取ってくる」

「縁起が悪いなんて言ったから傷ついてるのよ。謝れば、きっと言うことを聞くわ」

「どうしてわかる？」

「なんとなく」

「馬からどう下りたらいいかもわからなかったくせに。わたしはそんなにばかじゃない」

柵を乗り越えようとしているカーヒルに声をかける。「トパーズがオート麦入りミルクを欲しがったのがわかったように、わかるの」

カーヒルが動きを止めた。話の続きを待っているようだ。

わたしはため息をついた。「トパーズはご褒美が欲しいとわたしに言ってきたの。たまたま彼と心が通じあえたのよ。それと、お尻が痛かったから、滑らかに走ってと頼んだ。キキの場合も同じ」

カーヒルは顎髭《あごひげ》を引っ張った。「第一魔術師範が、おまえには強い魔力があると言っていた。わたしもとうに気づいてしかるべきだったんだろうが、密偵かもしれないという疑いで頭がいっぱいだった」まるで初めてわたしに気づいたかのように、こちらを見る。一瞬、カーヒルの青い目に冷酷な計算がよぎったような気がしたが、すぐに消えた。今のは錯覚だろうか。

「こいつの名前はキキというのか？」カーヒルが尋ねた。

わたしがうなずくと、カーヒルはキキのもとに戻って謝った。思わずむっとした。まずはわたしに謝るべきでは？　さんざんな目に遭わされたのだ。人を密偵呼ばわりまでして。

〝いやな奴を押す？〟キキが訊いてきた。

〝だめ。いい子にして。彼はわたしに、あなたの世話の仕方を教えてくれるから〟

カーヒルは、こっちに来いというようにわたしを手招きし、柵を乗り越えた。キキがじっとしている間、カーヒルは馬体のさまざまな部位を指し、講義をした。それは鼻面から始まり、右後ろ脚の蹄《ひづめ》を持ち上げて、裏側を見せるまで続いた。

「明日も同じ時間に」講義を終えてカーヒルが言った。「厩舎で会おう。馬の手入れについて教える」

厩舎に戻ろうとしたカーヒルを引き止めた。カーヒルが教官を務めることへの不快感はすでに消え、それより、彼がなぜここにいるのかが気になった。「どうしてあなたがわたしの教官に？　イクシアの王位奪還の準備で忙しいんだとばかり思ってた」

皮肉のつもりで訊いたのか確かめるように、カーヒルはわたしの顔をじっと見つめた。

「シティア議会の全面的な支援を得るまでは、できるだけのことをするしかない」ややあって口を開いた。「そうでなくても、あれこれ経費を賄わなければならない。部下はたいてい、必要に応じ、衛兵や庭師として養成所に雇われている」両手をズボンで拭いながら、牧草地にいる馬たちに目を向ける。「養成所が暑い季節で休暇に入ると、支援を取りつけるのに全力を注ぐ。今回やっと議会の支援を得られるものと思っていた」カーヒルはわたしに視線を戻した。「だが、うまくいかなかった。だからいつもの仕事に戻り、また議会に頼みこんで、わが計画を議題に乗せてもらおうとしている」眉を寄せ、頭を横に振る。

「では、明日」

「ええ」厩舎に歩いていくカーヒルの後ろ姿を見送る。カーヒルは議会を動かすために、イクシアの密偵を捕まえる心づもりでいたのだ。次はどんな手に出る気だろう。

キキが鼻面で腕を押してきたので耳の後ろをかいてやり、それから自分の部屋に戻った。紙を探し出して机に向かい、馬の絵をざっと描いた。覚えている部位に名称を書きこむ。残りはトパーズとキキが手伝ってくれた。

二頭の馬と結んだ繋《つな》がりは、妙な感じはしたけれど、心安らいだ。まるでみんなが同じ部屋にいて、それぞれが別の仕事をし、おのおのの関心事について考えているような感覚だ。でも、誰かがほかの誰かに向かって〝話す〟と、わたしたちにもそれが〝聞こえる〟。キキのことを考えるだけで、彼女の思いがわたしの心に入ってきた。アイリスの場合も同じだ。わざわざ魔力を投じる必要はなく、アイリスのことを思えばそれでよかった。

それからの一週間、わたしの毎日は同じことの繰り返しだった。午前中はアイリスのもとで魔術修行に励み、午後は昼寝し、勉強し、護身術を磨く。夜はカーヒルとキキと過ごす。校内を移動するときはゴールに目を光らせた。彼の脅しはずっと頭の片隅にあった。

魔術修行を始めてしばらくすると、アイリスはわたしのほかの能力を試し始めた。

「おまえに火をつけられる力があるか、確かめよう」ある朝、アイリスが切り出した。

「今回は魔力を引き出すときに、この蝋燭《ろうそく》に火をつけることに集中してもらいたい」

「どうやって？」半身を起こしながら尋ねた。わたしは塔にあるアイリスの部屋のクッションにもたれ、キキのことを考えていた。一週間経《た》っても、まだキキに乗れずにいた。カーヒルは馬の世話と馬具の基礎知識ばかりを延々と教え続けるのだ。憎たらしい。

「目の前に炎をひとつ思い浮かべて、魔力を注ぎこむ」アイリスが実演した。

「火よ《ファイヤー》、つけ」蝋燭にぱっと炎が上がり、それを吹き消した。「おまえの番だ」

心の中に炎を思い描きながら、蝋燭の芯を見据える。そこに向かって魔力を押し出し、火をつけようとした。だが、何も起こらない。

アイリスが喉の奥から声を漏らすと、蝋燭に火がついた。「魔力を蝋燭に向けたか？」

「はい。どうして？」

「おまえは今、自分の代わりに蝋燭に火をつけるよう、わたしに命じたんだ」憤慨している様子だ。「だから、わ、わたしがやった」

「まずいですか？」

「いや。だが、普通に火をつける方法を身につけてもらいたい。今の状態では、魔術をものにしたとは言えそうにないからな。何かほかのことを試してみよう」

今度は物を動かそうとしたが、だめだった。アイリスにやってもらうことを、魔術で動かしたと言えるなら別だが。

とうとうアイリスは心の防御壁を築き、わたしの魔力を遮断した。「もう一度やってみなさい。今度は物を操ることに集中して」

魔力を引き出すと、アイリスがクッションを投げつけてきた。クッションが腹部を直撃する。「ちょっと！」

「それが飛んでくる向きを魔術で変えなさい。さあ、もう一度」

授業が終わるまでには、アイリスがクッションを選んでくれたことに感謝した。さもなければ、今頃は痣《あざ》だらけだっただろう。

「思うに、あとは操作術さえ練習すればよさそうだ」アイリスはあきらめようとしなかった。「少し休みなさい。明日にはもっと上達するだろう」

部屋を出る前に、ここ数日考えていたことを切り出してみた。「城塞内をもっと見てまわってもいいですか？　それから、手持ちのイクシアの硬貨をシティアの硬貨に両替したいんです。品物や服が買いたくて。ここには市場があるんですか？」

「あるにはあるが、暑い季節は一週間に一日しか開かない」一瞬口をつぐみ、考えを巡らす。「市場の日に休みをやろう。授業はしない。城塞を探検するもよし、何をしてもかまわない。あと二日で市場が開くから、それまでにわたしが両替してやろう」

賢いお金の使い方を講義する機会をアイリスが逃すはずはなかった。「養成所にいる間、おまえの費用は賄われている。だが、ひとたび卒業すれば自活しなくてはならない。当然ながら、魔術師として稼ぐんだ」アイリスは続けた。「だが、その金を人に与えてはだめだ」言葉を和らげようとして微笑《ほほえ》む。「物乞いへの施しは奨励できない」

汚れた少年の姿が頭に浮かんだ。「どうして彼らはお金を持っていないんですか？」

「働くことより施しを求めることを好む怠け者も中にはいる。肉体的、あるいは精神的に問題があって、働けない者も。治療師でも力が及ばないんだ。もしくは、ギャンブルに金を注《つ》ぎこむ者、稼ぐ以上に使ってしまう者も」

「でも、子どもたちは？」

「逃亡者か孤児か、もしくは親が路上生活者か。暑い季節は連中にとって最悪だが、学校が始まって城塞にふたたび人が戻れば、食べ物やねぐらを求めに行く場所もできる」アイリスはわたしの肩に触れた。「彼らのことなら心配無用だ」

部屋に戻る道すがら、アイリスの言葉についてじっくり考えた。

その夜、鞍《くら》と馬勒《ばろく》のつけ方をキキの馬房で教えながら、カーヒルが訊いてきた。「いったいどうしたんだ？　一晩中文句ばっかりじゃないか」

〝ラベンダーレディは機嫌が悪い〟キキが同意する。

謝るつもりで大きく息を吸ったが、代わりに、思いも寄らない言葉が口をついて出た。

「あなたはイクシアが欲しいんでしょ、そうしたら国王になれるから。そして税金を取り立てる。あなたが王座に座って宝石の王冠を戴《いただ》く間、人々はあなたのおじの支配下にあったときのように苦しむんだわ。ゴールのような部下たちが、あなたの上等なシルクのシャツに使う税金を両親が払えなかったからって、無垢《むく》な子どもたちを殺すの。あるいは両親を殺し、子どもたちを路上生活者や物乞いにする」一気に言葉を吐き出した。

カーヒルは驚いて口をあんぐりと開けていたが、すぐに立ち直った。「わたしが望んでいるのはそんなことじゃない。イクシアの人々を助けたいんだ。そうすれば押しつけられた制服ではなく、好きな服が着られる。将軍の許可がなくても、好きな相手と結婚できる。

住む場所も自分で決められる。それがシティアだろうとも。王座が欲しいのは、イクシアを軍の独裁から解放したいからだ」

その言い分は体裁を繕っているようにしか聞こえなかった。カーヒルが統治者になったからといって、人々は今より自由になれるのだろうか？　今の答えが国王になりたい本当の理由とは思えない。「イクシアの人々があなたに解放してもらいたがってるなんて、どこから出てきた考え？　完璧な政府なんてない。イクシア人は最高司令官の統治下で満足しているとは思わない？」

「おまえは北での生活に満足していたのか？」カーヒルが問い返してきた。わたしの答えを固唾をのんで待っている。

「わたしの場合は、普通と違うから」

「どんなふうに？」

「あなたには関係ないことよ」

「当ててやろう」カーヒルが偉そうに言う。「魔力を持つ、南部から誘拐されてきた子どもだろう？　確かに普通じゃない。だが、第四魔術師範が救ったのは、おまえが最初だとでも思っているのか？　北にも魔力を持って生まれる者がいる。わたしのおじも師範級の魔術師だった。そしてアンブローズが能力を持つ者を見つけしだいどうしていたか、おまえも知ってのとおりだ」

ヴァレクの言葉が頭の中でこだました。イクシア領で見つかった魔力を持つ人間は、ひとり残らず殺されたと言っていた。そうして魔術師は狩られたが、ほかの国民は生活必需品に困ることはなかった。

「われわれは似た者同士なんだ、イレーナ。おまえはシティアで生まれてイクシアで育ち、わたしはシティアで育ったイクシア人だ。おまえは故郷に帰ってきた。わたしも故郷に帰りたいだけなんだ」

言い返そうとして口を開いたが、慌てて閉じた。心の中でアイリスの声がする。

〝イレーナ、今すぐ医務室に来てくれ〟

〝大丈夫？〟わたしは訊いた。

〝わたしは無事だ。とにかく来てくれ〟

〝医務室はどこ？〟

〝カーヒルに案内させろ〟そこでアイリスの魔力は尽きた。

アイリスの指示を伝えると、カーヒルはすぐにキキから鞍と馬勒をはずした。わたしたちはそれらを馬具庫に吊《つ》るし、養成所の中心部に向かった。カーヒルに遅れを取らないように、早足になる。

「第四魔術師範はほかに何か言っていなかったか？」肩越しにカーヒルが訊いてくる。

「何も」

平屋建ての建物に入った。大理石の壁は水色で、氷に似た落ち着いた色合いだ。白い制服姿の若い男がロビーを動きまわり、角灯《ランタン》に火をつけている。すでに日が暮れ始めていた。

「アイリスはどこですか？」若い男に尋ねた。

相手はきょとんとした。カーヒルが口を挟む。「第四魔術師範だ」

「ヘイズ治療師と一緒です」そう答えてもわたしたちが動かずにいると、男は長い廊下を指さした。「その廊下の先。左側にある五番目の扉です」

「第四魔術師範をアイリスと呼ぶ者はわずかしかいない」誰もいない廊下を急ぎながら、カーヒルが教えてくれた。

五番目の扉の前で、足を止める。扉は閉まっていた。

「入りなさい」ノックをしないうちに、中からアイリスの声が聞こえた。

扉を開けると、アイリスは白い服を着た男の隣に立っていた。彼がヘイズ治療師だろう。部屋の中央にはベッドが置かれ、人が横たわっていた。顔には包帯が巻かれている。

部屋の隅の椅子でリーフがうなだれている。その顔は恐怖に怯《おび》えていた。わたしに目をとめて、アイリスに尋ねる。「なぜ、イレーナがここに？」

「わたしが来るように頼んだんだ。イレーナなら助けられるかもしれない」

「何がどうなっているの？」アイリスに尋ねた。

「トゥーラは瀕死《ひんし》の状態で、ブールビーの町で見つかった。魂が消えていて、われわれにも接触できない。誰の仕業か調べなければ」

「僕にも彼女が感じられない」リーフが言った。「ほかの魔術師範たちも接触できなかった。死んでしまったんですよ、第四魔術師範。もう何をしても時間の無駄です」

「何があったんだ？」カーヒルは尋ねた。

「殴られ、痛めつけられ、レイプされた」治療師が答えた。「口にするのもおぞましいが、おそらくそういう目に遭っている」

「だが、トゥーラは運がよかった」アイリスが言った。

「これのどこが、運がよかったんだ？」カーヒルはつっかかった。急にこわばった肩、険しい声から、激怒しているのがわかる。

「この子は命がけで逃げきった」アイリスは答えた。「ほかの娘たちはそうはいかなかった」

「ほかに何人？」知りたくはなかったが、訊かずにはいられなかった。

「トゥーラが十一番目の犠牲者だ。これまでに発見された者はみな亡くなっていた。同じように、むごたらしい目に遭って」アイリスが嫌悪感を露《あら》わにする。

「それで、わたしに何ができると？」アイリスに尋ねた。

「おまえは最高司令官の心に入りこみ、生還させた。精神を治療する魔術を最も得意とするわたしにも、できなかったというのに」

「なんだと?」カーヒルが声を荒らげる。「おまえがアンブローズを助けた?」

激しい怒りをぶつけられたが、そのまま黙って聞き流した。

「でも、わたしは最高司令官を知っていたから、どこを探せばいいかわかっただけ」アイリスに向かって言う。「あなたの期待に応えられるかどうか、自信がありません」

「とにかく、やってみてくれ。死体はシティア各地で発見されている。殺害の動機もわからず、容疑者も浮かんでこない。なんとしてもこの獣《けだもの》を捕まえなければ」アイリスは自分の髪を引っ張った。「あいにく、おまえが魔術師になったときに対処を求められるのは、こういう類いの状況なんだ。実習だと思えばいい」

わたしはベッドに近づいた。「この子の手を握っていいですか?」治療師に訊いた。

治療師はうなずいてシーツをめくり、少女の上半身を露わにした。血だらけの包帯の隙間から生肉のような肌がのぞく。カーヒルが悪態をついた。リーフを盗み見ると、彼は壁に目を向けたままだった。

少女の指にはそれぞれ添え木が当てられていた。きっと骨折しているのだ。その手を取り、手のひらを指先で撫《な》でる。魔力の糸を引き出しながら目を閉じ、エネルギーを注ぐ。

少女の心は見捨てられたあとだった。ここから逃げて、もう二度と帰らないという意識に満ちている。実体のない灰色の幽霊たちが漂っていた。近づいてよく見ると、幽霊はそれぞれ、トゥーラの恐怖の記憶そのものだった。その顔は苦痛に、恐怖に、歪《ゆが》んでいる。

むき出しの感情がわたしの肌に染みこんできた。幽霊たちを押しのけながら、本当のトゥーラを捜す。たぶん少女は、恐怖の手の届かないどこかに隠れているはずだ。

両腕に、背の高い草にくすぐられたような刺激が走った。露の結んだ牧草地に漂う、さわやかな土の匂いがするが、どこから来るものかわからない。体力が底をつくまで捜したが、とうとうトゥーラとの接触を保てなくなった。

わたしはついに目を開けた。少女の手をしっかりと握ったまま、床に腰を下ろす。「ごめんなさい。見つけられませんでした」

「だから時間の無駄だと言ったでしょう」リーフが椅子から腰を上げた。「北の人間に、何を期待していたんですか？」

「でも、あなたみたいに簡単にはあきらめないわ」リーフが大股で部屋を出ていく前に、わたしは言葉を投げつけた。

去っていくリーフの背中を、顔をしかめながら見送った。トゥーラを目覚めさせる方法はほかにもあるはずだ。

治療師がわたしの手から少女の手を取り、シーツの下に戻した。治療師とアイリスが少女の状態について話しあっている間、わたしはそのまま床に座っていた。身体は回復するだろうが、意識はおそらく戻らないだろう。それがふたりの見解だった。聞いているうちに、この少女が魂の抜け殻になってしまいそうな気がしてきた。そう、ちょうどレヤードとムグカンがイクシアで作り上げた子どもたちみたいに。彼らは子どもたちの魔力を吸い上げ、あとには魂のないがらんどうの身体しか残されなかったのだ。悪魔のようなふたりの男がどうやってわたしをめちゃくちゃにしようとしていたか思い出し、身体が震えた。

気持ちをトゥーラの問題に戻す。最高司令官を見つけたときは、どうやった？　彼は、自分が偉業を成し遂げた場所に引きこもっていた。最高に幸せだった、すべてが思いどおりになる場所に。

「アイリス」わたしは口を挟んだ。「トゥーラについて知っていることを全部教えて」

アイリスはしばし考えこんだ。さまざまな質問が口まで出かかっているのがわかる。

〝わたしを信じて〟アイリスに気持ちを送る。

「それほどは知らない。家族はブールビー郊外にガラス工場を持ち、経営はうまくいっている」アイリスが続ける。「この季節は彼らにとっては書き入れ時で、終日操業なんだ。トゥーラはその夜、釜の火力を見張る係だった。だが翌朝父親が出勤してくると石炭は冷たくなっていて、トゥーラの姿はなかった。家族は何日も彼女を捜した。十二日経ってやっと、瀕死の状態で農場で見つかった。ブールビーにいる治療師が身体の傷を手当てした。しかし意識は回復せず、ここに担ぎこまれたんだ」表情を見れば、落胆していることがありありとわかった。

「トゥーラにきょうだいはいますか？」わたしは訊いた。

「何人か。それがどうした？」

わたしは必死に考えた。「歳《とし》が近いのは？」

「一歳半ほど離れた下の妹だと思うが」

「その子をここに連れてこられますか？　妹の手助けがあれば、トゥーラを呼び戻せるかもしれません」

「使いを出そう」アイリスは治療師のほうを向いた。「ヘイズ、もしトゥーラの容態が変わったら知らせてくれ」

ヘイズがうなずき、アイリスは部屋を出ていった。

カーヒルとわたしもアイリスに続いた。医務室を出て黄昏《たそがれ》の中に出ていく間、カーヒルは押し黙っていた。太陽がほとんど沈んだせいで涼しく、そよ風が頬を撫でる。肌にまつわりつく少女の惨事の匂いを少しでも散らそうとして、その新鮮な空気を吸いこんだ。

「ずいぶん図々しいな」カーヒルがこちらを一瞥《いちべつ》した。「魔術師範にも接触できなかったのに、自分にできると考えるとは」そう言い捨てて、大股で立ち去る。

「ずいぶんばかね」その後ろ姿に向かって言い放つ。「あらゆる可能性を試しもしないで、あきらめてしまうなんて」

わたしの言葉に反応もせず、カーヒルは歩き去った。

上等だ。あなたは間違っていると証明しなければならない理由が、またひとつできた。

12

その夜、心につきまとって離れない、トゥーラの恐怖体験の幽霊たちが夢に出てきた。何度も何度も闘った末、彼らはついに、わたしを嘲る、わたし自身の悪霊の顔に変わった。レヤードによって拷問され、レイプされた鮮明な記憶が夢の中で蘇《よみがえ》る。

叫び声をあげて目が覚めた。心臓が激しく鼓動する。寝間着は汗でびっしょりだ。

現実に焦点を合わせながら、顔を拭った。トゥーラを助ける方法はあるはずだ。すっかり目が冴《さ》えてしまったので、服を着て医務室に向かった。

トゥーラの部屋に行くと、ヘイズ治療師が椅子にだらりと身体を投げ出し、うたた寝をしていた。わたしがベッドに歩み寄ると、はっとして背筋を伸ばした。

「どうかしたのか？」ヘイズ治療師が訊《き》いた。

「いいえ、ただ……」適当な言い訳を考える。「トゥーラと少し一緒にいたいと思って」

ヘイズがあくびをした。「どうぞ。せっかくだから、その間少し休ませてもらおうか。廊下のつきあたりにある執務室に行っているよ。もし何かあったら起こしてくれ」

ヘイズの椅子に座り、トゥーラの手を握った。ふたたび彼女と繋《つな》がり、空っぽの心に入ってみる。ゆらゆら漂う恐怖体験の幽霊たちとすれ違いながら、弱点はないかと、じっくり観察した。魂が戻ったら、トゥーラはそれぞれの幽霊と対決しなければならない。トゥーラが幽霊を追い払うのを手伝うつもりだった。

翌朝、アイリスに起こされた。いつの間にか寝ていたらしく、わたしはトゥーラのベッドの端に頭をのせていた。「一晩中ここにいたのか？」アイリスが尋ねた。

「途中からです」目を擦《こす》りながら微笑《ほほえ》む。「眠れなかったので」

「それはそうだろうな」アイリスはベッドのシーツを撫《な》でた。「とはいえ、ここで手をこまねいていても仕方がない。これからトゥーラの妹を迎えに行くつもりだ。第二魔術師範のベイン・ブラッドグッドが、わたしの不在中、おまえの訓練を引き受けてくれた。ベインはおもに歴史を教えていて、名高い、あるいは悪名高い魔術師についての講義をするのが好きだ」アイリスは微笑んだ。「きっと読むべき本をおまえにどっさり与え、そこから出題してくるだろう。だから、与えられた本はどれも必ず読み通すように」

ヘイズが部屋に入ってきた。「何かあったかね？」

わたしは首を横に振った。

ヘイズがトゥーラの包帯を交換し始めると、アイリスとわたしは部屋を出た。

「わたしはこれから出発する。その前に、ベインに紹介しておこう」

アイリスのあとについて廊下を進んだ。養成所の入口の真向かいにある、桃色と黄色の大理石でできた大きな建物に近づいていく。

建物には養成所の管理職員のための執務室が入っていた。大小の会議室に、各魔術師範の執務室もある。アイリスによれば魔術師範たちは、外部の人間や役人を迎えるとき、自らの塔よりこちらの部屋での面会を好むらしい。

アイリスはわたしを従え、小さな会議室に入っていった。四人の人間が頭を寄せるようにして、会議用テーブルに広げられた地図をのぞきこんでいる。ほかにも地図や表が壁にかけられていた。

四人の中にはローズ・フェザーストーンとリーフがいた。ローズはこの間と違う青いロング・ワンピースを身につけ、リーフはいつものしかめっ面だ。ふたりの傍らには濃紺のローブを羽織った年配の男性と、髪を三つ編みにした若い女性が立っていた。

アイリスは年配の男性にわたしを紹介してくれた。男の白い巻き髪は、毛先があちこち勝手な方向に突き出ている。

「ベイン、これがイレーナだ。これから一週間ほどあなたの生徒になる」

「君が北部から救出したという少女かね?」ベインはわたしと握手した。「変わった任務だった」

〝あの任務は失敗だ〟冷酷なローズの考えがわたしの心に突き刺さった。〝救出せずに殺すべきだったのだ。この子は、学ぶには歳《とし》を取りすぎている〟

〝イレーナはわたしと繋がっている。あなたの考えはイレーナにも筒抜けだ〟アイリスは苛立《いらだ》ちを露《あら》わにした。

ローズは琥珀《こはく》色の目でわたしを見つめた。〝別に気にしないが〟

わたしはひるまず見返した。

アイリスは睨《にら》み合いを遮るため、わたしたちの間に割りこんだ。「それから、こちらが第三魔術師範のジトーラ・カーワン」アイリスは若い女性を身振りで示した。

ジトーラの蜂蜜色の三つ編みは腰まであった。ジトーラはわたしと握手をするどころか抱きついてきた。「ようこそ、イレーナ。あなたならトゥーラを襲った犯人を見つけられるかもしれないと、アイリスから聞いたわ」

「なんとかやってみます」わたしは応じた。

「トゥーラはわたしの一族の出身なの。あの子を助けるためにしてくれることならなんでもありがたいわ」黄褐色の目が涙で光り、ジトーラは顔をそむけた。

「見てのとおり」ベインが室内の様子を身振りで示した。「われわれはこの殺人犯の手口を推理しようとしていたところだ。はなはだ狡猾《こうかつ》な奴《やつ》だということしか、あいにくわかっていない。新鮮な目で見たら、われわれが見逃していた何かを見つけられるかもしれない」ベインはテーブル上の地図を指さした。

「イレーナがここにいるのはおかしいです」リーフが食ってかかった。「犯罪捜査について何も知らないんだから」

アイリスが弁護する前に、わたしは口を開いた。「あなたの言うとおりよ、リーフ。こういうことは初めて。なぜならこの手の怪物は、イクシアでは長生きできないから」

「最愛なる最高司令官がいる理想郷に、さっさと帰ったらどうだ？　われわれの問題には口出ししないでもらいたい」リーフはわたしに向かって言い捨てた。

反撃に出るべく息を吸いこんだが、やめろというようにアイリスが袖に触れた。「ふたりとも、もういい。時間を無駄にするな。この殺人犯を捕まえることが先決だ」

叱責され、うなだれてテーブル上の地図を見下ろす。シティアの領土は十一に区分され、各部族に一区域ずつあてがわれている。都市の場所、それに少女たちの遺体が見つかった場所にも印がついていた。犠牲者がふたり出ている町もあれば、ひとりも発見されていない町もある。特に傾向のようなものは見当たらない。

「共通点は被害者の特徴だけだ」ベインが口を開いた。「全員が未婚の娘で、歳は十五から十六。誘拐されて十二日から十四日ほどで発見されている。攫《さら》われたのは夜間。中には、まさにきょうだいと寝ている寝室から拉致された者もいる。そして、目撃者はいない。ひとりとして」

最初にぴんと来たのは、犯行には魔術がかかわっているということだった。だが、それを四人の魔術師範の前で口にするのは憚《はばか》られた。

「犯人像として、はみ出し者の魔術師を考えた」アイリスが説明する。「それからわれわれの学校を卒業した魔術師たちのアリバイを確認したが、一芸の魔術師たちには質問できずにいる」

「一芸というのは？」わたしは訊いた。

「蝋燭《ろうそく》に火をつけるとか、一種類の魔術を使うのがやっとで、ほかには何もできない者だ」アイリスは説明した。「一芸しか持たない者たちは養成所には来ないが、彼らは一般に、ためになることにしかその能力を使わない。だが中には、能力を犯罪に利用する者もいる。たいていが軽犯罪だがね。今回の殺人犯も、姿を消せるとか、音をたてずに歩けるといった一芸魔術を持っている可能性がある。少女を誘拐するのに便利な一芸を」

険しいアイリスの表情には固い決意がうかがわれ、その表情を見ているうちに、胃がこわばった。アイリスがイクシアで、わたしを殺そうとしたときの表情だからだ。

「だが、好き勝手ができるのは今のうちだけだ」アイリスはきっぱりと口にした。

「とはいえ、はみ出し者の魔術師も除外したわけではない。歴史上、この手の魔術師は大勢いる。最近の歴史も含めて」ベインがわたしに向かってうなずいた。「いつの日かわしに、イクシアでのカングムの悪行について教えてほしい。そして、奴がどんな最期を迎えたのかを。奴の愚行についても歴史書に加えたいのでね」

初めは誰のことかわからなかったが、やがて思い出した。カングムはイクシアに逃げた際、ムグカンと名前を変えたのだ。

「本といえば、イレーナ、君に渡したい本が執務室にある」ベインはそう言い、ローズに向き直った。「話はこれでおしまいかな?」

ローズがそっけなくうなずいた。

ほかの魔術師たちは部屋を出ていこうとしたが、ジトーラだけはテーブルの近くに残り、シティアの地図を指でなぞっていた。「ねえ、アイリス、トゥーラが発見された場所に印をつけた?」

「いや」アイリスは羽ペンを手に取り、赤のインク瓶にペン先を浸した。「ばたばたしたから忘れていた」地図に印をつけて後ずさった。「十日以内に戻ってくる。もし何かあったら、知らせてくれ。イレーナ、魔力を制御する練習を続けるように」

「わかりました」

アイリスは微笑み、それから部屋をあとにした。

ブールビーは城塞からどれぐらい離れているのだろう。赤いインクがまだ乾ききっていない地図を見る。トゥーラの町は、アヴィビアン平原の西の端にあった。マロック大尉が広大な平原だと言ったときは大げさだと思ったが、地図を見ると、確かにシティアの東側を独占している。

残りの赤い印を見たとき、声を漏らしたに違いない。ふいにジトーラに腕を掴《つか》まれた。

「どうしたの?」ジトーラが尋ねる。

「傾向を見つけました。見て」地図を指さす。「どの印もアヴィビアン平原の境界近くです」

ほかの魔術師たちもテーブルに戻ってきた。

「新鮮な目だな」ベインがうなずいた。

「見れば誰にでもわかる。地図が更新されたのだから」ローズの声が苛立ちで険しくなる。

「少女たちが行方不明になったとき、平原も捜索したんですか?」わたしは訊いた。

「平原には誰も近づかないの」ジトーラが答えた。「サンドシード族は訪問者を好まないし、彼らの不思議な魔術は訪問者の心を惑わすから。かかわらないに越したことはないのよ」

「サンドシード人が歓迎するのはザルタナ人だけだ」ローズが言い添えた。「おそらくイレーナとリーフなら、彼らを訪ね、何か妙な点がないか調べられるだろう」

「急ぐ必要はない」ベインがなだめる。「アイリスがトゥーラの妹を連れて戻るまで待ったほうがいいだろう。もしトゥーラが目覚めて犯人が誰かわかったら、われわれは優位に立てる」

「その間にほかの少女が誘拐されたらどうするんですか?」リーフが詰問した。表情がいっそう険しくなっている。新たな犠牲者が出る心配をしてなのか、わたしとまた旅する可能性を思ってなのか、見るからに動揺している。

「するとわれわれは、歓迎されようがされまいが、武装した捜索隊を平原に送りこむわけか」ベインがうなった。

「でも、手遅れかもしれません」わたしは口を挟んだ。

「時間はあるわ」ジトーラはお下げ髪の片方を引っ張った。「これももうひとつの傾向よ。犯人は犠牲者を二週間拘束して殺し、次の少女を誘拐するまでに四週間、間を空けている」

新たな犠牲者が出る――わたしの頭はその恐ろしい考えでいっぱいになり、身の毛もよだつ筋書きが浮かんだ。「もし犯人が未遂の犯行をやり遂げに、養成所に来たら？　トゥーラの身が危険にさらされるかもしれません」

「来たいなら来ればいい」ローズは冷ややかな口調できっぱりと言った。「わたしが始末してやる」

「まずは犯人を捕らえることだ」ベインは骨張った指でテーブルを叩《たた》いた。「トゥーラの部屋に見張りを立てなくては」

「だけど、今は暑い季節で人手不足だわ」ジトーラが指摘する。

「カーヒルの部下をつけさせよう」ローズが言った。「奴には貸しがある」

「すぐに手を打つんだ、ローズ」ベインが急かす。「一刻の猶予もならない。さあ、イレーナ。われわれにはやることがある」

ベインはわたしを部屋から連れ出し、廊下を歩き出した。

「見事な観察力だな。どうりでアイリスが殺すのをやめたわけだ」

「アイリスは人を殺したことがあるんですか？」

「やむを得ないときにはな。どう考えたところでいやな選択肢だが、アイリスはその任務に適している。痛みや恐怖を与えずに心臓を止めるという類《たぐ》い稀《まれ》な能力を持っているんだ。ローズにも同じ力があるが、彼女はあまりに無慈悲だ。ローズは犯罪者や同種の連中に相対するとき、その技能を最も発揮する。リーフはそうした犯罪捜査でローズに協力している。リーフが養成所で学んでいるときに、その珍しい能力を生かすにはそれが一番いいと魔術師範たちが判断した。一方ジトーラは、ほかの誰かを傷つけるなら、死んだほうがましだと思っている。ジトーラほどやさしい人間には会ったことがない」

ベインは足を止め、執務室の鍵を開けた。どうぞお先にと、わたしに身振りで示す。部屋に入ると、さまざまな色、奇妙な仕掛けの山、本がずらりと並ぶ書棚に迎えられた。

「それで、あなたは？」わたしは切り出した。「この魔術師集団でどんな役割を？」

「わしは、教え、導き、耳を傾ける」ベインが本を積み上げる。「質問に答え、若い魔術師たちを任務に送り出し、わが波瀾万丈《はらんばんじょう》の人生について話して聞かせる」ベインは微笑んだ。「仲間たちが聞きたいか聞きたくないかはおかまいなしに。さあ、君にはここにある数冊の本から始めてもらおうか」

ベインはわたしに本の山をよこした。数えると七冊あった。これが数冊？　わたしが考える数冊とベインが考える数冊は、明らかに違う。せめてもの救いは、ほとんどが薄い本だったことだ。

「明日は市場が開く日だ。つまり一日思う存分勉強できるわけだ」貴重な機会をありがたがっているように聞こえる。ベインにとって勉強する時間が持てるということは、金貨の袋を受け取るようなものらしい。「どの本も、最初の三章分を読んでおくように。明後日、それぞれの本について話しあおう。朝食後、わしの塔に来るように」

ベインはテーブルのまわりを引っかきまわし、何やら探し出した。分厚い学術書の下から革袋を引っ張り出す。「アイリスから預かったものだ」

袋を開けるとチャリチャリと音がした。アイリスがイクシアの硬貨をシティア硬貨に両替してくれたのだ。

「市場はどこにあるんですか？」わたしは訊いた。

ベインは机まわりをくまなく探し、一枚の紙を見つけた。城塞の地図だった。

「これを使いなさい」ベインは城塞の中央近くに位置する広場を指さした。

「いただいていいんですか？」

「ああ、君にやろう。さあ、行きなさい。本を読むんだ」子どもに甘い父親が、遊びに出かけるわが子を見送るように、ベインはしっしっとわたしを廊下に追い出した。

自分の部屋に戻る道すがら、本の題名を読んだ。『魔力の源』『魔術による変身』『シティアにおける魔術の歴史』『師範級魔術師全史』『魔力の源の乱用』『魔術師の倫理規範』『ウインドリ・バク・グリーンツリー伝記』。

なるほど、面白そうな題名ばかりだ。部屋に戻るなり読み始め、すっかり没頭し、その日の午後は飛ぶように過ぎていった。読むのを中断したのは、お腹《なか》の虫が鳴りやまず、仕方なく食べ物を探しに行ったときだけだ。

夕食後には厩舎《きゅうしゃ》を訪ねた。中に入ると、とたんにトパーズとキキが馬房の扉越しに顔をのぞかせた。

〝林檎《りんご》？〟二頭とも期待しているらしい。

〝わたしが手ぶらで来たことがあった？〟

〝ううん。ラベンダーレディは、いい人〟トパーズが答えた。

わたしはトパーズとキキに林檎をあげた。両手についた林檎の汁と馬の涎《よだれ》を拭うと、カーヒルが遅れていることに気づいた。彼を待たずにキキの馬勒《ばろく》と鞍《くら》を馬具庫から運び出す。〝練習？〟キキがうんざりしたように尋ねた。わたし同様、基礎の繰り返しばかりの授業に飽き飽きしているらしい。

〝じゃあ、歩いてみる?〟わたしは訊いた。

〝速く?〟

〝いいえ。わたしが落ちないように、一歩一歩ゆっくりと〟

問題なく馬勒と鞍をキキにつけられた。自分の上達ぶりに、われながら驚く。キキに跨《また》ろうとしたとき、カーヒルが現れた。顔は紅潮し、顎髭《あごひげ》は汗で濡《ぬ》れている。厩舎まで走ってきたようだが、どれくらい走ってきたのだろう。そもそも彼は、養成所のどこで寝起きしているのだろう。そこからカーヒルの子ども時代に考えが向かった。天涯孤独の身で魔術師養成所で成長するというのは、どんな感じだったのだろう?

カーヒルはわたしの好奇心にも気づかずに、キキの馬具を念入りに調べている。つけ方に間違いがないか探しているのだろう。見つかったのが鐙《あぶみ》のねじれだけだったとわかると、わたしは満足してにんまりとした。

「よし、いいだろう。鞍もついていることだし、乗ってみたらどうだ?」カーヒルが言い、必ず左側から跨るようにと注意した。

左足を鐙にかけ、鞍を掴んだ。わたしを押し上げようとしてカーヒルが動いたので、それを目で制した。キキは馬にしては体高が高く、一メートル六十センチほどもあるが、誰の手も借りずに跨りたい。右足で地面を勢いよく蹴って、脚を鞍の向こうに回す。いったん姿勢が定まると、今や落ち着かないほど高く感じられるキキの背からカーヒルを見下ろした。見晴らしのいいこの場所からだと、足元に広がっているのは青々とした草地ではなく、硬い地面のように思える。

カーヒルは手綱の正しい持ち方と、鞍の座り方を講義した。「落馬しそうだと思ったら、たてがみを掴むんだ。鞍ではなくて」

「どうして？」

「指を挟む恐れがある。心配はいらない。馬は痛がらない」

カーヒルは講義を続けた。正しい手綱のさばき方と、止まれと進めの合図の仕方。そして、落馬しそうになったらキキのたてがみを掴めという助言を、少なくとも五回以上は繰り返している。ついにわたしはその説明を聞き流し、新たな目で牧草地を見回した。遠くの柵付近には雄馬がいて、つややかな毛並みが太陽の光を受けて輝いている。その光景に目を奪われていたが、カーヒルの口調の変化でわれに返った。キキの両耳が前に傾く。

「……ちゃんと聞いているのか？」カーヒルは声を荒らげた。

「何？」

「イレーナ、これはとても大事なことだ。ちゃんと合図を覚えていないと――」

「カーヒル」わたしは遮った。「合図なら必要ないわ。キキに頼めばすむから」

まるでわたしが違う言語で話したかのように、カーヒルはわたしをまじまじと見つめた。

「見てて」カーヒルに教えられたように、身体の正面で手綱を持った。キキの左耳が後ろに傾き、右耳は前を向いた。わたしの姿がよく見えるように、わずかに左向きに振り返る。

〝牧草地を歩いてくれる？〟キキに話しかける。〝柵の近くまで〟

キキは歩き出した。馬が歩を進めるたびに、わたしの身体は左右に揺れた。キキの行きたいように行かせ、景色を楽しんだ。

牧草地を一周していると、カーヒルが大声で叫んだ。「踵を下げて！　背筋を伸ばせ！」

ついにわたしたちは、カーヒルの視界から消えた。

〝速く？〟キキが訊いてきた。

〝まだよ〟

太陽の光がきらりと反射し、柵から何かがさっと飛びこんできたのが目にとまった。キキが飛びのき、すばやく右に方向転換した。わたしの身体がぐいっと左に傾く。

〝いやな匂い。いやなもの〟

反射的にたてがみを掴み、落馬を免れた。右足が鞍の向こうに伸びた格好でごわごわの茶色いたてがみにしがみつき、キキの脇にぶら下がった。

キキは筋肉をこわばらせ、足踏みして横に動いた。キキを驚かせたものの正体がちらりと見えた。〝止まって。人よ〟

キキはじっとしているが、恐怖で脚が震えている。〝悪い男。光るもの〟

わたしは鞍の上に身体をぐいっと戻した。〝走って、キキ〟

13

キキはすぐに走り出した。

わたしはたてがみにしがみつき、必死で鞍《くら》から落ちるまいとした。キキが駆け出した直後に後ろを振り返ると、ゴールの剣が太陽の光を受けてきらめいた。

カーヒルはわたしたちが牧草地を駆けてくるのを見ると、両腕を上げて叫んだ。「どうどう！　どうどう！」

キキは襲歩のままカーヒルに向かって突進した。キキの頭は危険から逃れることでいっぱいだったから、ゴールの匂いが消えるのを待たなくてはならなかった。匂いが消えれば、落ち着かせようとするわたしの心の声に応えるだろう。

〝あの男はもういないわ。大丈夫〟と、呼びかける。キキの首を軽く叩《たた》き、同じ言葉を耳にも囁《ささや》いた。キキはやっと落ち着き、カーヒルのすぐ目の前で止まった。

「少なくとも落馬はしなかったな」カーヒルはキキの手綱を引ったくった。「何があった？」

わたしは鞍から飛び降り、カーヒルを観察した。驚いている様子はなく、それどころか面白がっているように見える。「何があったと思う？」訊《き》き返した。

「キキが何かにびっくりしたんだろう。言ったはずだ、馬は臆病だって。それなのに、準備ができてもいないのに走らせたりして」

カーヒルの目つきはどことなく怪しい。「ゴールにわたしを待ち伏せさせたの？」

「ゴールだって？」カーヒルは面食らったようだった。「わたしは――」

「あなたが仕組んだんでしょ、キキを怯《おび》えさせたくて」

カーヒルは眉を寄せた。「おまえに学んでほしかっただけだ。馬というのは食べられる側の動物で、頭で考えるより先に、かすかな音、匂い、動きにさえ反応するんだと。それにもし落馬していても、そうたいしたことじゃないとわかったはずだ。そうすれば、いざというときに落馬したり、馬から飛び降りなければならなくなっても怖がらずにすむ」

「で、ゴールに待ち伏せさせたのが授業だったっていうの？」わたしは追及した。「そんな言い分、信じられないわ。向こうは武器を持っていたんだから」

カーヒルは激怒の形相となった。「わたしはイーラントに手伝いを頼んだんだ。ゴールはトゥーラの見張り役のはずだ。あとで罰しておこう」

「放っておいて。ゴールのことは自分で片をつけるから。少なくともゴールは、これから何をするつもりか教えてくれたわ。ほかの人たちと違って」カーヒルを睨《にら》みつけるとその手から手綱を引ったくり、キキを連れて大股で厩舎《きゅうしゃ》に戻った。

武器を持たずに稽古を始めたのは間違いだった。愚かにも、カーヒルと一緒にいる間は、さすがのゴールも襲ってきたりしないだろうと思っていたのだ。勉強になった。たとえそれが意図していた授業とは違ったとしても、カーヒルは満足してしかるべきだ。


翌朝、わたしは市場を探しに行った。通りを歩く人々に、絶えず警戒の目を光らせる。誰もが中央広場に向かっているようだった。驚いたことに売店のまわりにはかなりの人だかりができていて、つい尻込みした。人を押しのけたくはないが、買い物はしなければ。

養成所で働いている人が何人か目にとまった。誰かに助けを求めようと意を決したところで、袖をぐいと引かれた。振り返りながら、背嚢《はいのう》に入れたボウに手を伸ばす。すると、小さな少年が身をすくめた。城塞での初日に、シティアの硬貨をあげた物乞いの少年だ。

「ごめんね。あなたが脅かすからよ」わたしは詫《わ》びた。

少年はほっとした表情を浮かべた。「きれいなおねえさん、お金をくれない？」

アイリスが物乞いについてしていた話を思い出し、あることを思いついた。

「あなたがわたしを助けてくれたら、わたしがそれにお返しをするというのはどう？」

少年の目に警戒の色が浮かび、その瞬間、十歳は大人びたように見えた。胸が痛み、袋にある所持金をすべてあげたくなったが、続けた。「わたし、ここに来るのは初めてなの。

紙とインクを買いたいんだけど、いいお店を知ってる？」

少年は理解したらしく、目を輝かせた。「マリベラのところなら最高級の筆記具が置いてあるよ。僕が連れていってあげる」

「待って。あなたの名前はなんていうの？」

少年はためらい、それから目を伏せて地面を見つめた。「フィスク」ぼそりと名乗る。

わたしは片膝をついた。少年の目をのぞきこんで手を差し出す。「よろしくね、フィスク。わたしはイレーナ」

フィスクは驚いたように口をぽかんと開け、両手でわたしの手を握った。おそらく九歳ぐらいだろう。それからぶるぶると頭を振ってわれに返ると、広場の端にある若い女の子の屋台にわたしを案内してくれた。わたしはその店で雑記帳とペンとインクを買い、フィスクには報酬としてシティア硬貨を一枚あげた。午前の時間が過ぎていく中、フィスクはわたしのほかの買い物のためにあちこち屋台を案内し、わたしの荷物運びに、すぐにほかの子どもたちが雇われた。

買い物が終わると、周囲の子どもたちを見回した。汚れにまみれた六人の子どもたちは灼熱《しゃくねつ》の太陽が照りつけているにもかかわらず、笑顔を返してきた。男の子のひとりはフィスクの弟だろう。ふたりの目は、同じ薄茶色だ。残りのふたりの男の子は、彼のいとこかもしれない。ふたりの女の子は脂じみた髪で顔のほとんどが隠れ、フィスクと血縁関係があるかどうかは判別できなかった。

　気がつくと、わたしは養成所に帰りたくないと思っていた。こちらの気分を察したのか、フィスクが訊いてきた。「ねえイレーナ、城塞の中を案内しようか？」

　わたしはうなずいた。真昼の暑さで市場はがらんとしていたが、子どもたちのあとについて人気のない通りを歩いていると、急に不安になった。この子たちがわたしを罠《わな》にかけようとしていたらどうしよう？　思わず、飛び出しナイフの柄に手が伸びる。集中して魔力の糸を引き出し、意識を飛ばした。

　わたしの心は周囲のすべての生き物に触れた。城塞の住人はたいてい屋内に引っこんでいて、日が暮れるまでの間、涼しい場所や身体を動かさずにできることを探すのに余念がない。よからぬ気配もなく、待ち伏せする者もいない。

　水の音が聞こえ、見ると噴水があった。子どもたちは歓声をあげながらわたしの荷物を下ろし、水飛沫《みずしぶき》に向かって駆け出した。フィスクは案内人としての役目をきちんと果たすべく、わたしの傍らに残っていた。「《統一の泉》だよ」フィスクが言った。

　巨大な球体の石が置かれ、そのまわりから水が放出されて、石の表面には等間隔で大きな穴が開いていた。球体の中にも小さな球体が置かれているようで、それにも穴が開いているのが見える。噴水は深緑色をしていて、城塞の大理石の壁のような縞《しま》はないが、何かほかの物質を含んでいるようだ。「大理石？」フィスクに訊いてみる。

「エメラルド山脈で採掘した翡翠《ひすい》だよ。今までに発見された混じりけのない翡翠の中で、最大のものなんだ。ここまで持ってくるのに一年かかったんだよ。翡翠はとっても硬いから、先端がダイヤモンドでできている鑿《のみ》で刻むのにさらに五年かかったんだって。中の小さな球体は十一あって、全部ひとつの石から刻まれているんだ」

度肝を抜かれた。噴水に近づくと、ほかの球体が見えた。冷たい飛沫が火照った肌に気持ちいい。「どうして十一なの?」わたしは訊いた。

フィスクはわたしの隣に立った。「各部族にひとつずつだからだよ。そして各部族に放水口もひとつずつある。水は命の象徴だから。外側の円に並んでいる彫刻が見える?」

濡《ぬ》れるのを覚悟し、噴水に刻まれた複雑な輪郭を調べた。

「架空の生き物なんだよ。それぞれが魔術師範を表しているんだ。イン・ルンは、第一魔術師範を表す空飛ぶ竜。フェイ・リアンは、第二魔術師範を表す風を起こす豹《ひょう》。キオウ・トゥワンは、第三魔術師範を表す一角獣。ピヨンは、第四魔術師範を表す鷹《たか》」

「なぜこれらの生き物が?」わたしは尋ねた。そういえばアイリスがシティア使節団のひとりとしてイクシアを訪れたとき、鷹の仮面をつけていた。

「師範級の魔術師になるには、一連の試練に耐えなければならない」フィスクは教科書を読むような口調で言った。「その間、彼らは黄泉《よみ》の国を旅して、自分たちの案内人に会うんだ。その生き物は彼らに黄泉の国を案内するだけでなく、人生も案内するんだよ」

「あなたもそう信じているの？」まるでお伽噺《とぎばなし》に聞こえた。最高司令官がイクシアで政権を握ると、迷信や信仰は認められなくなった。もしまだ信じている者がいるとしたら、彼らは沈黙を守り、人知れず礼拝しているはずだ。

フィスクは肩をすくめた。「試練の間、魔術師たちに何かが起きることは確かだよ。父さんがそれを見ていたから。父さんは昔、養成所で働いていたんだ」

フィスクの表情がこわばったので、それ以上質問するのはやめた。それでも、まだその生き物たちへの疑問は残る。アイリスはイクシアで鷹の調教師に変装し、調教師の制服を着てイクシア人に溶けこんでいた。きっと最高司令官の鷹も調教したのだろう。

「噴水から出てくる水を飲むと、幸運が訪れるんだよ」フィスクはそう言うが早いか走り出した。水の中で遊ぶ友達と一緒になって、口を開けて放水を受け止めようとする。

一瞬ためらったが、わたしも輪に加わった。水は新鮮な味がして、まるで不老不死の薬のような強い成分が含まれている気がする。その水をごくりと飲みこむ。これで少しは運が向くといいけれど。

子どもたちが遊び終えると、フィスクは別の噴水に案内してくれた。今度の噴水は、珍しい白翡翠の彫刻だ。大きな噴水のまわりを、動きを止めた十五頭の馬が囲んでいる。

フィスクは愚痴をこぼさなかったが、さすがに暑さで参っているのが見てわかった。それなのに、荷物は自分で養成所に持って帰るとわたしが言うと、子どもたちはみな、約束どおりに自分たちが持っていくと言い張った。

帰る途中、わたしを心配するトパーズの想いが伝わってきて、その直後、カーヒルが角を曲がってくるのが見えた。近づいてきたカーヒルがわたしたちの目の前でトパーズを止めると、子どもたちの行列は道の端に寄った。

「イレーナ、どこに行っていた？」カーヒルが問いただす。

わたしは睨み返した。「買い物よ。どうして？　またわたしを驚かす試験？」

カーヒルは質問を聞き流し、わたしの連れをじろじろと見た。子どもたちはできるだけ身体を小さくして、壁際で縮こまった。

「市場が閉まって何時間も経《た》つ。いったい何をしていた？」

「あなたには関係ないわ」

わたしを見る目がぎらりと光った。「いや、ある。おまえは初めて単独で城塞の中を歩いているんだ。掏《す》りに遭っていたかもしれないし、道に迷っていたかもしれない。いつまで経っても帰らないから、最悪の可能性を考えた」カーヒルは子どもたちに視線を戻した。

「自分の面倒は自分で見られるわ」わたしはフィスクに目配せをした。「先に行って」

フィスクはうなずき、道を歩き出した。ほかの子どもたちとわたしがあとに続く。

カーヒルは鼻を鳴らし、トパーズから降りると、手綱を持ってわたしの横を歩き出した。

だが、黙ってはいなかった。

「あんな案内人を選べば、面倒を起こすぞ。おまえが城塞に出かけるたびに、寄生虫のようにたかってきて、金を搾り取るはずだ」いかにも不快そうな表情だ。

「これも授業の一環？」嫌みたっぷりに言い返す。

「忠告しているだけだ」怒りのせいか声がこわばっている。

「教えてくれるのは馬のことだけでたくさんよ」

カーヒルは長いため息をついた。ちらりと横目で見ると、怒りをぐっとのみこもうとしているのがわかった。なるほど、感心だ。

「まだ怒っているんだな」

「どうしてわたしが？」

「スパイ容疑について、おまえを信じなかった。そのせいでおまえは第一魔術師範にひどい目に遭わされた。わかるよ、あれがどんなにいやなことか――」

「いやなこと？」道の真ん中で足を止め、カーヒルに食ってかかった。「あなたに何がわかるの？　彼女にあれをされたことがある？」

「いや」

「何も知らないくせに。抵抗もできずに丸裸にされる自分を想像してみて。思考も感情も、容赦なく洗いざらい暴かれるのよ」

カーヒルはショックに目を見開いた。「だが、おまえはローズを寄せつけなかったと聞いた。おまえの心を全部は読めなかったと」

ローズがさらに深くまで入ってきたかもしれないのだと思うと、ぞっとした。ローズに尋問された人間は脳みそを少しばかりつぶされると、カーヒルが言っていた理由がわかる。

「あれはレイプよりひどいわ。わたしにはわかる。どちらも経験したから」

カーヒルは呆然《ぼうぜん》とした。「だからなのか？」

「だから、何？　はっきりと訊いたら？」そう簡単に楽にしてやるつもりはない。

「だから最初の三日間、自分の部屋にこもりきりだったのか？」

わたしはうなずいた。「アイリスはわたしがふてくされていると言ったけど、誰かに姿を見られることすら耐えられなかった」

トパーズがわたしの肩に頭をのせてきた。カーヒルに憤慨するあまり、馬の気持ちを今まで遮断していた。その柔らかな顔に頬ずりをし、心の耳をトパーズに傾ける。

〝ラベンダーレディ、無事だった〟トパーズの喜びが伝わってきた。〝林檎《りんご》は？〟

わたしは微笑《ほほえ》んだ。〝あとでね〟

カーヒルが不思議そうにわたしたちを見つめた。「おまえは馬にだけは笑顔だな」

嫉妬しているのか、それとも悲しんでいるのか、わかりかねる口調だった。

「ローズが……いや、わたしがおまえにしたことのせいか。それでおまえは、誰も寄せつけないのか？」カーヒルは訊いてきた。

「それがすべてじゃないわ。誰も寄せつけないわけでもない」

「ほかの誰に笑顔を見せる？」

「アイリス」

それはわかっているとばかりにカーヒルはうなずいた。「ほかには？」

胸元の膨らみに手が伸びる。シャツの下には蝶《ちょう》の首飾りがある。ヴァレクなら笑顔以上のものをわたしから手に入れるはずだ。わたしは答えた。「北にいる友達」

「そいつらか、おまえに戦い方を教えたのは」

「そうよ」

「おまえにその首飾りを渡した奴《やつ》は？」

さっと手を離した。「どうして首飾りのことを知っているの？」

「おまえが意識を失ったときに落としたんだ」

ローズの尋問のあと、部屋までカーヒルに運ばれたことを思い出し、眉をひそめた。

「いやなことを思い出させてしまったな。だが、それが贈り物だというのは当たっているだろう？」

「あなたに関係ないでしょう」

子どもたちは曲がり角でわたしたちを待っていた。わたしは彼らのほうに歩き出した。

カーヒルも追いつき、ふたりとも黙って歩いた。養成所に着くと子どもたちから荷物を受け取り、それぞれに硬貨を二枚ずつ与えた。

フィスクににっこり笑い、自分の笑顔を意識しつつ、カーヒルにちらりと目を向けた。

「じゃあまた、次の市場の日にね」と、フィスクに言う。「それから、友達に言っておいて。身なりをきれいにしてきたら、硬貨をもう一枚ずつあげるって」

わたしは手を振り、子どもたちの集団が見えなくなるまで見送った。おそらく彼らは城塞の裏通りや秘密の抜け道を知り尽くしているはずだ。その知識はいつの日か役に立つかもしれない。フィスクに頼んで、教えてもらわなければ。

城塞の中で育ったカーヒルも、おそらく近道を知っているのだろうが、彼に訊くつもりはない。こんな厳しい表情をしているときは、特に。

「今度は何？」わたしはつっかかった。

カーヒルはため息をついた。「どうしておまえはいつもそんなに気難しいんだ？」

「そもそもの原因はあなたよ。忘れた？」

彼は頭を振った。「最初からやり直すのはどうだ？　わたしたちは初めから反目しあっていた。めったに見られない笑顔を向けてもらうには、どうしたらいい？」

「どうしてわたしの笑顔なんか見たいの？　親しくなってイクシアの軍事機密を聞き出そうというなら、試すだけ無駄よ」

「違う、そんなつもりじゃない。ふたりの関係を変えたいんだ」

「変えるって、どんなふうに？」

カーヒルはふさわしい言葉を探すかのように、あたりを見回した。「いい方向に。対立するのではなく、友好的に。口論ではなく、会話ができるように」

「わたしをあんなひどい目に遭わせたのに？」

「すまなかった、イレーナ」それを口にすると痛みを感じるかのように、言葉がカーヒルの喉から絞り出された。「密偵じゃないと言うおまえの主張を信じずに。それから、第一魔術師範に……」ごくりと唾をのみこむ。「おまえの心を犯すように頼んで」

わたしは顔をそむけた。「何週間も前にするべきだった謝罪よ。なんで今頃、わざわざ謝るの？」

カーヒルがため息をつく。「《新たな始まりの宴》《ニュー・ビギニング・フィースト》が計画されている」

カーヒルの口調にぎこちなさを感じ、視線を彼に戻した。トパーズの手綱を握る両手を閉じたり開いたりしている。

「この饗宴は、寒い季節と学校の新年度の始まりを祝うものだ。みんなで集まって、心機一転を図る」カーヒルの青い目が、わたしの目をのぞきこむ。「ここ何年も、誰かを連れていきたい、誰かと並んで歩きたいと思ったことなどなかった。だが、料理人たちが饗宴のメニューについて話しあっているのを今朝耳にして、おまえのことが頭に浮かんだ。わたしと一緒に行かないか、イレーナ？」

14

カーヒルの言葉はあまりに思いがけなく、わたしは一歩後ずさった。

その反応に、カーヒルはがっかりしたようだった。「それは行かないという返事か。まあどうせ、一晩中喧嘩《けんか》するのが関の山かもしれないしな」そう言って立ち去ろうとした。

「待って」声をかけてあとを追う。「ちょっと驚いただけ」実際は驚いたどころではない。

カーヒルはイクシアの情報をわたしから聞き出したいだけなのだと思っていた。今回の誘いも策略かもしれないが、彼の目に初めてやさしさを見た。腕に触れると、カーヒルは足を止めた。

「《新たな始まりの宴》にはみんな行くの?」カーヒルに尋ねた。

「ああ。そこで新入生と教官の顔合わせができるし、ほかの奴《やつ》らにとっても旧交を温めるいい機会だからな。わたしも、上級生と実習生のクラスに馬術を教えることになっているから参加する」

「じゃあ、わたしが初めての生徒ではないのね?」

「ああ。だがおまえほど手に負えない生徒は初めてだ」カーヒルは苦笑した。

笑みを返すと、カーヒルの目が輝いた。

「いいわ、その宴の精神に則《のっと》って、最初からやり直しましょう。あなたと一緒に行くわ。これから築いていくわたしたちの〝友情〟の第一歩として」第一、クラスメートに会いにひとりで行くことを考えると、ぞっとする。

「友情？」

「わたしがあげられるのはそれだけ」

「蝶《ちょう》の首飾りをおまえに贈った奴のために？」

「ええ」

「それでおまえはお返しに、奴に何をやったんだ？」

あなたには関係ないと言ってやりたかったが、ぐっとこらえる。友達になるつもりでいるなら、カーヒルには真実を知ってもらう必要がある。「わたしの心」本当はこう続けたかった――わたしの身体、信頼、魂も。

カーヒルは少しの間わたしを見つめた。「どうやら友情で満足しなければいけないようだな」にこりとした。「では、もう今までのように気難しくならないと考えていいのかな？」

「それはどうかしら」

カーヒルは声をあげて笑い、市場で買った荷物を部屋に運ぶのを手伝ってくれた。

そのあとの夜の時間、わたしは読書をして過ごした。ベインの課題本を読んでいても、ときどき上の空になった。カーヒルはわたしにとって、どんな友達になるのだろう。


ベイン・ブラッドグッドと過ごす朝のひとときは、実に楽しかった。シティアの歴史は、何世紀も前にさかのぼった。シティアにある十一の部族は何十年にもわたって争い続け、ウインドリ・グリーンツリーという名の魔術師範がようやく部族を統一し、《長老議会》を結成した。全歴史を学ぶとなると、これから先勉強することが山ほどあるとわかってうろたえたが、ベインは教える相手を見つけて大喜びだ。架空の生き物や悪魔、伝説的人物が出てくるシティアの神話について学ぶだけでも、何年もかかるに違いない。

ベインは学校の仕組みについても説明した。「全生徒に指導者としてひとりずつ魔術師がつく。指導者は生徒の学習を監督し、教え、導く。科目によっては、専門知識を持つほかの魔術師たちと授業の予定を組む」

「各クラスに生徒は何人いるんですか？」わたしは訊《き》いた。

ベインは腕をさっと広げ、わたしたちのほかには誰もいない部屋を示した。わたしたちはベインの塔の一階にある広々とした円形の部屋に座っていた。壁沿いに本が山と積まれ、インクの染みがついた四つの作業台には書きかけの論文が広げてある。ベインの天体観測器の金属の輪が、朝日を受けて輝いていた。

わたしは幅広の机の端に座っていた。こまごまとした筆記道具や紙の山はきちんと整頓されている。飾りらしいものといえば、白い貝殻くらいだ。向かいに座っているベインは濃い紫のローブ姿で、全身に日差しを受けていた。彼が持っているさまざまなローブには目をみはった。これまでわたしが見てきた魔術師で、普段から正式なローブを着ているのはベインだけだ。

「われわれもひとつのクラスだよ。四人まで増えることはあるが、それ以上にはならない。この学校では、何列も机を並べて生徒が講義を聴くということはないんだ。われわれは実践的な学習法で、少人数の生徒を教えている」

「各指導者は何人の生徒を受け持っているんですか？」

「ベテランでも四人以上になることはない。新人の魔術師には、ひとりだけだ」

「魔術師範は何人を教えているんですか？」アイリスの授業をほかの生徒と一緒に受けなくてはいけないと思うと不安だった。

「ええと……」ベインは口をつぐんだ。今度ばかりは言葉に詰まっているように見える。

「われわれ魔術師範は生徒を指導しないんだ。議会に出席しなければならないし、シティア政治を補助し、有望な生徒を集める任務もある。だがときとして、われわれが興味をそそられる生徒が現れることがある」

ベインは言葉を切ってわたしをじっと見つめた。どこまで話すべきか決めかねているらしい。「わしは議会にはもううんざりなんだ。だから教育に全エネルギーを注いできた。今年、わしはふたりの生徒を持った。ローズは第一魔術師範になってからひとりしか選んでいない。ジトーラはゼロ。去年魔術師範になったばかりで、慣れるのに大変なんだ」

「それで、アイリスは？」

「君はアイリスにとって初めての生徒だ」

「わたしが？」まさかと思って口にした。

ベインがうなずく。

「ローズがひとり選んだとおっしゃいましたけど、誰なんですか？」

「お兄さんのリーフだよ」

次の一週間、生徒がだんだんと戻ってきて、養成所はみなを迎える準備に追われていた。寄宿舎の部屋をせかせかと回り、空気の入れ換えをする使用人たち。饗宴の準備に大わらわの料理人たちで活気づく厨房《ちゆうぼう》。城塞の通りでさえ、住民が戻ってきたことでにぎわっていた。夜になると、涼しい空気の中、笑い声や音楽が流れてくる。

わたしはアイリスがトゥーラの妹を連れ帰るのを待ちながら、午前中はベインから歴史や神話を学び、午後は勉学に勤《いそ》しみ、夜はカーヒルとキキと過ごした。乗馬の授業は、キキを歩かせるところから速足まで進んだ。骨が振動するほどの走り方のせいで、一日の終わりには身体中が痛くて、まともに動けなかった。

　そして毎晩トゥーラに付き添い、接触し、力を注いだ。トゥーラの心は空っぽのままだったが、残忍な仕打ちを受けた身体は急速に回復していた。

「君には治療の能力があるのかな?」ある晩、ヘイズがつぶやいた。「トゥーラの身体の回復力には目をみはるものがある。ふたりの治療師が治療にあたっているかのようだ」

　その問いについて考えてみた。「わかりません。一度も試したことがないから」

「たぶん、無意識のうちに回復を助けていたのだろう。白黒つけたいかい?」

「何か下手に試して、トゥーラを傷つけたくありません」

「そんなことはさせないよ」ヘイズは微笑《ほほえ》み、トゥーラの左手を持ち上げた。右手にあった添え木はなくなっていたが、左手にはまだ痣《あざ》が残り、腫れている。「わたしの力では、一日に数本の骨を治すことしかできない。身体を治す場合、普通は患者に自力で治させようとする。だが深刻な怪我《けが》のときは回復を急がせる」

「どうやって?」

「魔力を引き出し、負傷箇所に焦点を合わせるんだ。すると目の前から皮膚と筋肉が消え、骨が現れる。そこで魔力を使って骨の治療を助ける。ほかの怪我の場合も同じだ。わたしの視界には傷しか目に入らなくなる。すばらしいことだよ」

ヘイズの目は一瞬輝いたが、トゥーラに視線を移すとその輝きは失《う》せた。「だが残念ながら、治せない怪我もある。心は複雑だから、受けた傷はたいていいつまでも残る。精神の治療師は数えるほどしかいない。中でもその能力に秀でているのは第四魔術師範だが、彼女でさえなかなか思うようにはいかない」

ヘイズがトゥーラに意識を集中させると周囲の空気が濃密になり、振動した。呼吸するのもままならない。それからヘイズが目を閉じた。わたしは無意識に彼と心を繋《つな》いだ。彼を通じて、トゥーラの手が見える。彼女の肌が透きとおっていき、骨にくっついている、ずたずたになったくすんだピンク色の筋肉が現れた。蜘蛛《くも》の糸のように細い筋状の魔力が、ヘイズの両手を包んでいるのが見える。彼はその細い糸を、ひびの入ったトゥーラの骨に蜘蛛の巣状に張っていった。みるみるうちにひびは消え、筋肉も治癒した。

ヘイズの心との繋がりを断ち、トゥーラに目を向けた。人さし指の痣は消え、今やまっすぐに伸びている。魔力の糸が消えるに従って、空気が薄くなっていった。ヘイズの額は汗で光り、息切れしている。見るからに力を出し尽くし、消耗しきっていた。

「さあ、君の番だ」ヘイズが切り出した。

わたしはトゥーラに近づき、ヘイズの手から少女の手を取った。その中指を握って親指でそっとさすり、魔力を引き出して骨を露《あら》わにする。ヘイズが息をのんだのがわかり、わたしは動きを止めた。

「続けて」ヘイズが促した。

魔力の糸はロープほどの太さがあった。骨に糸をあてがうと、それは投げ縄のように巻きついた。思わず怖くなって後ずさりした。トゥーラの指がぽきんと折れたらどうしよう。トゥーラの手をベッドに戻し、ヘイズの顔を見た。「ごめんなさい。まだ、魔力を完全には操れないんです」

ヘイズはトゥーラの手を見つめている。「見てごらん」

トゥーラの手に目を向けた。人さし指も中指も、どちらも治ったように見える。

「気分はどうだい？」ヘイズが訊いてきた。

魔力を使うとたいてい疲れるのだが、どうやらまったく使わなかったらしい。それとも、使ったのだろうか？「特に変わりありません」

「三箇所治療したから、わたしは休息が必要だ」ヘイズは首を左右に振った。両目にかかった黒髪を、鬱陶しそうに後ろに払う。「君はなんの苦もなく骨を治した。どうやらわれわれにも運が巡ってきたらしいな」その声は、驚いたようにかすれていた。「魔力を思いのままに操れるようになったら、君は死者すら目覚めさせられるかもしれない」

15

恐怖が背筋を駆け抜け、身体が震えた。

「まさか」ヘイズに向かってつぶやく。「おかしなこと言わないで。誰も死者なんて起こせません」

ヘイズは疲れた目を片手で擦《こす》った。「そうだな、口が滑ったらしい」と同意した。「だが過去にひとりだけ、死者を生き返らせることができた者がいるんだ」そう言って、身震いした。「その結果、恐ろしいことになった」

訊《き》きたいことはたくさんあったのに、ヘイズは少し休むと言って逃げるように去った。

妙な胸騒ぎがして、動きのないトゥーラの姿をじっと見つめた。毛布と皮膚を通して、彼女の怪我《けが》がひとつずつ見え始めた。どうやらわたしは新しい力を身につけたようだが、スイッチが切れない。骨折、捻挫、痣《あざ》——そのどれもが緊急警報を鳴らして脈打っている。警報の出所を調べれば調べるほど心がのめりこみ、トゥーラの身体の痛みが自分の中に浸透してくるようだった。突然、激しい痛みに襲われ、床にくずおれた。

身体を丸めて目をぎゅっとつぶった。頭の隅では想像上の痛みだとわかっていても、パニックに陥り、必死に激痛を追い払おうとした。

源泉から力を引き出す。魔力がわたしを満たし、力が高まり、まるで炎のように身体の表面でぱちぱちと音をたてた。わたしは力を放った。

自分の叫び声が部屋に響き渡り、同時に、清々しい解放感が身体の熱をすっと冷まして、痛みを癒《いや》した。すっかり体力を消耗し、わたしはあえぎながら床にそのまま倒れた。

「イレーナ、大丈夫か?」

目を開けると、ヘイズが心配そうにこちらをのぞきこんでいた。

わたしはうなずいた。「トゥーラは?」

ヘイズがわたしから離れた。「無事だ」

上半身を起こす。一瞬くらくらしたが、なんとか目の焦点を合わせた。

「何があったんだ?」ヘイズは尋ねた。

魔力を制御できなくなったのだと説明したかった。いつもの生存本能が働き、無意識のうちにトゥーラの痛みに反応してしまったのだと。でも、どうもそういう感じではない。第一、力を制御できなくなったと認めたら、身の破滅だ。制御できない魔術師は魔力の源に損害を与える可能性があり、魔術師範たちはわたしを殺さなければならなくなる。だからわたしは口を固く結び、混乱した頭を整理しようとした。

「君はこの子の指を、もう二本治したな」ヘイズはベッドの脇に立ってトゥーラの左手を持ち上げると、指を一本一本調べてから、その腕を腹部に置いた。それから眉をひそめてわたしを振り返った。「わたしがいないところで試すべきではなかったな。叫び声をあげるのも当然だ。魔力を集めすぎて、手放すしかなくなったんだから」前かがみになっているわたしに、身振りをつけて言う。「初心者らしい失敗だ。すっかり消耗しきっているじゃないか。確かに君は力を制御する方法を学ぶ必要があるな」

立とうとするわたしに手を貸しながら、ヘイズはひそめていた眉を和らげた。「君には治療の能力があるが、指導が必要だ。《霊魂の探しびと《ソウルファインダー》》かもしれないと思ったのは間違いだったらしい」そう言って笑った。「次回はわたしを待つように。いいね?」

しゃべる自信がなかったので、ただうなずき返した。

ヘイズは扉まで付き添ってくれた。「少し休むことだ。おそらく、回復するには数日かかるだろう」

実習生棟に向かってよろよろと歩きながら、先ほどの出来事を頭の中で再現した。ベッドに倒れこむ頃には、きっとヘイズの言ったとおりなのだと納得していた——おおむねは。

翌日は一日中疲れが抜けなかった。ベインの午前の授業はぼんやりと過ぎていき、午後は読書の代わりに昼寝をして過ごした。夜はキキに乗っている間、睡魔と必死に闘ったが、カーヒルの怒鳴り声で、霧がかかっていた頭がようやく冴《さ》えた。「イレーナ!」

まるでその夜初めて見るような気分で、カーヒルを見た。土と馬の毛にまみれた白かったはずの綿のシャツが筋肉質の身体に張りつき、額には苛立《いらだ》ったような皺《しわ》が寄っている。口が動き、しゃべっているのはわかるが、言葉を理解するまでに少し時間がかかった。

「……気が散っているし、疲れきっているし、そんなことじゃ怪我するぞ」

「怪我?」

「ああ、怪我だ。鞍《くら》の上で眠りこけたら、馬から滑り落ちる」カーヒルは苛立ちを抑えようとしていたが、拳を握りしめているところを見ると、わたしに分別を叩《たた》きこみたがっているのがわかる。

〝ラベンダーレディ、疲れてる〟キキが同意する。〝林檎《りんご》を忘れた〟

「今日はもう家に帰れ」キキから下りる間、カーヒルは馬がじっとしているように手綱を持ってくれていた。

家? 最高司令官の城内にある小さな部屋のイメージがふと頭に浮かび、ヴァレクの笑顔がそのあとに続いた。今すぐヴァレクのエネルギーが欲しい。

「おい、大丈夫か?」

カーヒルの水色の目を見やる。ヴァレクの鮮やかな瑠璃色の目と比べると色が薄い。

「ええ。ちょっと疲れているだけ」

「ちょっとだって？」カーヒルは笑った。「帰って少し寝るんだな。キキはわたしが引き受ける。明日の夜に備えて、体力を回復しておかないと」

「明日？」

「《新たな始まりの宴》だよ。忘れたのか？」

「こんなにすぐ開かれるとは思わなかった」

「生徒や魔術師たちがどっと押し寄せてくる。覚悟したほうがいいぞ。朝が来たら、これまでの平穏な静けさはどこへやらだ」

カーヒルとキキは厩舎《きゅうしゃ》に向かい、わたしはキキに、次の授業の前に林檎を持ってくると約束してから部屋に戻った。

でも、身体は疲れきっているにもかかわらず、ベッドに潜りこむと饗宴のことが心配になってきた。寝入りばな、饗宴に着ていくまともな服がないことにはたと気づき、危うく飛び起きそうになった。そもそも、饗宴にはどんな服装で行ったらいいんだろう？　実習生の正装のローブを着ていくべき？

考えを巡らせ、ややあってため息をついた。疲れすぎていて、服のことなど心配していられなくなり寝返りを打った。もっと深刻な問題、たとえば魔力を制御する必要性について考え出すと、ほかの心配事はすべてどうでもよくなった。

翌朝、構内は興奮の坩堝《るつぼ》と化した。荷物を運ぶ集団をよけながら、ベインの塔に向かう。ベインの執務室のドアを開け、やってくる生徒たちについて訊こうとしたが、先客がふたりいることに気づいて言葉をのんだ。

ベインが書斎机の向こうからわたしを手招きした。「イレーナ、このふたりはわしの生徒たちだ。実習生のダックス・グリーンブレイドと初級生のゲルシー・ムーンだよ」広げた手でひとりずつ示す。

ふたりはこくりと頭を下げて挨拶した。生真面目な表情はその若さに似つかわしくない。見たところダックスは十八歳、女の子のほうはきっと十五歳ぐらいだろう。

「ほかにも生徒を選んでいたんですか、ブラッドグッド魔術師範？」ゲルシーが尋ねた。無意識にだろう、袖口の白いレースを引っ張っている。すみれ色と白の渦巻き模様が入った、揃《そろ》いのブラウスと丈の長いスカートという格好だ。

「いや。イレーナの指導者は別にいる」ベインが答えると、ふたりともほっとした様子を見せたので、わたしは笑みをこらえた。ダックスがわたしににこりとする。ゲルシーはわたしに興味を持ったらしい。「あなたの指導者はどなた？」

「アイリス……ええと、ジュエルローズ魔術師範」

以前わたしがベインからアイリスについて聞いたときのように、ふたりの生徒は驚いたようだった。「部族はどちらですか？」ゲルシーがさらに尋ねた。

「ザルタナよ」

「じゃあ、リーフの遠い親戚とか？」ダックスが口を挟む。「訓練を始めるにはちょっと歳《とし》がいってるけど、やっぱり何か変わった力を持っているんですか？」

ダックスの口調からは好奇心とユーモアが感じられたが、ベインが待ったをかけた。

「ダックス、その質問はいきすぎだぞ。イレーナはリーフの妹だ」

「へええ……」ダックスは好奇心も露《あら》わにわたしを見た。

「今朝は授業がありますか？」わたしはベインに訊いた。

その質問で魔術師範が活動を開始した。ダックスには荷ほどきをしてくるよう指示し、ゲルシーには残れと告げた。ゲルシーの顔が一瞬青ざめる。だがすぐに落ち着きを取り戻したようで、肩まで届く銅色の巻き毛を撫《な》でつけた。

「そろそろアイリスが戻ってきて、君を取り返されそうだ」ベインがわたしに微笑《ほほえ》んだ。

「今学期のゲルシーの課題は、ほかの魔術師たちと魔力で意思の疎通を図る方法を学ぶことなんだ。君の最も得意とする能力だとアイリスから聞いている。だから、この技術をわが生徒に教えるのに、君の力を借りたい」

ゲルシーは目を丸くした。長くて濃いまつげが眉毛にまで届く。

「できるだけ協力します」わたしは請けあった。

ベインは書斎机の引き出しをかきまわし、そこから小さな黄麻布の袋を引っ張り出した。

机の上に袋をのせて口を開き、ふたつの茶色い塊を取り出す。

「最初の授業ではテオブロマを使う」ベインが言った。

とたんにイクシアにいたときの記憶が蘇《よみがえ》った。テオブロマは北ではクリオロと呼ばれるおいしい菓子だが、人の心を開かせ、魔術を効きやすくするというよからぬ効用があった。ブラゼル将軍は、木の実風味のそのデザートを使って最高司令官の強い意志をくじき、お抱え魔術師のムグカンに心を操らせたのだ。

ベインはテオブロマのひとつをわたしに、もうひとつをゲルシーに手渡した。それから、向かい合わせにした椅子にそれぞれを座らせた。口の中でとろけるすばらしい味わいを楽しんでもよかったけれど、その必要はないとわたしは思った。

「まずは、これなしで試してもいいですか？」

ベインは白髪交じりのもじゃもじゃの眉を上げ、わたしの申し出について考えた。「初めて繋《つな》がるときにも、テオブロマを必要としないのかね？」

今までに繋がってきたさまざまな人や馬のことを思い出す。「これまでのところは」

「よかろう。それではイレーナ、ゲルシーと繋がってみてくれ」

疲れた身体からエネルギーをかき集めて魔力の糸を引き出し、目の前の少女に意識を投げかける。イクシアから来た見知らぬ人間と繋がることへの不安が、少女から伝わってきた。〝こんにちは〟と呼びかける。

驚いて、ゲルシーが身体をびくっとさせた。相手の緊張をほぐそうとして、わたしは続けた。〝わたしの生まれはイリアイス密林。あなたはどこで育ったの？〟

ゲルシーは、霧に包まれた小さな村のイメージを思い描いた。〝エメラルド山脈の麓。毎朝わが家は、山から降りてくる霧に包まれるの〟

わたしは木々の上にある両親の住居をゲルシーに見せた。わたしたちはきょうだいについておしゃべりした。ゲルシーは五人きょうだいの真ん中で、姉がふたりと弟がふたりいたが、魔力を持っていたのは家族の中でゲルシーひとりだけだったという。

ベインは黙ってわたしたちを見守っていたが、やがて割りこんできた。「いったん繋がりを切りなさい」

すっかり消耗して、意識を引き戻す。

「ゲルシー、今度は君がイレーナに繋がる番だ」

ゲルシーが目を閉じ、わたしの心を探り出したのがわかった。わたしのほうから彼女の意識を引っ張りさえすればいい。

「手を貸してはだめだ」ベインがわたしに注意した。手を貸す代わりに心を開いたままにしたが、ゲルシーは意識を届かせることができなかった。

「心配には及ばない」ベインはゲルシーを慰めた。「初めて繋がりを持つときが一番難しいんだ。だからこそテオブロマを使う」ベインは灰色の目で、いたわるようにわたしを観察した。「また今度試すことにしよう。ゲルシー、荷物をほどきに行って、ゆっくりしてきなさい」

ゲルシーが塔をあとにすると、ベインはわたしに向き直った。「どうやら昨日、体力を使いきったようだね。ヘイズから少し聞いたよ。何があったのか話してごらん」

わたしはそのときの痛みと力について話した。「まだ、力を完全には制御できていないようです」そう打ち明け、ベインに非難されるのではないかと身構えた。もし本当にあのときのわたしの行動が制御不能な魔力の暴発だったとしたら、ほかの魔術師範たちはそれに気づいていたはずだ。そして、ローズは迷わず行動を起こしていたに違いない。

「いい勉強になったな」ベインがうなずいた。「怪我を治すには、相当な力を要するということだ。今日はここまでにしよう。今夜、饗宴でまた会おう」

饗宴！　すっかり忘れていた。またしても。「あの、わたし……」そこで口をつぐんだ。服装のことを訊くなんて気まずいし、ばかげているように思えた。

ベインは気の毒そうに微笑んだ。「その手のことは専門外だが」わたしの心を読んだらしく、そう言って続けた。「ジトーラなら喜んで力になってくれるだろう。彼女は今年、手持ちぶさただから、話し相手ができるのを歓迎するはずだ」

「魔術師範は議会の仕事で忙しいのだと思っていました」

「確かに。だがジトーラは、五年間の学生生活からひとり暮らしへと移行しているところだ。指導者になる時間がないからといって、友達を作る時間がないわけじゃない」

ベインの塔をあとにして、養成所の北東にあるジトーラの塔に向かった。にぎやかな集団が構内の歩道にあふれ、人々は急ぎ足でわたしを追い抜き四方に散っていく。わたしはといえば無言でとぼとぼと目的地まで来たが、それでも構内に満ちていた活気のおかげで元気が出た。

ジトーラはとびきりの笑顔で迎えてくれたが、トゥーラの容態に話が及んだときはさすがに表情が曇った。やがて話題は今夜の饗宴に移り、わたしは何を着ていくべきか尋ねてみた。

「正装のローブを着るのは退屈な学校行事のときだけね」ジトーラが言った。「あなたが持っているよそゆきの服について教えて」

そんなものは持っていない。わたしが頭を横に振ると、ジトーラは過保護な母親よろしく、嬉々《きき》として自分の服を引っかきまわし始めた。「よかった、同じサイズで」

こちらの抵抗をものともせず、ジトーラは二階上にある寝室までわたしを引きずっていき、ドレス、スカート、レースのブラウスと、わたしに腕いっぱいの服を持たせた。それから両手を腰にあて、わたしのブーツを見て頭を悩ませた。「それはいただけないわね」

「履き心地がいいし、動きやすいから」

「これは考える張り合いがあるわ。うーん。すぐに戻るわね」

ジトーラはほかの部屋に消え、わたしは塔の三階にあるその寝室で待った。花を描いた柔らかなタッチのパステル画があちこちの壁にかかり、特大の枕が天蓋のベッドに優雅に置かれている。広げた両腕でそっと抱かれているかのように、居心地のいい部屋だった。うれしそうな甲高い声をあげ、ジトーラが堂々と部屋に入ってきた。これ見よがしに、黒いサンダルを高々と持ち上げる。

「ゴムの靴底に柔らかい革、低い踵。一晩中踊るのにうってつけよ」ジトーラは笑った。

「踊り方なんて知らないわ」

「気にすることはないわ。あなたには天性の気品がある。ほかの人たちを見て真似《まね》すればいいのよ」ジトーラは服の山にサンダルを加えた。

「これを全部受け取るわけにはいかないわ」そう言って、服を返そうとした。「アドバイスをもらおうと思っただけで、あなたの服を奪いに来たわけじゃないの」実際、市場に行くつもりでいた。城塞の住民が戻ってくれば、店は毎日開いているはずだ。

ジトーラはしいっと言って、聞く耳を持たなかった。「わたしの大型衣装簞笥《だんす》はそう簡単には空にならないわ。わたしは衣装持ちなの。何か買わないことには、婦人服店の前を素通りできないぐらい」

「せめてお金を――」

「そこまで」ジトーラは片手を上げて制した。「じゃあ、こうしましょう。わたしは明日、議会の仕事で出かけるの。恨めしいことに、四人の兵士に付き添われて。アイリスとローズは単独でシティア中を遊び歩けるし、割り当てられるのは楽しい極秘任務ばかり。だけど議会はわたしのことをやけに心配するの。だからわたしの任務は付き添いありきなのよ」そう息巻いた。「わたし、あなたが厩舎の近くでボウの訓練をしているのを見たことがあるの。わたしの服と引き換えに護身術を教えてくれる、というのはどうかしら?」

「いいわ。だけど、ここの生徒だったときに護身術を習わなかったの?」

「戦闘術の教官が大嫌いだったから」ジトーラは眉をぐっとひそめた。「授業を拷問に変えた、威張り屋よ。あいつは人を痛めつけるのを楽しんでいたわ。だから、何がなんでもあいつを避けた。わたしに強い魔力があることに気がつくと、魔術師範たちは、わたしを魔術の授業のほうに集中させたの」

「戦闘術の教官って、誰?」

「カーヒルと一緒にいる北の人間。ゴールって名前」ジトーラは嫌悪感に身を震わせた。「とはいえ彼の授業も、師範試験に比べればましだったけど……」そこで言葉を切り、恐怖で顔を歪《ゆが》ませた。それから思い出したくない記憶を押しのけるように、頭をぐいと起こした。「とにかく、ローズが教えると言ってくれたけど、わたしはあなたに指導者になってもらいたいの」わかるでしょ、というように、ジトーラはにやりと笑ってみせた。

交換条件をのむと、わたしは服を両腕に抱えて、ジトーラの塔の階段を下りた。大荷物を持ったまま自分の部屋に向かう。道すがら、師範試験について考えた。物乞いの少年フィスクもその話をしていた。これはアイリスに訊くしかないだろう。

部屋まで来ると、向かいの中庭は生徒たちでにぎわっていた。ボール遊びをする少年たちもいれば、芝生でくつろいだり、輪になっておしゃべりしたりする者もいる。ジトーラの服で両手がふさがっていたため、ドアを開けるのに手間取った。

「ちょっと、あなた!」誰かが声をかけてきた。

あたりを見渡すと、身振りで訴えてくる少女の一団が目にとまった。

「新入生の宿舎はあっちよ」長い金髪の少女が指をさす。「ここは実習生だけだから」

「ありがとう、だけどここはわたしの部屋なの」そう告げて、ふたたび前を向く。

やっとドアを開けると、背筋にちくりと痛みが走った。魔力による攻撃だ。くるりと振り返ると、少女の一団は真後ろに立っていた。

「ここはあなたの部屋じゃないわ」長い髪の少女が言った。すみれ色の瞳がらんらんと光っている。「見かけない顔だもの。わたしは全生徒を知っているの。新人は新入生の宿舎に入るのよ。ここの部屋は、それなりに努力しないともらえないんだから」

人をその気にさせようとする説得の魔力が、少女から発散されていた。荷物をまとめて新入生の宿舎に移動したいという思いがどこからかこみ上げ、身体を圧迫する。わたしは心の防御壁を強くし、少女の魔力の向きをそらした。

少女は憤慨して、呻《うめ》き声を漏らした。友人たちが揃って目をみはり、加勢する準備を始めたため、魔力が増した。わたしは次なる攻撃に身構えたが、少女たちが力を結集する前に、ほかの声が割りこんできた。

「いったい何事だ？」

波が引くように魔力が消えた。ダックス・グリーンブレイドがその引き締まった身体をねじこむようにして、少女たちの間をかき分けてくる。ダックスは濃い緑色の目で少女たちを睨《にら》みつけた。太陽のもとでは蜂蜜色の肌が強調され、顔が大人びて見えた。

「ここは、この子の部屋じゃないわ」長い髪の少女が繰り返した。

「イレーナは第四魔術師範の生徒だ」ダックスが言った。「この棟に配属された」

「だけど、そんなのずるいわ」少女はなおも文句を言った。「それなりに努力しないと、ここに入る権利はないはずよ」

「イレーナにその権利がないと誰に言える？」ダックスは迫った。「第四魔術師範の間違いだというなら、本人に直接訊いたらどうだ」

気まずい沈黙が流れた。ややあって少女たちは中庭に戻り、ダックスはわたしの傍らに残った。

「ありがとう」と礼を言った。少女たちは身を寄せあうようにして固まり、ひそひそしゃべりながら感じの悪い目つきでこちらを睨んでいる。「どうやら彼女たちとは友達になれなかったみたい」

「残念ながら、君には不利な点が三つある。ひとつ」ダックスは長いすらりとした指を一本立てた。「新顔だということ。ふたつ。第四魔術師範が君の指導者だということ。魔術師範に選ばれた生徒は、例外なく嫉妬の対象になるからね。もし君が友達を探しているのなら、ゲルシーと僕しか選択の余地はないだろうな」

「三つ目は？」

ダックスは冷笑した。「噂《うわさ》と憶測のせいさ。生徒たちは君に関するあらゆる情報を集め、君がここにいる理由を見つけ出す。その情報が真実かどうかは問題じゃない。実際、その逸話が変わっていればいるほどネタになる。僕がすでに耳にした逸話はいかにもおいしそうだったし、ますます噂が燃え上がりそうだ」

ダックスの顔をまじまじと見つめた。わたしを心配してなのか、眉間に皺を寄せている。ごまかしはなさそうだ。「逸話って？」

「君は行方不明だったリーフの妹で、生徒の中では最年長。それから、相当な実力者だという話さ」

驚いてもう一度ダックスを見た。わたしが実力者？

「僕は君を助けに来たんじゃない。あの子たちを守るために来たんだ」ダックスは中庭にいる一団を示すようにかぶりを振った。

こちらが口を開くより先に、ダックスはわたしの部屋より五つ先のドアを指さした。

「何かあったらいつでもおいでよ。ゲルシーは西壁近くの初級生の宿舎にいる」

ダックスはじゃあねと手を振って自室に向かった。少女たちの敵意はつかのまダックスの背中に向けられ、そしてまたわたしのほうに戻ってきた。わたしはドアを閉めた。

上等だ。初日からすでにのけ者だなんて。でも、それが何？ ここに来たのは学ぶためであって、友達を作るためじゃない。授業が始まってしまえば気にもならないだろう。その頃には生徒たちも忙しくなり、わたしになどかまっていられなくなるはずだ。ジトーラの服を選《よ》り分け、黒のロングスカートと赤と黒のVネックのブラウスを選んだ。ブラウスは生地が二層になっていて、赤いシルク地の上に、目の細かい黒いレースが重ねてある。

さっそく試着し、饗宴の間はボウを置いていくことにして、飛び出しナイフがすぐに取り出せるようスカートのポケットに切りこみを入れた。サンダルは少し大きかったので、ベルトに穴を足した。

鏡の前に立って初めて、自分が〝アンブローズ最高司令官の色〟を身につけていることに気がついた。北で着ていた毒見役の制服と、同じ色の組み合わせだ。別の服にしようと思って着替えてみたが、一番しっくりくるのはやはり最初に選んだものだった。

三つ編みの髪を引っ張り、そのだらしなさに顔をしかめた。もつれきった髪を切ったのは去年のことだが、毛先はもうぼさぼさだ。きちんと切って洗う必要があるだろう。もとの普段着に着替え、トパーズとキキに約束の林檎をあげに部屋を出た。わたしが姿を見せたとたん、中庭のおしゃべりがぴたりと止まった。

知らん顔を決めこんで、厩舎に向かう。帰りに浴場に寄ろう。

思ったより早く饗宴の時間がやってきた。今一度、寝室にある鏡の前に立ち、服装を厳しくチェックした。顔にかかっていた巻き毛を後ろに払う。

浴場で不器用に髪を切ろうとしていると、見かねた浴室係がお節介を焼いてきた。わたしの手から鋏《はさみ》をひったくって毛先を揃え、髪を熱い金属チューブでカールさせた。

今、わたしの髪は、きつく団子状に結う代わりに肩先でふんわりとカールしていた。なんだかばかみたいに思えて手直ししようとしたが、その前に誰かが部屋の扉をノックした。ボウを掴《つか》み、窓から外を覗いた。カーヒルだ。月明かりで、髪と顎鬚《あごひげ》が白く見える。

扉を開けて言った。「たしか待ち合わせは……」そこで言葉を切った。

カーヒルは濃紺《ミッドナイト・ブルー》の長い絹のチュニックを着ていた。立ち襟《マンダリン・カラー》で首元が深く開き、布の縁に施された銀色の玉縁がVの字を描いて、合間からたくましい胸板がのぞいている。銀の玉縁は肩にも続き、外側の縫い目に沿って袖口まで伸びていた。締まったウエストには、宝石が散りばめられた銀色のメッシュのベルトが巻かれている。ズボンはチュニックと揃いのデザインで、やはり銀色の玉縁が外側に入っていた。銀色のラインを目で追っていくと、磨き上げられた革のブーツに行きついた。まさに王家の人間の風格だ。

「部屋の前を通りかかったんだ。寄っていかないのもどうかと思ってね」

カーヒルは、わたしの背後にある角灯《ランタン》に目を細めた。口をぽかんと開けて見とれているわたしの顔は影になり、カーヒルには見えていないのだ。

「もう出られるか？」と尋ねる。

「ちょっと待って」居間に戻りながら身振りで椅子を勧め、寝室に入った。飛び出しナイフを装着し、スカートを撫でつける。髪を直す時間がなかったので、耳にかけてすませた。カールした髪なんて！　シティアの生活で、わたしはすっかり軟弱になってしまった。

角灯がともる居間に出ていくと、カーヒルはにっこりした。

「笑わないで」わたしは釘《くぎ》を刺した。

「美しい女性を見て笑ったりはしない。一緒に笑いながら踊るのは好きだが」

「口先のお世辞は通用しないわよ」

「本心だ」カーヒルは肘をくいと突き出した。「行こうか？」

一瞬ためらったが、カーヒルの腕を取った。

「心配無用、今夜わたしはただの同伴者だ。酔っぱらいどもからおまえを守ろう。とはいえ、おまえが自分で対処できることはわかっている。どうせ武装しているんだろう？」

「ええ、いつも」

わたしたちは心地よい沈黙に包まれて歩いた。同じ方向をめざす生徒の集団やほかのカップルたちも、すぐに流れに加わった。あたりには陽気な音楽が流れ、会場に近づくにつれてその音は大きくなっていった。

食堂は舞踏場に様変わりしていた。螺旋《らせん》を描くオレンジ、赤、黄色のビロードのリボンが天井伝いに張り巡らされ、壁を覆っている。音楽と張りあうように響く、笑い声やおしゃべり。飲み食いしている者もいれば、木の床の上で踊っている者もいる。誰もが一張羅を着ているようで、蝋燭《ろうそく》の灯《あか》りに照らされた宝石のきらめきが部屋に散る。

わたしたちの到着は誰にも気づかれずにすんだ。しかし、カーヒルがわたしを連れて人混みの中を抜けようとすると、一組のカップルが目を丸くしてわたしたちを見送った。

部屋の奥にたどりついたところで、ローズとベインの間に立っているリーフの姿が目にとまり、びくっとした。兄と顔を合わせるのはアイリスが出発して以来初めてだ。養成所を卒業した彼が生徒や授業にかかわるとは思ってもみなかった。

カーヒルとふたりで近づいていくと、リーフに微笑みかけられたので驚いた。だがすぐに相手がわたしだと気がついたらしく、兄はたちまち顔をしかめた。リーフに心からの笑顔を向けてもらうには、どうしたらいいのだろう――そんな考えを払いのける。リーフに好かれたいとも思わないし、好いてもらう必要もない。そうやって何度も心の中で唱えれば、本当にそう思えるようになるかもしれない。

わたしたちが輪に加わると、ベインはわたしの髪型を褒めてくれたが、ローズは知らん顔だった。その場が本当に盛り上がったのは、ジトーラが現れてからだ。

「完璧！　まさに完璧だわ！」ジトーラはわたしの装いを見て歓声をあげた。すぐに議会の話になり、カーヒルは自分のことを議題にあげてくれとローズをせっついた。わたしは政治の話には興味が持てず、いつしか心は周囲に漂い始めた。

カーヒルの部下は数人しか見つからなかった。礼装姿の彼らは居心地悪そうに壁際に立ち、ここにいるのはお楽しみのためではなく勤務だからだと言わんばかりだ。たぶん、そのとおりなのだろう。

しばらく、踊っている人たちを観察した。みな、ふたり一組で床に円を描いていた。八拍子のあといったん止まって四歩中央に進み、それから四歩下がって円を描き続け、そうして同じ動きを繰り返す。護身術の型と似て、ダンスは決まった動きの連続らしい。

ダックスとゲルシーも姿を見せ、三人の魔術師範にかしこまって挨拶をした。ゲルシーの柔らかな緑色のドレスが、角灯の灯りを受けてちらちらと光る。その色は少女の大きな目とよく合っていた。金ボタンのついたダックスの赤いシャツは立ち襟だ。黒いズボンの外側には、金色の玉縁が入っている。

「おや、僕らお似合いじゃないか」ダックスの言葉は、音楽越しにかろうじて聞き取れた。

「いいわ」

リーフと議論しているカーヒルをちらりと見た。「踊らない？」

ダックスは微笑み、踊り場の空いた場所にわたしを引っ張っていった。ダンスは見かけほど簡単ではなかったが、ダックスの安定したリードのおかげですぐにリズムを掴んだ。

ふたりで床に円を描いていると、ダックスが話しかけてきた。「君には不利な点が三つあるって言ったのを覚えている？」

わたしはうなずいた。

「今や、それは五つになった」

「今度は何？」むっとして尋ねた。誰かを怒らせたつもりはない。

「君は今夜、カーヒルと腕を組んで会場に現れた。誰の頭にも、ふたつのことが思い浮かんだはずだ。ひとつ、君はカーヒルの恋人である。ふたつ、君はイクシアの支持者である。そしてふたつのうちでは後者のほうが、心証が悪い」

「誤解だわ。誰がそういういい加減なことを思いつくの？」

「僕じゃないことは確かだよ。僕が仕切り屋なら、夕食にもっとデザートを出すし、パーティや舞踏会をもっと開催してる」

わたしたちはしばし無言で踊った。わたしはダックスが言ったことをじっくり考え、ほかの誰かの憶測を気にして時間を無駄にしたり、認識を改めさせる方法を考えたりするのはやめにした。養成所には短期間しかいないのだから、勝手になんとでも思わせておけばいい。気持ちが固まるとそれまでの緊張がふっと消え、ダックスに微笑んだ。

「その目、なんだか怪しいな。何を企《たくら》んでいるんだい？」

「わたしに不利な点は五つだけ？」わざと不満そうに目を細めた。「ずいぶん少ないのね。ふたりで八つか十に増やさない？」

ダックスはまるで狼《おおかみ》のようににやりと笑った。「ずいぶん控えめだね。君なら、十五や二十はお手のものだろう」

わたしは心底楽しくなって笑い、そのあとダックスともう数曲踊ってから、もといた場所に戻った。カーヒルは苦虫を嚙《か》みつぶしたような顔でわたしたちを迎えた。彼が何か言い出すか、リーフとの議論に戻ってしまうかする前に、わたしはカーヒルの手を掴んでダンスフロアに引っ張っていった。

「今夜は楽しむための夜でしょ」ダックスとゲルシーに続きながら告げる。「戦う代わりに踊らなきゃ」

カーヒルが笑った。「それもそうだな」

カーヒル、ダックス、そしてベインと踊っているうちに、夜はあっという間に更けていった。厩舎長さえ、乱暴に足を踏み鳴らしながら、わたしをくるくると回した。カーヒルに食べなきゃだめだと言われなかったら、わたしは食事をする暇さえ惜しんで踊っていただろう。

アイリスの到着でその夜は完璧になるはずだったが、その顔には極度の疲労が見て取れた。旅装束ではなく明るい青のシンプルなドレスを着ているところを見ると、饗宴に来る前に風呂に入ったらしく、結い上げた髪にルビーとダイヤモンドの飾りまでつけている。

「どうでしたか？　トゥーラの妹は見つかりました？」わたしは訊いた。

アイリスがうなずく。「妹のオパールは今トゥーラと一緒だ」妙な目でわたしを見やる。

「今夜、トゥーラを助けられるか試してみますか？」

アイリスは首を横に振った。「オパールをしばらく姉さんと過ごさせてやろう。あの子がトゥーラと会うのは誘拐されて以来初めてだから」それからまた妙な目でわたしを見た。

「それで？　まだ何か、わたしに話していないことがあるでしょう」

「オパールには、トゥーラの容態を教えておいた。心身両方について」アイリスは片手で頬を擦った。「だがわれわれが到着してみると、すでに奇跡が起こったようだった」何かを探るようにして、わたしの目をじっと見つめる。

「トゥーラが目を覚ましたんですか？」混乱して尋ねた。うれしい知らせのはずなのに、アイリスの表情や身振りはそれとは違うことを物語っている。

「いや、トゥーラの霊魂はまだ隠れたままだ。だが、身体は完治していた」

16

「どうやって?」アイリスに尋ねた。ヘイズは一日に骨を数本しか治せないと言っていたのに。ほかの治療師が来たのだろうか。

「知りたいのはこっちのほうだ」アイリスが詰問した。「あの日、おまえは何をした?ヘイズはあれからずっと神経過敏になっている。おまえを恐れているよ」

「わたしを?」

ベインがひとまず助け船を出してくれた。「外に出たほうがいいんじゃないかな?」

周囲を見回した。何人かがおしゃべりを中断し、口をぽかんと開けてこちらを見ている。

「すまない、われを忘れていたようだ」アイリスはベインに詫《わ》びた。「今はこの話をするときではないな」

アイリスは輪を離れ、ビュッフェのほうに移動した。誰もがおしゃべりを再開したが、しかしアイリスはわたしとの話をやめなかった。

〝イレーナ〟わたしの心に呼びかけてきた。〝トゥーラに何があったのか教えてくれ〟

急に恐ろしくなって胃が縮んだ。アイリスが怒っているのは、わたしが魔力を制御できずに無意識にトゥーラを治してしまったからなのか、それともトゥーラの命を危険にさらしたからか？　仕方なく、あの日トゥーラの部屋で起きたことをすべて打ち明けた。

〝おまえは痛みに襲われ、自力でそれを押しのけたんだな？〟アイリスが尋ねる。

〝はい。わたし、何かまずいことをしましたか？〟

〝いや、おまえは不可能を可能にしたんだ。わたしは、おまえがトゥーラを治そうとしたのだとばかり思っていた。そうするには危険を伴ったはずだ。だが、どうやらおまえはあの子の怪我《けが》を肩代わりし、それを自力で治したらしい〟

心底驚いて、アイリスを見つめた。アイリスは部屋の隅に座り、夕食を口にしている。

〝同じことがまたできると思うか？〟アイリスが訊《き》いてきた。

〝わかりません。きっと本能的な反応だったと思いますから〟

〝それをはっきりさせる方法はひとつしかない〟アイリスが深いため息をついたのがわかった。〝さし当たっては、今夜はぐっすり休んでもらいたい。明日の午後、トゥーラの部屋で会おう〟アイリスはわたしとの接触をそこで断った。

カーヒルは眉をひそめていた。わたしの様子をうかがっていたらしい。「どうかしたのか？　第四魔術師範は、おまえがあの少女を治したことを喜んでいるはずじゃないのか？　あれには……そうか、わたしの剣だ！」突然、口をあんぐりとさせた。

その話の続きを詳しく聞き出す前に、音楽がやんだ。「午前零時だな」ベインが告げた。「さあ、お開きの時間だ。生徒たちは、明日は丸一日授業がある」いかにもわくわくしたベインの様子に、みんなくすりと笑った。

誰もが素直に暗がりの中に出て、寄宿舎やアパートメントに帰っていった。ダックスはわたしのそばを通り過ぎるとき、目を合わせ、にやりと笑って指を七本立ててみせた。追加されたふたつの不利な点について、聞かせてもらうのが楽しみだった。わたしはいったいどんな言動によって噂話《うわさばなし》を招いてしまったのだろう。

カーヒルはわたしを部屋まで送ってくれたが、いつになく寡黙だった。

ついにわたしは痺《しび》れを切らした。「〝そうか、わたしの剣だ〟って、どういうこと？」

「重要なことに気づいてね」肩をすくめ、わたしを煙《けむ》に巻こうとする。

その曖昧な答えに納得がいかず、先を促した。「それって……」

「もしわたしが話したら、おまえは怒るだろう。今夜を喧嘩《けんか》で締めくくりたくない」

「怒らないと約束したら？」

「どっちみち怒るだろうな。次回、喧嘩をしているときにでも訊いてくれ」

「もし喧嘩しなかったら？」

カーヒルは笑った。「われわれのことだ、会えばまた喧嘩するさ」そして驚くような早さでわたしのウエストに腕を回し、引き寄せると、頬にさっと唇を寄せてから離した。

「また明日」肩越しにそう言って大股で去っていった。

暗がりに消えるカーヒルを見送って初めて、自分が右手に飛び出しナイフを握っていることに気がついた。でもナイフの刃は出していない。南の生活はわたしを軟弱にしつつある。最初は髪のカール、そして今度はこれ。わたしは頭を振りながら、ドアを開けた。


翌日の午後、トゥーラの部屋に着いてみると、人をかき分けなければ中に入れなかった。トゥーラのベッドは中央にあった。リーフとヘイズがベッドの右側に立ち、アイリスと幼い少女が左側に立っている。カーヒルの部下がひとり、トゥーラの見張り番として部屋の隅にいたが、見るからに居心地が悪そうだ。わたしが目を向けるとヘイズは青ざめた。

アイリスがトゥーラの妹オパールを紹介してくれた。茶色の長い髪をポニーテールにしたオパールは、目を赤く泣き腫らしていた。

こんなに人がいるとは思ってもみなかった。「アイリス」と、切り出す。「トゥーラを呼び戻してみる前に、オパールと話をさせてください」

またスタンドプレーか、といったようなことをつぶやきながらリーフが出ていき、ヘイズも黙ってドアに向かった。

「わたしはいたほうがいいか？」アイリスが訊いた。

「いいえ、大丈夫です」

「言っておくが、あまり時間がない」部屋をあとにしながらアイリスは釘《くぎ》を刺した。

言われるまでもなく、トゥーラを襲った犯人がなおも自由にうろつき、新たな犠牲者を探している可能性があることはわかっていた。けれど、もし先を急いでしまったら失敗するだろうと、心の声が警告していた。

オパールに、お姉さんの話を聞かせてほしいと頼んだ。するとオパールは、幼少期の思い出を、つっかえつっかえやっとふたつみっつ話してくれた。

「トゥーラは大きなガラスの虎を作ってくれたんです。悪夢からわたしを守るために」オパールは記憶をたどり、目を細めた。「すごく効果があったし、その虎がまるで生きているみたいに見えたから、トゥーラはほかの動物もガラスで作るようになりました」少女は、静かに横たわる姉から部屋の隅にいる見張りへと視線を移した。

オパールが口ごもる。姉の容態が気になるのだろう。そこで話題を変え、今度は城塞までの旅について訊いてみた。

焦げ茶色の目が見開かれた。「第四魔術師範はわたしたち全員を、すべてが死んだみたいな真夜中に起こしました」

〝死んだみたいな〟と言ったとき、幼い少女はトゥーラを不安げにちらりと見やった。

「わたしは起きているのがやっとでした。気がつくと魔術師範の馬の上にいて、馬は養成所に向かって全速力で走っていました」オパールは自分で自分の腕を掴《つか》んでいた。「トゥーラが見つかったときも、治療師たちは急いで城塞に運びました。両親は城塞に向かう前に、釜を見張り、子守をしてくれる人を探す必要がありました。両親はまだこちらに向かっている途中です」オパールの話はとりとめがなかった。「途中で両親には会いませんでした。だから、両親はわたしがここにいることを知らないんです。遠出をするのは初めてで……馬を止めるのは食事のときだけでした。寝たのも鞍《くら》の上です」

どうりでアイリスが疲れ果てているはずだ。今日もまだ目の下の隈《くま》が消えていなかった。オパールがこんなに動揺しているように見える理由も、これで説明がついた。わたしは手法を変え、オパールを散歩に誘った。トゥーラは大丈夫だからと説得したが、少女は姉のそばからなかなか離れようとしなかった。

わたしはオパールに構内を案内した。外は心地よい気温だった。寒い季節は昼間は暖かく、夜はひんやりとしていて、好きな気候だ。

やがてわたしたちは城塞に出た。オパールを連れて市場に向かおうとすると、早くもフィスクが笑顔で現れ、婦人服の店に案内してくれた。わたしはオパールのために着替えの服を買い、フィスクが少女の観光案内人を務めた。

オパールが一段とリラックスしたように見えると、トゥーラに関する質問を少しずつ具体化していった。少女がいろいろな出来事を思い出し始めると、わたしは魔力の糸を引き出し、オパールの心と繋《つな》がって、その記憶を自ら体感した。家族が経営するガラス工場の熱い釜の匂いを嗅ぎ、両手に粗い砂の感触が伝わってきた。

「トゥーラとわたしは、姉のマーラからよく隠れました。隠れるのにとっておきの場所があったんです。マーラは今もそれがどこにあるのか知りません」オパールが微笑《ほほえ》んだ。

木々の天蓋と、木漏れ日がまだらに降り注ぐ草地のイメージがオパールの心を満たし、湿った土の匂いがわたしの鼻腔《びこう》をくすぐった。

「それだわ」オパールの腕を掴む。「その場所を心に留《とど》めておいて。意識を集中させて」

オパールが指示に従うと、わたしは目を閉じ、少女の記憶に自分の身を置いた。草の葉が腕を撫《な》で、目を開けると、こんもりと茂った低木の裏にある小さな窪地《くぼち》で横になっていた。新鮮な空気にスイカズラの甘い匂いがたちこめ、朝露が日の光を受けてきらめく。

トゥーラの霊魂はここに潜んでいる――わたしはぴんときた。

「行きましょう」手を振ってフィスクと別れ、養成所にオパールを引っ張っていった。見張りはトゥーラの部屋の外に立っていた。彼がうなずき、わたしたちは中に入った。

「第四魔術師範やほかの人たちを待ったほうがいいんじゃ……」オパールはためらった。

「待っている時間がないの。イメージを消したくないから」トゥーラの手を取り、もう片方の手をオパールに差し出す。「わたしの手を取って。そうしたら、お姉さんと一緒に隠れ場所にいるところを思い描いてほしいの。目を閉じて、意識を集中させて。できる？」

オパールはうなずいた。青白い幼い顔に緊張が走る。

わたしはトゥーラと繋がった。幽霊たちはまだ空虚な心の中を漂っていたが、以前よりもぼんやりしてきたように感じる。オパールとも繋がりながら、スイカズラの匂いと朝露のあとを追って、トゥーラの心の奥へと進んだ。

幽霊たちが突然怒り出し、色濃くなった。わたしに飛びかかり、行く手を阻む。空気が糖蜜のようにまつわりついてくる。なんとか幽霊たちを押しのけたが、今度は棘《とげ》のある低木の群生に捕まってしまった。服が枝に引っかかり、棘が肌に刺さる。

「来ないで！」トゥーラが叫んだ。「戻りたくないの」

「家族のみんなが寂しがっているわ」

蔓《つる》がわたしの腕とウエストに巻きつき、自由を奪う。「あっちに行って！」

トゥーラが行方不明になったときに家族がどんなに辛《つら》い思いをしたか、オパールの記憶を彼女に見せた。棘だらけの低木がかすかにまばらになり、枝の隙間から、幼少時の隠れ場所で縮こまっているトゥーラが見えた。

「みんなとは顔を合わせられない」トゥーラがつぶやいた。

「家族のこと？」

「そう。わたし……あいつにひどいことをされないように、とんでもないことをたくさんした」トゥーラはぶるっと身体を震わせた。「それでもあいつはわたしを傷つけた」

蔓が腕を這《は》い上がり、首に巻きついてきた。

「みんな今でも、あなたを愛しているわ」

「そんなことない。わたしが何をしたか、あいつはみんなに話すわ。みんなきっと、わたしに腹を立てる。わたしはあいつの奴隷だったけど、あいつを満足させることができなかった。何もうまくできなかったの。あいつのために死ぬことさえも」

わたしは怒りをこらえた。できることなら、今すぐにでも犯人を八つ裂きにしてやりたい。「トゥーラ、腹を立てる相手はそいつのほうよ。死ぬべきなのはそいつなの。あなたの家族はそいつがあなたに何をしたか知っている。みんなただ、あなたが帰ってくることだけを願っているのよ」

トゥーラはさらに身体を縮めた。「あなたに何がわかるの？　わたしがどんな目に遭ったか、何も知らないくせに。あっちに行って」

「いいえ、わかるわ」蔓に喉を絞めつけられて息が詰まり、必死に呼吸しようとした。過去の恐怖にふたたび向きあうことが、わたしにできるだろうか？　この少女を襲った獣《けだもの》を見つけるためなら、なんだってしよう。わたしはトゥーラに心を開き、レヤードを見せた。わたしを痛めつけ、喜ぶ彼の姿を。傷つけられないために、進んで彼を喜ばせようとしているわたしの姿を。そしてレイプされたあと、彼の首をかき切った夜を。

トゥーラは両腕の合間からわたしをのぞき見た。蔓の絞めつけが弱くなった。「あなたは相手を殺した。でもわたしの相手はまだそっちにいて、わたしを待ってる」

わたしはふたたび試みた。「そうよ。だからそいつはまだ自由の身で、ほかの誰かを奴隷にできる。次の犠牲者がオパールだったらどうするの？」

トゥーラは恐ろしさにさっと身体を起こした。「だめ！」と叫ぶ。

わたしはオパールの心をわたしたちの心と繋げた。オパールは身体をびくっとさせ、目をぱちくりさせた。それからトゥーラに駆け寄り、抱きしめた。

姉妹は一緒になって泣いた。蔓はほどかれ、低木は枯れ果てた。

けれど、これは始まりにすぎなかった。草に覆われた窪地はすぐに消え、気がつくとトゥーラの幽霊たちに囲まれていた。

「ものすごい数だわ」トゥーラは圧倒されていた。「わたしには絶対やっつけられない」

わたしは背中のホルダーからボウを抜き、三本に折った。一本をトゥーラに、もう一本をオパールに渡した。「あなたはひとりじゃない。みんなで一緒に戦うの」

幽霊たちが襲ってきた。執拗《しつよう》で、動きが速い。わたしは腕が鉛のように重くなるまで何度も何度も奴《やつ》らにボウを振るった。トゥーラの幽霊はいくつか消え、小さくなったものもあったが、戦ううちにますます大きくなったものもいる。

驚くほど急速にエネルギーが消耗した。ボウが幽霊の身体にがっちりと捕らえられるのがわかった。その霊が膨らみ、わたしをのみこむ。鞭《むち》で叩《たた》かれる痛みに、悲鳴をあげた。

「おまえは弱い。わたしに従うと誓えば、やめてやろう」耳元で囁《ささや》く声がする。

「いや」パニックを起こしかけ、助けを求めて手を伸ばした。

ふいに力強い存在がそこに現れ、エネルギーが脈打つもとの大きさのボウをわたしに手渡してくれた。力が蘇《よみがえ》り、相手を徹底的に打ちつけて、ついに恐怖の幽霊は逃げ出した。

わたしたちは幽霊を撃退したが、連中が次の準備にかかっているのがわかった。

「トゥーラ、戦いはまだ始まったばかり。時間がかかるし、恐怖から自由になるには努力がいるけど、あなたには家族がついている。わたしたちと一緒に来る?」わたしは訊いた。

トゥーラは手の中のボウの切れ端を見つめ、下唇を噛《か》んだ。オパールは自分が持っていたボウをそこに加えた。トゥーラは二本のボウを掴み、胸元に引き寄せた。「行くわ」

トゥーラの心が過去の思い出に満たされていく。わたしは眩暈《めまい》を覚え、トゥーラとオパールとの心の繋がりを断った。そしてほっとしたとたん、暗闇に沈んだ。

意識が戻ると、背中に固い石の感触があった。トゥーラの部屋で倒れたのは、これで三度目だ。今回はとても動けそうにない。エネルギーは一滴も残っていなかった。

しばらくすると、誰かが両手を握ってくれていることに気がついた。力強い指に包まれ、手にぬくもりを感じる。

やっと目を開けてそれが誰かを確かめ、すぐにまた目を閉じた。わたしはまだ、眠っているに違いない。でも、アイリスに何度も呼びかけられて、また目を開けた。

傍らに座っているのは兄だった。兄はわたしの両手を握り、力を分けてくれていた。

17

リーフの顔には疲労の皺《しわ》が刻まれていた。「おまえ、相当まずいことになったぞ」

そこに悪意はなく、単に事実として述べた言葉だった。そして予想どおり、リーフの肩の向こうには、アイリス、ローズ、ヘイズ、ベインのしかめっ面が並んでいた。リーフはわたしの手を離したが、床に寝そべるわたしの横からは離れなかった。

ローズがリーフを睨《にら》みつけた。固く結ばれたその唇に、不快感がありありと見て取れる。「そのまま死なせてしまえばよかったものを」と責める。「そうすれば、その信じがたい愚かしさゆえにわが国に害を及ぼす魔術師がひとり減った」

「厳しすぎるぞ、ローズ」ベインがとりなす。「とはいえ、愚かしいという評価については同意見だ。イレーナ、なぜひとりでやろうとした？」

消耗しきって声が出ず、弁解することも、言い返すことすらできなかった。

「愚かなうぬぼれ屋だ」ローズがなおも言う。「トゥーラの身体の傷を治したことで、自分はなんでもできる、全能の魔術師だとでも思ったのだろう。お次にこのばかは、師範試験を受けさせろと頼んでくるに違いない」ローズは嫌悪も露《あら》わに鼻を鳴らした。「いっそ新入生の宿舎に入れてやれば、考えを改めるかもしれない。そこでほかの新入生のように、床磨きをしながら魔術の基礎を学ぶんだ」

わたしは助けを求めてアイリスのほうを見た。だが、アイリスは何も言わない。全身から非難が伝わってくる。わたしは怒鳴りつけられる覚悟をした。

そのとき、オパールが叫んだ。「トゥーラが目を覚ました！」

全員の目がトゥーラに向けられ、わたしは目を閉じて安堵《あんど》のため息をついた。次に目を開けたとき、わたしの視界にはもう魔術師たちの姿はなかった。

「まったく、相変わらず頑固で向こう見ずだな。手に負えない絞め殺しイチジクだ」リーフが首を振った。「イクシアも、おまえという人間を根っから変えたわけではないらしい」

よろよろと立ち上がり、トゥーラのベッド脇にいるほかの魔術師たちの輪に加わった。

わたしは兄の言葉に戸惑った。今のは妹への愛情？　それとも非難？　どちらにも取れる。でも、ローズの険しい声で現実に揺り戻された。ローズは犯人についてトゥーラを質問攻めにしていたが、トゥーラは黙りこんだままだ。わたしは身をすくませた。トゥーラはまだローズの尋問に耐えられるような状態ではないのだ。

幸い、ヘイズが割って入った。「もう少し時間を与えてあげましょう」

「時間がないんだ」ローズが言い返す。

か細い震える声で、トゥーラが尋ねる。「この人たちは誰？　イレーナはどこ？」

「イレーナはここよ」オパールが教えた。「あなたを助けたから疲労困憊《ひろうこんぱい》してるの」

「ヘイズ、手伝いの者を何人か呼べ。それから、この愚かな娘をよその部屋に寝かせろ」ローズが命じ、わたしを睨んだ。「一日でこれだけの悪さをすれば、もう充分だろう」

ヘイズが命令どおりにしようとすると、トゥーラが口を開いた。「だめよ、あなたが出ていって。あなたたちみんな。あなたには何も話さないわ。イレーナにそばにいてほしいの。話はイレーナにする」

魔術師たちの間で苛立《いらだ》ちの声と議論が飛び交い、結局ローズが渋々折れて、ベッドが部屋に運びこまれた。ヘイズとアイリスがわたしを床から持ち上げ、どさっとベッドに下ろした。アイリスはいまだに無言を貫いている。その沈黙が怖かった。

「お嬢ちゃん」ベインがトゥーラに声をかけた。「怖がるのも当然だ。目覚めたら、見知らぬ人に囲まれていたんだからな」それから室内にいる全員を紹介した。「第一魔術師範とリーフが、誘拐について君から話を聞かなければならない。彼らが犯人を見つけ出すからね」

トゥーラは顎までシーツを引っ張り上げた。「イレーナに話します。ほかの誰にもしゃべらない。あいつを捕まえるのは彼女よ」

ローズの耳障りな笑い声がわたしの耳をつんざいた。「あの娘は話すことすらできないんだぞ！　犯人がこの部屋に現れれば、ふたりとも殺される」呆《あき》れたように首を振った。

「まだ頭がまともに働いていないようだな。朝になってわれわれがまた戻ってきたときには、話す気になっているだろう。来い、リーフ」ローズはリーフを引き連れて出ていった。

ヘイズが全員を部屋からそっと追い出した。ドアが閉じる前に、ベインがアイリスに、夜間はもうひとり護衛を増やせと告げているのが聞こえた。名案だ。もしゴールがやってきたら、応戦する力は今のわたしにはない。

無力感がじわじわと背筋を這《は》い上がってくる。わたしの今の状況はトゥーラと何も変わらない。彼女にまつわりつく無数の幽霊の中のひとつが、わたしを食い物にしている。

わたしにすべてを話すというトゥーラの言葉が、重くのしかかってきた。わたしだって自身の幽霊を退治したばかりなのに。とはいえ認めたくはないけれど、レヤードの幽霊は今もまだ完全に消えたわけではない。わたしが迷いを見せると必ず、嬉々《きき》として悪夢に姿を現す。それともあいつが悪夢を見せているの？　あるいはわたしが呼び寄せている？

不快な悩みから気をそらすために、力をかき集め、トゥーラに話しかけようとした。だが結局疲れ果て、夢も見ない深い眠りに落ちた。

朝起きると少しは気分がよくなっていたが、ベッドで起き上がるのがやっとだった。少なくともトゥーラに様子を訊《き》くことはできた。

　トゥーラは目を閉じ、こめかみを指した。「来て」

　わたしはため息をついた。「ごめんなさい、今はあなたと繋《つな》がるエネルギーがないの」

「僕が手を貸せるかも」戸口で声がした。リーフだ。

「いや！　あっちに行って」トゥーラはすぐさま両腕で顔を隠した。

「僕に話してくれないと、第一魔術師範が来て、必要な情報をもぎ取るよ」リーフが告げる。

　トゥーラが困ったようにわたしのほうをのぞき見た。

「気持ちのいいものじゃないわ。犯人があなたにしたこととそう変わらないくらいの蹂《じゅう》躙《りん》よ。わたしもされたから、知っている」

　リーフが目をそらした。罪悪感に苦しんでいたらいいのに。

　近くで兄を観察するうちに、ふと不思議になった。なぜ昨日、リーフはわたしを助けたのだろう？　いつもの薄ら笑いはどうしたの？　人を嘲る尊大な態度は？　思えば、わたしはこの人のことをほとんど知らないのだ。

　リーフの行動の理由をあれこれ考えるのがもどかしくて、じかに尋ねた。「なぜわたしを助けたの？」

　リーフは顔をしかめたが、ため息をついて感情を押し殺し、真顔になった。「おまえを死なせたら、母さんに殺される」そう答えるとトゥーラに向き直った。

そんな上っ面だけの答えで納得するつもりはなかった。「本当の理由を教えて」

リーフの翡翠《ひすい》色の目に憎悪が燃え上がる。しかし次の瞬間には、蝋燭《ろうそく》の火をふっと吹き消すように表情が和らいだ。「ただ手をこまねいて、おまえをまた失いたくなかった」と、つぶやいた。

そのときリーフの心の防御壁が緩み、声が聞こえた。〝だが、まだ憎んでいるからな〟

信頼して心の内を明かしてくれたことに、わたしは驚いた。それに、そんなふうに凄《すご》まれても怖くもなんともなかった。たとえ憎しみでも、無関心よりましだ。これをきっかけに、兄との距離は縮まるだろうか？

「彼、なんて言ったの？」トゥーラが尋ねる。

「あなたを助けたいって。トゥーラ、この人はわたしの兄。兄がいなかったら、わたしはあなたを呼び戻せなかった。犯人を見つけてほしいなら、兄の力を借りなくちゃ」

「でも、見られてしまう。わたしの……」トゥーラは両腕をぎゅっと組みあわせた。

「もう知っているよ」

リーフはトゥーラの顔からそっと腕をどけた。そのやさしさに驚いた。リーフの魔力についいて教えてくれた母の言葉を思い出す。人の罪や過去を見透かし、犯罪捜査に協力するという魔力。トゥーラに寄り添うリーフを眺めるうちに、わたしは兄について、兄の魔術についいて、もっと知りたくなった。

「犯人を捜し、これ以上誰かが傷つけられないようにしなければ」リーフは告げた。

トゥーラは息をのんで唇を噛《か》むと、うなずいた。リーフはわたしたちのベッドの間に立って片手でトゥーラの手を取り、もう一方をわたしのほうに伸ばした。わたしはベッドから身を乗り出し、その手を握った。そして兄のエネルギーを使って、トゥーラと繋がった。トゥーラの心の中で、わたしたちは灰色の石の窯のそばに立っていた。リーフの魔力が、窯の中の炎のようにわたしたちを包んでいる。

「ここで、窯に石炭をくべていたの。真夜中近くだった……」トゥーラはエプロンを掴《つか》んだ。白い生地に煤《すす》が筋を作っている。「そうしたら、いきなり黒い布を頭にかぶせられたの。悲鳴をあげる暇もなく、腕に何かを刺されて。それから……それから……」トゥーラの言葉が途切れた。

トゥーラがわたしに一歩近づいた。震える少女の身体を抱くと、次の瞬間、わたしはトゥーラになり、自分が誘拐される場面を目撃していた。

何かを刺された部分から麻痺《まひ》が広がり、筋肉がこわばる。頭がくらくらするので、どうやらどこかに移動しているようだ。時間が経過した。顔にかけられていた布がはずされたとき、わたしはテントの中で横たわっていた。身動きできないまま見上げると、金の筋の入った茶色い短髪の、細身の男がいた。男は赤い仮面しか身につけていなかった。全身の砂色の肌に、真紅の奇妙なシンボルが描かれている。男は四本の木の杭《くい》とロープ、それに木槌《きづち》を持っていた。手足に感覚が戻ってきた。

「トゥーラ、無理よ」わたしは心の中で訴えた。どんな恐怖が迫りつつあるか、わたしにはわかっていた。トゥーラとともにそれに耐えられるほどの力が、今のわたしにはない。

「犯人の姿だけ見せて」

トゥーラは男の姿を静止させ、その間にわたしは、肌のシンボルを観察した。大きな動物たちの絵の中に円形の模様があり、滑らかな腕と脚に沿って三角形が並んでいる。痩せているくせに、男の身体には力が漲《みなぎ》っていた。

男はトゥーラの名前を呼ぶとき〝ラ〟の音を強調し、それは妙に耳障りな響きだった。顔は見えなかったが、トゥーラにとってはまったくの見知らぬ他人だった。だが相手はトゥーラを知っていた。姉妹や両親の名前も。どうやって砂を溶かし、ガラスを作るかも。やがて音や色が渦を巻いて混ざりあい、トゥーラはさまざまな場面の男の姿を見せた。テントから出ることは許されなかったが、男が出入りするときに外が垣間見え、ほらここに自由があるよと手招きした。そこには、背丈の高い草叢《くさむら》しか見えなかった。

姿を現すとき、男は必ず仮面をかぶっていた。そして、トゥーラの身体の麻痺が消えるのを待ってから、殴り、レイプした。丁重に扱うふりをしながら、あえて痛みを感じさせたのだ。痛めつけ終わると男は棘《とげ》を取り出して、トゥーラの肌を引っかいた。初めはその行為になんの意味があるのかわからなかったが、やがてトゥーラは、血の流れる傷に男が擦りこむ軟膏《なんこう》を、恐れつつも切望するようになった。その薬が少女の身体を麻痺させるのだ。痛みを感じなくなるのはありがたいが、逃げるチャンスも奪われた。

その軟膏には、つんと鼻をつく強い匂いがあった。柑橘系《かんきつけい》の香水と混ぜたアルコールのきつい匂いに似ている。毒の霧のごとくその匂いにまつわりつかれたまま、わたしはトゥーラとの繋がりを断った。リーフのエネルギーがなくなりつつあった。

「今の匂い……」リーフがわたしのベッドの縁に腰を下ろしてつぶやいた。「あまりよく嗅げなかった。おまえとトゥーラの繋がりを保つのに必死で」

「いやな匂い」トゥーラが身震いした。「絶対に忘れないわ」

「あのシンボルはどう？」わたしはリーフに尋ねた。「なんだかわかる？」

「いや。ただ、儀式のときにシンボルを使う部族がいるのは確かだ」

「儀式？」身体の奥で恐怖が渦巻く。

「婚礼や名づけの儀式で」リーフは何かを思い出そうとするように顔をしかめた。「何千年も前、魔術師たちは複雑な儀式を執り行なっていた。魔力は神から与えられると信じ、身体に刺青《いれずみ》を入れて正しく敬意を示せば、より大きな力を授かると考えていたんだ。今ではもう迷信とされている。顔に描かれたシンボルなら何度か見たことがあるが、あんなのは初めてだ」

リーフは両手で黒髪をかき上げた。そうして顔の横で肘を突き出す格好には、なんとなく見覚えがある。次に何をして遊ぼうか、そんなことしか頭になかった頃に戻れそうな気がした。子ども時代の記憶に意識を集中したとたん、それは薄れて消えた。

トゥーラは両手で目を覆った。泣き声もたてずに、頬を涙が伝っている。誘拐され、痛めつけられた記憶を解放するのは、とてつもなく骨の折れる作業に違いない。

「少し休むといい」リーフがトゥーラに声をかけた。「あとでまた来るよ。第二魔術師範ならあのシンボルについて何か知っているかもしれない」そう言って部屋から立ち去った。

わたしのわずかなエネルギーも枯渇していた。言葉をかけてもトゥーラにはなんの慰めにもならないとわかっていたため、オパールが現れたときはほっとした。心配そうな妹の顔を見て、トゥーラは声をあげて泣き出し、オパールは一緒にベッドに入って姉を抱き寄せると、赤ん坊のようにあやした。身体に染みこんだ仮面の男の毒を、トゥーラは涙で清めようとしていた。そのすすり泣きを聞きながら、わたしは眠りに落ちた。

午後はずっと客が続いた。まず、厩舎《きゅうしゃ》の匂いをさせながら、カーヒルが姿を見せた。

「キキの様子はどう?」キキが恋しかった。今も心は繋がっているけれど、心の声を聞くだけの力がなかった。

「少し落ち着きがない。馬たちみんながな。厩舎長がこのところいつもの癇癪《かんしゃく》を起こしていてね。馬たちは人の感情に影響されるんだ。乗り手が不安だと、馬たちも不安になる」

カーヒルは首を振った。「おまえが馬と意思の疎通ができるなんて、まだ信じられない。

今日は、自分の認識が間違っていたと証明された日になりそうだ」

「どういうこと？」

「トゥーラを呼び戻せるかもしれないとおまえが言ったとき、自信過剰のうぬぼれ屋だと思った。だが、おまえは本当にやり遂げた」カーヒルはわたしをじっと見つめた。

確かにわたしは、うぬぼれていたのかもしれない。トゥーラのときに比べれば、アンブローズ最高司令官を救い出すのは楽だったように思えたが、考えてみれば、あのとき最高司令官の部屋にはアイリスが一緒にいた。何より最高司令官が自らの悪魔から自由になれたのは、彼自身の卓越した戦闘技能と、強い意志のおかげだった。

「だが、トゥーラを助けるためにおまえは命を落としかけた」カーヒルが続けた。「わたしがまた間違ったと証明するために、そこまで危険を冒す必要があったのか？」

「そんな理由でやったことじゃないわ」ぴしゃりと言い返した。「ただトゥーラを助けたかっただけ。トゥーラの辛《つら》さがわたしには理解できたし、彼女にはわたしが必要だった。だから、どうしたらトゥーラを見つけられるかわかったとき、あとさきを考える余裕なんてなかった。反射的に身体が動いていたの」

「自分の身が危険かもしれない、とは一瞬も思わなかった？」

「ええ、今回は」わたしは、目を丸くしているカーヒルの顔を見ながらため息をついた。

「今までにも他人のために身を危険にさらしたことがあるのか？」

「わたし、最高司令官の毒見役だったのよ?」誰もが知っていることだ。ブラゼル将軍の野望を阻止したときにわたしが何をしたか、知っている者はほとんどいないけれど。

カーヒルはうなずいた。「最高司令官の計画を盗み聞くには完璧な役回りだ。あいつはおまえを盾に使った。だからおまえは、奴《やつ》の政権を転覆させる手伝いをして当然だ。なのになぜ、奴に忠誠を誓う?」声に憤慨が滲《にじ》んでいる。

「最高司令官の近くにいたおかげで、評判が事実かどうか、この目で確かめることができた。あの人は心やさしく、いつも国民のためを考えている。権力を濫用することもない。完璧な人間とは確かに言えないけれど、自分の信念に常に忠実であろうとしている。頼りがいがあって決して嘘をつかない。言葉に裏の意味はないかとか、二枚舌を使っているのではないかとか、疑う必要がない」

カーヒルは納得しようとしなかった。「洗脳されたんだよ、イレーナ。シティアでしばらく暮らせば、われに返るはずだ」そして、わたしの返事も待たずに立ち去った。

カーヒルとの会話でまた体力を消耗し、そのあと午後はずっと、まどろんだり目覚めたりを繰り返した。仮面の男がわたしの夢にも侵入し、鬱蒼《うっそう》とした密林の中をつきまとった。

夜が近づく頃、ダックス・グリーンブレイドが部屋に飛びこんできて、淀《よど》んだ空気を吹き飛ばしてくれた。

「ひどい顔だな」ダックスが小声で言った。トゥーラとオパールが、狭いベッドにふたりで眠っていたからだ。

「オブラートに包んだ言い方をしないで。本当はどう思ってるの?」

ダックスは口を押さえて笑いを殺した。「君が参っている間にへこませてやろうと思ったんだ。だって、熱い砂の上を裸足《はだし》で歩いてるみたいに構内でひょこひょこ飛び交う噂《うわさ》話《ばなし》を耳にしたら、君は褒め言葉だと思うだろうから」ダックスは大げさに両腕をさっと広げた。「君は伝説になったんだ!」

「伝説? わたしが?」

「おっかない伝説だけど」ダックスは言い添えた。「伝説は伝説だ」

「ちょっと! そんな言葉に騙《だま》されないから」

「だけど、自分ひとりで人の魂を見つけられると考えるくらい、愚か者だろう?」ダックスは、わたしのベッドの上のほうで手をひらひらさせた。「とはいえ、それが授業をさぼるための作戦なら、なかなかの名案だ。そして、生徒たちが君を見たとたんそそくさと道を空けるのを目にして初めて、君にも理由がわかるはずさ。イレーナがやってくる、あの強大なる《霊魂の探しびと》が!」

わたしはダックスに枕を投げつけた。彼の魔法がわたしの肌をかすめ、枕が右にそれて小さくどすんと音をたてて壁にぶつかると、そのまま床に滑り落ちた。わたしは少女たちに目をやった。まだ眠っているようだ。

「大げさね」わたしはつぶやいた。

「非難しないでほしいな。古代言語を読み話すという呪われた才能を持っているせいで、僕はベイン魔術師範に太古の歴史を訳せと命じられてるんだ。退屈で、ほんとにつまらない」ダックスはわたしの枕を拾い、わざわざ膨らましてからわたしに返した。

そのとき、大きな四角い箱を持ってリーフが部屋に入ってきた。ダックスがわたしのほうに身を乗り出して囁いた。「退屈、と噂をすれば……」

わたしは笑いをこらえた。ダックスは部屋を出ていき、リーフが小さな茶色いガラス瓶を取り出し始めた。ガラスがぶつかる音で、トゥーラとオパールが目覚めた。トゥーラはガラス瓶を見て、見るからに怯《おび》えている。

「それは?」わたしはリーフに尋ねた。

「香りの瓶だ」リーフが答えた。「それぞれに違う匂いが入っている。父さんと母さんに手伝ってもらって、僕が作った。匂いは記憶を呼び覚ます。それを利用して僕は犯罪者を見つけるんだ。手始めに、これを使えば犯人の軟膏を特定できるのでは、と思ってね」

興味をそそられたトゥーラが身体を起こそうとした。オパールがベッドを出て、姉を支える。リーフは三十本ほどの瓶の中から十本選んで並べた。

「まずこれで試してみよう」リーフはコルクの蓋を取り、わたしの鼻の下にあてがった。

「普通に呼吸するんだ」

わたしは鼻に皺を寄せ、くしゃみをした。「違うわ。ひどい匂い」

リーフはふっと笑みを漏らし、その瓶を下げた。

「リーフ？」トゥーラが尋ねる。「わたしは？」

リーフはためらった。「君はもう充分すぎるほど辛い目に遭った。これ以上苦しめたくない」

「わたしも役に立ちたいの。ただここで横になって、何もしないでいるよりまし」

「わかった」リーフはわたしたちにもう三本の瓶の匂いを嗅がせた。トゥーラとわたしはそれぞれ別の瓶を分担し、そのあと夕食のために休みを入れた。

「あまり匂いを嗅ぎすぎると頭痛を起こすし、そのうち違いがわからなくなってくるんだ」リーフは説明した。

夕食の後も、匂いを嗅いでいった。わたしはだんだん集中が切れ始めたものの、リーフは辛抱強く続け、とうとう箱の底に近づいた。そのとき、うとうとしかけたわたしを、強烈な匂いが揺さぶり起こした。

リーフはコルク栓をはずした瓶を手にしていた。トゥーラはベッドの中で身をすくめ、拳から逃れようとするかのように両手を上げた。リーフは不思議そうに目を細めている。

「それよ！」わたしは大声を出した。「その匂い、わからない？」

リーフは瓶を鼻に近づけ、その刺激臭を吸いこんだ。慌ててコルク栓を戻し、引っくり返してラベルを読む。それから愕然《がくぜん》とした表情でわたしを見た。

「なるほど……これで合点がいった」リーフは怯えるように、口をあんぐり開けている。

「どういうこと？」

「これはキュレアだ」訝《いぶか》しげなわたしの表情を見て、リーフは続けた。「イリアイス密林で育つ蔦《つた》からとれるんだ。筋肉を麻痺させる効果がある。歯痛とか、ちょっとした痛みを消すのにとても有効なんだ。全身を動かなくさせるには、かなり濃縮しなければならないはずだ」リーフの目に不安がよぎる。

「なぜそんなに動揺するの？」わたしは尋ねた。「これで匂いの正体がわかったんだから、喜んでもいいんじゃない？」

「キュレアは去年発見されたばかりなんだ。ザルタナ人でもその特質を知っている者は数えるほどしかいない。わが部族は、物質の特質を全部調べ上げて初めて、よそに売る」

リーフが狼狽《ろうばい》する理由がそれでわかった。リーフは、赤い刺青の男はわたしたちの部族の人間だと考えているのだ。

「キュレアを発見したのは誰？」わたしは尋ねた。

リーフはまだ動揺がおさまらないのか、瓶を手の中でくるくる回した。

「父さんだよ」ぽつりとつぶやいた。「そして、全身を麻痺させられるほどキュレアを濃縮する技術を持っている人間がいるとすれば、それは母さんだ」

18

わたしはベッドから飛び起きた。

「リーフ、まさか疑っているわけじゃ……」頭に浮かんだことを口にすることすらできなかった。わたしたちの両親が、このおぞましい殺人鬼と何かかかわりがあるなんて。

リーフは首を振った。「いや。だが、誰かふたりに近い人間かもしれない」

また別の恐ろしい考えが頭に浮かぶ。「じゃあ、ふたりの身に危険が？」

「わからない」リーフは箱の中に香りのガラス瓶をしまい始めた。「族長と話をしないと。いずれにしても、キュレアは盗まれたに違いない。われわれの一族の誰かが……」言葉が見つからないのか、リーフは箱の蓋を勢いよく閉めた。「魔が差した？　密偵なんて大げさな言葉、使いたくもない」憂い顔で笑った。「族長は僕の話を信じようとはしないだろうね」リーフは箱を持って、部屋から急いで出ていった。

さっきから黙りこんでいたトゥーラが尋ねる。「ファードは……」そこで言葉をのみこんだ。「わたしを襲った犯人はザルタナ族の誰かなの？」

「ファード？　それが犯人の名前なの？」

トゥーラは顔を両手で覆った。「いいえ、わたしがそう名づけただけ。このことはあなたに隠してたの。恥ずかしくて」そこで言葉を切り、深呼吸して妹を見やった。

オパールはあくびをして、ひと眠りしてくると告げた。トゥーラの頬にキスをし、部屋を出る前に上掛けを姉の顎まで引っ張り上げた。

つかのまの沈黙のあと、わたしは切り出した。「説明しなくてもいいのよ」

「話したいの。話せば心が軽くなるから。ファードはファーディランスの略称で、熱を頼りに獲物を探す毒蛇の一種。窯の熱に誘われてくるから、昔よく、わたしたちの工場で捕まえたの。おじはそいつに噛《か》まれて死んだわ。わたしたちが工場に行くときは、母がいつも〝ファードに襲われないように気をつけて〟って言ったし、姉とわたしも〝ファードが来るよ〟と言ってしょっちゅうオパールを怖がらせた」頬を涙で濡《ぬ》らしながら、小さく笑う。「意地悪したこと、オパールに謝らなきゃ。おかしなものね……」トゥーラは声を詰まらせた。「ファードに襲われたのは、結局わたしだったんだから。でも、もし選べたなら、本物の蛇に噛まれたほうがずっとよかった」

わたしには慰める言葉が見つからなかった。

その晩遅く、ベインがやってきた。手には角灯《ランタン》を携えていて、分厚い革装の本と巻いた紙を抱えたダックスがあとに続いた。ベインももうひとつ巻物を小脇に挟んでいる。

ベインは部屋中の角灯をともし、室内が蝋燭《ろうそく》の灯でまぶしいほどになった。それから前置きもなく、巻物をわたしのベッドに広げた。中身を見たとたん、わたしの胃はこわばった。ファードの身体に刺青《いれずみ》されていた絵柄が、羊皮紙を一面に覆っていた。

ベインがわたしの反応をじっとうかがっている。「つまり、これがそうなんだな？」

わたしはうなずいた。「いったいどこで……？」

ベインはダックスから本を受け取り、今度ばかりはその若き弟子も真剣な顔になった。

「エフェ語で書かれたこの古文書は、古代の魔術のシンボルについて説明しておる。シンボルはとても強力なので、実際に本に描くことはできない、描けば魔力を呼び出してしまう、と述べられている。だが幸運なことに、描写が実に詳細でな。さらに幸運なことに、ダックスがエフェ語をこういう形に翻訳してくれた」ベインが紙を指さした。

「一気に進展しましたね」わたしはつぶやいた。

ダックスがにっこりした。「僕の才能がようやく日の目を見たってわけさ」

ベインにじろりと睨《にら》まれて、ダックスが真顔になる。

「描く順番が重要なんだ」ベインが説明する。「シンボルは物語を紡ぐのでな。殺人鬼の身体のどこに何があったか教えてくれれば、奴《やつ》の目的が推測できるかもしれない」

わたしは紙をじっくり観察し、ファードの身体のどこにそれらの印があったか思い出そうとした。「この紙にない模様もありました」

「貸してください」トゥーラが目を閉じながら、震える右手を差し出した。「どこに何があったか、頭に刻みこまれてますから」

ベインがトゥーラに紙を渡す一方で、ダックスは巻物を床に置いた。そのうちの一枚を広げ、細長い木炭で男の輪郭を描く。トゥーラはシンボルをしばらく眺めたあと、その順番を告げた。出発点はファードの左肩だった。そこから右肩へと身体を横断し、また左に戻って右に進む。本の字面と同じように。

ベインの紙に欠けているシンボルのところに来ると、わたしが小さな紙切れにそれを描いた。ダックスに比べると下手くそだったけれど、彼が上手に紙に描き写した。

ファードの股間にたどりついたとき、トゥーラは恥ずかしさで口ごもった。するとベインは娘の手をやさしく握り、そこに刺青を入れたとき奴もさぞ痛かっただろうなと茶化した。トゥーラはくすりと笑い、それから、笑えたことに自分でも驚いたような表情を見せた。まだ先は長いとはいえ、トゥーラもやっと回復の道を歩み出したのだ。

トゥーラは犯人の背中の記号まで記憶していた。何しろそいつに監禁され、二週間近く一緒にいたのだ。そう思うと改めてぞっとした。トゥーラは男についてほかにもいろいろと覚えていた。足首の傷跡、手の大きさ、爪に詰まっていた赤土、赤い仮面の形や柔らかな素材、耳。

「なぜ耳を?」ベインが尋ねた。

トゥーラは目を閉じ、声を震わせながらも、気丈に説明した。床に押さえつけられて強姦されるたび、男はトゥーラの目を見ないように顔をそむけていた。一方トゥーラは痛みを忘れるため、いつも男の耳に意識を集中していたのだという。初めて陵辱されたとき、トゥーラは男の右耳に噛みついた。鉄のような血の味が口に広がったとき、つかのま満足感を覚えたと語った。「わたしにとってはささやかな勝利でした」トゥーラが激しく身体を震わせたせいで、ベッドまで揺れた。「でも、二度とやらなかった」

床で、トゥーラの描写どおりに輪郭に記号を描き入れていたダックスは、恐怖でこわばっていた顔を和らげてから彼女にスケッチを渡した。

細かいところを修正したあと、トゥーラはそれをベインに渡した。「これが犯人です」

思い出すのに相当力を消耗したのだろう、トゥーラは、ダックスが荷物をまとめる前に眠ってしまった。

わたしはベインの袖に触れた。「訊《き》きたいことがあるんですが」

ベインは弟子のほうをちらりと見た。

「塔で待っています」ダックスはそう言って、先に部屋を出た。

「質問ならいつでもどうぞ。いちいちお伺いを立てる必要はないよ、お嬢ちゃん」

かわいらしい呼び方に、首を横に振る。身体はまだ回復しておらず、気分はおばあちゃんだった。訂正する気力はなかったが、したところで無意味だろう。ベインはみんなを

〝お嬢ちゃん〟〝坊や〟と呼ぶ。ときに、わたしより倍は年上のアイリスのことさえも。

「アイリスが見舞いに来てくれないんです。まだ怒っているんでしょうか？」

「わしなら〝怒った〟とは言わない。激怒か、かんかんにと言ったほうが近いな」

愕然《がくぜん》とした顔をしたのだろう、ベインはわたしの手にやさしく手を重ねた。

「アイリスの生徒だということを忘れてはいかんぞ。君の行動はアイリスの教師としての力量を映す。君がトゥーラにしたことは危険極まりなかった。トゥーラ、オパール、リーフ、そして君自身を殺すところだったのだ。アイリスに相談もせず、ひとりで行動した」

弁明しようとしたが、ベインが手を上げて機先を制した。「きっと、イクシアでそうすることを覚えたのだろう。助けてくれる者も頼れる者もおらず、生き延びるためにすべきことをした。違うかね？」わたしの答えを待たずに続けた。「だが、君はもう北にはいない。ここには友人や同僚、君を導き助けてくれる人々がいる。シティアはイクシアとは違い、独裁者が統治するのではなく、国民を代表する議会がある。みなで話しあい、物事を決める。君はそのやり方を学ばなければならないし、それを教えるのがアイリスの役目だ。アイリスも君がなぜこんな行動を取ったか理解すれば、態度を和らげるさ」

「それには、どれくらいかかるでしょうか？」

ベインは微笑《ほほえ》んだ。「そう長くはかからんだろう。アイリスは、たとえるならエメラルド山脈の火山みたいなものだ。湯気を噴き、溶岩を吐くが、すぐに冷める。本当なら今日にも姿を見せたはずだが、午後にイクシアから伝令が来てね」

「伝令？」ベッドを出ようとしたが、脚がまだ身体を支えきれず、結局床に崩れた。

ベインがちっちっと舌打ちをし、ヘイズを呼んで一緒にわたしをベッドに戻した。

ヘイズが部屋を出ると、わたしはまた尋ねた。「なんの伝令ですか？　教えてください」

「政治の話だ」ベインは、こういう話題は飽き飽きだと言わんばかりに、手で追い払うような仕草をした。「イクシアの使節団がシティア訪問のお伺いを立てる内容だったらしい」

イクシアの使節団がシティアに来る？　わたしがその意味を考えていると、殺人鬼の刺青を早く解釈したくて仕方がないベインは、さっさと部屋から出ていこうとした。

「ベイン」扉を開けたベインを呼び止めた。「イクシアの使節団はいつ来るんですか？」

「さあ。アイリスが来たとき、きっと教えてくれるさ」

〝来たとき〟というより、今のわたしには〝もし来たら〟に思えた。アイリスを待つ時間が耐えがたかった。こうして何もできずにただ寝ているなんて。わたしの苛立《いらだ》ちをアイリスも感じ取ったに違いない。

〝イレーナ〟心にアイリスの声が聞こえた。〝落ち着け。力を温存するんだ〟

〝でも――〟

〝今夜はよく眠れ。さもないと何も教えないぞ。わかったな〟

アイリスのきっぱりした口調には逆らえなかった。〝わかりました〟

わたしは気持ちを落ち着けようとした。北の使節団がいつ来るか思い煩うより、アンブローズ最高司令官が使節として誰をよこすかを考えた。将軍自らが赴くような冒険はしないだろう。大使や副官のほうが理に適《かな》っている。

わたしならヴァレクを選ぶが、シティア人は彼を信用していないし、彼の身に危険が及ぶ恐れがある。カーヒルと部下たちが、先のイクシア王を殺害したヴァレクに復讐《ふくしゅう》を企てるかもしれない。だがやり遂げられるだろうか？　一度に何人で襲うかによるだろう。

わたしは、いつもの優雅な身のこなしで攻撃をかわすヴァレクの姿を想像したが、巨大な緑の葉がそのイメージを覆い始めるのに気づいた。葉叢《はむら》はわたしの視界を遮り、たちまちわたしを囲いこんだ。ヴァレクを捜し、深い密林を苦労して進む。背後から何かに追われていることに気づき、いやでも足が速まる。肩越しに後ろを見ると、滑るように這《は》い進んでくる赤い模様の黄褐色の長い蛇が見えた。

木々の合間にヴァレクの姿が垣間見えたので、助けて、と叫ぶ。しかし、密生する蔦《つた》が彼の胴体や脚に絡みつき出した。ヴァレクが剣で薙《な》ぎ払っても蔦はしつこくまつわりつき、しまいに腕までも覆っていく。わたしはなんとかヴァレクに近づこうとしたが、腿に刺すような痛みを感じて足が止まる。

蛇が脚に巻きついていた。その牙からキュレアが滴っている。ズボンに開いたふたつの小さな穴から血が滲《にじ》み出し、毒が全身に広がっていく。わたしは悲鳴をあげたが、それも毒が声を凍らせるまでだった——。

「イレーナ、起きるんだ」

誰かがわたしの肩を激しく揺さぶった。

「それはただの夢だ。さあ、起きろ」

目をぱちくりさせると、そこに顔をしかめたリーフがいた。短く刈りこんだ黒髪には妙な癖がつき、目の下に黒々とした隈《くま》ができている。トゥーラに目を向けると、トゥーラも片肘をついて上半身を起こし、茶色の瞳を心配そうに曇らせていた。

「ヴァレクが何か困ったことになっているの？」

リーフがさっとトゥーラのほうを見た。「なぜあの男のことを訊く？」

「イレーナは彼を助けようとして、蛇に噛まれたの」

「あなたにそれが見えたの？」わたしは尋ねた。

トゥーラはうなずいた。「毎晩、蛇の夢を見るの。だけどヴァレクが出てきたのは初めて。あなたの夢から忍びこんできたんだと思う」

リーフがまたわたしのほうを見た。「奴を知っているのか？」

「わたしは……」口をつぐみ、慎重に言葉を選んで続けた。「最高司令官の毒見役だったから。ヴァレクとは毎日顔を合わせた」

リーフは瞬《まばた》きをした。一度はかっと血が上った顔から赤みが引いた。「おまえのイクシアでの暮らしについて、僕は何も知らないんだな」

「あなたが知ろうとしなかったのよ」

「これ以上罪の意識を背負ったら、とても耐えられないと思ったんだ」リーフは壁のほうに顔をそむけた。

「わたしが誘拐されたとわかった今、もう罪悪感を持つ必要はないでしょう？　あのとき、あなたにできることは何もなかったんだから」顔をのぞきこんだが、兄は目を合わせようとしなかった。

「イレーナはあなたの妹さんじゃないの？」沈黙を破って、トゥーラがリーフに尋ねた。わけがわからないというように、鼻に皺《しわ》を寄せている。

「話せば長い話なの」代わりに言った。

トゥーラは枕に頭を戻し、なるべく居心地のいい位置を見つけようとするように、上掛けにくるまったまま身体をもぞつかせた。「時間ならたっぷりあるわ」

「こっちには時間がない」ふいにアイリスが戸口に現れた。「リーフ、準備はいいか？」

「はい」

アイリスが一歩部屋に入る。「では、馬の世話をしているカーヒルを手伝ってこい」

「でも、これから――」

「状況を説明してください」わたしは起き上がってアイリスに頼んだ。

「その時間はない。ベインが説明してくれるだろう」そう言って、アイリスはリーフと部屋を出ようとした。

胸の奥で怒りが燃え上がった。考えもせずに魔力を引き出し、ふたりに向かって放った
——止まれ。

ふたりとも一瞬凍りついたが、そのまま静止させることはできず、わたしはへなへなとベッドにへたりこんだ。感情を爆発させたせいで、わずかに残っていた力も使いきってしまったらしい。

アイリスがわたしのベッド脇に戻ってきた。怒りと賞賛が入り混じったような、複雑な表情だ。「気がすんだか?」

「いいえ」

「リーフ、先に行け」アイリスが声をかけた。「すぐに追いつく」

リーフは去り際、申し訳なさそうにわたしを見た。兄なりの別れの挨拶なのだろう。

アイリスはベッドの縁に腰かけ、わたしの頭を枕に戻させた。「そうして魔法を使い続けたら、いつまで経《た》ってもよくならないぞ」

「すみません。耐えられなくて、こんな——」

「無力な自分が」アイリスの口がかすかに歪《ゆが》んで、苦笑が浮かぶ。「そもそも自分のせいじゃないか。少なくとも、ローズはわたしをそう責め続ける。トゥーラを勝手に救った罰

として、季節が変わるまで厨房《ちゅうぼう》の手伝いをさせろと命じられたよ」

「罰ではなく、イレーナに褒美を取らせるべきです」トゥーラが口を挟んだ。

アイリスはたしなめるように片手を上げた。「その提案を聞き入れる気はない。実際、こんなひどい状態になったことを思えば、今度実力以上の魔法を使いたくなったときには、さすがに考え直してくれるものと信じたいね。そうして、カーヒルとリーフ、それにわたしがアヴィビアン平原を横断してサンドシード族のもとを訪れる間、ここに縛りつけられたままでいることが、おまえには充分な罰となるだろう」

「何があったんですか？」わたしは尋ねた。

アイリスは声をひそめ、囁《ささや》きに近い声で話し始めた。「昨夜リーフとわたしは、ザルタナの族長、バヴォルにキュレアについて尋ねたんだ。やはりおまえの両親が出所だった。ふたりは大量にそれを作り、サンドシード族のところに運んだ」

一瞬、心臓が止まった。「なぜ？」

「バヴォルによれば、イーザウは歴史書で、アヴィビアン平原で暮らす遊牧民が使っていた、筋肉を麻痺《まひ》させる物質の話を読んだそうだ。そこでイーザウはサンドシード族を訪ね、物質について多少の知識を持っていたジードという治療師と会った。サンドシード族の間では、情報は治療師から治療師へと口伝で伝承され、いつしか失われてしまうこともあるという。イーザウとジードは一緒に密林に入ってキュレア蔦を探し、ようやく探し当てると、パールが抽出を手伝った。工程にはかなりの時間がかかるので、ジードはひとまず平原に帰ることになり、イーザウは力を貸してくれたお礼にと、彼にキュレアを贈ると約束した」アイリスは立ち上がった。「そこでわれわれは、ジードがこのキュレアを使って何をしたのか調べに行くというわけだ。族長のハルンに訊いても何も知らなかったのでね」

「わたしも行かないと」なんとか起き上がろうとしたものの、腕が身体を支えきれない。

アイリスはわたしを平然と見つめ、わたしが動きを止めると、「なぜ？」と尋ねてきた。

「わたしは犯人を知っています。トゥーラの心の中にいたあいつを見たんです。その一族の中にいるかもしれません」

アイリスは首を横に振った。「ダックスの描いてくれた絵があるし、リーフも、おまえがトゥーラの心と繋《つな》がるのを手伝ったとき、犯人をちらりと見ている」アイリスが手を伸ばしてきて、わたしの顔にかかった髪を撫《な》でつけた。火照った肌に、その手がひんやりと冷たく感じた。「そうでなくても、おまえはまだ回復していない。おとなしく休んでいろ。体力を取り戻すんだ。戻ったら、教えることがまだまだたくさんある」一瞬ためらったが、身を乗り出してわたしの額に口吻をした。

抗議の言葉は唇に留《とど》まった。わたしが砦《とりで》にいるのは学ぶため。すでに落ちこぼれになってしまった気分だけれど、サンドシード族を訪問することが学ぶうえで大きな経験になりそうにも思えた。どうしてすんなりうまくいかないのだろう？

アイリスがふたたび部屋を出ようとしたところで、イクシアの使節団のことをふいに思い出し、尋ねてみた。

アイリスは戸口で足を止めた。「議会は会談の開催を受け入れた。伝令はわたしたちの返事をイクシアに届けるべく、今朝出発したよ」

アイリスはドアを閉め、わたしはひとり、彼女から聞いた話についてあれこれ考えた。

「イクシアか」トゥーラが考えこむようにつぶやいた。「ヴァレクは蔦から逃れて、使節団としてここに来ると思う？」

「トゥーラ、あれはただの夢よ」

「でも、現実みたいに思えたわ」トゥーラは言い張った。

「悪夢というのは自分の心に巣くう恐怖や不安の亡霊みたいなもので、眠っているわたしたちに取《と》り憑《つ》くの。ヴァレクが本当に困った状態にあるとは思えない」

そう言いながらも蔦に絡みつかれたヴァレクの姿が頭から離れず、もどかしさのあまり歯軋《はぎし》りをした。アイリスの言ったとおりだ。何もできずにここでただ寝ているのは、厨房で洗い物をするよりもはるかに辛《つら》い。

何度か深呼吸して気持ちを静め、不安や憤りを頭から追い出した。イクシアでヴァレクと過ごした最後の夜に、思いを馳《は》せる。大切な記憶に。

きっとまどろんだのだろう。ヴァレクの存在がふと近くに感じられた。強烈なエネルギーが霧となってわたしを包む。

〝手助けが必要なんだね、愛《いと》しい人？〟夢の中でヴァレクが尋ねた。〝そちらに行くことはできないが、力なら分けてあげよう。この愛はいつも君のものだ〟

〝だめ！　そんなことをしたら、あなたがの力が――〟蔦に絡めとられたヴァレクの姿が、ふいに頭に浮かんだ。

〝わたしなら大丈夫。最強の双子もそばにいる〟ヴァレクは、イクシアにいるわたしの友人、アーリとジェンコが彼のテントを警備している様子を見せてくれた。彼らは軍事演習に参加中なのか、蛇の森で野営しているようだ。そしてわたしが止める前に、ヴァレクは大量のエネルギーをわたしの身体に送ってきた。〝幸運を祈る、愛しい人〟

「ヴァレク！」わたしは叫んだ。だが、ヴァレクの気配はすでに消えていた。

「どうしたの？」トゥーラが尋ねた。

「夢よ」でも、すっかり身体は回復していた。しっかりと両足で立てるほどに。

トゥーラがまじまじとこちらを見た。「夢じゃないわ。わたし、光を見たもの」

わたしはとっさに心を決め、すばやく戸口に向かった。「行かなきゃ」

「どこに？」トゥーラが尋ねる。

「アイリスを追いかけるの」

19

部屋の護衛をしていたふたりの男は、飛び出してきたわたしを見て腰を抜かした。理性に説得されて足が鈍る前に厩舎《きゅうしゃ》まで全速力で走ったが、到着が遅すぎた。放牧場は空っぽだった。

キキが馬房から首を出した。〝ラベンダーレディ、よくなった？〟

〝ええ、だいぶ〟わたしはキキの鼻をかいてやった。〝みんなもう行ってしまったのね。出発したのはいつ？〟

〝秣《まぐさ》をもぐもぐしてるのもいる。わたしたち、追いつけると思う〟

キキの青い目を探った。なるほど、そそられるアイデアだ。確かに、出発前にアイリスを捕まえられたとしても、わたしを同行させてくれたかどうか保証はない。

キキはじれったそうに地面を蹄《ひづめ》でかいた。〝行こう〟

わたしはすばやく考えた。アイリスとリーフのあとを追って、もはや養成所に追い返すのは無理だというところで、初めて姿を見せたほうがいいかもしれない。

〝荷物をまとめてくるわ〟わたしはキキに告げた。部屋に戻る道すがら、必要なものを頭の中で整理した。背嚢《はいのう》、ボウ、飛び出しナイフ、外套《がいとう》、着替えと食料。たぶんお金も。

部屋で荷物をまとめたあと、扉に鍵をかけてきびすを返したところで、ダックスと鉢合わせした。「おや、誰かと思ったら。ちゃんと立ってるじゃないか」ダックスは満面の笑みを浮かべた。「びっくりする理由なんかないよな。だって、君は生きた伝説なんだから」

わたしは首を横に振った。「悪いけど、今は冗談を言いあっている暇はないの」

「どうして？」

今、勝手に出ていったらまたマイナス点がつくと気づき、口をつぐんだ。イクシアで習った処世術だ。でも、サンドシード族の情報を手に入れたいなら成り行きを気にしている場合ではない。そこで、ダックスに計画を話した。「ベインに、わたしの行き先を伝えてくれない？　わたしを捜すために、養成所をしらみつぶしにさせるのは忍びないから」

「君、追放行きの特急に乗ってるようなもんだぞ」ダックスが指摘した。「君のマイナス点、数え忘れちゃったくらいだよ」言葉を切って考えを巡らせる。「今となってはどうでもいいか。で、いつまで報告を遅らせればいいわけ？」

わたしは空を仰いだ。昼時だ。「暗くなるまで」そのタイミングでもベインが誰かを送れば追いつかれる可能性はあるが、うまくすれば朝まで出発を待つかもしれない。

「わかった。幸運を祈るよ。もっともそんな祈りは無意味だと思うけど」

「どうして？」

「だって君は自分で運を引き寄せる人だから」ダックスはしっしっとわたしを追い払った。

「さっさと行けよ」

わたしは厨房《ちゆうぼう》に急ぎ、十日分のパン、チーズ、干し肉を手に入れた。アヴィビアン平原を横断するには十日かかるとマロック大尉は言っていた。サンドシード族が平原の反対側に住んでいるとしても、往路はこれで足りるだろう。復路の分は向こうで買えるといいのだが。

備品についてあれこれ考えながら、厩舎へ走った。近づくと、興奮気味のキキが鼻を鳴らしたので、わたしは馬に向けて心を開いた。

〝いやな匂い〟キキは警告した。

さっと振り返ると、ゴールが駆けてくるところだった。行動を起こす暇もなく、ゴールの剣の切っ先がわたしのお腹《なか》の数センチ手前に突き出された。

「どこかに行くのか？」と尋ねる。

「ここで何しているの？」

「おまえがトンズラするつもりだと小鳥たちに聞いてね。居場所はすぐにわかった」

トゥーラの部屋の前にいた護衛たちがゴールの耳に入れたのだろう。わたしはため息をついた。荷物をまとめるのに夢中になり、油断していた。

「わかった。さっさとけりをつけましょ」一歩下がってボウに手を伸ばしたが、ゴールも一歩詰めてきた。剣の切っ先がわたしのシャツを裂き、肌をちくりと刺したそのとき、やっとわたしの両手がボウの滑らかな木肌に触れた。

「動くな！」ゴールが怒鳴る。

怒りというよりも苛立《いらだ》ちから、わたしはふうっと息を吐いた。こんなことをしている暇はない。「正々堂々と戦うのは怖い？　うっ！」剣先がわたしの腹を突いた。

「ボウを地面に落とせ。ゆっくりと」ゴールが命じる。

ためらっていると、ゴールはさらにじりじりと剣先を押し出した。わたしは革帯からボウをゆっくりと引き抜き、ゴールの注意を自分に引きつけた。というのも、視界の端に、キキが歯で馬房のドアの掛け金を開けるのが見えたからだ。

ドアがバタンと開き、驚いてゴールが振り返る。キキはすばやく後ろを向き、後ろ足で狙いを定めた。わたしは数歩後ずさりした。

〝少し手加減して〟わたしはとっさに告げた。

〝悪い奴《やつ》〟キキがゴールを蹴り飛ばした。

ゴールは勢いよく吹っ飛び、牧場の木の柵に激突したあと、どさりと崩れ落ちた。ぴくりともしないので、近づいて脈を取る。死んではいない。まだ息があるとわかって、複雑な気分だった。これであきらめるだろうか、それとも、彼がわたしを捕らえるか、逆にわたしが彼を殺すかするまで、つきまとうだろうか。

キキがわたしの物思いを遮った。〝行こう〟

キキの馬具一式を手に取ると、鞍《くら》をつけ始めた。腹帯を締めながら尋ねる。〝昔からドアを開けられるの？〟

〝開けられる。柵も〟

〝じゃあ、どうして逃げないの？〟

〝おいしい秣。新鮮な水。ペパーミント〟

わたしは笑い、カーヒルの備品からミントを忘れずに拝借していこうと心に留めた。自分の食料や水を入れた皮袋と一緒に、キキ用の飼料の袋と水の袋を五つ、鞍に載せる。

〝重い？〟キキに尋ねた。

キキは見下すようにわたしを見た。〝全然。行こう。トパーズの匂いが遠ざかってく〟

わたしは鞍に跨《またが》り、魔術師養成所をあとにして城塞の中を進んでいった。市場の人ごみにさしかかると、キキの足取りが慎重になった。物乞いの少年フィスクが貴婦人の大きな荷物を運んでいるのを見つけた。少年はこちらに気がつくと微笑《ほほえ》み、荷物を抱えながらなんとか手を振った。その清潔な黒髪は日差しを受けて輝き、貧相に見えた目の下の隈《くま》も今は消えた。フィスクはもう物乞いではない。仕事を見つけたのだ。

城塞の玄関口となっている巨大な大理石のアーチをくぐると、キキは足を速め、襲歩を始めた。密林へ続く谷間の道を走るわたしたちの横を、景色が飛ぶように過ぎていく。

右手に見える農地では、収穫作業が最盛期を迎えていた。左手には、アヴィビアン平原が遠く地平線まで続いている。一面に茂る背の高い草々は、暑い季節特有の緑や青い色から、すでに赤や黄色やオレンジに様変わりしている。まるで、誰かが巨大な絵筆を大胆に振るい、あたりを色とりどりの帯に塗りこめていったかのように。

平原には人気《ひとけ》がなく、野生動物の姿も見えない。ただ、色が風に波打つばかりだ。キキが平原に足を向けたとき、草の間を縫うかすかな小径《こみち》に気づいた。

長い刃のような葉がわたしの脚やキキの腹部をくすぐる。キキは速度を緩めた。

わたしはキキの心に触れた。それが正しい道だと、キキにはわかっていた。馬たちの強い匂いがキキの鼻腔《びこう》を満たしている。匂いを一頭ずつ嗅ぎ分けていく。

〝シルク、トパーズ、ルサルカ〟

〝ルサルカ?〟

〝サッドマンの馬〟

一瞬戸惑ったが、サッドマン――悲しい男、というのが、キキがリーフにつけた名前だとわかった。キキのやり方から推察する限り、ある人物と最初に出会ったときに馬が抱いた印象が、その人の〝馬界での名前〟となり、ほかの馬へ伝わっていくらしい。そして、どうやらその名前は永遠に変わらない。馬たちにとってはそれが常識なのだ。わたしたちが馬に名前をつけるように、彼らもわたしたちに名前をつける。

〝ほかの馬は?〟わたしは尋ねた。

〝いない〟

〝ほかに人は?〟

〝いない〟

カーヒルが部下を連れてこなかったことに驚き、疑問に思った。わたしたちが城塞に来たとき、カーヒルはわざわざ平原を避けて遠回りした。十二人もの部下を引き連れてさえ、サンドシード族を恐れていたのだ。魔術師範が同行しているので安全だと思っているのかもしれない。あるいは、番犬は砦《とりで》に置いていけとアイリスにたしなめられたのか。

平原の奥へと進むにつれ、周囲の草原が実はいろいろなものを隠していたことを知った。一見平らに見えた土地には、皺《しわ》の寄った毛布みたいに起伏があった。来た道を振り返ってみると、もう農地は見えない。平原のところどころに灰色の岩が固まっており、ときおり草間に木が生え、野ネズミといった小動物がキキの蹄を逃れるように走り去る。

やがて奇妙な赤い色の巨岩の前を通りかかった。わたしの頭上までそびえるほど大きく、血管状に白い筋が入っている。四角形に近いずんぐりしたその形状は、どこか見覚えがあった。わたしは記憶を探り、人間の心臓と似ているのだと思い当たった。かつて受けた授業を覚えていたなんて、自分でも驚きだった。ブラゼルの孤児院での授業の中でも、生物は一番嫌いだった。今思えば教師は、生徒を心底いやな気分にして喜んでいたのだろう。しだいにあたりが暗くなり、空気がひんやりしてきたことに気づいた。こんなに開けた場所で一夜を過ごすことになっては大変だ。

〝追いつく？〟キキが尋ねた。

〝近いの？〟

馬たちの鼻を刺す刺激臭に、うっすらと煙の匂いが混じっている。キキの目を通して、遠くに焚《た》き火《び》を見た。

〝みんな、止まってる〟

選択肢を秤《はかり》にかけた。ひとりで野宿するか、アイリスのもとに出向いて叱責を受けるか。一時間以上も慣れない鞍に座っていたので、脚も背中も痛い。休憩する必要がある。でもキキはもっと先まで走れるだろう。わたしは魔力を引き出して意識を飛ばし、野営地の様子を探った。

カーヒルは剣の柄を握っている。覆うものの何もない空を警戒しているのだ。リーフは地面に横になり、眠りかけている。アイリスは――。

〝イレーナ！〟アイリスの怒りの炎がわたしの心を焼いた。

心は決まった。説明を求められる前に、わたしはヴァレクとの間に起きたことをありのままに見せた。

〝ありえない〟

その言葉で、先日の記憶が蘇《よみがえ》った。〝ローズに心を探られてヴァレクに助けを求めたときも、あなたは同じように言いました。わたしたちの間には、あなたがまだ目にしたことがないような繋《つな》がりがあるのかもしれません〟

〝そうかもしれないな〟アイリスは認めた。〝こっちに来て合流しなさい。送り返すにはもう遅すぎる。第一おまえひとりで戻っても、ローズの怒りに対峙できるわけがない〟

考えるだけでぞっとして、わたしはキキに野営地を見つけるように指示した。やっとトパーズの姿が見えたとき、キキもほっとしたようだった。トパーズは野営地の近くでほかの馬たちと草を食《は》んでいた。

わたしはキキの馬具を下ろし、その身体を撫《な》でて、食料と水をしっかり与えた。アイリスと顔を合わせるのは気が進まないし、全身が痛むしで、動作がいやでものろくなる。とうとう一行のいる小さな空き地に到着したわたしに、アイリスは夕食はいるかと尋ねただけだった。わたしはほかのふたりに目をやった。リーフは火にかけたスープの鍋をかきまわしていて、どっちつかずの表情だ。カーヒルの手は今、剣の柄の近くに置かれていた。夜になり、さっきよりも緊張が緩んだようだ。わたしと目が合うとにやりとした。わたしが現れたのがうれしいのか、これから目にするはずの、わたしがアイリスにこっぴどく叱られる場面が楽しみなのか。

ところがアイリスは叱責はせず、わたしとカーヒルに、サンドシード族との正式な交渉方法について指南を始めた。「長老たちを敬うことが絶対条件だ。あらゆる依頼は長老を通じて行なわれるが、彼らに促されて初めて話すことが許される。連中はよそ者を信用せず、自分たちを軽視したり、詮索したりしようとする兆候や仕草を見逃さない。だから許しがない限り質問はご法度だし、凝視することもまかりならない」

「どうして相手を凝視する必要があるんです?」わたしは尋ねた。

「彼らは服をまとうことを嫌う。外部の人間の訪問を受けている間は服を着る者もいるが、拒む者もいる」アイリスがふと悲しげに微笑んだ。「それに、あの一族には強力な魔術師が少ない。養成所で訓練を受けず、独自の教育を授けている。とはいえ、若い魔術師の中には、知識を求めて養成所に来た者もいる。カングムもそのひとりだったが、そう長くはいなかった」アイリスは顔をしかめた。

不運なことに、わたしはカングムがそのあとどこに行ったのか知っている。彼はムグカンと名前を変え、子どもを拉致してはイクシアにひそかに連れ去っていたのだ。

ムグカンについてカーヒルが尋ねる前に、わたしはアイリスに尋ねた。「サンドシード族のもとに留《とど》まっている魔術師は、何をしているんですか?」

「《物語の紡ぎ手》《ストーリーウィーバー》と呼ばれている」アイリスが説明した。「彼らが一族の歴史を保存しているんだ。サンドシード族は、歴史には命があると信じている。自分たちを取り囲む、目に見えぬ存在だと。一族の歴史は常に進化し続け、《物語の紡ぎ手》が一族を導く役目を担う」

「どうやって導くんです？」カーヒルが不安そうに尋ねた。

「諍《いさか》いを仲裁し、物事を決定する手助けをし、人々に過去を見せて同じ過ちを繰り返させないようにする。魔術師範がシティアの人々に対してすることと、とてもよく似ている」

「心の内にある不安をなだめるんだ」リーフが炎を眺めながら言った。「少なくとも、そう主張している」それからいきなり立ち上がった。「スープができた。食事にしよう」

わたしたちは無言で食べた。その晩の寝床を整えたあと、サンドシード族の住処《すみか》にたどりつくまでにもう一晩野営をすることになると、アイリスがみんなに告げた。

カーヒルが、見張りの順番を決めたいと言い出した。「わたしが一番手になろう」

アイリスがじろりとカーヒルを見る。

「寝ずの番をするのは当然でしょう？」カーヒルが言い訳がましく主張する。

「カーヒル、ここには怖がるようなものは何もいない。それに、もし何か災いの種が近づいてきたら、そいつが現れるずっと前におまえを起こしてやろう」

カーヒルがむくれるのを見て、わたしは笑いを噛《か》み殺した。冷たい夜気を遮るため外套にくるまり、空き地の柔らかな砂地に横たわる。わたしはキキの様子をうかがった。〝何も問題ない？〟

〝草、おいしい。シャキシャキしてる〟

〝いやな匂いは？〟

〝しない。気持ちのいい空気。故郷〟

そういえば、キキはサンドシード族に育てられたのだ。〝故郷はくつろげる？〟今しも蛇の森にいるヴァレクのことを思い、彼が少しでも回復してくれることを祈った。

〝うん。ラベンダーレディと一緒だからもっとくつろげる。ペパーミントは？〟おねだりだ。

〝朝になったらね〟わたしは約束した。

それから夜空を見上げ、眠りの訪れを待つ間、星々のダンスを眺めた。キキの人生観はまっとうだ。おいしい食事、新鮮な空気、ときどき甘いもの、大好きな誰か。誰もが求めてしかるべきものだ。単純すぎる、非現実的な人生観だということはわかっている。でも、なんだか心が慰められた。

だが、心はしだいに奇妙な夢の中へと漂い出した。わたしはキキを捜して、平原を走っていた。膝までの高さだった葉がどんどん伸び、とうとうわたしの頭より高くなって、行く手を遮る。鋭い葉をかき分けて進もうとするが、道が見つからない。何かに足を取られて転び、倒れたとたん草原は一面を覆う蛇の集団に変わり、わたしの身体を覆い始める。

必死にもがくも、とうとう身動きひとつ取れなくなった。

「おまえは、われわれと一緒だ」蛇が耳元で囁《ささや》く。

はっと起き上がると、夜明けの弱い光があたりを満たしていた。夢の中の蛇の囁きで、耳がむずむずする。冷たい朝の空気に身震いし、悪夢の恐怖を振り払おうとした。

アイリスたちは小さな焚き火のまわりに集まっていた。パンとチーズの朝食をとったあと、馬に鞍をつけた。夜の間に筋肉がすっかり凝ってしまい、動くたびに抗議の声をあげる。昼前には日差しで地面が温まり、わたしは外套を脱いで背嚢に詰めこんだ。

先に進むにつれて、柔らかかった地面は硬い岩盤となり、草もまばらになった。あちこちで砂岩の小さな盛り上がりが地面から顔を出している。昼食の時間ともなると、岩はわたしたちの頭より高くそびえ、大峡谷の中を進んでいるような錯覚を覚えた。

小休止の間、少し離れた場所にある二本の砂岩の岩柱に赤い層があるのに気づいた。

「トゥーラを襲った犯人の爪には、何か赤いものが詰まってたの。ここが出所かも」

「ありうるな」アイリスもうなずいた。

「試料を採っておこう」リーフは荷物をかきまわして、小さなガラス瓶を取り出した。

「先を急がなければ」アイリスは目を細めて太陽を見上げた。「暗くなる前に野営地を見つけておきたい」

「行ってくれ。すぐに追いつくから」リーフが声をかける。

「イレーナ、リーフを手伝ってやってくれ。おまえの記憶にある色と同じかどうか確認してほしい」アイリスは命じ、カーヒルが顔をしかめて文句を言い出す前に釘《くぎ》を刺した。「カーヒル、おまえはわたしと来い。われわれが城塞を出てから何時間も経《た》っていたのに、イレーナは見つけられたんだ。今日中に楽々追いつけるはずだ」

アイリスと、いまだに眉をひそめているカーヒルが馬に跨り、沈む太陽の方角に向かった。一方リーフとわたしは岩柱に通じる道を見つけた。岩柱は思ったより遠かった。そのうえ、試料を集めるのにも予想以上に時間がかかった。

赤い筋は赤土の層だとわかった。露出している部分の土はすっかり硬く、少し削るとその下の層はまだ柔らかかった。わたしたちは硬い小片と柔らかい土の両方を小瓶に入れた。出発点まで戻ったとき、太陽は地平線に半ば沈んでいた。キキはトパーズの匂いの痕跡を見つけ、わたしたちは馬たちの脇腹を軽く蹴って走らせた。

空が暗くなり始めたときも、さして心配はしていなかった。トパーズのつんと鼻を刺す匂いはキキの敏感な鼻腔いっぱいに広がっていたから、アイリスたちはすぐそこということだ。ところが夜の帳《とばり》がすっかり下り、それでも火の手がどこにも見えないとわかると、さすがに不安になった。月が昇り、わたしはキキを止まらせた。

「道に迷ったのか？」リーフが尋ねた。わたしたちが匂いの跡を見つけてから、リーフは何も言わずに従ってきたのだ。かすかな月明かりのもと、兄の不安げな表情がかろうじて見えた。

「いいえ。トパーズの匂いは強いとキキは言ってる。ふたりはかなり先まで行ったのかも」

「アイリスと繋がれるか？」リーフが尋ねた。

「そうだ、忘れてた！」大きく息を吸い、魔力の糸を集めながら、また魔法の存在を忘れていた自分を叱った。いつになったら無意識に魔法を使えるようになるのだろう。

驚くほど勢いよく力が流れこんでくる。魔力の源がこのあたりに集中しているらしい。意識を飛ばし、周囲を捜す。でも、見当たらない。

おかしい――範囲を広げ、もっと遠くまでアイリスを捜した。そのとき、野ネズミやほかの動物さえ意識に引っかからないことに気づいた。

もどかしくなり、捜索をやめた。遠く蛇の森のヴァレクと繋がれたのだから、アイリスが見つからないわけがない。それに、アイリスの馬がここを通ったのは間違いないのだ。

〝トパーズの匂いは、いつも強い〟キキもわたしに同意した。

〝いつも？〟

〝そう〟

「それで？」リーフが苛立たしげに尋ねる。

「何かおかしい。アイリスが見つからないの」わたしは今キキが言ったことを兄に伝えた。

「それのどこがおかしいんだ？」

「匂いには強弱があるはず。なのに、わたしたちが痕跡を見つけた当初から、強さがずっと一定している」わたしはぐるりと顔を巡らせた。そこらじゅうで魔力が脈打っている。

「誰かがわたしたちをはめようとしてる」

「やっと気づいたか！」闇の奥から低い声が吠《ほ》えた。

キキとルサルカが驚いて棹立《さおだ》ちになった。落ち着きの魔法で二頭をなだめると、わたしはボウに手をやり、ほのかな光にかろうじて浮かぶいくつかの影に目を凝らした。

「あまり頭の回転が速いほうじゃないね？」嘲りの声が、左のほうから聞こえる。

キキを声のほうに向けたちょうどそのとき、青白い月光がひとつに紡ぎ上げられ、男の姿が現れた。見上げなくてもわたしと目が合う程度の背丈のその裸身の男は、肌が紺色だった。髪がなく、坊主頭が汗で光っている。たくましい筋肉でとぐろを巻く力が目に見えるようだ。しかし、その丸顔には面白がっているような表情が浮かび、危険は感じない。全身から混じり気のない魔力を発していることからすると、わたしの感情に影響しているのかもしれない。

わたしはボウを抜いた。「誰なの？」

微笑むと、男の白い歯がきらりと光った。「わたしはおまえの《物語の紡ぎ手》だ」

20

わたしはリーフを見た。警戒するような表情に、今や恐怖がにじんでいた。わたしから大柄な紺色の男に目をやると、その顔は蒼白《そうはく》になった。色を塗りこめた肌、服を着ていないところはトゥーラを襲った者を髣髴《ほうふつ》とさせるが、目の前にいる男の身体はもっと筋肉質だし、腕や脚は傷だらけだ。しかし、刺青《いれずみ》はない。

わたしは心に壁を作り、ボウを構えたが、男には余裕があった。この男ぐらい大量の魔力を思いのままにできれば、わたしだってもっと余裕を持てただろう。男は動く必要さえなかった。言葉ひとつでわたしたちを殺せるのだ。

それで疑問が生まれた。なぜこの男は、ここに？

「何が望み？」わたしは尋ねた。

「立ち去れ」リーフが男に言い放つ。「おまえは災いしかもたらさない」

「おまえたちの物語は絡まり、もつれあっている」《物語の紡ぎ手》が言った。「わたしはそれを解きほぐす方法をおまえたちに示す、案内役としてここに来た」

「こいつを追い払え」リーフがわたしに促す。「こいつはおまえに従うしかない」

「そうなの？」それなら簡単そうだ。

「そうしてほしければ立ち去ろう。ただ、おまえたち兄妹《きょうだい》は村に入ることを許されない。その男のねじれた魂がわれわれに痛みをもたらす。そしておまえは兄と繋《つな》がっている」

わたしは混乱して、《物語の紡ぎ手》をまじまじと見つめた。男が何を言いたいのかわからない。敵なのか、それとも味方なのか？

「案内役と言ったけど、わたしたちをどこに案内するの？」

「いいから、今すぐ追い払え！」リーフがわめいた。「こいつはおまえを欺く。トゥーラを誘拐した奴《やつ》の仲間で、僕らを足止めするつもりなんだ」

「おまえの不安は依然として強い」《物語の紡ぎ手》はリーフに告げた。「まだ自分の物語と向きあう心の準備ができていないのだな。代わりに、もつれたそれに埋もれていることを選んだ。いつかそれはおまえの首を絞めるだろう。おまえはわれわれの手助けを拒んだが、絡まったままにしておくと、やがて妹の命が絞り取られるぞ。やはり正さなければ」

男はわたしに手を差し出した。「おまえは覚悟ができている。キキを置いてわたしと来なさい」

「どこに？」

「おまえの物語を見るために」

「どうやって？　それに、なぜ？」

《物語の紡ぎ手》は答えず、ただ静かに辛抱強く待った。手を差し出したまま、一晩中でもそこで待っていられるとでもいうように。

キキがわたしのほうを振り返った。〝ムーンマンと行って〟と、キキが言った。〝お腹《なか》が減ったし、疲れた。トパーズに会いたい〟

〝匂いは？　よくない？〟わたしは尋ねた。

〝きつい道だけど、ラベンダーレディは強い。行って〟

わたしはボウをホルダーに入れて下ろした。

わたしは驚いて動きを止めた。

「イレーナ、だめだ！」リーフが怒鳴った。「初めて名前を呼んでくれたのね。やっとわたしの身を心配してくれる気になった？　でもごめんなさい、もう遅い。正直に言ってあなたの問題にかかわりたくないの。自分のことで手いっぱいだから。次の犠牲者が出る前にトゥーラを襲った犯人を見つけなくちゃいけないし、そのためには一族の長老に会うしかない。それがわたしの使命なら、やるわ」肩をすくめて続けた。「それに、キキも行けと言った」

「おまえは兄ではなく馬の言うことを聞くのか？」

「その兄は、わたしがシティアに来てから今の今まで、妹として認めてくれなかった。わたしはキキのほうを信用するわ」

リーフは憤慨して鼻を鳴らした。「おまえはずっとイクシアで暮らしてきた。サンドシード族のことを何も知らないじゃないか」

「信用すべき相手の見極め方なら覚えたわ」

「馬か。ばかだよ、おまえは」リーフは首を振った。

暗殺者と、わたしを二度も殺そうとした魔術師と、蛇の森でわたしに襲いかかってきたふたりの兵士――彼らをなぜ信頼するようになったのか、リーフに話しても仕方がない。でも今やその四人はみな、わたしにとってとても大切な人たちだ。

「いつ戻ってこられますか？」わたしは《物語の紡ぎ手》に尋ねた。

「朝日の最初の光が射す頃には」

わたしはキキの鞍《くら》をはずしてオーツ麦を食べる馬の身体をさっと撫《な》で下ろし、それから餌の袋を水と取り換えた。キキはそれを飲み干し、わたしは空の革袋を鞍のそばに置いた。これから出かける奇妙な旅のことが急に不安になり、胃のあたりがざわめく。〝待っていてくれる？〟わたしはキキに尋ねた。

キキは鼻を鳴らし、尻尾でわたしをバシッと叩《たた》くと、甘い草を探しに向こうへ行ってしまった。くだらない質問をしてしまった。

リーフの冷たい目と目を合わせたあと、《物語の紡ぎ手》に近づいた。男はさっきから微動だにしていない。キキはこの男をムーンマンと呼んだ。彼の手を取る前に、わたしは尋ねた。「あなたの名前は?」

「ムーンマンでけっこう」

わたしは男の染色した肌を眺めた。「なぜ紺色なんですか?」

男の唇にゆっくりと笑みが広がる。「おまえと兄の間の炎を鎮火する、物を冷やす色だから」それからはにかんだ表情を浮かべた。「それに、わたしの好きな色でもある」

わたしは男の手に手を預けた。ベルベットみたいな手触りだ。ぬくもりが骨まで染み入り、腕へと流れこむ。魔法がきらめき、周囲の世界が溶けていった。心が解放され、身体の力が抜けて、糸になったかのように細く引き伸ばされる。わたしの人生を紡いでいた糸がほどけ、ばらばらになって、人生を形作っていた数々の出来事が目の前に展開していく。

中にはよく知っている物語もある。いい思い出を探し、窓から中をのぞくように眺めた。

〝だから、おまえにはわたしが必要なのだ〟目の前のさまざまな場面を縫うようにして、ムーンマンの声が聞こえてきた。〝おまえはここにいていい。わたしの仕事は、おまえを正しい糸に案内することだ〟

記憶が周囲で溶けあう。目を閉じると、視界が渦を巻いた。やがてあたりが静まり、わたしはまた目を開いた。

わたしは居間の中央にいた。蔓《つる》を編んだソファやガラス天板のテーブルがまわりに置かれ、八歳か九歳ぐらいの少年が、わたしの向こう側で木製の床に寝転がっている。緑色の短パン姿だ。頭の後ろで手を組み、両肘を突き出して、葉叢《はむら》に覆われた天井を眺めている。わたしたちの間には、骨製のサイコロが十個ほど転がっている。

「飽きちゃったな」少年がつぶやいた。

それに対するふさわしい答えが、わたしの頭に浮かんだ。「着せ替えごっこは？　それか、ままごと？」そう言ってサイコロをすくい上げた。

「赤ん坊の遊びだよ。それより密林に下りて探検しよう！」リーフが跳ね起きた。

「どうかなあ。ナッティとブランコしに行かない？」

「ナッティとつまんない赤ん坊の遊びをしたいなら、行けよ。僕は探検して、大発見するんだ。腐り病を治す薬を見つけるかも。それで有名になったら、次の族長に選ばれるぞ」

大発見にも、兄が有名になることにも興味をそそられ、やはり兄と一緒に行くことにした。母に手早く言い置いてから樹上の住居をあとにし、《パームの梯子《はしご》》を下りて、地上のひんやりとした空気の中に降り立つ。柔らかな地面が足の裏にふかふかと感じられた。

わたしはリーフのあとを追って密林を駆けながら、六歳の身体にあふれる若いエネルギーに驚愕《きょうがく》していた。心のどこかでは真実がわかっていた。本当の自分は二十歳で、ここにはおらず、これはただの幻なのだと。それでもかまわなかった。わたしは密林の細道を転がるように駆け抜け、ただただ楽しんだ。

「本気だからな」リーフが眉をひそめた。「僕らは探検家だ。試料を持ち帰らなきゃ。おまえは葉っぱを集めろ。僕は花びらを探す」

兄がこちらに背を向けると、わたしはあっかんべえをしたが、結局は言われたとおり木の葉を集めた。そのとき、木の枝の間で何かがすばやく動き、はっとした。動きを止めてあたりをうかがう。若木に、黒白模様の子どものヴァルマーがしがみついていた。小さな顔から飛び出した茶色い目がわたしを見つめている。

わたしは微笑《ほほえ》み、口笛を吹いた。ヴァルマーは少し高いところにさっと逃げたが、そこからまたこちらを見返して、長い尻尾を振った。遊びたがっているのだ。わたしは密林の中、動作を真似《まね》しながら、ヴァルマーのあとを追った。蔦《つた》を登り、ぶら下がり、大きく盛り上がった紫檀《したん》の根っこを迂回《うかい》する。

すると遠くから声がして、わたしは足を止めた。耳を澄ますと、リーフがわたしを呼んでいる。無視しようと思えば無視できた。葉っぱを集めるよりヴァルマーと遊ぶほうがずっと楽しい。でも、兄がイランイランノキについて何か言ったような気がした。香水に使うイランイランノキの花を摘んでいくと、母はいつもご褒美に、スターフルーツ・パイを焼いてくれる。

「今行く！」わたしは叫び、地上に飛び降りた。お別れにちびヴァルマーに手を振ろうとして振り返ったとたん、それはびくっとして紫檀の木を慌てて駆け上がってしまった。違和感が霧のようにわたしを包みこむ。近くの枝間に目を凝らし、ヴァルマーの天敵、首飾り蛇の姿を探す。そうして頭上ばかり見ていたので、わたしはそこにいた男に危うくつまずくところだった。

心の中で大人の自分が悲鳴をあげる。ムグカンだ！　逃げて！

でも、子どものわたしはちっとも怖がらない。

「ああ、よかった！」ムグカンは大声をあげ、不安そうに歪《ゆが》めていた顔をほころばせた。

「道に迷ってしまってね。しかも足首をくじいたらしい。助けてもらえるかい？」

わたしはうなずいた。「今、お兄ちゃんを呼んで――」

「待って。先にちょっと手を貸してほしい」

「どうして？」

「歩けるかどうか確かめたいんだ。もし本当にくじいていたら、もっと人を呼んできてもらわないといけない」

大人のわたしはムグカンが嘘をついていると知っているが、子どものわたしがムグカンに近づくのを止められなかった。わたしが小さな手を差し伸べると、ムグカンはすかさずその手を掴《つか》み、ぐいっと引っ張った。そして、そのすばやい動作ひとつでわたしを捕らえ、濡《ぬ》れた布で悲鳴を抑えこんだ。そのまま布を口にぎゅっと押しつけ、無理やり甘い香りを吸わせる。

密林がぐるぐる回り出した。眠っちゃだめ！　目を覚まして！　わたしは必死に叫んだが、闇がじわじわと迫ってきた。

ムグカンの腕の中でもがきながら、大人のわたしにはこれからどうなるのか、はっきりわかっていた。ムグカンはわたしをイクシアに連れていき、わたしはレヤードの父、ブラゼル将軍の孤児院で育てられる。大人になったとき、魔力を引き出せるかどうか試すためだ。牝牛《めうし》から乳を搾るように。ムグカンの魔力を高め、ブラゼル将軍がアンブローズ最高司令官を倒してイクシアの支配権を手中に収めるために。結末はわかっていても、自分が拉致される場面を再体験するのは、気持ちのいいものではなかった。

藪《やぶ》の中に現れたリーフの顔が、意識を失う前に子どものわたしが見た最後の光景だった。それは、あまりに恐ろしい光景だった。

幻が消え、気がつくとわたしは暗い平原にムーンマンと立っていた。

「リーフはわたしの身に起きたことを、本当に見たんですか？」彼に尋ねた。

「ああ」

「なぜ両親に報告しなかったんですか？」そうしていれば、両親が捜索隊を送り、わたしを取り戻そうとしてくれたかもしれない。娘がどうなったのかわかれば、行方を何年もただ案じ続けるより、はるかによかったはずだ。

考えるうちに、いよいよ怒りがこみ上げてきた。リーフのせいで、わたしは子ども時代を取り戻すチャンスを奪われた。自分の部屋もなく、やさしい両親もおらず、父と密林について学ぶことも、母から香水の抽出方法を教えてもらうことも、ナッティと木から木へと飛び移ることも、できなかった。みんなと遊ぶ代わりに、イクシアの『行動規範』を暗記させられた。

「なぜ？」もう一度尋ねた。

「本人に尋ねてみるしかない」

わたしは首を振った。「わたしのことが嫌いだったんだわ。誘拐されてせいせいしたのよ。だからわたしがシティアに帰ってきたとき、不機嫌だった」

「確かに憎しみや怒りもおまえの兄の首を絞めている感情ではあるが、それがすべてではない。単純な答えは決して正しい答えではない。自分で自分を窒息させてしまう前に、おまえが兄の心を解きほぐさなければならない」

わたしはふたたびリーフのことを考えた。トゥーラの件ではわたしを助けてくれたが、口にした理由は嘘だったのかもしれない。十四年間、両親に嘘をつき続けてきたように。シティアに帰ってきて以来、兄との間柄はずっとぎくしゃくしていた。そして、イクシアに連れ去られる以前のリーフの記憶をひとつ取り戻した今、全身の血が怒りでたぎっていた。たぶん、ほかにももっと思い出があるはずだ。

「ムグカンに拉致される前の生活を何も覚えていないのは、なぜ？」わたしは尋ねた。

「ムグカンはおまえの記憶を閉じこめるために魔法を使った。だからおまえは奴を信じ、孤児院におとなしく留《とど》まったんだ」

なるほど。もし家族のことを覚えていたら、脱走しようとしただろう。

「記憶を取り戻したいかね?」ムーンマンが尋ねた。

「もちろん」

「兄を助けると約束したら、記憶を解放してやろう」

その条件をじっくり考えてみた。「助けるって、どうやって?」

「おまえが自分で道を見つけるだろう」

「ずいぶん謎めいた言葉ですね」

ムーンマンは微笑んだ。「そこがわたしの仕事の面白いところだ」

「もし断ったら?」

「決めるのはおまえだ」

思わずむっとした。「あなたには関係ないことでしょう?」

「かつておまえの兄は、痛みから逃れるすべを探してこの平原を訪れた。自ら命を絶とうとしたんだ。助けを求める彼の声に、わたしは引き寄せられた。手を差し伸べようとしたのに、その心は不安でねじれ、助けを拒んだ。だが、今もおまえの兄の心痛がわたしのところに届く。やりかけの仕事。なくした霊魂。時間が残されているうちに、できるだけのことをしようと思う。たとえ《霊魂の探しびと》と取引することになったとしても」

21

「《霊魂の探しびと》？」背筋がぞくっとした。「なぜその名前をあちこちで聞くの？」わたしは《物語の紡ぎ手》に尋ねた。わたしたちはまだ、何もない広々とした原野に立っていた。凍った池の表面とたいして変わらない。

「おまえもそのひとりだからだ」抑揚のない、冷徹な口調だ。

「違います」その名前を初めて口にしたとき、ヘイズの顔に嫌悪感と恐怖が浮かんだことを思い出した。ヘイズはあのとき、死者を目覚めさせるとかなんとか言っていた。

「ごらんに入れよう」

足元の滑らかな地面がふいに透明になり、その奥にイクシアの友人ジェンコが見えた。彼の腹部を貫いた剣から血が噴き出し、青ざめた顔が苦痛に歪《ゆが》む。それから場面が変わり、今度はベッドに横たわって動かないアンブローズ最高司令官の姿が現れる。その目は虚《うつ》ろだ。次に、意識をなくしたブラゼル将軍を見下ろす自分自身の顔。わたしの緑色の瞳が、突然何かを悟ったかのように、輝きを増す。にこにこしながら包みを運ぶ物乞いの少年、フィスクの顔が一瞬ひらめく。そして、瀕死《ひんし》の状態でベッドに横たわるトゥーラ。

　地面がもとどおりになり、幻も消えた。

「おまえはすでに、五つの霊魂を見つけた」

「でも、彼らは――」

「死んでない？」

　わたしはうなずいた。

「《霊魂の探しびと》とは何か、知っているか？」

「死者を目覚めさせる？」ムーンマンが何も言わずに眉を片方吊《つ》り上げたので、続けた。

「いいえ、わかりません」

「おまえは学ぶ必要がある」

「ただ教えてしまっては簡単すぎる。違いますか？　せっかく謎めいた《物語の紡ぎ手》を演じているのに、楽しみが奪われる」

　ムーンマンはにやりとした。「わたしが提案した取引についてはどうだ？　子どもの頃の記憶と引き換えに、リーフを助けるのは？」

　リーフの名前を耳にしただけで、怒りがこみ上げた。当初、わたしがシティアに来た理由はとても単純だった。第一に、処刑せよという最高司令官の命令から逃げるため。第二に、魔術の使い方を習い、家族と会うため。その過程で、この南の国となじめるかもしれないし、なじめないかもしれない。そう、計画は単純明快だったのに、わたしの進む道は急に落ち窪《おくぼ》んだり曲がりくねったり、罠《わな》が仕掛けてあったり。そして今、どことも知れない場所の真ん中で、泥沼に陥った気分だった。迷子だ。

「おまえの道ははっきりしている」ムーンマンが指摘した。「それを確かめるんだ」

そして、なくしたものを見つける一番いい方法は、最後にそれを持っていた場所に戻ること。わたしの場合、振り出しに戻らなければならない。

「わかりました。リーフを助けられるか、やってみます」

子ども時代の記憶が蘇《よみがえ》ると、さまざまな匂いと柔らかな感触が頭にあふれた。大地に漂う麝香《じゃこう》の匂いとアップルベリーの香水が混じりあう。笑い声、蔓《つる》にぶら下がって揺れる純粋な楽しさ、マンゴーの最後のひと切れを巡るリーフとの口論。リーフとナッティとのかくれんぼ。枝の上に隠れ、ナッティの兄さんたちを奇襲した戦争ごっこ。彼らがわたしたちの隠れ場所を探し当てて反撃を開始したとき、むきだしの腕にちくっと刺さったヘーゼルナッツの鋭い棘《とげ》。族長が祖父の墓を掘ったとき、ぴしゃりと地面に叩《たた》きつけられた泥。心休まる母の子守唄。葉の種類や、薬草としての効能を教えてくれる父の声。

子ども時代のあらゆる幸せ、悲しみ、痛み、恐怖、興奮が一気に舞い戻ってきた。いずれ忘れてしまうものもあるだろうが、いくつかはずっとわたしとともにいてくれるだろう。

「ありがとう」ムーンマンに礼を言った。

ムーンマンがうなずき、手を差し出した。その手を握ると、暗い平原が消え、地面からさまざまな物体が立ち現れた。朝日の最初の光が地平線にのぞいたとき、色彩が戻った。瞬《まばた》きして、自分がどこにいるのか確かめようとした。そこはもう、キキとリーフを残してきた空き地ではなかった。巨大な篝火《かがりび》を、いくつもの円形大型テントが丸く取り囲んでいる。テントの白いキャンバス地には茶色い動物の模様が描かれていて、褐色の肌をした人々が燃え盛る炎のそばに集まっている。料理をしている者もいれば、子どもの世話をしている者もいる。服を着ている者、着ていない者。服はどれも白い綿素材で、女性たちは膝まで届く袖なしのワンピースか、男たちと同様にチュニックと短パン姿だった。

炎の近くで、アイリスとカーヒルがふたりの老人とひとりの女性とともに、胡坐《あぐら》を組んで座っていた。話し合いの最中らしく、わたしに気づかない。リーフと彼の馬は見当たらなかったが、キキはテントの横に立っていた。茶色い髪をうなじのあたりでばっさり切ったおかっぱ頭の女性が、キキの手入れをしている。

すでにムーンマンが横にいないことに気づき、わたしはぎくりとした。いや、その小さな集落のどこにも姿が見えない。たぶん、テントのどれかに入ってしまったのだろう。

アイリスの邪魔をしたくなかったので、キキの心に呼びかけると、キキはいななないてわたしに挨拶した。キキの身体の埃《ほこり》を払っていた女性が手を止め、わたしを無言で眺めた。

〝この人は誰？〟キキに尋ねた。

〝母さん〟

「これはあなたの馬？」女性が尋ねた。言葉のひとつひとつに抑揚があり、一言一言を軽く切るようにしてしゃべる。

わたしは、昨夜アイリスから聞いたサンドシード族の社交流儀について思い出した。女性のほうが第一声を発したのだから、答えてかまわないだろう。「主人は馬のほうです」

女性はふんと鼻を鳴らして笑った。「わたしがこの子を育て、学ばせ、旅に送り出したの。また会えてうれしいわ」地面に置かれた鞍《くら》を蹴った。「この子に鞍は必要ない。あなたの下で、この子は一陣の風のように飛んでいく」

「わたしに必要なんです」それと、荷物を積むために。

女性はまた面白そうに鼻を鳴らした。ブラシかけが終わり、キキが青い瞳を女性に向ける。たちまち納得したように女性の顔が輝いた。合図の声をあげてキキの背中に飛び乗る。

〝楽しんできて〟わたしが声をかけると、キキは丈の高い草を縫って走り去った。

「いいのか、放っておいて？」カーヒルがそばに来て尋ねた。キキが丘の向こうに姿を消すのを見ていたらしい。「あの女が戻ってこなかったらどうする？」

「帰ってこなくてもかまわないわ」わたしはカーヒルの肩の向こうに目をやりながら答えた。アイリスと三人のサンドシード族が焚《た》き火《び》の横に立ち、今もまだ熱心に話しこんでいる。男のひとりは憤慨を表すような身振りをしている。

「キキを盗まれてもいいというのか？」

キキとわたしの関係について説いて聞かせる代わりに、カーヒルの顔を見つめた。気が張りつめているせいで、目がぎらついている。攻撃を恐れるかのように、落ち着きなくきょろきょろあたりをうかがっている。

「いったいどうなっているの？」わたしはアイリスのほうに目をやって尋ねた。

「昨夜われわれは野営して、おまえとリーフを待っていた。なかなか来ないからやきもきしていたら、アイリスに面白がられたよ。そこにサンドシード族の長老たちがやってきた。彼ら一族は村から村へと移動し、諍《いさか》いを治め、新しい知らせや物資をもたらす。向こうがわれわれを見つけてくれたのは好都合だった。だが連中は何か隠しているようなんだ」

カーヒルのしかめっ面を見て、わたしは兄のことを思い出した。「リーフはどこ？」

カーヒルは心配そうに眉間に皺《しわ》を寄せた。「養成所に戻ったと奴《やつ》らは言っている。だが、ここまで来ておいてなぜ戻る？」

きっとリーフも怖くなったのだろう。でも、「ベインに赤土の試料を届けたかったんだと思う」と答えた。

カーヒルは納得しているようには見えなかった。わたしが質問を続ける前に、アイリスが話し合いを終えてわたしたちに合流した。「連中は腹を立てている」

「なぜ？」わたしは尋ねた。

「トゥーラを襲った犯人にキュレアを渡したと、わたしたちが非難しに来たと思っているらしい。そのうえカーヒルが連中を徴兵しようとしたことが、火に油を注いだ」アイリスはカーヒルを睨《にら》んだ。「新たな部族と会うことでシティアの文化を学びたいからついてきたとばかり思っていた。軍隊を作るというその勝手な執念のせいで、本来の目的を台無しにしてくれたな」

カーヒルに反省の色はなかった。「議会がわたしを支援してくれていれば、軍を作る必要などないんだ。あなたは――」

「黙れ！」アイリスが手をさっと横に払い、魔法が飛ばされたのを感じた。

カーヒルは口をぱくぱくさせたが声は出ず、頬に真っ赤な斑点が浮かんだ。

「あらゆる外交交渉術を駆使しても、いっさい情報は引き出せなかった。カーヒルが連中を怒らせたせいだ。イレーナ、こうなると彼らはおまえとしか話をしない」

「今のうちに脱出路を考えておくべきでは？」わたしは尋ねた。

アイリスは笑った。「連中が突進してきたら、カーヒルを盾に使って足止めすればいい」

カーヒルがアイリスを憎々しげに睨みつけた。

「おまえのほうが有利なんだ、イレーナ」アイリスが続けた。「確かにわたしは魔術師範で、議会の一員かもしれないが、おまえは彼らの血縁者だ。連中にとっては、師範より縁者のほうが大事なんだよ」アイリスは不満げに首を振った。

「縁者?」わたしは目を剥いた。

「五百年ほど前、サンドシード族のある一団が密林に移り住む決断をした。サンドシード族は元々遊牧民だから、主流派から離れて独自の暮らしを営む者も少なくなかったんだ。そういう者たちは普通、主流派との縁を絶ってしまうが、ザルタナ族のように交流を続けていく場合もある。サンドシード族と事件のかかわりを匂わさずに、情報を集めてくれ。くれぐれも慎重に言葉を選ぶこと」すぐにそう続けたところを見ると、わたしの顔に垣間見える懐疑心にアイリスも気づいたのだろう。「外交交渉の訓練と考えればいい」

「でも……せめて一緒に来てはもらえませんか? そうすれば、わたしがばかなことを口にしそうになったら、手をひと振りして、わたしのことも黙らせられる」

アイリスが自嘲気味に笑った。「わたしはもう〝あの小うるさい野良犬を連れて立ち去れ〟と申し渡されてしまった。おまえひとりに任せるしかない。あたりにたちこめるサンドシードの魔力が邪魔をして、おまえといつものように繋《つな》がることもできない。だからアヴィビアン平原の境界の血の岩《ブラッド・ロック》で会おう」

アイリスが血の岩のイメージをわたしの心に投影した。二日前にキキと一緒に前を通り過ぎた、あの血管状に筋が入った赤い巨岩だ。

カーヒルが両腕を振って自分の喉を叩く。アイリスがまたため息をついた。「養成所に戻るまで軍隊の話はしないと約束するなら」

カーヒルがうなずく。

「イレーナ、おまえがこいつの声を解放してみせなさい」アイリスが指示した。

次の実地訓練だ。わたしは長老たちと相対する不安を押し殺し、魔力に心を開いた。周囲の空気はどこもかしこも脈打っていたが、カーヒルの喉を覆う細い糸が目に入った。わたしはその糸を引き抜き、彼の声を解き放った。

「上出来だ」アイリスがうなずいた。

カーヒルはまだ耳が真っ赤だったが、冷静にしゃべるだけの理性はあった。「言わずもがななことを言わせてもらえれば、イレーナひとりを置いていくのは危険すぎる」

「しかしほかに手はない。無理やり白状させることもできるが、サンドシード族はそれを宣戦布告と考えるだろう。そうなれば、おまえはもう軍隊など持てないぞ、カーヒル。サンドシード族がシティア市民に血の復讐《ふくしゅう》をしようとするのを阻むのに、わたしたちは手いっぱいになる」アイリスはわたしのほうを見た。「幸運を祈る、イレーナ。おまえがわたしたちに追いついたとき、いろいろ話しあおう。カーヒル、トパーズに鞍をつけろ」アイリスは馬を口笛で呼び、歩き去った。

カーヒルは納得できないという表情を浮かべ、胸の前で腕を組んだ。「わたしは残るぞ。おまえには護衛が必要だ。それが戦術の基本だよ。必ずふたりひと組にならないと」

「カーヒル、ここには大気中に魔力がたちこめている。サンドシード族がわたしの喉笛を絞めようと思えば簡単なことだし、そうなればあなたにもわたしにも何もできない」

「じゃあ、われわれと来い」

「トゥーラや次の犠牲者はどうなるの？　やるだけやってみなきゃ」

「だが、危険が大きすぎる――」

「生きることは危険を背負うことなの」わたしはぴしゃりと言った。「何かを決断するたび、誰かとかかわるたび、一歩足を踏み出すたび、朝ベッドから出るたび、人は危険を背負う。生きていくには、その事実を受け入れないと。自分だけは安全だという幻想にしがみつくのは間違いよ」

「おまえの人生観を聞いてると、おっかなくなる」

「怖がらなくても、そう肝に銘じておくだけでいいの」カーヒルが哲学論議を始める前に、追い払うことにした。「アイリスがまたあなたに痺れを切らす前に、行ったほうがいい」

わたしはアイリスがやったように、手をさっと振った。

カーヒルはすぐさまわたしの手首を掴《つか》んだ。「やめろ！」そして、わたしの手を掴んだまま続けた。「連中がおまえを傷つけたら、わたしが血の復讐をしてやる。気をつけろよ」

わたしは手を引っこめた。「いつだって気をつけてる」

アイリスとカーヒルが馬の背に乗って立ち去ると、不安がどっと舞い戻ってきた。サンドシード族を怒らせたらどうしよう。最後にアイリスから教わった長老たちへの接し方を復習し、周囲を見回した。さて、これからどうしたものか。

サンドシード族はその仮住まいで、静々と効率よく立ち働いていた。肉を焼く匂いが漂ってくると、ふいに激しい空腹に襲われた。考えてみれば、昨日途中で休憩して昼食をとって以来、何も口に入れていない。わたしはキキの鞍の脇に荷物を置き、何か食べる物を探したが、そうして座ったのが失敗だった。とたんに疲労が押し寄せてきて、新たに手に入れた子ども時代の記憶が頭を巡り出した。その記憶に浸り、鞍を枕代わりにして、外套《がいとう》を敷く手間さえ惜しんで草の上に横たわった。ここにいると妙に安心できた。

だが悪夢からは逃げられなかった。気がつくと這《は》い進んでくる蛇の群れに追われ、密林を逃げまわっていた。奴らは足首に巻きついてわたしを引き倒すと、動くに動けないわたしの身体に牙を刺し、滴るキュレアを肉体深く埋《うず》めた。「一緒においで」蛇たちが囁《ささや》く。

「あの」ふいに、おずおずとした声に呼ばれた。

わたしは悲鳴とともに飛び起きた。大きな目をした小柄な女性が、驚いて飛びのいた。黄色い筋の入った茶色い髪を後ろでまとめ、革紐《かわひも》で結んでいる。ドレスの白い生地に点々と汚れが散っていた。

「長老たちがお会いになります」

わたしは目を細めて空を見上げたが、分厚い雲で太陽は隠れている。「どれぐらい寝ていたのかしら」

女性は微笑《ほほえ》んだ。「丸一日。さあ、ついてきてください」

わたしはボウを見やった。それを携えていくのは相手への侮辱に当たると知りつつ、やはり持たないのも不安だった。渋々地面に置き、女性のあとに続く。立ち並ぶテントの前を通り過ぎるうち、頭の中にさまざまな疑問が浮かんだが、唇を噛《か》んで、口に出すまいと必死にこらえた。待つのよ、と苛立《いらだ》つ自分をたしなめる。残念ながら外交術に関しては、もっと学ばなくてはいけない。

女性は一番大きなテントの前で立ち止まった。テントの白い布地は動物の模様でほとんど埋め尽くされている。女性が四角く切られた出入口の扉をめくり、中に入るように促す。わたしはテントに足を踏み入れ、薄暗さに目が慣れるのを待った。

「近くに寄れ」テントの奥から男の声がした。

奥に進みながら内部を観察した。複雑な幾何学模様が織りこまれた茶色や黄土色の敷物が、テントの丸い床を覆っている。左側には寝茣蓙《ねござ》や色鮮やかな枕が並んでいて、右側には低いテーブルのまわりを大きめの座布団が囲み、赤い色の長い房飾りのついた蝋燭《ろうそく》立てが天井から下がっている。

象牙色と金色の茣蓙に胡坐をかいて並んで座っているのは、ふたりの男とひとりの女だった。そのうちのひとりは誰かわかる――真ん中に座ったムーンマンは、わたしに微笑みかけてきた。今や肌は黄色に塗られている。もうひとりの老いた男の顔には深い皺が刻まれ、老女の髪は白髪交じりだ。ふたりとも赤いローブを着ている。

突然、ぼろぼろになった血まみれの赤い囚人服が頭に浮かび、ぎょっとして足が止まった。あの服のことは、このまま死刑になるか、最高司令官の毒見役になるか選べとヴァレクに持ちかけられて以来、一度も思い出したことがなかった。あの囚人服を脱ぎ捨てると、後ろを振り返ることなく、毒見役の制服を受け入れたのだ。今そんなことを思い出すなんて、おかしな話だ。それとも《物語の紡ぎ手》がわたしの心の奥から記憶を引っ張り出してきたのだろうか？　わたしはムーンマンの顔を訝《いぶか》しげに見つめた。

「座れ」老女が、彼らの前に置かれた丸い小さな敷物を示した。わたしは三人と同じ恰好《かっこう》で座った。

「はるか彼方《かなた》へ旅したザルタナか。案内を求めて、祖先のもとに戻ってきたのだな」老いた男が口を開いた。その暗い瞳には知恵があふれ、まなざしがわたしの魂を穿《うが》った。

「知りたいことがあって参りました」わたしは切り出した。

「おまえが歩んできた道はよじれ、曲がりくねっていた。血と痛みと死で汚れている。清めねば」男は隣に座るムーンマンにうなずいてみせた。

ムーンマンは立ち上がり、莫蓙の下から偃月刀《えんげつとう》を抜いた。長く鋭利な刃先が、蝋燭の灯《あか》りを映してぎらりと光った。

22

　ムーンマンはこちらに近づくと、曲線を描く偃月刀《えんげつとう》の刃をわたしの左肩に置いた。鋭い刃先が首に触れた。「清めを受ける覚悟はいいか?」ムーンマンが尋ねた。

　喉が締めつけられた。「あの、どうやって?」思わず尋ねた。

「おまえにこびりついた血と痛みと死の汚れを、われわれが拭う。血を抜き、痛みを味わわせ、その結果訪れる死によっておまえは過ちを贖《あがな》い、天に迎えられるだろう」

　恐怖で混乱していた頭にその言葉が染み渡り、突然、意識がはっきりした。わたしは極力慎重に立ち、刀に触れないようにしながら一歩退いた。刃は宙で止まっている。

「贖わなければならないような過ちなど犯していません。過去の行動をいっさい悔いてはいないので、清めていただく必要はありません」長老たちがどんな反応を示すか、固唾をのんで待った。外交術など、どうにでもなれだ。

　ムーンマンがにやりと笑い、ふたりの長老たちも、よしとうなずいた。それからムーンマンが刀を茣蓙《ござ》の下に戻して先ほどの姿勢に戻るのを、わたしは呆然《ぼうぜん》と眺めた。「正解だ」

「もし、あなたの言葉にうなずいていたら？」

「なぞかけのような言葉をいくつか並べて、おまえを送り返しただろう」ムーンマンは笑った。「正直に言うと少々がっかりしている。せっかく午後中ずっと、どんななぞかけにするか考えていたのに」

「座れ」老女が命じた。「それで、何を知りたい？」

わたしは莫蓙に座り、よくよく慎重に言葉を選んだ。「獣《けだもの》がシティア中の少女を食い物にしています。これまでに十人が殺され、ひとりが負傷しました。その獣を止めたいんです。まずは奴《やつ》の正体を突きとめようと調べています」

「なぜわしらのもとに来た？」老女が尋ねた。

「獣は何かの薬を武器として使っています。奴はそれをあなたがた一族から盗んだのではないか……そう心配しているのです」わたしは相手の返答を待った。〝盗んだ〟という言葉が彼らへの非難に聞こえないことを祈りながら。

「ああ、あの薬か」老人が唸《うな》った。「あれは天恵でもあり、呪いでもある。イーザウ・リアナ・サンドシード・ザルタナから贈られた包みが、ダヴィーアン高原近くのわしらの村に届いたのだ。直後に、村が高原の害虫に――ダニに襲撃された」老人は土の床に唾を吐いた。「その襲撃で、多くのものが盗まれた」

彼がそのダニを蔑んでいることは明らかだった。「ダニというのは何者なんですか？」

長老たちは口を固く結び、答えようとしない。

ムーンマンが眉をひそめて説明を始めた。「かつて伝統に反逆した若い男女が一族から離脱し、高原に住み着いた。高原は大地の恵みをそう簡単には人間に明け渡さない。ダニたちは自力で土地を耕して作物を育てる努力をせず、われわれから盗むことを選んだ」

「彼らのうちの誰かが、わたしが探している獣だという可能性は？」

「ある。あいつらはわれわれの魔法を紡ぐ技術を悪用してきた。一族のためではなく、自分たちのみが豊かになろうとして、自らの力を高めんとしている。連中のほとんどには魔術師の才能はないが、とても強い力を持つ者が何人かいる」

ムーンマンの険しい表情を見るにつけ、彼が戦闘時に偃月刀を振るうときの様子が想像できた。わたしはトゥーラを襲った犯人ファードの姿を頭に思い浮かべた。

「この男も、ダニのひとりですか？」ムーンマンの魔力がわたしの内側に入ってきた。

ムーンマンは呻《うめ》き、喉の奥で低く唸った。それから老人に目を向けた。「奴らは古き悪行を実行しています。止めなければ」

老人は仰天して答えた。「もう一度、奴らの魔力の帳《とばり》を破れないか試してみよう。奴らを見つけるんだ」すっくと立ち上がり、わたしに一度お辞儀をすると、老女を手招きした。

「来い。計画を練らなければ」

ふたりはテントを出ていき、ムーンマンとわたしがそこに残された。「古き悪行？」

「太古のおぞましい儀式だ。犠牲者の霊魂を自らに繋《つな》いだあとで、その人物を殺す。犠牲者が死ぬとその魔力が自分に流れこみ、力が増す。例の獣の身体に刻まれていた赤い刺青《いれずみ》は、儀式の一部だ」ムーンマンは一瞬眉をひそめ、それから心配そうに目を大きく見開いた。「負傷者がひとりいると言ったね？　その娘は今どこに？」

「魔術師養成所です」

「護衛は？」

「ついています。どうしてですか？」

「おまえが探している獣はダヴィーアン高原にはいない。奴は養成所に行き、娘の命を奪う機会を狙っているはずだ。その娘が死ぬまでほかの霊魂を繋ぐことはできないから」

「戻らなきゃ」わたしは小さな莫蓙《つか》から慌てて立ち上がり、出ていこうとした。

ムーンマンがわたしの肩を掴み、自分のほうを向かせた。「約束を忘れないように」

「忘れません。でも、順番はまずトゥーラ、それからリーフです」

ムーンマンはうなずいた。「ひとつ頼み事をしてもいいか？」

わたしはためらった。少なくとも、彼が求めているのは約束ではない。「どうぞ」

「アイリス師範のもとでの修行が終わったら、わたしのもとに戻ってこないか？　そうすれば、サンドシード族の魔術を教えてやれる。おまえの血に伝わる伝統だ」

その申し出には心惹《ひ》かれるが、きっとわたしの進む道はさらに曲がりくねることになるだろう。今は、魔術訓練を最後まで終えられるかどうかさえおぼつかない。過去を指針とするなら、わたしの未来は思いがけない方向に向かう傾向があるようだ。「考えてみます」

「けっこう。さあ、行きなさい」

野営地内は大わらわだった。一族の者たちは出発の準備に取りかかり、畳んだテントが地面に散らばっている。自分の荷物を捜すうちに、夕闇が忍び寄ってきた。荷物は見当たらなかったが、キキは見つかった。すでに鞍《くら》がつけられ、いつでも出発できるように準備が整っている。キキの〝母親〟が、わたしに手綱を渡してくれた。

革紐《かわひも》を受け取ったわたしに、彼女が言った。「鞍には座らないで。腰を浮かせて身を乗り出し、体重を前にかけるの。そうしたらこの子は、飛ぶようにわが家をめざすわ」

「ありがとう」わたしはお辞儀をした。

彼女は微笑《ほほえ》んだ。「あなたたち、とても相性がいいわ。わたしもうれしい」最後にもう一度キキの首を叩《たた》くと、荷造りをする一族のもとに戻っていった。

わたしはキキに跨《またが》り、先ほどの指示に従った。夜の訪れはまもなくだ。キキは左に顔を向け、青い目でわたしの顔をのぞきこんだ。〝トパーズに追いつく？　シルクに？〟

〝ええ、お願い〟

キキが走り出した。背後に流れていく背の高い草の影がぼやけ、やがて闇に沈んで何も見えなくなった。草原を突き進む間、わたしは姿勢を保つのに必死だった。馬というより、つむじ風に乗っているような感覚だ。

月がその軌道の頂点にたどりついた頃、サンドシード族の魔力が薄れたのを感じ、やがて消えた。やっと彼らの影響下から抜け、わたしは魔力を使ってアイリスを捜した。

〝ここだ〟アイリスが応じた。アイリスの目を通して、血の岩のそばの野営地が見える。

〝カーヒルを起こしてください。一刻も早く養成所に戻らないと、トゥーラの身が危険です〟

〝だが、しっかり護衛がついている〟

〝強力な魔力の持ち主なんです〟

〝わかった、さっそく出発しよう〟

わたしは意識を養成所に飛ばし、みんなにも警告しようとした。だが医務室でまどろむヘイズの心に触れると、彼はぎょっとし、わたしを払いのけてもっと強固な結界を張った。魔術師範たちの防御壁は、彼らが眠る塔さながらに完璧だ。力が尽き、意識を飛ばすのはあきらめた。

ちょうど空が明るみ始める頃、城塞に向かう道で、アイリスとカーヒルに追いついた。行きは二日かかった道のりを一夜で走り抜けるなんて、いったいどうやったんだろうと思ったのもつかのま、たちまちキキはほかのふたりを追い抜いた。

〝休憩する？〟わたしはキキに尋ねた。ちらりと振り返ると、一瞬だけアイリスとカーヒルが手を振ったのが目に入った。

〝必要ない〟

城塞の門が遠くに見えたとき、ふいに、何もできずに怯《おび》える圧倒的な恐怖心がわたしの心に流れこんできた。トゥーラだ。

急いでもう一度意識を養成所に飛ばし、気づいてくれる人はいないかと探した。トゥーラの護衛たちに魔力はない。魔力を持たない人々の心を読むことはできるけれど、向こうにわたしの声を〝聞く〟力はないのだ。どうにかしなければ。わたしは捜索を続けた。

そのとき、ダックスを見つけた。ダックスは木製の剣で敵の攻撃をかわしたり突いたりしながら、練習試合をしている最中だった。

〝トゥーラが〟わたしはダックスの心に向かって叫んだ。〝危ないの！　助けて！〟

ダックスは驚いて剣を取り落とし、相手に肋《あばら》をしたたか打たれた。〝イレーナか？〟

〝トゥーラが危ないの、すぐに行って！〟そこで、突然ダックスとの繋がりがぶつりと切断された。誰かがわたしたちの間に、石のカーテンを引いたかのように。

城塞に入り、人ごみを縫って進み出すと、滴る糖蜜さながらに時間の進み方が遅くなった。まるで全住人が通りに出ているかのようだ。のろのろした彼らの歩調のせいで、人の流れが滞っている。

あたりには、涼しい季節らしいきりっとした空気がたちこめていた。それは、わたしの心に燃える炎とまるで対照的だった。動け、と群集に向かって叫びたかった。キキはわたしの焦りを察して足を速め、歩く人々の間に鼻面をつっこんで、道をこじ開けようとした。背中に罵声を浴びながら進んだ。キキは養成所の入口にさしかかっても止まらず、衛兵を慌てさせ、そのまま医務室に突進した。階段さえ上り、部屋の入口でやっと足を止めた。

わたしは鞍から滑り降り、トゥーラの部屋に急いだ。護衛が廊下に倒れているのを見て青ざめ、彼らを跳び越えて部屋に飛びこむ。勢いよく開けた扉が壁にぶつかって、冷たい大理石の壁に轟音《ごうおん》が響き渡った。それなのにトゥーラは目を覚まさない。

生気の失せた瞳は何も映しておらず、血の気のない唇は恐怖と痛みに歪《ゆが》んでいた。指先で脈を探した。トゥーラの肌は冷たく、硬かった。首に、黒い痣《あざ》が巻きついている。

遅すぎた。本当に？　わたしはトゥーラの首に手をあてがい、力を引き出そうとした。心の目につぶれた気管が見えた。首を絞められたのだ。なんとか魔力を送りこんでそこをもう一度膨らませ、肺に空気を送った。そして心臓に意識を集中し、収縮させようとした。

心臓が動き出し、肺を空気が満たしたというのに、曇った瞳はもとに戻ろうとしない。わたしはさらに力を注入した。トゥーラの肌がぬくもって赤みが戻り、胸も上下しだした。ところがわたしが魔力を止めると、血流も呼吸も止まってしまう。

奴はトゥーラの霊魂を盗んだのだ。わたしにはもう生き返らせることはできない。

重い手がわたしの肩に置かれた。「おまえにできることは、もうない」アイリスだった。

振り返ると、背後にカーヒル、リーフ、ダックス、ローズ、ヘイズも立っていた。小さな部屋にぎゅう詰めになっている。みなが到着したことにさえ気づかなかった。

手の下にあるトゥーラの肌はすっかり冷えきっている。わたしは手を引っこめた。

突然、激しい疲労を覚え、床に座りこんで目を閉じ、両腕の中に頭を埋《うず》めた。わたしのせいだ。わたしがトゥーラをひとりにしたからだ。

室内はざわついていたが、わたしはただ静かに泣いていた。硬い大理石の床に溶けこんでしまいたかった。石には目的がひとつしかない。ただそこに存在することだけ。面倒な約束も、不安も、感情もない。

室内の騒音が静まって初めて、目を開けた。そして、トゥーラのベッドの傍らに紙切れが一枚落ちているのに気づいた。トゥーラを蘇生《そせい》しようとしたときに落ちたのだろう。トゥーラのものだとばかり思って、手を伸ばした。そこに書かれた言葉が、ムーンマンの偃月刀のように、わたしを覆う悲しみの靄《もや》を切り裂いた。

オパールを預かっている。次の満月が昇るときに、ザルタナ族のイレーナと交換する。同意の印として第一魔術師範の塔に、トゥーラに対する哀悼旗を掲げろ。そうすればオパールに危害は加えない。詳しい指示は追って伝える。

23

「トゥーラの哀悼旗は掲げるが、オパールとイレーナの交換には応じない」アイリスはそう主張した。「満月までまだ二週間ある。それだけあればオパールを捜し出せるはずだ」

会議室にふたたび議論の声が飛び交った。ジトーラも議会の要請による遠出から戻り、魔術師範がようやく四人とも揃《そろ》った。ほかにそこには、トゥーラの家族、リーフ、養成所の衛兵隊隊長もいた。

リーフは会議が始まる前にサンドシード族について尋ねてこようとしたが、わたしはむげに無視した。リーフの顔を見ると、妹が誘拐されるのを目撃しながら何もしなかった、藪《やぶ》の中の少年の顔を重ねずにいられなかった。

人質交換の条件が書かれたメモを見つけたあと、すべては夢の中の出来事のように感じられた。議論が落ち着いたところで、トゥーラを襲うまでの犯人の行動が明らかにされた。

犯人は庭師となって養成所に潜りこんでいた。残念ながら、一緒に働いていた人々が証言する顔の特徴が一致せず、ベインはその人相書きから、四人のまったく異なる人物を捕まえるはめになった。彼らは犯人の名前も覚えていなかった。

魔力を宿す霊魂を十人分手に入れたファードは、今や魔術師範に匹敵する魔力を持っていた。養成所の中でやすやすと存在をくらまし、同僚たちを混乱させたのだ。

トゥーラの護衛たちはキュレアを塗った小さな吹き矢を撃ちこまれていた。庭師がヘイズに薬草を持ってきたのを見たことしか覚えておらず、直後に全身が硬直したという。ファードの侵入を許したことは、養成所の衛兵たちに深刻な課題を突きつけた。

「奴《やつ》は養成所に住んでいたというのに、その痕跡さえ見つからない」ローズが口を開いた。

その力強い声は、議論の怒号を凌駕《りょうが》した。「そんな相手が今さらどうやって見つかる？」

トゥーラの両親がひっと息をのんだ。ふたりは昨日そこに到着したばかりで、娘が命を落としたという知らせに、骨の髄まで打ちのめされていた。その引きつった顔と何かに取《と》り憑《つ》かれたようなまなざしを見れば、同じ犯人がオパールまで誘拐したと知った今、悪夢の中で生きているような気分なのだとわかる。

「奴にイレーナを引き渡せ」すでに静まり返った部屋に、ローズの声が響いた。「イレーナはトゥーラを治療することができた。犯人と渡りあえるだけの力がある」

「これ以上、誰にも傷ついてほしくありません」トゥーラの父親が言った。飾り気のない茶色のチュニックとズボンという装いで、長い手は胼胝《たこ》やけどの痕でごつごつしている。長年、溶融したガラスを相手に仕事をしてきた証拠だ。

「ローズ、それはだめだ」アイリスが諭す。「イレーナはまだ自分の魔力を制御する方法を知らない。だからこそ、奴はこの子を欲しがっているんだ。奴にイレーナの魔力を盗まれたら、どれだけ力が増すことか」

犯人の肌の模様を読み解いたベインは、会議室にいるみなに、犯人の目的は刺青《いれずみ》にはっきり書いてあると告げた。ベインの解説はムーンマンから聞かされた話と符号していた。ファードは、太古のエフェと呼ばれる霊魂結合の儀式を行なっているという。脅迫や拷問によって犠牲者の意志を奪って奴隷とし、相手の意志が完全になくなったところで殺す。すると犠牲者の霊魂に宿る魔力がファードの中に流れこみ、力が増強されるのだ。ファードは、その潜在能力が花開き始めたばかりの十五歳から十六歳の少女ばかりを狙っていた。ベインの説明を聞くうちに、胃がむかむかしてきた。魔力を吸い取るためにレヤードとムグカンがイクシアで進めていた企《たくら》みと、腹が立つほど似ている。レイプや殺害はしていないとはいえ、彼らも三十二人の虜囚を拷問し、霊魂を奪った。おぞましいことに変わりはない。

ファードは十一の霊魂をすでに手に入れている。儀式によれば、十二番目の霊魂は自ら進んで彼に下らなければならないらしい。だから最後のひとりは、誘拐するわけにはいかないのだ。しかし儀式がやり遂げられれば、ファードには無限に近い力が与えられる。

なぜトゥーラが最初の襲撃で死なずにすんだのか。その疑問については議論の末、儀式の途中で人に見つかりそうになり、ファードが逃げたからではないかという結論に達した。「イレーナには常時護衛をつける必要がある」アイリスの一言で、わたしの意識は会議室に戻った。「奴を見つけられなかった場合には、人質交換の場所近くで待ち伏せして捕らえればいい」

魔術師たちの話し合いは続き、わたしには意見を出す余地などないように思えた。それならそれでいい。自分でファードを見つけるか、人質交換に赴くまでだ。わたしはトゥーラを助けられなかった。オパールまで同じ目に遭わせるつもりはない。

会議が終わると、議会からの伝令が現れ、ローズに巻物を渡した。ローズはそれを読み、いかにも不快そうに紙をアイリスに突き出した。読んだとたん、アイリスが肩を落とした。

〝また何か悪い知らせ？〟アイリスに尋ねた。

〝別の厄介事だ。こちらは生きるか死ぬかの問題ではないが、それでも、時機が悪いとローズは言う。少なくとも、これはおまえが外交術を磨く新たな機会となるだろう〟

〝どういうことですか？〟

〝イクシアの使節団が六日後に到着する〟

〝そんなに早く？〟つい先日、議会の伝令が出立したばかりだと思ったのに。

〝イレーナ、あれから五日が経過しているんだ。イクシアとの国境まで馬で二日、そこから最高司令官の城まで半日だ〟

五日？　あまりにもいろいろなことが起こりすぎて、終わらない一日を過ごしただけ……そんな気分だった。シティアに来てまだふたつと半分の季節しか経《た》っていないということも、とても信じられない。半年近くが一夜で過ぎてしまったような感じだ。ヴァレクに会いたい気持ちは変わらない。イクシアの使節団に会ったら、もっと恋しくなってしまうだろう。

ほかの人々に続いて会議室を出た。外の廊下でジトーラがわたしの腕に腕を絡ませてきた。「手伝ってほしいの」ジトーラは管理棟を出ると、自分の塔のほうにわたしを導いた。

「でも――」

「少し休みなさい。オパールを捜しに行ったりしないで」

「でも、結局は行きます。おわかりだと思いますけど」

ジトーラはうなずいた。「それでも、今夜はやめておきなさい」

「何を手伝えばいいんですか？」

ジトーラが悲しそうに微笑《ほほえ》んだ。「トゥーラの哀悼旗を作るの。ご両親には頼めないわ。ますます悲しませるだけだから」

わたしたちはジトーラの塔に入り、二階分階段を上って作業場にたどりついた。広い部屋は座り心地のよさそうな椅子や、裁縫道具や画材が散らばるテーブルでいっぱいだ。

「わたしのお針子としての技量は、あまり褒められたものじゃないの」ジトーラは室内を動きまわって生地や糸を集め、椅子の近くの空っぽのテーブルに置いた。「でも練習不足のせいじゃないのよ。縫い物も刺繍《ししゅう》もできるけど、絵を描くほうが得意なの。時間があるときは、絹地に絵を描く実験をしているの」

集めた素材を満足げに眺めたあと、ジトーラは別の布の山から白いシルク地を引っ張り出した。それから物差しで測り、縦一メートル、横一・五メートルの長方形を切り出した。

「地の色は、トゥーラの純粋さを表す白がいいわ。その上に何を重ねたらいいと思う?」

ぼやっとしているわたしを見て、ジトーラは説明した。「わたしたちは死者に敬意を表するために哀悼旗を作るの。旗にその人自身を表現する。だから、その人の人生を作り上げていたもので装飾するの。そして旗が掲げられたとき、その人の魂が空に解き放たれる。トゥーラを一番象徴するものって、なんだと思う?」

わたしの頭にたちまちファードの姿が浮かんだ。毒蛇、苦痛の赤い炎、キュレアの小瓶を次々に連想する。わたしは眉をひそめた。トゥーラの魂を解き放つことなどできるのだろうか? わたしがそばを離れたせいで、トゥーラはファードの霊魂の闇の中に囚《とら》われてしまったのだ。

「ほんとにずる賢い悪魔よね」わたしの心を読んだのか、ジトーラが言った。「城塞で暮らすほどの大胆さを持ち、わたしたちの目と鼻の先で人を殺して、あなたに罪悪感を植えつけた。なかなかの手だれと言えるわ」

「その話し方、わたしの知っている《物語の紡ぎ手》みたい」

「褒め言葉と取っておくわ」ジトーラは色とりどりの絹の端切れを繰っていく。「でもね、もしあなたがあのときアイリスの言いなりになって行動を起こさなかったら、殺人鬼はトゥーラだけでなく、あなたの霊魂も手に入れたはずよ。あんなに弱っていたし」

「すでに体力は回復していました」アイリスは、ヴァレクの協力があったことについては表沙汰にしないほうがいいと判断したらしい。

「アイリスのあとを追いかけたくて無理したからでしょう?」ジトーラが細い眉を片方吊《つ》り上げる。

「だけど、進んでファードの言いなりになるなんて、そんなことはしません」

「本当に? 身代わりになるならトゥーラを殺さないと、あいつが約束したら?」

わたしは言い返そうと口を開き、それからまた閉じた。ジトーラの言うとおりだ。

「一度でもそれに同意するようなことを言ったり、行動で示したりしたら終わり。もう取り返しがつかないし、どのみち奴はトゥーラを殺したかもしれない」ジトーラはテーブルの縁に沿って色鮮やかな端切れを並べた。「あなたがじっとしていたら、きっとふたりとも命を落とし、わたしたちはサンドシード族の情報を得ることもできなかったはずよ」

「慰めてくれているんですか?」

ジトーラは微笑んだ。「さて、トゥーラの旗に何を入れる?」

答えがひらめいた。「スイカズラと、尖《とが》った葉についた一滴の雫、それからガラスの動物たちを」

トゥーラがガラスで作った動物の置き物の話は、オパールから聞いた。そのほとんどを、トゥーラは売ったり、贈り物として人にあげてしまったりしたそうだが、いくつかは今もベッド脇に飾ってあるという。オパールの旗には何を縫うか、という不吉な考えが一瞬浮かび、わたしは慌ててそれを頭の隅に押しこんだ。絶対にオパールをファードに殺させはしない。

ジトーラは絹地の上に形を描いていき、わたしがそれを切り取った。ジトーラから合格のお墨付きが出ると、次に白い絹地の上に並べていく。スイカズラは旗の縁を飾り、中心に伸びる尖った葉のまわりを動物が輪になって取り囲む。

「すてき」ジトーラの目が悲しげにきらめいた。「さあ、退屈な作業の始まりよ。部品を全部、下地の布に縫いつけましょう！」

わたしはトゥーラのために、必死に針を動かした。しばらくすると、そろそろ部屋に戻って少し眠りなさいとジトーラに言われた。

「この間の約束、忘れないでね」階段を下り始めたわたしに、ジトーラが声をかけた。

「忘れません」

ジトーラが戻った今、やっと護身術指導を始められる。練習の日程を考えるのに夢中になっていると、驚いたことに、ジトーラの塔の外でふたりの衛兵がわたしを待ちかまえていた。

「なんの用？」わたしはボウを引っ張り出しながら告げた。

「第四魔術師範の命令です。あなたには常時護衛がつきます」背の高いほうの衛兵が言った。

むっとして鼻を鳴らした。「兵舎に戻って。自分の身は自分で守れるから」

衛兵たちはにやりとした。

「そう言うはずだと師範に言われました」もうひとりの男が言う。「われわれは師範の命令に従います。もしわが部隊があなたを守りきれなかったら、これから一生、便器掃除だ」

「わたしを護衛するのは、たぶんすごく大変だと思う」警告しておいた。

ふたりは頑《かたく》なに肩をそびやかせたままだ。

「便器掃除よりひどいことが、あなたにできるわけがない」大男のほうが言う。

わたしはため息をついた。このふたりをまいてオパールを捜しに行くのは至難の業だろう。だからこそアイリスは彼らをわたしの護衛につけたのだ。一刻も早くわたしが出かけたがっていることは、アイリスも先刻承知だった。

「とにかく、そこをどいて」衛兵たちに背を向け、実習生棟へ向かった。

暗い構内は喪に服しているように見え、不穏な静けさに満ちていた。トゥーラの哀悼旗掲揚の儀式は夜明けに行なわれる予定だった。

それでも日々は続く。わたしは午後にはアイリスのもとで魔術の訓練を受けるだろう。カーヒルからはすでに、夕方の乗馬訓練の予定について念を押されている。それにムーンマンとの約束も守らなくてはいけない。そんなふうに日常は、オパールの身に危険が迫っているにもかかわらず、相も変わらない。あるいは、変えないように努めなければならないのだろうか?

護衛たちは、室内に侵入者がいないかどうか確認するまで、わたしを部屋に通そうとしなかった。だが、そのあとは部屋の外に出て、室内まで付き添うつもりはないらしい。でも、わたしがきっと〝脱走〟を試みると、アイリスから警告されたのだろう、寝室の窓から外を見ると、そこに衛兵のひとりが立っていた。わたしは窓を閉め、鎧戸《よろいど》を下ろした。

護衛たちは両方の出口を塞いでいた。ダックスのにやにや笑いが目に浮かぶようだ。きっとあとから、わたしの護衛たちについてほかの生徒が囁《ささや》いていた醜聞や噂話《うわさばなし》を、大喜びで話して聞かせてくれるはずだから。

苛立《いらだ》ちながらベッドに腰かけ、とりあえず脱走するのはあきらめた。枕の心地よい柔らかさに呼ばれ、つかのま休むことにした。そうして頭をはっきりさせて、ふたりの影法師を煙《けむ》に巻く方法を考えよう。

それから五日の間に、一度だけ脱走に成功した。哀悼旗作りをするジトーラを手伝った翌朝、執り行なわれた旗掲揚の儀式に臨んだわたしは、アイリスの横に立った。

トゥーラの身体は白い麻布にくるまれ、哀悼旗に覆われた。両親がむせび泣く中、カーワン族の族長が遺体にやさしい言葉をかけた。魔術師範は四人とも出席している。ジトーラはハンカチを涙で濡《ぬ》らしているが、わたしは感情に蓋をしてオパールに思いを馳せ、必ず見つけてみせると決意を新たにした。

トゥーラの遺体は故郷に運ばれ、家族の墓地に埋葬される予定だった。しかしシティアでは、この別れの儀式の間に彼女の魂が旗に乗り移ると信じられていた。哀悼旗がローズの塔の上ではためいたとき死者の魂が空に解き放たれるのだと、みな考えているのだ。

だが、わたしはそうは思わなかった。トゥーラの魂はファードの中に囚われていて、奴が死んで初めて、トゥーラは自由になれるのだ。わたしにとってトゥーラの旗は、わたしたちが人質交換に同意したとファードに知らせるだけでなく、奴を見つけて悪行を止めるという決意の象徴でもあった。

そして儀式の翌朝、わたしは護衛たちを浴室に誘いこんだ。浴槽や更衣室は授業に向かおうとする生徒たちで混みあい、わたしはみんなに訝《いぶか》しげに見られながらも、何人かの初級生たちにお金を握らせ、裏口近くで騒ぎを起こして人目をそらしてほしいと頼んだ。

作戦はうまくいき、わたしは浴室から飛び出した。そして、門に立つ衛兵たちがわたしだと認識する前に、養成所からも飛び出した。門の衛兵たちは入ってくる者を厳しく監視するが、出ていく者に関しては何か事件でもない限り、通り一遍の関心しか示さないのだ。

護衛たちをまくと、まずはフィスクとその仲間を捜した。市場はようやく活動を始めたところだった。こんなに早い時間に屋台の間をぶらつく客はごくわずかだ。わたしは、仲間たちとサイコロ遊びをするフィスクを見つけた。

フィスクもわたしに気づき、駆け寄ってきた。「かわいいイレーナ、今日はどんなご用？」にっこりと笑う。

ほかの子どもたちもわたしを取り囲み、指示を待つ。みんな清潔になり、面倒をちゃんと見てもらっているようだ。それぞれ家族のためにお金を稼いでいるらしく、ファードの一件が解決したらもう少し力になってあげようと心に誓った。そういえば養成所の庭師がひとり足りないことを思い出し、彼らに告げると、さっそく女の子のひとりが父親に報告しに走って帰ったのでほっとした。

「案内が必要なの」わたしはフィスクに頼んだ。「城塞内の近道や隠れ場所を全部教えて」

裏道や人目につかない一画を案内してもらいながら、わたしは城塞内の人々について尋ねた。誰か新顔はいない？　怪しい行動をしている人は？　男に連れられた怯《おび》えた様子の少女を見なかった？　あれこれ面白い話でおおいに楽しませてもらったものの、わたしが求めている情報ではなかった。移動しながら、周囲の家々を魔法で捜索する。オパールはいないか、ほかの誰かの魔法の気配や、少女の行方の手がかりはないか。

その日は一日たっぷり捜索に費やし、中断したのはお腹《なか》が空いたときだけだった。フィスクはわたしを市場一の焼き肉屋に連れていってくれた。肉汁たっぷりの牛肉を頬張りながら、このまま夜遅くまで捜索を続け、それから寝る場所を探そうと決めた。約束の日まで、オパールを捜す時間はまだ充分ある。

少なくともわたしはそのつもりだったが、それもアイリスと衛兵たちの不意打ちを受けるまでのことだった。魔法の煙幕に隠れてアイリスたちはわたしに近づき、気づいたときにはもう遅く、次の瞬間、ふたりの衛兵に腕を掴《つか》まれていた。アイリスはわたしの身体の自由を奪い、強固に築いたつもりでいた心のバリアをやすやすと破って中に入ってきた。魔術師範が全力を出せば、わたしの防御壁など塵《ちり》と化してしまう。動くことも話すこともできず、わたしはただアイリスを呆然《ぼうぜん》と見つめるばかりだった。

確かに朝はアイリスの授業をさぼったし、わたしを捜そうとする彼女の魔力を避けた。けれどアイリスなら、はやる気持ちをわかってくれると思ったのだ。だから、まさかここまで怒るとは思っていなかった。

衛兵たちは怯えた神妙な表情でわたしの腕を掴んでいる。

〝二度と養成所を出てはならないし、護衛から逃げてもならない。さもなければ、養成所の牢屋《ろうや》に閉じこめる。いいな？〟

〝わかりました。わたしは――〟

〝見張っているからな〟

〝でも――〟

アイリスはいきなりぶつんと繋《つな》がりを切り、わたしは頭を殴られたような衝撃を覚えた。でも、身体はまだアイリスの魔法に締めつけられている。

「養成所に連れていけ」アイリスは衛兵たちに命じた。「それから部屋に運べ。部屋から出すのは授業と食事のときだけ。二度と見失うな」

アイリスの刺すような視線を受けて、衛兵たちは縮み上がった。大男のほうが、身動きできずにいるわたしを抱え、肩に担ぎ上げる。わたしはそのままの格好で、城塞内から養成所の構内を抜けて自室のベッドに担ぎ下ろされるまで、さらし者になった。

翌朝になってやっと身体の戒めが解かれたが、まだアイリスの魔法の帯が喉に巻きついているような気がした。その頃には、行く手を遮る者は誰でも絞め殺したいほど、苛立ちが募っていた。伝染病を患う患者か何かのようにみながわたしを避けるので、鬱憤のはけ口となったのは、構内を移動する間ずっとわたしから離れない護衛たちだけだった。

三日間この地獄を味わったあと、今わたしは、議事堂の大広間でアイリスの横に立ち、イクシアの使節団の到着を待っていた。アイリスは授業時間を使って、シティアの正式な外交儀礼と手順についてわたしに教授した。授業中は、課題以外の話題を口に出すことを禁じられた。オパールの捜索の進捗状況はいっさいわからず、もどかしさで胸が締めつけられた。

　大広間は、十一の部族と魔術師範それぞれを表す巨大な絹の旗で飾られている。天井から下がる色とりどりの旗は、三階分の壁を垂れて、床まで届いている。旗と旗の間に細長い窓が顔を出し、そこから差しこむ日差しが床に金の縞模様《しまもよう》を描く。議員たちは銀糸の刺繍が入った絹のローブという正装姿、魔術師範たちは儀式用のローブと仮面をつけている。

　アイリスの鷹《たか》の仮面は、彼女がアンブローズ最高司令官のもとを訪れたときに見たので知っていたが、ほかの師範たちの仮面は興味深かった。第一魔術師範のローズ・フェザーストーンは青竜の仮面。第二魔術師範のベイン・ブラッドグッドは豹皮《ひょうがわ》の仮面。そして、白い一角獣の仮面をかぶっているのが第三魔術師範のジトーラだ。

　フィスクによればそれらの生き物は、魔術師たちが黄泉《よみ》の国を旅する間、そして人生を通じてずっと、彼らを導く役目をするのだという。彼らは、師範試験に臨み、それに耐える間にそれぞれの生き物と出会う。わたしが集めたわずかな情報によれば、その試験というのはすさまじい苦行らしい。

　カーヒルは《新たな始まりの宴》のときに着ていた、銀色の玉縁を施した群青のチュニックに身を包んでいる。ブロンドの髪がよく映える色で、表情は硬いものの、王者の風格が漂っていた。敵の弱点を探るために出席したカーヒルは、なるべく口を慎んで下手な注目を浴びないようにすると約束していた。そうでもしなければ、歓迎式典への立ち入りを議員たちに禁じられていたはずだ。

わたしはそわそわして、式服の広い袖口をまくり上げた。色は淡い黄色で、飾り気のない綿地の裾が足に触れるほど長く、ジトーラにもらった黒いサンダルがのぞいている。喉元をさすり、ローブの襟をぐいっと引っ張った。

〝どうした？〟アイリスが尋ねてきた。姿勢は直立不動だが、非難が伝わってくる。

部屋に軟禁されて以来、アイリスが呼びかけてきたのは初めてだった。できれば無視したかった。こんな厳しい罰を与えられて怒りはおさまらず、血がたぎっていた。今でもアイリスの魔法が首のまわりにまつわりついているのがわかる。監視すると言ったのは、冗談でもなんでもなかったのだ。でも、アイリスの魔法を退けるために魔力を使えば消耗するだろうし、ふたたび彼女の怒りを煽《あお》るほどの度胸はわたしにはない。

〝あなたが繋いだ紐《ひも》が擦《こす》れるんです〟冷たく言い放つ。

〝なるほど。これでおまえも人の話に耳を傾け、行動する前に考えるべきだと思い知るだろう。人の判断を信じるべきだ、と〟

〝すでに思い知りました〟

〝何を？〟

〝最高司令官の得意とする容赦ない戦術は、決してイクシア特有のものではなかったのだ、と〟

〝イレーナ〟アイリスの態度が和らぎ、わたしの首にはまっていた固い魔法の首輪も消えた。〝仕方がなかったんだ。今までは運がよかったんだ。おまえには無鉄砲なところがある。こうと決めたらがむしゃらに突き進む。今まではおまえの魔力を手に入れたら、もう誰にも止められないと、わからせるすべがほかになかった。そうなればシティアは奴の思うがままだ。この件は、おまえや、おまえの復讐《ふくしゆう》心《しん》だけの問題ではない。わたしたち全員に影響を及ぼす。行動を起こす前にあらゆる選択肢を慎重に考慮する必要がある。それがシティアの流儀だ〟アイリスはため息をついて首を振った。〝魔力の制御法を完全に身につけ、殺人鬼が見つかったあかつきには、おまえの好きなことをして、好きなところに行くがいい。シティアを安全で豊かな国にするために手を貸してほしいと思っていたが、予想のつかない行動をとりがちなおまえは、わが共同体にとって危険因子にしかならないかもしれない〟

アイリスのその言葉が、怒りの靄《もや》を貫いた。なんでも好きなことをしていいだなんて、たぶん、言われたことがなかった。そんな選択肢を与えられたのは生まれて初めてだ。なんの不安もなんの義務もなく、キキと一緒にシティア中を旅する自分を想像した。そう、ぶらぶらと気ままに。ある町から別の町へ、それぞれの文化を味わいながら移動する。あるいは、父と密林内の木に登り、さまざまな植物の薬効を習う。あるいは、イクシアにこっそり忍びこんで、ヴァレクに会いに行く。考えただけでわくわくする。

だが、すべてはファードを捕らえ、ムーンマンとの約束を果たしてからの話だ。シティアの流儀を身につける努力をしようと決意を新たにし、こう告げた。〝アイリス、わたしにもオパールを見つけるのを手伝わせて〟

わたしの気持ちを見抜いたのか、アイリスはこちらに目を向けて表情を探った。〝イクシアの使節団との外交儀礼のあと、会議が予定されている。出席するといい〟

そのとき、一列に並ぶトランペット奏者たちが使節団の到着を告げるファンファーレを奏で、わたしは礼服の袖をもとに戻した。イクシア人の一団が堂々と部屋に入ってくると、たちまち大広間内がしんと静まった。

女の大使が行列を率いていた。誂《あつら》えの黒い軍服が彼女に威厳を与え、襟にはダイヤモンドがふたつ輝いている。この任務のために貴重な宝石を身につけることを許すくらいだから、最高司令官はこの大使を相当買っているのだろう。長くまっすぐな髪は白髪交じりだが、アーモンド形の目には強い生気が宿っている。

突然、彼女が誰かわかった。

24

急いでほかの随行員の顔を眺めた。大使の一歩後ろを歩く副官は、大使と同じ軍服を着ているが、襟の赤いダイヤはただの刺繍《ししゅう》だった。穏やかなその顔には見覚えがなかったので、視線をよそに移す。

衛兵の中にはいくつか見知った顔があったが、中ほどに近いところにいるふたりの大尉に目がとまった。アーリの盛り上がった筋肉で、軍服の縫い目ははち切れそうだった。日差しを浴びると、ブロンドの巻き毛が白に近く見える。わたしを見ても表情を崩さなかったが、笑みを必死にこらえているせいか、頬にみるみる赤い斑点が広がった。

その横を歩いているのがジェンコで、イクシアで別れたときより元気そうに見えた。あのときは青白い顔が痛みに歪《ゆが》み、立つ力さえなかった。ムグカンの手下からアイリスを守った結果だ。今ではその細身の身体は彼特有のしなやかな動きを見せ、肌もよく焼けていた。生真面目な顔でわたしをちらりと見たが、その目がいかにもうれしそうに、いたずらっぽくきらきら光るのがわかった。

ふたりと会えたのはうれしかったけれど、わたしはまだ捜し続けた。ローブ越しに蝶《ちょう》の首飾りを握りながら、衛兵の顔をひとりひとり見ていく。いるはずだった。最高司令官がイクシア大使のふりをしてここにいるからには、ヴァレクも付き添っているはずだ。

だが、ヴァレクはアンブローズ最高司令官の秘密を知らない。男の心を持つ女として生まれた司令官のいわゆる〝性転換〟について知っているのは、わたしだけなのだ。大使が司令官であることを知らないなら、ヴァレクは、誰かは知らないが最高司令官の替え玉と一緒にイクシアにいるだろう。

あるいは、最高司令官がほかの任務につかせたのか。いや、最悪の場合、わたしにエネルギーを分けてくれたあのときから、まだ回復しきっていないのかもしれない。身体が弱っている間に怪我《けが》をしたとか。それとも、ひょっとして……代表者たちが正式な挨拶を交わす間、頭の中をさまざまな恐ろしい筋書きが駆け巡った。

挨拶なんて早く終われとわたしは念じた。ヴァレクについてアーリとジェンコに訊《き》きたくて、もどかしさが胸の奥で膨らんでいく。

ヴァレクのことを考えるうちに、いつしかわたしの視線は大使の副官のほうにさまよい出した。まっすぐな黒い髪が顔の両側に落ち、ふわっと頬を覆っている。ずんぐりした鼻の下には血の気のない唇、貧弱な顎。室内にいる議員や魔術師をぼんやり眺める青い瞳には知性のかけらもなく、飽き飽きしているように見える。

その目と目が合った次の瞬間、サファイア色の稲妻がわたしの心臓を貫いた。あの男め。その場でヴァレクを殴り、そして胸の中に飛びこみたかった。

ヴァレクはいっさい表情を変えなかった。わたしと目が合ったことなどおくびにも出さず、また議員団に意識を戻す。儀式の残りの時間がわたしには耐えがたかった。

儀式が終わるのを待ちきれず、ヴァレクの心と繋《つな》がろうと試みた。しかし、どんな魔術師範のそれより強力な不落の防御壁がわたしを跳ね返した。魔力を感じたヴァレクはわたしに目を向けた。

格式張った儀式や挨拶が終わると、イクシア使節団に飲み物が供され、人々は小さな輪に分かれた。わたしは、背中に金属製の竿《さお》を結びつけてでもいるかのように背筋をぴんと伸ばし、大使の近くに立つアーリとジェンコのほうに行こうとしたが、一族の族長バヴォル・カカオに呼び止められた。

「おまえの父親から伝言を預かっている」バヴォルはわたしに小さな巻紙を渡した。

わたしはバヴォルに礼を言った。バヴォルが城塞に到着して以来、言葉を交わすのはこれが二度目だった。一度目は、ナッティがわたしに縫ってくれた服を届けてくれたときだ。友人たちと話をしたいのは山々だったが、一族の様子について尋ねた。

「相変わらず小さな問題の解決に奔走しておる。今は、森にはびこり、家の壁まで侵食しつつある黴《かび》と闘っているよ」バヴォルは微笑《ほほえ》んだ。「イーザウならきっと解決してくれるさ。では失礼するよ。大使の泊まる寝室の用意ができているか確認してこなければ」

立ち去ろうとするバヴォルの袖に触れる。「どんな寝室ですか？」わたしは尋ねた。

不思議そうな顔でバヴォルは答えた。「この国で最も贅沢《ぜいたく》な部屋だ。城塞の客用寝室にはすべてが揃《そろ》っている。なぜだね？」

「大使は贅沢を好みません。余計な装飾は除いたほうがいいかもしれません。簡素で上品なほうが喜ばれると思います」

バヴォルは考えを巡らせた。「あの大使は最高司令官のいとこだ。会ったことがあるのかね？」

「いいえ。ただ、最高司令官の贅沢嫌いに、イクシアの人々はたいてい同調しています」

「わかった。室内の装飾を変えさせるとしよう」バヴォルは急いで出ていった。

わたしは巻物の封蝋《ふうろう》をはずした。紙を広げて読み、思わず目をつぶった。わたしの人生の物語が絡みあってもつれ、大きな結び目ができる様が心の目に浮かんだ。

手紙によると、イーザウとパールは今、わたしに会うために砦《とりで》に向かっている最中だという。満月の五日前に到着する予定らしい。

あとはほかに誰が現れる？　たとえレヤードとムグカンが地獄から戻ってくるという伝言を受け取ったとしても、もう驚かない。

手紙をしまい、わたしは首を振った。いずれにしても、今わたしにできることは何もない。両親が到着したら、そのとき対応しよう。そう決めて、イクシアの人々に近づいた。

大使は第二魔術師範のベインと話をしている。

大使の金色の瞳がちらりとわたしに向けられた。ベインが話を中断してわたしを紹介した。「サイネ大使、これはイレーナ・リアナ・ザルタナ魔術師実習生です」

わたしはイクシア流に大使のひんやりした手を握って挨拶し、それからシティア流に正式なお辞儀をした。

大使もお辞儀を返した。「いとこから話は聞いています。勉強の進み具合はいかが？」

「おかげさまでとても順調です。最高司令官にくれぐれもよろしくお伝えください」

「わかりました」サイネ大使は副官のほうに向き直った。「これはイロム顧問官です」

わたしは曖昧な表情で顧問官のだらんとした手を握った。ヴァレクはもごもご挨拶を口にし、それから、時間も意識もたいして注ぎこむ必要のない相手だとでもいうように、わたしを無視した。演技だとわかってはいたけれど、まったく意に介さない様子を見ると、もしかして心変わりしたのではと不安になる。

でも、くよくよしている時間はなかった。ベインがサイネとイロムをほかの議員に紹介しに行くと、アーリがいきなりわたしをぎゅっと抱いた。

「その服、いったいどうしたんだ？」ジェンコが尋ねた。

「皺《しわ》だらけの軍服よりまし」言い返した。「それより、その髭《ひげ》に交じってるのは白髪？」

ジェンコは山羊髭を撫《な》でた。「剣でやりあったときの置き土産さ。というか、剣が俺とやりあったとき、と言ったほうがいいかな」ジェンコの目が輝いた。「傷跡を見るか？すごいぞ」そう言って、ズボンからシャツを引っ張り出し始めた。

「ジェンコ」アーリがたしなめた。「僕らはシティア人と親しくしちゃいけないんだ」

「でも、イレーナはシティア人じゃない。そうだろ、イレーナ？　俺たちを捨てて南の人間になっちまったりしないよな？」ジェンコがふざけて怯《おび》えたような声を出す。「もしそうなったら、せっかくの贈り物を渡せないよ」

わたしは飛び出しナイフを取り出し、そこに彫られた文言をジェンコに見せた。「この〝敵の包囲をともに耐え抜き、互いのために戦い、永遠の友情を誓う〟はどうなるの？　わたしが正式に南の人間になったら、反故《ほご》になる？」

ジェンコは顎髭を撫でながら考えこんだ。

「いや」アーリが代わりに答えた。「たとえ君が山羊になっても、この誓いは変わらない」

「ただし、山羊乳のチーズを俺たちに作ってくれたらな」ジェンコがつけ加えた。

アーリは呆《あき》れたように薄青色の瞳をぐるりと回した。「いいから贈り物を渡せ」

「ヴァレクからだ」ジェンコは荷物を引っかきまわした。「ヴァレクは使節団に同行できなかったんだ」

「来るのは自殺行為だ」アーリが言い添えた。「ヴァレクがこの地に足を踏み入れたら、すぐに捕えられて処刑されてしまう」

急にヴァレクのことが心配になった。広間内を見回し、ほかにも彼の正体に気づいた者がいないか確かめたが、みんな会話に夢中になっているように見える。しかしカーヒルだけは別だ。ひとり人々から離れて立ち、イクシア人を眺めている。わたしと目が合うと、眉をひそめた。

よし、というジェンコの誇らしげな声がしたので、わたしはまた友人たちに目を戻した。ジェンコの手のひらにあるものを見たとたん、カーヒルのことは頭から吹き飛んでしまった。銀色にきらめく黒い蛇の彫像がとぐろを巻いていた。鱗《うろこ》がその背中に沿ってダイヤ模様に彫りこまれ、小さなサファイアの目がふたつ輝いている。ヴァレクの作品だ。

「これ、腕輪なんだ」ジェンコはわたしの手を取ってその蛇を滑りこませた。腕輪は腕にちょうどはまった。「俺には小さすぎてね」と冗談めかして言う。「だからヴァレクに、おまえにやったほうがいいと提案したんだ。やっぱりぴったりだ」

わたしはその贈り物に目をみはった。なぜヴァレクは蛇を選んだのだろう？　不安が渦を巻いて身体の奥に下りていく。

「君がいなくなってから国は静かなものさ」アーリが言った。「部隊の一員でもないのに、ヴァレクはジェンコには狐《きつね》の、僕には馬の彫刻を作ってくれたんだ。どちらも僕らにとっては宝物だよ」

わたしたちは、アーリとジェンコが寝室に向かう大使に従わなければならなくなるまで、話しこんだ。サイネ大使とイロム顧問官の護衛を交替制で担当することになるが、また話をする時間ぐらいは取れるだろうとふたりは請けあった。わたしは、城塞内や、可能なら魔術師養成所も案内すると申し出た。

大広間を出ようとしていたわたしを、アイリスが捕まえた。そして、オパール捜索会議に向かう間、城塞の通りを一緒に歩いた。儀式の間は目立たないようにしていたとはいえ、いっときもわたしのそばを離れないふたりの護衛もついてきた。

「ジェンコはとても元気そうだったな。あれほどの重傷を負ったことを思えば、めざましい回復だ。ほっとしたよ」

アイリスの言葉で、《物語の紡ぎ手》の話を思い出した。オパールや使節団を巡る騒動で忙しく、ムーンマンの談話についてアイリスと話しあっていなかった。

「アイリス、《霊魂の探しびと》って？　わたしの――」

〝それ以上口には出すな〟アイリスがわたしの心に注意した。〝人に聞かれてはまずい〟

〝どうして？　なぜそんなに恐れるんですか？〟わたしはヴァレクの腕輪に拠《よ》りどころを求め、腕にはめたそれをくるくる回した。

アイリスはため息をついた。〝シティアの歴史には勇敢な名魔術師が大勢登場する。彼らが部族をひとつにまとめ、戦争を終わらせたんだ。残念ながら、酒場や子どもたちの前では語れない話もある。悪をなした一部の魔術師の話などは、暖炉のそばでこっそり囁《ささや》かれるものだ。ムグカンの犯罪、そして今回のオパール誘拐犯と立て続けに事件が起きている今、《霊魂の探しびと》の噂《うわさ》や逸話が出まわるのは好ましくない"

アイリスは鷹《たか》の仮面についた茶色い羽根をいじっている。"およそ百五十年前に《霊魂の探しびと》は生まれた。彼は黄泉《よみ》の国からの贈り物だと見なされた。強力な魔力を持ち、人々の霊魂に力を及ぼし、心と身体の両方の痛みを癒《いや》した。やがて彼には、身体を離れて空に飛んでいく前の霊魂を捕らえ、死者を目覚めさせる力があることがわかった。ところが、何かが起きた。それが何かはわからずじまいだったが、奴《やつ》はすっかりひねくれ、人を助ける代わりに、利用するようになった。霊魂を自分のもとに保管し、戻さずに死者を目覚めさせる。心を持たない怪物たちは奴の命令に従い、無慈悲にどんなことでもした。こういう能力は『倫理規範』を逸脱すると考えられる。奴はそのでく人形の軍隊の力で長い間シティアを支配し続けたが、それを終わらせたのが魔術師範たちだ"

わたしに質問する隙も与えず、アイリスは話を続けた。

"イレーナ、おまえにはこの《霊魂の探しびと》と同じ力がある。おまえがトゥーラの息を吹き返らせたとき、わたしは衝撃を受け、ローズは危機感を覚えた。だから、おまえが護衛たちをまいたことをあんなに厳しく叱ったんだ。わたしの力でおまえを制御できると、ローズに証明しなければならなかった。だが今日、おまえのおかげでわたしが間違っていたと気づいた。かつて《霊魂の探しびと》を追いつめたのも、圧倒的な力を目にしてみんなが恐慌を来したせいだったのかもしれない。おまえのことを勝手に分類する前に、まずは能力を測る必要がある。わからないぞ、もしかしたら魔術師範にだってなれるかもしれないんだ〟

思わず笑った。アイリスがいともたやすくわたしを奇襲し、魔法の防御壁を崩したことを思い出したのだ。「それはありえません」口に出して言った。それに、わたしが《霊魂の探しびと》だというムーンマンの指摘も、やはりありえない。事実、トゥーラの霊魂は盗まれてしまった。息を吹き返させることはできても、霊魂なしには目覚めさせることはできなかった。《霊魂の探しびと》の能力の一部は備わっているかもしれないとはいえ、すべてではないのだ。

養成所の入口に近づいたとき、汚い外套《がいとう》をまとって壁際にうずくまり、コップを振っている子どもの物乞いに気づいた。どうやら目をとめたのはわたしだけらしい。そっとそばに寄ってコップに硬貨を一枚落とすと、物乞いが目を上げた。そこに見えたのはフィスクの笑顔だった。少年はすぐにまた顔を隠すと、小声で囁いた。「捜している男の情報が手に入ったんだ。明日、市場に来て」

「おい、おまえ！　お嬢さんを困らせるのはやめろ」護衛が怒鳴った。

わたしは振り返って護衛を睨《にら》んだ。目を戻したとき、フィスクはもういなかった。

わたしは考えこんだ。明日は護衛をまいてフィスクに会いに行こうと本能的に思ったが、これこそイクシア流のやり方だ。だからシティア流のやり方を試してみることにした。みんながどんなふうにオパールを捜索したのか、まずは聞いてみよう。

会議室では、リーフがテーブルに身を乗り出して地図を調べていた。わたしに気がつくと驚いた顔で声をかけてきたが、わたしは返事をせず、たちまち喉元までせり上がってきた怒りをなんとか押し殺した。リーフの身体を揺さぶって十四年前のことを問い詰めたくて仕方がないのに、どうやってムーンマンとの約束を果たせばいいのかわからなかった。

アイリスが沈黙を破って、それまでの成果について説明してくれた。城塞内をいくつかに区分して各区分に魔術師をひとりずつ割り当て、サンドシード族の族長ハルン議員は、城塞と接するアヴィビアン平原の区画を部下たちに捜索させたという。だが、手がかりは何も見つかっていなかった。

そのとき、ローズが、ベインを引き連れて会議室に入ってきた。「城塞内のすべての建物に衛兵を送り、捜させよう」

「そんなことをすれば、オパールの命が危なくなります」わたしは反対した。

ローズが鼻で笑った。「誰がおまえをここに入れた？」アイリスをじろりと睨む。

「イレーナの言うとおりだ」アイリスも反対した。「捜索の噂が、木造の小屋を焼く炎みたいにあっという間に広がり、犯人が警戒する」

「では、ほかに何かアイデアは？」

「あります」沈黙をものともせず、わたしは言った。

全員の目がわたしに向けられた。ローズの冷たいまなざしで血が凍った。

「人目を引かずに情報を集められる友人たちが城塞内にいます。すでに彼らは何か掴《つか》んだらしく、明日市場で会わなければなりません」みなの返事を待つ間、わたしは袖越しに、手首につけたヴァレクからの腕輪をひねっていた。

「だめだ」ローズが言う。「罠《わな》かもしれない」

「今さらわたしの身を案じてくださるなんて感激です。でも、本当のところはわたしを警戒しているだけでは？」

「ふたりとも、そこまでにしなさい」ベインが割って入った。「目の前の問題に集中しようではないか。その情報源は信用できるのかね、イレーナ？」

「はい」

「イレーナが市場に買い物に行くのは、特に珍しいことではない。護衛もついていく」アイリスが言い添えた。

「護衛がいると、わたしの情報屋が怖がります」計画を実行するには仕方がない。「それに、彼らに案内してもらうとなれば、すばやく移動しなければなりません」

「しかし護衛は必要だ。衛兵を変装させてもいい」アイリスがなおも言う。

「いいえ、わたしに必要な護衛は彼らじゃありません。武力で襲われても身を守れます。でも、魔法には対抗できない」アイリスなら、強力な味方になってくれる。

アイリスはうなずき、それからわたしたちは、明日のための計画を練った。


会議のあと、食堂に行って食料を調達し、キキとトパーズのために林檎《りんご》をいくつか手に入れた。護衛は相変わらずわたしから離れようとしなかったが、今ではすっかり彼らの存在に慣れてしまったのが不思議だった。少なくとも、またゴールに不意打ちされたりしては困る。特に、今みたいにあれこれ考えなければならないことが山ほどあるときに。

部屋に軟禁されてから遠乗りはしていないけれど、たとえ養成所から出られなくても乗馬の練習はできる。キキの母親はわたしの鞍《くら》を嫌っていたので、背中にじかに乗れるようになりたかった。いずれにしても、乗り方を知っておいて損はない。緊急時には、鞍をつける時間がないかもしれないのだから。

それに気晴らしも必要だった。護衛をまいて、客室棟のどこかにあるイロム顧問官の部屋に忍びこみたいという欲求がともするとこみ上げてくる。馬に乗ることでその危険な衝動を紛らした。勝手な行動に出てヴァレクの命を危険にさらすわけにはいかない。

腕まくりして、午後の日差しを浴びるヴァレクの贈り物を眺め、その表面に指を這《は》わせた。蛇は蛇でも、その姿勢は誰かを攻撃するのではなく、守ろうとしているように思えた。

あらためて、なぜヴァレクが蛇をモチーフに選んだのか考えた。わたしの蛇の悪夢をのぞいたことがあるのかもしれない。でも、なぜそれを彫刻して贈り物に？　天敵のマングースのほうがお守りには向いているのでは？

キキは牧場の門のところでわたしを待っていた。挨拶代わりにいななき、わたしはキキに林檎をあげてから柵に上った。護衛たちは門の外の、近いけれど近すぎない位置に立った。彼らも要領を学びつつあるらしい。

林檎を食べるキキをわたしは眺めた。尻尾にイラクサの棘《とげ》が絡まり、乾いた泥がお腹《なか》や蹄《ひづめ》にくっついて固まっている。

「誰にも手入れしてもらえなかったの？」

「違う、誰も寄せつけないんだ」カーヒルが近づいてきた。柵越しにブラシや櫛《くし》が入ったバケツをよこす。「その光栄に与《あずか》れるのは、おまえだけらしい」

わたしはバケツの取っ手を掴んだ。「ありがとう」毛梳き櫛を取って、キキの身体についた泥を剥がし始める。

カーヒルは柵に両腕をついた。「今日おまえが北の連中としゃべっているのを見かけた。知り合いなのか？」

わたしはカーヒルに目を向けた。厳しい表情を浮かべている。つまり、道具を持って折りよく現れたのは、偶然ではなかったのだ。イクシア使節団について尋ねるため、わたしを待ち伏せしていたのだろう。

　慎重に言葉を選んだ。「衛兵のふたりが友人なの」

「おまえに護身術を教えた奴らか？」カーヒルは努めて何気ない口調で尋ねた。

「そう」

「どこの部隊に所属してる？」

　キキのブラシがけをやめ、カーヒルを見つめた。「本当は何が訊きたいの？」

　カーヒルが口ごもった。

「まさか、使節団を襲うつもりじゃないでしょうね？　会議室に爆弾でも仕掛けるとか？　それともイクシアに帰る途中で奇襲をかける？」

　カーヒルは口を開いたが、言葉は出てこない。

「賢明とは思えないわ。シティアとイクシアの両国を敵に回すことになるし、第一……」

「第一、なんだ？」

「最高司令官の選《よ》りすぐりの衛兵が大使を守っている。誘拐するなんて自殺行為よ」

「今日はずいぶん賢者みたいな物言いをするんだな」カーヒルは皮肉をこめて鋭く切りこんできた。「わたしの部下たちの身まで案じてくれるとは実にかたじけない。あるいは、大事な誰かを守りたいのか？」

　カーヒルはあてずっぽうを言っているだけ。ただのはったりに違いない。「いったいな

ん の 話？」

「使節団が来たときのおまえの様子を、ずっと観察していた。表情は変えなかったが、おまえの手はローブの下の蝶の首飾りをさっと掴んだ。それをおまえに贈った奴があの中にいる。実際、そいつは今日おまえにまた贈り物をした」

わたしはカーヒルに背を向けて、またキキの手入れを始めた。カーヒルから顔を隠すために。「そんなによく知っているなら、どうしてわざわざわたしに訊くの？」

「その相手は誰だ？」わたしが答えずにいると、カーヒルが続けた。「右耳が半分ない男だろう？　おまえに蛇を渡した奴だ」

カーヒルがあんまり得意げな顔をしているので、わたしは思わず噴き出した。「ジェンコ？　兄妹《きょうだい》みたいに喧嘩《けんか》ばかりしてるわ。違う、彼はただ贈り物を届けてくれただけ」

「信じられないな」

わたしは肩をすくめ、カーヒルにワイヤーブラシを渡した。「はい。尻尾に絡まった棘を取って」躊躇《ちゅうちょ》する彼につけ加える。「心配しないで、蹴ったりしないから」

わたしたちはしばらく無言で作業を続けた。

だがカーヒルには沈黙が不満だったらしい。「北の人間がここに来て、うれしそうだな」

「ずっと会いたかったから」否定しなかった。

「イクシアに戻りたい？」

「ええ。でも無理。魔術師だから」それに、わたしの処刑命令に最高司令官が署名をしている。そのことを口にしないだけの良識はあった。

「無理なものか」カーヒルはキキの尻尾を梳き終え、たてがみにブラシをかけ始めた。「わたしがイクシアの統治権を手中にし、国民を解放したあかつきには、おまえにわたしの隣の席を与えてもいい。おまえにその気があるなら」

そのあとに続きそうな申し出を避けるため、カーヒルを訝《いぶか》しげに見た。「こんなに北の使節団を温かくもてなしているシティアが、あなたを支援すると思うの？」

秘教の信者さながらの熱心さで、カーヒルは訴えた。「生まれたときからずっと、わたしはいつかイクシアの王になるのだと言われて育った。どんな授業も、どんなやり取りも、どんな感情も、すべて目的はただひとつ。シティア議会さえ、襲撃の完璧なタイミングを待って計画を練り、訓練を積むよう、わたしにはっぱをかけた」カーヒルの青い瞳がぎらりと光り、わたしは気圧《けお》されて後ずさりそうになった。「すると北の連中が通商条約に合意し、シティアにやってきた」吐き出すように続けた。「突然、最高司令官は議会のお友達になり、わたしの存在意義を誰も支援しなくなった。議会は、最高司令官に騙《だま》されていることに気づいてない。だから奴がうっかり本音を漏らしたときこそ、わたしの出番だ。議会が北と戯れていることをやはり不満に思う忠実な部下が、わたしには大勢いる」

「最高司令官と戦うつもりなら、かなり高度な訓練を受けた軍隊が必要よ」わたしは続けた。「それに、もしヴァレクが――」

「ヴァレクがなんだって？」カーヒルがわたしの腕を掴んだ。彼の指が腕輪を押さえつけ、肌に食いこむ。思わず痛みに顔をしかめた。

キキが片耳をこちらに傾けた。〝蹴る？〟

〝だめ。今はまだ〟

「もしヴァレクがあなたの計画に気づいたら、あなたが賛同者を呼び集める前に止めるわ」

「あいつにわたしが止められると、本気で思うのか？」

「ええ」わたしはカーヒルの手から腕を引き抜いたが、彼はすぐさまもう一方の手で手首を捕まえ、自由なほうの手でわたしの袖をぐいっとまくり、手首に絡まる蛇を露《あら》わにした。

そしてわたしが止める暇もなく袖をもとに戻すと、今度は襟元を力任せに引っ張った。黒石で彫られた蝶の首飾りがゆらりと垂れる。翅《はね》に散る銀色の斑点が日差しを受けてきらめいた。蛇の身体の銀色と同じように。

「そのうちわかる」カーヒルはわたしを解放した。それから、ふいにすべてを理解したかのように、カーヒルの顔に呆然《ぼうぜん》とした表情が浮かんだ。

「おまえは最高司令官の毒見役として、毎日ヴァレクと行動をともにしていた。奴がおまえに、毒の種類や毒を仕込む手管を教えたはずだ」わたしを不快そうに見つめる。「王家の人々が暗殺されたとき、暗殺者は銀色に光る黒い石の影像を残していったとマロックから聞いた。それが暗殺者の名刺代わりだったんだ。最高司令官がイクシアを支配するようになって初めて、暗殺者の名前はヴァレクだとわかった」

わたしはまたキキのブラッシングを始めた。「飛躍しすぎてるわ、カーヒル。話すたびに話が膨らんでいく子ども騙しの逸話と、ふたつのちっぽけなアクセサリーから、そこまで考えつくなんて。あの黒い石で彫刻をする人はヴァレクだけじゃない。結論に飛びつく前によく考えて」

わたしはカーヒルと目を合わせないようにして馬の手入れ用具をバケツに戻し、キキを馬房に連れていった。水桶《みずおけ》を満たし終わったとき、カーヒルはもう姿を消していた。

護衛は浴室までついてきて、わたしが肌にまつわりついた馬の毛や埃《ほこり》を洗い流す間、扉の外で待った。部屋に戻る頃には、すでに日が沈んでいた。護衛のひとりが室内を確認する間、外で待っていたわたしは、冷たい夜気の中で震えていた。問題ないとわかると、やっと暗い居間に入った。凍えるような風を締め出すため窓に鎧戸《よろいど》を下ろし、鍵をかけ、それから暖炉に火を熾《おこ》した。

「ありがたい」響いてきたその声で、たちまち心に火が灯った。

振り向くと、ブーツを履いた脚をテーブルにのせ、ヴァレクが椅子でくつろいでいた。

25

ヴァレクは、ずいぶん前にわたしが彼のために買ったヴァルマーの彫像を手に持ち、暖炉の炎にそれを照らして眺めていた。飾り気のない黒いシャツとズボンという格好だ。隠《おん》密《みつ》任務のときに着る頭巾付きの服ほど身体にぴったりしてはいないが、動きやすそうな服装だ。

「いったいどうやって――」

「護衛をごまかしたか？　あれではあまり優秀とは言えないな。天井に張りつく蜘蛛《くも》を確認し忘れた」ヴァレクがにやりとした。鋭角な顔がやさしく緩む。

よく見れば、変装さえしていない。「危険よ」

「君に心奪われることが危険だということは、とうにわかっていた」

「あなたがシティアに来たことを言ってるの。あなたは今、魔術師養成所のわたしの部屋にいて、扉のすぐ外には護衛だっているのよ？」

「もちろん、わたしがシティアにいることが連中に知れれば危険だろう。だが連中の認識では、わたしはサイネ大使の控えめで気がきかない顧問官ということになっている」ヴァレクが立ち上がった。相変わらずしなやかな身のこなしだ。それから両腕を広げてみせた。「ほら、武器さえ持っていない」

丸腰に見せようというお粗末な試みも、わたしが相手では無意味だ。「あなたがいくつ武器を隠しているか、当てましょうか？　それとも服を剥ぎとって探してほしい？」

サファイアブルーの瞳がきらめき、わたしはわずか三歩でヴァレクの腕に包まれた。ここがわたしの居場所だ。ここにはなんの混乱も、なんの不安も、なんの困難もない。ただ、麝香《じゃこう》とスパイスの入り混じる、魅惑の香りがあるだけ。

結局、わたしはヴァレクの前腕にナイフを二本、ベルトの内側に投げ矢などの投擲《とうてき》武器をいくつか、右腿に飛び出しナイフ、ブーツに短剣が備えつけられているのを見つけた。もっと隠れているだろうとわかっていたが、肌が触れあったとたん、武器探しなどどうでもよくなった。内側に空いたあちこちの隙間が、ヴァレクによってしだいに満たされていく。そう、ここがわたしの故郷《ふるさと》だ。

わたしたちがようやくおしゃべりをやめたのは、夜もかなり更けた頃だった。一緒に毛布にくるまり、わたしはまず蛇の腕輪のお礼を言ってから、トゥーラとオパールのこと、そして護衛がついている理由を話した。

「さっきは危険だと言っていたが」ヴァレクが皮肉めかして言った。「わたしがここに来てよかったな。君には、魔法に抵抗できる護衛が必要だ」

魔法に免疫を持つヴァレクの能力は、もうひとつの隠れた武器だと言えるだろう。オパールが誘拐されてから初めて、少女を無傷で奪還できるかもしれないという希望が生まれた。「あなたがどうやって護衛を？　大使のそばにいなきゃいけないのに」

ヴァレクはにやりと笑った。「ご心配なく。そこはなんとかごまかしたから。わたしがシティアに来るのはこれが初めてではないし、最後でもないだろう。周辺諸国の監視をするのは防衛長官の義務だからな。実に楽しい仕事だ」

「見つからない限りはね」わたしは急に不安になったが、ヴァレクは平然としている。

「その危険性は常にある。だが、そこが魅力でもあるんだ」彼はわたしの首に鼻を擦《こす》りつけ、名残惜しそうにため息をついた。「そろそろ戻らないと。まもなく夜明けだ」身体を反転させてベッドを出る。「君の友人がここに来たとき、居合わせたくない」

「友人って？」わたしは上半身を起こした。

「恋煩いのまなざしでずっと君の姿を追い続けるブロンド男だ」ヴァレクがからかう。

「カーヒルのこと？」わたしはそっと笑った。「焼きもちを焼くなら、カーヒルじゃなくてわたしの馬に焼いたほうがいいわ。わたしの心を奪ったのはキキだから」

ヴァレクの顔から笑みが消え、身体がこわばった。「彼の名前は、なんだって？」

「彼じゃなくて、彼女。キキよ」

ヴァレクは首を横に振った。「馬じゃなく、男のほうだ」

「カーヒル」

「カーヒル・イクシア？　国王の甥《おい》の？　生きていたのか？」ヴァレクは戸惑っている。

「知ってると思ってた」わたしはつぶやいた。

ヴァレクは、あえてカーヒルの命を助けたのだとばかり思っていた。でも、そういえばカーヒルは、ヴァレクが王家の人々を暗殺したとき、死体の数を数え忘れたと言っていた。わたしは自分がうっかり犯した間違いに気づき、恐ろしくなった。

「ヴァレク、待って。カーヒルを殺さないで」

「奴《やつ》は最高司令官にとって脅威だ」ヴァレクの瞳から感情が消え、死の静けさが覆った。顔も無表情だ。揺るぎなく、容赦がない。

「あの人は友達なの」

暗殺者としてのヴァレクの冷酷な目とわたしの目が合う。「本物の脅威となる前に、奴には死んでもらう」

ヴァレクは最高司令官を守ると誓いを立てた男だ。ヴァレクの忠誠心はすべてに勝る。もし最高司令官がじきじきにわたしを殺せと命じていたら、ヴァレクは従っていただろう。最高司令官がその命令を出さなかったのは、ふたりにとって幸運だった。

「最高司令官がイクシア領内にいてよかった」ヴァレクの表情が和らいだ。「司令官は今、休暇中だ。砂蜘蛛狩りが息抜きになると考える人間は、わたしの知る限りあの人しかいないよ」

「刺されるのが心配じゃないの？」毒蜘蛛のことを考えただけで、肌がむずむずした。砂蜘蛛は子犬ぐらいの大きさで、信じられないほどすばやく飛びついてくる。でもそのときふと、本当は最高司令官は城塞の客室棟にいるのだと思い出した。

「その心配はしていない。最高司令官とナイフ使いの試合をしても、いまだに勝てないほどだ。だが王制復活の謀略となれば話は別だ。カーヒルには目を光らせておかなければ」

カーヒルの王座奪還計画をヴァレクが嗅ぎつけるのは時間の問題だろう。だとしたら、わたしはどうするの？　考えるうちに、妙に引っかかっていたカーヒルの言葉を思い出した。「ヴァレク、かつて人を暗殺したときに、そこに彫刻を残してきた？」

「シティア人の噂《うわさ》を耳にしたのか？」ヴァレクが微笑《ほほえ》む。

わたしはうなずいた。「でも、聞いたこと全部を信じるわけじゃないわ」

「それはよかった。だが恥ずかしながら、その噂は事実だ。わたしは若く、愚かなうぬぼれ屋で、〈死の芸術家〉として有名になるのを楽しんでいた。仕事に取りかかる前に彫刻を残し、狙う相手にわざと見つけさせたりもした」ヴァレクは記憶を反芻《はんすう》して、首を振った。「そんなばかげた行動のせいで危うく命を落としかけた。それ以来、いっさいやめた」

それからわたしに向き直った。「今日は市場にいる。何かあったら知らせてくれ」

ヴァレクはわたしの唇に唇を重ね、つかのまわたしは彼に身を預けた。このままふたりでどこかに行き、霊魂を盗む魔術師のことも、カーヒルのことも忘れてしまいたい。でも、そんなことはできっこなかった。囚人や陰謀家や殺人者とかかわりあうのがわたしたちの運命らしい。それに、気を揉《も》むような問題もなく、無難に暮らしていたら、たぶん退屈してしまうのだろう。それでも、そういう暮らしに憧れた。

わたしは渋々ヴァレクから離れた。彼が扉のほうにかぶりを振ったので、わたしはそれを開けて、護衛の気を引いた。居間に戻ると、重苦しい闇がわたしの肌を圧迫し、氷のように冷たい空気が骨まで染みた。

ヴァレクはもういなかった。

その朝、アイリスと歩いて市場に行った。雲が重く垂れこめる寒々とした空は、わたしの気分そのものだった。外套《がいとう》にくるまり、縮こまる。昼間にそれを着こまなければならないのは、その日が初めてだった。

市場は混雑していた。地平線のあたりに浮かぶ真っ黒な雨雲が城塞まで下りてくる前に買い物を終えようと、誰もが急いでいる。

いくつかちょっとした買い物をしたところで、いつものように袖をぐいっと引っ張られた。横を見るとフィスクが立っていて、わたしを見上げてにっこり笑う。栄養不足で痩せこけていた顔は今やふっくらとしている。客の買い物袋を忙しそうに運んでいる仲間の子どもたちの姿もあちこちに見受けられた。

「女の子と一緒に住んでいる、怪しい男を探してたんだよね？」少年が尋ねた。

「ええ、そう。どこかで見かけた？」

フィスクはにやりとして、手を差し出した。「情報はただじゃないよ」

なかなか抜け目がないわ」わたしはシティアの銅貨を渡した。「でも、相手をよく見定めること。探りを入れようとするあなたを丁重に扱ってくれる人ばかりじゃないから」

うなずく少年を見て、その明るい茶色の目に幼い少年らしからぬ分別を垣間見た。わたしはため息をこらえた。イクシアなら、フィスクほどの賢さがあればさぞもてはやされ、大人になれば顧問官や高位の将校になるのだって夢ではないだろう。だがこうしてフィスクはシティアに暮らし、食料やお金を人から恵んでもらいながら通りで育っている。とはいえ、もうこれまでの彼ではない。

わたしは微笑んだ。「で、その情報って？」

「案内するよ」フィスクはわたしの手を引っ張った。

わたしたちがやり取りする間黙っていたアイリスが尋ねた。「同行していいか？」

フィスクはうつむき、地面に目を落とした。「もしよろしければ。第四魔術師範さま」

アイリスの顔に苦笑が浮かんだ。「変装も形無しだな」

フィスクがはっとして顔を上げる。「あなただとわかるのは、議事堂の近くに住む物乞いだけです、第四魔術師範さま。一日中たいしてすることもないので、議員たちを観察して過ごすんです。魔術師範に最初に気づいた者が勝ちというゲームで……」

アイリスは今のフィスクの話について考えを巡らせていた。じろじろと見られて決まりが悪そうにしていたフィスクだが、とうとうこらえきれなくなったらしく、そっぽを向いた。「こちらです。来てください」

わたしたちはフィスクに従って城塞内を歩き出した。裏道や人気のない小広場を進みながら、ヴァレクはつけてきているだろうかと考えた。住民たちは家事や雑談に忙しく、わたしたちに気づかない。

フィスクは、開けた広場に入るところで足を止めた。広場の中央には、複雑な彫刻で飾られた甲羅を背負う、巨大な翡翠《ひすい》の亀の彫像が鎮座している。暗緑色の亀は、目の前にある泉に水を吐き出している。

フィスクは広場の反対側にある建物を指さした。「あそこの二階に、両手に赤い筋の入った男が住んでいます。このあたりでは新顔で、誰も彼を知りません。外套を羽織り、顔を隠しています。女の子が荷物を持ってあの建物に入っていくのを弟が見ました」

わたしはアイリスに目を向け、心で尋ねた。

〝このあたりは魔法で捜索したんですか？〟

〝ああ。だが、捜索したのは師範たちではない〟

アイリスが意識を飛ばし、わたしの心の目もそれに追随した。わたしたちの意識は、一階にいる、赤ん坊の世話をする若い女を見つけた。赤ん坊にたっぷり食べさせたら寝かせようと彼女は考えている。三階にはまた別の女がいて、雨が降るかしらと心配している。二階には人の気配が感じられなかったが、ファードの魔力はアイリスに負けない強さなのだから、そう簡単には探知できないだろう。

〝もっと強引に踏みこむこともできるが、そうすればわたしたちがここにいることが奴に知れてしまう〟アイリスが言った。〝援軍を連れてくる〟

〝援軍？〟

〝ローズとベインだ。三人で力を合わせれば、奴をおとなしくさせられる。相手が意識をなくせば、楽に魔術師養成所に移せるだろう〟

〝どうして意識を失わせるんですか？〟

〝意識がなければ、魔術が使えない〟

〝眠らせるということですか？〟不安になって尋ねた。

〝違う。薬で眠らせるだけでは反撃される〟

〝彼が目覚めたらどうなるんですか？　魔術で逃げようとするのでは？〟

〝養成所の牢屋《ろうや》は魔力の輪で守られている。中で魔法を使おうとすると、その輪が魔力を吸収して牢屋の守りがどんどん強化される。しまいに魔術師は消耗してしまうんだ〟

わたしたちの様子を興味深そうに眺めていたフィスクが咳払《せきばら》いをした。「あそこに住んでいるのがお捜しの男だと思いますか？」

「おまえの弟が見た娘が、赤ん坊の世話をしている女だった可能性は？」アイリスがフィスクに尋ねた。

フィスクは首を振った。「その人はルビー。僕はときどきジェイティーの子守に雇ってもらうので」

わたしはにやりとした。「ちょっとした実業家ね」

「母さんに新しい服を買ってあげたんだ」誇らしげな様子だ。

市場に戻る途中で雨が降り出した。フィスクはわたしたちに手を振ると、友人たちと合流して姿を消した。売り子が品物を片づけ出すと、市場はがらんとした。雨に濡《ぬ》れないようにと駆けてきた女性がわたしにぶつかった。ごめんなさいと大声で謝りながらも、足取りは緩めずに去っていく。城塞の硬い大理石の壁に、雷鳴が反響する。

〝わたしはローズとベインを捜しに行く。おまえは養成所に帰れ〟アイリスが命じた。

〝でも、探索するときにわたしもそこにいたいです〟

〝だめだ、養成所にいろ。奴はおまえを手に入れたがっている。もし何かまずいことが起きて、奴がオパールを傷つけると脅せば、おまえは進んで奴のもとに下るだろう。危険すぎる〟

わたしは言い返したかった。でも、アイリスの言うとおりだし、命令に背いてあとを追えば、アイリスに二度と信用してもらえないだろう。

アイリスはローズを捜しに議事堂へ向かった。ローズはそこでイクシア大使と会うことになっていた。ふたりの会談をできれば盗み聞きしてみたかった。尊大な魔術師範と屈強な最高司令官の対決を。

雨はいつしか土砂降りとなり、わたしの外套を濡らした。濡れて冷えきった手をポケットに入れたとき、指に紙が触れた。そこに何かを入れた覚えはない。シティアに来てから外套を着る機会はあまりなかったが、アヴィビアン平原で野営をしたときにくるまって寝た。たぶん《物語の紡ぎ手》からの謎のメッセージでも書いてあるのだろう。わたしは口元をほころばせた。あの人はいかにもそういうことが好きそうだ――こうやって外套に謎めいたメモを忍ばせるようなことが。だが謎解きは、雨宿りできる屋根のある場所にたどりついてからだ。

養成所の入口で護衛たちがわたしを待っていた。部屋に向かう間、ふたりはずっとわたしのあとをついてきた。彼らが室内を調べたあと、中に入って休んだらどうかとふたりに声をかけたが、軍紀に背くことになるのでと断られた。

暖炉に火を熾《おこ》し、濡れた外套を広げたあと、紙を取り出した。確かにそれはわたしへのメッセージだった。文面を読むうちに手が冷たくなっていく。暖炉で燃える炎さえも、温めてはくれないほどに。

「なんと書いてある?」寝室から現れたヴァレクが尋ねた。

ヴァレクが何をしてのけようと、わたしはもう驚かなかった。びしょ濡れなところを見ると、護衛のひとりの目をかすめて、寝室の窓から中に入ったに違いない。

ヴァレクはわたしの手から紙切れを抜き取った。「新米の掏《す》りだったらしいな。このメモを君に届けるために雇われたんだろう。顔をよく見たか?」

遅まきながら、やっと市場でぶつかってきた女性とそのメモが結びついた。「いいえ。フードで顔がほとんど隠れていて」

ヴァレクは肩をすくめてメモを読むと、鋭い目をわたしに向けた。「面白い展開だ」

なるほど、ヴァレクなら面白いと思うだろう。でも、わたしは迷っていた。

「犯人は魔術師たちの一歩先を行っているらしい。彼らが君をオパールと交換する気はないと奴にはわかっている。だから、自分が主導権を握ることにしたんだ。オパールの命は君にとってそんなに大事なのか?」

ヴァレクはいつものように、物事の核心を突いていた。ファードのメモには交換の場所と新しい日にちが記されていた。満月の三晩前、つまり今日から四日後だ。わたしをエフェの儀式に臨ませる準備の時間が必要なのだろう。不安で肌が粟立《あわだ》ち、頭に浮かんだレイプや拷問の場面を頭から無理やり追い出す。

アイリスたちに報告することもできる。師範らはファードをはめるために罠《わな》を仕掛けるだろう。でも、わたしをその場に近づけさせないだろうし、罠も失敗に終わるに違いない。あるいは、アイリスたちには告げずに、ひとりで交換場所に行くこともできる。ファードがわたしの魔術を吸収すれば何が起きるか、アイリスに警告されたことが頭をよぎる。そうなれば、奴はシティアを手中に収める力を持つだろう。

シティアを救うためにオパールを見殺しにする？　まさか。それだけは許さないと自分に誓ったのだ。別の魔術師の霊魂を手に入れようとしてオパールが死んだら、ファードはそこで計画を取りやめにするだろうか？　するわけがない。

ファードからの新たな指示については、わたしの心の奥深くにしまいこんでおかなければならない。勝手にわたしの心を探るようなことはしないという約束を、アイリスは今まで守っていたけれど、シティアの命運がかかるとなれば、破ったとしても不思議ではない。

わたしはヴァレクと目を合わせた。魔法で彼の心を探知することはできない。

「ええ、大切なの」先ほどの質問に答えた。「でも、殺人鬼を捕らえることも大事」

「で、わたしにどうしてほしいのかな、愛《いと》しい人？」

26

それからヴァレクとともに、オパール救出のための作戦を練った。彼が部屋を出ていく頃には、目的に突き進む感覚がふたたび舞い戻ってきた気分だった。翌日は暇な時間を使って魔力を操る練習をし、ファードとの対決に向けて身体を鍛えた。

アイリス、ローズ、ベインの三人は、赤い筋のある手をした男が住んでいるらしき部屋を急襲したが、そこはすでにもぬけの殻だった。床に雑多なものが無造作に散らばっていたことからして、住人が急いで出ていったことがわかった。誰かから前もって情報を得ていたか、師範たちの接近を感じたか、いずれかだろう。なんにしてもそちらの線での捜索は行き詰まったので、ヴァレクとわたしの計画に失敗は許されなくなった。

第三魔術師範のジトーラに護身術も教え始めた。服をもらった代わりに護身術を教授するという約束を、やっと果たすことができた。教えることは、わたしの復習にもなった。

昨日の雨で練習場は水浸しで、ひとつ動作をこなすたびに泥が跳ねかかる。ジトーラはのみこみが早く、基礎的な動きをたちまち身につけた。

「あなたの親指を攻めて、掴《つか》まれた手首を引き抜くのね？」ジトーラが尋ねた。「そう。そこが一番の弱点なの」腕を掴んだわたしの手をジトーラが振り払ったのを見て、わたしは唸《うな》った。「完璧。次は、手首を抜くだけじゃなく、自分の手をひねって相手の腕を掴み、折る方法を教えるわ」ジトーラの目がやったとばかりに輝いたので、思わず笑った。「みんなあなたのことをやさしくて上品だと思っているけど、そう油断して攻撃したらどうなるか。今からその相手に同情したくなったわ」

わたしたちは、ジトーラが反射的に動けるようになるまで練習を続けた。

「最初としては上出来よ」練習の終わりに言った。「この動きは、自分より力の強い人間に対抗するときに役立つわ。でも熟練の敵が相手の場合は、別の戦法を使う必要がある」

ジトーラがわたしの肩の向こうに目をやり、黄褐色の目を大きく見開いた。「わたしでも、彼みたいな相手に対抗できるってこと？」

わたしは振り返った。アーリが後ろにジェンコを引き連れて、堂々と練習場に入ってきた。訓練用の袖なしのシャツと短パンを着ているせいで、筋骨隆々だということがはっきりわかる。一方、相棒と比べて細身だとはいえ、ジェンコのスピードはアーリの力に対抗できる。ボウを持ったふたりはにっこり笑った。わたしの護衛役はどうしたものか決めかねているらしく、不安そうに見える。わたしは護衛に、大丈夫だからと身振りで伝えた。

「もちろん」わたしはジトーラに請けあった。「正しく訓練をすれば、彼からだって逃げられる。戦いが長引いたら持ちこたえるのは難しいだろうけど、護身術はそのためのものじゃないの。わたしが話したこと、覚えてる？　殴って――」

「逃げる！」ジェンコが続けた。「狼《おおかみ》に追われる脱兎《だつと》のごとく走ること。俺たちの教えを伝授してるらしいな、イレーナ」ジェンコはジトーラのほうを向き、秘密めかして囁《ささや》いた。「彼女、イクシア一の指導者たちから訓練されたんだ」

「護身術のもうひとつの極意は、聞いたことをすべて額面どおりに受け取らないことだ」

ジトーラがジェンコの言葉に感心しているのを見て、アーリが口を挟んだ。

「どうやって養成所の衛兵たちに通してもらったの？」わたしはアーリに尋ねた。

アーリはいかつい肩をすくめた。「名前と訪問理由を訊《き》かれたんだ。ちゃんと答えたら、詰め所にいる誰かにお伺いを立てたあとに通してくれて、君の居場所も教えてくれた」

養成所内にいる人間と魔法で繋《つな》がれる魔術師を、門に置く必要があるだろう。今の話を知っておいてよかった。

「仲間に入っていいか？」ジェンコが尋ねた。「いくつか新しい護身術を習ったんだ。それがまた狡猾《こうかつ》な手でさ！」

「ちょうど今、終わったところなの」

ジトーラはタオルで顔を拭いた。「わたしは議会の前にお風呂に入ってこなくちゃ」そう言って手を振ると、足早に立ち去った。

「疲れてて試合なんかできない？」ジェンコが尋ねた。「せっかく負かすなら、おまえがベストの状態だってことを確認しておかないと」と、にんまりする。

「ジェンコのやつ、一日中大変だったんだ」アーリが肩をすくめた。「サイネ大使とイロム顧問官が会合から会合へと飛びまわる間、警護でずっと立ちどおしでね」

「もううんざりだよ！」ジェンコが同調する。

イロムに化けたヴァレクがアーリとジェンコさえ欺いていると知り、ヴァレクのシティア滞在にやきもきする気持ちが少しはおさまった。

「半分居眠りしてても負けないわ」わたしも負けじとはったりをかける。

ジェンコが自身のボウをくるりと回し、一歩下がって戦う構えを見せた。わたしもボウを取り上げると、気持ちを集中させた。そして、攻撃した。

「怠けていたわけじゃないみたいでよかったよ」ジェンコは瞬時に後ずさり、ふうっと息を吐いた。それから迷いなく反撃してきた。「イレーナは強くてすばしっこいが、飛べるわけじゃあるまい？」朗々と口ずさむ。

わたしはにやりとした。戦うときのジェンコの歌がどんなに恋しかったか、今気づいた。

ジェンコが動く寸前、次にフェイントをかけてきてわたしの守りを崩し、無防備になった肋《あばら》を攻撃するつもりだと直感した。わたしが誘いに乗らず肋を打たせなかったので、ジェンコは驚き、無口になった。後ろによろめかせて脚をさっと払うと、ジェンコは水たまりに尻餅をつき、わたしは撥《は》ねた泥を避けるため飛びのいた。

ジェンコは手の甲で目を拭った。「くそ、アーリ。おまえがこいつのことを心配したんだぞ？」

「イレーナはシティアに来て、新しい技を身につけたからな」声がしたほうを見ると、カーヒルが練習場の柵に寄りかかっていた。きっと試合を観戦していたのだろう。

長剣を携えたカーヒルが近づいてくると、アーリは警戒し、防御の構えをとった。わたしがカーヒルを紹介しても緊張を解くことなく、注意深く観察している。アーリとジェンコがカーヒルの正体に気づきませんようにとわたしは祈った。革命についての最高司令官の歴史書に、死んだ国王一家の名前までは記載されていないし、イクシアの年配の人たちは、覚えていたとしても口には出さなかった。

「新しい技？」ジェンコが尋ねる。

「魔術さ。イレーナはあんたの心を読んで、動きをすべて事前に把握してたんだ。あくどいと思わないか？」カーヒルは指摘した。

ジェンコが応じる前にわたしは反論した。「心は読んでない。ただ自分の心を常に開いて、ジェンコの行動を予測しただけ」

「同じことだろう」カーヒルが言い返す。「森で一戦交えたとき、おまえは魔法を使ったとリーフが非難したが、そのとおりだったわけだ。あくどいだけでなく、嘘つきだ」

わたしは、アーリがカーヒルの首を絞め上げたりしないように、こわばった彼の腕に触れた。「カーヒル、あなたの心を読む必要はなかったわ。正直に言って、あなたの実力はアーリやジェンコの足元にも及ばない。実際、集中する方法をふたりに教えてもらえなかったら、わたしが彼らに勝つチャンスだってなかった。わたしの知る限り、ふたりと勝負して、誰の助けもなく勝てる人はひとりしかいない」

ジェンコが首をひねった。「ひとり？」考えながら右耳の傷をかいた。

「ヴァレクさ」アーリが答えた。

「なるほど。かの悪名高きヴァレクか。もちろん、恋人のおまえなら奴《やつ》を高く買うだろうな。それとも、奴の密偵と呼ぼうか？」カーヒルは挑むようにわたしを睨《にら》んだ。

「立ち去ってもらいたい。今すぐ」アーリが唸り声に近い響きで言い放った。

「ここはわたしの家だ。ヴァレクのおかげでね。立ち去るのはおまえのほうだ」カーヒルはアーリに告げたが、目はわたしの顔から離さない。

ジェンコが割って入った。「俺がこの場をおさめようじゃないか」カーヒルのほうを向く。「イレーナがあんたを負かし、あんたは再試合を望んでいるが、彼女が戦闘技術ではなく魔法を使うとあんたは疑っている。このままじゃ袋小路だ」山羊髭《やぎひげ》を引っ張る。「イレーナが身につけた技術は全部俺が教えたものだし、ありがたいことに俺にはいっさい魔力はない。だから俺と試合をするのはどうだ？　あんたは長剣を、俺はボウを使う」

「おまえが全部教えただって?」アーリが口を挟む。ジェンコはまあまあというように手を振った。「細かいことは言いっこなし。俺は今、大局的にものを見てるんだ」

カーヒルは提案に乗った。自信満々の表情で構えをとると、さっそく攻撃した。

だが、ジェンコのボウは目にもとまらぬ速さで動き、たった三つの動きでカーヒルの手から剣を払い落とした。軽い剣を使えばもっと戦えるのにとジェンコに助言されても、カーヒルの機嫌は少しもよくならなかった。「イレーナが手助けしたな」ジェンコを睨んだ。「北の連中を信用したわたしがばかだった」そして目に怒りの炎を燃やし、立ち去った。

わたしは肩をすくめた。別に何を言われても平気だった。友人たちとのせっかくの時間を、カーヒルに台無しにされたくない。わたしはジェンコにもう一試合挑み、ボウを振り上げたが、ジェンコはそれをやすやすとかわし、光の速さの突きで反撃する。

わたしたち三人はしばらくそうして鍛錬を続けた。意識を集中させていてさえ、わたしはアーリに二度負けた。わたしを泥の中に倒したあと、アーリはにんまりした。「意思を表に出さないようにした」

日差しはあっという間に消えてしまった。今や疲れきり、泥と汗まみれで、お風呂に入りたくて仕方がなかった。

城塞に戻る前に、アーリはその大きな手をわたしの肩に置いた。「くれぐれも気をつけろ。カーヒルが君に向ける目がどうも気に食わない」

「いつも気をつけてるわ」ふたりに手を振り、痛む身体を引きずって浴室に向かった。

涼しい季節が終わろうとしていた。氷の女王の星座が澄んだ夜空で瞬き、半月が宝石のように光っている。満月まであと六日しかない。わたしは冷気を感じて身震いした。水たまりは朝までに凍ってしまうだろう。

わたしはカーヒルのことを考えずにいられなかった。わたしを北の密偵だと思いこんだとたん、ふたりの関係は初めて会った頃のそれにたちまち逆戻りしてしまった。ひと回りして、振り出しに。わたしは手首にはめた蛇の腕輪に手をやり、くるくると回した。

そのとき初めて、構内が妙に静かで人気《ひとけ》がないことに気づき、護衛の姿を捜した。ふたりは今や空気みたいな存在になっており、少ししてやっと、彼らもそこにいないと知った。

わたしはボウを取り出し、襲撃者を探した。誰も見えない。意識を飛ばすため魔力を引き出そうとしたが、首にたかった虫にちくりと刺されたのに気づき、はたき落とす。

だが指に触れたのは小さな矢だった。金属製の中空の針から、わたしの血が滴っている。アーリに嘘をついてしまった。ちっとも気をつけてなどいない。護衛がいるのだから安全だと思いこんでいた。不注意な自分への無数の言い訳が頭の中で渦巻き、まわりの世界も回り出す。誰も責められない。悪いのはわたしだ。

残念ながら、愚かさをせっかく認めても、わたしはなすすべもなく闇にのまれていった。

27

肩に鋭い痛みと火照った痺《しび》れを覚えて目覚めた。乾いた口の中に残るいやな味を意識しながら、あたりを見回す。見覚えのない場所だ。だいたい、どうしてわたしは立っているのか？　いや、立っているのではない。吊《つ》るされているのだ。上を見上げ、なぜそんな姿勢なのかわかった。わたしは手枷《てかせ》をつけられ、天井の太い木の梁《はり》から下がる長い鎖と繋《つな》がっていた。足に体重をかけると、肩の痛みはややおさまった。

周囲の板壁に錆《さ》びたシャベルや泥のこびりついた鋤《すき》などが並び、刃のなまくらな大鎌には蜘蛛《くも》の巣がかかっていた。どの道具も埃《ほこり》だらけだ。小さな隙間や穴から日光が差しこみ、灯《あか》りの消えた廃屋らしきこの屋内を照らしている。

どうしてこんな場所に、という疑問は、背後から声が聞こえた瞬間に消えた。

「これから授業を始める」ゴールの満足そうな口調に、わたしの胃がよじれた。

「こっちを向いて、俺がどんな予定でいるか確認するといい」

恐怖で鳥肌が立ったけれど、無理に表情を消してから振り返った。ゴールがにやにやしながら右側のテーブルを示した。天板の上には、武器やら見慣れない拷問道具やらがずらりと並んでいる。ゴールの左側には空の麻袋の入った台車。建物は思ったより大きかった。ゴールの背後にぼんやり見える扉はやけに遠くにあるように思えるが、実際には距離にして三メートルぐらいだろう。

ゴールはわたしの視線をたどって微笑《ほほえ》んだ。「閂《かんぬき》がかかってる。ここは養成所から遠く離れた、忘れられた場所だ」そう言って、先端に金属製の棘《とげ》がある、黒い小ぶりの革の鞭《むち》を取った。

そうだ、養成所――わたしは魔力の糸を引き出し、必死に助けを求めた。〝アイリス〟

「肋《あばら》の具合は？」ゴールの気を引くために尋ねる。

彼は顔をしかめて脇に触れた。「あの馬は美味《うま》いシチューになる。だがそれは後回しだ」

〝イレーナ！　よかった、生きていたか。どこにいる？〟アイリスの心配そうな声が頭に響いた。

〝どこかの小屋〟

ゴールがわたしを鞭打つために一歩近づいた。すかさず腹を蹴飛ばすと、ゴールは痛みより驚きで飛びすさった。「うっかりしていた」そうつぶやいてテーブルに戻ると、吹き矢を手に取り、液体の入った小瓶に浸した。

麻痺薬《まひやく》だ。わたしは大急ぎで頭を働かせた。

〝もっと情報が必要だ。ファードはそこにいるのか？〟アイリスが尋ねる。

〝ファードじゃない。ゴール〟

〝ゴール？〟

〝時間がないの。説明はあと〟

ゴールが空洞の筒に吹き矢を仕込み、狙いを定めた。

わたしは声をあげて笑った。何事かとゴールがこちらをうかがった拍子に筒先が揺れた。

「何がおかしい」

「あなたはわたしを恐れている。いいえ、恐れているどころじゃない。心底怖がってる」

わたしはまた笑ってみせた。「正々堂々と勝負しても勝てないから、隙をついて襲い、薬で眠らせた。そしてこうして鎖で繋いであっても、まだ怯《おび》えてる」

「怖がってなどいない」ゴールは筒を置くと、代わりに足枷を掴《つか》み、わたしの足を掴んだ。

わたしはもがいた。だがいかんせん、相手のほうが身体が大きい。結局、足首も足枷で繋がれてしまった。ゴールはふたつの足枷の間の十五センチの鎖を床で固定した。

これで蹴ることはできなくなってしまったけれど、意識は失わずにすんだ。それにわたしには、別の戦法がある。魔法だ。わたしは、何をすべきかあれこれ考えた。

奴《やつ》の筋肉を固めてはどうか？　でもやり方がわからない。ゴールはテーブルにあった別の鞭を選んだ。さっきのものより長く、編んだ革紐《かわひも》の先端の房に金属ボールが結んである。

ゴールの腕がしなった。わたしは彼の心にわけのわからないイメージを次々に送りこんだ。ゴールは身体のバランスを崩し、床に倒れた。「なんだ?」すっかり混乱している。

やっと立ち上がったとき、ゴールの背後で何かが動いたのにわたしは気づいた。門が横に滑り、扉の取っ手が回る。いきなり扉が開き、どっと光が流れこんできた。戸口に立つふたつの人影。彼らはゴールの心臓に剣を突きつけている。アーリとジェンコだ。

「イレーナ、大丈夫か?」アーリが尋ねた。その目は驚くゴールの顔を見据えている。

ジェンコが近づいてきて、鎖を調べた。「鍵は?」ゴールに尋ねたが、相手は口をきつく結んでいる。「こじ開けなきゃだめか」ジェンコはポケットから針金を取り出した。

友人たちの姿が目に入った瞬間どっとあふれた安堵感《あんどかん》がやっと静まってきた。今回はこうして助けてもらえたけれど、ゴールがまた襲ってこないとは限らない。たとえ誘拐罪で逮捕されたとしても、ゴールは根に持ち続け、何年かあとに釈放されたら、またわたしを襲うだろう。今、なんとかしなければ。何をしても勝てないと、思い知らせるのだ。

わたしはジェンコに向かって首を振った。「ありがとう。でも、これからこの男を屈服させるところだったの。先に養成所に戻っていて。そこで会いましょう」

ジェンコは無言のまま、わたしをまじまじと見ている。でもアーリはわたしを信用してくれた。「さあ、イレーナには僕らの助けは必要ない」アーリは剣を鞘《さや》に戻した。

ややあって、ジェンコもいつものようにいたずらっぽく笑ってみせた。「イレーナが五分後には自由の身になっているほうに、銅貨を一枚賭けるよ」

アーリがふざけて唸《うな》ってみせた。「十分後に銀貨一枚だ」

「イレーナはこの男を殺す。おまえたちふたりに金貨一枚ずつ賭けよう」突然、ふたりの背後からヴァレクが現れた。アーリたちが脇によけると中に入ってきた。見た目はまだイロム顧問官のままだ。「君の問題を解決する唯一の策だ。そうだろう、愛《いと》しい人」

「殺しはなし」わたしは首を振った。「わたしに任せて」

「いや、こいつはわたしの部下だ。わたしに任せろ」戸口からカーヒルの声がした。

ヴァレクがはっとして振り返ったが、カーヒルは一瞬彼に目をとめただけで、すぐに中に入ってきた。「ゴール、抵抗はやめろ」カーヒルが命じる。

気がつくとヴァレクの姿が消えていた。今やすっかり人で混みあった小屋は、さっきより狭く感じられた。もし今、カーヒルに続いてアイリスら魔術師範が入ってきたとしても驚かないだろう。まるでお祭り騒ぎだ。

次々に人が現れる中、ゴールの表情は呆然《ぼうぜん》としたものから恐怖に変わり、最後にがんとして譲らない強情さに落ち着いた。「いやだ」

「ゴール、この女についてはおまえの意見が正しい。だが、こういうやり方は感心しないぞ。とりわけ、ふたりの子分が近くに張りついている今はな。この女を解放しろ」

「あんたの命令は聞かない。ほかの連中はみんな従うふりをしてるけど、俺は違う」

「わたしに従う気はないということか？」カーヒルがむっとして尋ねた。

「俺にはあんたに従う理由なんてない」ゴールが言い返す。

カーヒルの顔がかっと紅潮した。「いったい何様の――」

「待って！」わたしは大声を出した。「喧嘩《けんか》ならあとにして。みんな、ここから出ていって。今すぐ！　わたし、腕がちぎれそう」

ジェンコがカーヒルを引っ立て、アーリは扉を閉めた。突然真っ暗になり、ゴールが突っ立ったまま目をぱちくりさせた。

「ここはどこなの？」わたしは尋ねた。

「あいつらに訊《き》けよ」ゴールは扉のほうを指さした。

「彼らのことはいいから。外のことより、自分の心配をしたら？」

ゴールはにやにやした。「偉そうな口をきける立場じゃないはずだ」

「そしてあなたは、魔術師に逆らえばどうなるかわかっていない」

にやけ笑いがゴールの唇から消えた。

「わたしに目に物を見せてやろうと思ってるんでしょうね。自分の怖さを思い知らせなければ、と。でも、目に物を見せられるのはあなたのほうよ」わたしは魔力を集め、ゴールの意識に触れた。

〝魔術師〟という言葉はゴールの心につかのま疑念を生んだだけだった。〝そもそも、腕のいい魔術師ならそう簡単には捕まらない〟と思っているのだ。

「油断していたの」ゴールに魔力はないので、わたしの考えを聞かせることはできない。でも、動きを操れるかもしれない。わたしは目を閉じ、意識をゴールの中に飛ばした。トパーズにできたのだから、人間相手でもできるのでは？

心に入りこんだ瞬間、ゴールは雷に打たれたかのように飛び上がった。乗り移れたのはよかったけれど、ゴールの薄汚れた意識を目にすると、トパーズの清らかな心が懐かしくなった。

ゴールの目で自分を見たとき、なぜ彼がわたしをそれほど見下すのか理解できた。髪はくしゃくしゃ。閉じた目、泥水が流れた跡の残る顔、泥だらけの服というその組み合わせは、見るからに情けない。今すぐにでもお風呂に入る必要がある、どうしようもない姿だ。

身体が自由にならないと気づいたゴールの焦りが、わたしにも伝わってきた。それでも彼は、考えることもできれば目も見え、感じることもできる。ゴールの力の強さにわたしは驚き、身体を動かすのが少し難儀だった。身体の釣り合いに慣れず、バランスを取るには集中しなければならなかった。

ゴールは支配権を奪い返そうとしてきたが、わたしは退けた。手枷足枷の鍵を探し、テーブルの下に置かれた荷物の中にそれを見つけた。まず足枷の鍵を開けると、自分の脚からはずす。ゴールの腕でわたし自身を支え、手枷の鍵も開ける。それから、自分の身体が床に倒れる前に捕まえて、抱え上げた。

　枕みたいに軽い身体だ。でもちゃんと呼吸し、力強い鼓動によって血も巡っている。わたしは自分の身体を運んで、戸口近くの床にそっと横たえた。ゴールの親指を使って左目のまぶたを持ち上げる。身体は生きているが、命の火花は消えている。なんとなく落ち着かず、立ち上がって後ずさった。

　ゴールは無力感に打ちひしがれ、わたしは彼にその感覚をしばらく味わわせておいた。そしてテーブルにあったナイフを取り、腕に浅く筋をつけた。ゴールの痛みをわたしも感じたが、遠くぼんやりした印象だ。切っ先を胸に押し当てて考える。このまま心臓に突き立てたら、わたしたちはふたりとも死ぬのだろうか？

　それは興味深い疑問だった。いつか調べてみなければいけない。ブーツを脱ぐと、ゴールの足首に足枷をはめ、それから頭上の梁から下がる鎖を短くしてから手枷をつけて鍵をかけた。恐怖と不快感と無念さがゴールの中に駆け巡ったところで、意識を自分の身体に戻した。

　目を開けると、つかのまわりがぐるぐる回っているような気がした。全身にどっと疲れが押し寄せる。ゴールの新たな窮状を確かめてから戸口に向かい、正確には今、わたしは何をしたのだろうと考えた。魔力を乗り移らせた？　それともわたしの意識を？　霊魂を？　考えるうちに気分が悪くなってきたので、やめた。人の身体を操るなんて、『倫理規範』に違反する行為に違いない。でも、わたしを誘拐したのだから、ゴールだって犯罪者だ。『倫理規範』は適応されないはず。もしかしたら、ゴールが襲ってきてくれて感謝すべきなのかもしれない。こうして新たな防御魔法を覚えたのだから。

小屋を取り囲む、葉の茂りすぎた野原で、アーリとジェンコはわたしを待っていた。ぼろぼろの柵、壊れた納屋が目に入る。どうやらそこは城塞の外の打ち捨てられた農場らしい。ヴァレクとカーヒルはわたしを待っていなかった。

ジェンコが銀貨をアーリの大きな手に叩《たた》きつける。アーリはにんまりしてから、わたしに尋ねた。「あいつは？」

「吊るしておいたわ」

「なんでこんなに時間がかかったんだよ？」ジェンコが文句を言う。

「はっきりさせたいことがあって。どこに行ったの……その、イロム顧問官とカーヒルは？」

「なんで急にイロムのことを心配しだしたんだ？」ジェンコがしらばっくれて尋ねた。

「本当に、とんでもない能力をいくつも持った男だよ。あの無愛想なでくのぼうときたら、どこからともなく現れて、ヴァレクとしか思えない声でしゃべり、魔法みたいに姿を消した。まったく天才だな。考えてみれば、ヴァレクが一緒に来るとわかってたはずなのに。ヴァレクならこんな楽しいこと、見逃しっこない」

アーリの顔から笑みが消えた。「ヴァレクはそのうち捕まる。カーヒルは城塞にすっ飛んで帰った。たぶん議員たちに、ヴァレクのことを報告するためだろう」

「それにしても見事な変装だったよな。俺たちまで騙《だま》されたよ」

「カーヒルはヴァレクが来ているんじゃないかとすでに疑っていたわ」そして疑いは今や確信に変わったはずだ。朝の冷たい空気の中、ぶるりと身体を震わせた。「ヴァレクなら自分でなんとかするはずよ」とはいえ、疲れた頭をいくら絞っても名案は出てこなかった。

アーリが小屋に入り、壁際にもたせかけてあったわたしの背嚢《はいのう》を持ってきてくれた。

「必要だろう?」そう言ってわたしに手渡した。

中に外套《がいとう》が入っていた。暖かい上着で身をくるみ、背嚢を背負おうとすると、アーリがそれを取り上げた。「さあ、行こう」

アーリとジェンコに続いて、休耕地を進んだ。打ち捨てられた農家を通り過ぎる。「ここはどこ?」わたしは尋ねた。

「城塞から三キロほど東だ」アーリが答えた。

三キロも歩かなければならないのかと思うと、それだけで足がふらついた。「どうやってわたしを見つけたの?」

「君の護衛たちがちゃんと役目を果たしているか確認したくて、昨夜ふたりのあとを尾行したんだ。彼らが襲撃されたと気づいたときには、君はもう消えていた」

ジェンコがにやりとした。「師範たちは半狂乱でさ。捜索隊が出されたんだ」騒ぎに呆《あき》れたかのように首を振る。「夜の闇の中では、何を見つけていいか連中にはわからなかった。俺たちとしては、連中が痕跡を台無しにしませんようにと祈るしかなかったよ。いざ日が昇れば、痕跡をたどるのはたやすかった。ゴールは台車に乗せておまえを連れ出したんでね」

台車にあった麻袋を思い出した。ゴールはわたしをあの袋に隠したに違いない。

「カーヒルは俺たちを追ってきたんだと思う」ジェンコが付け足す。「もちろん、おまえに俺たちの助けは必要なかったんだよな。まあ、つぶされた面子《メンツ》を立て直しに、部下をぶん殴りにでも行くかな」

城塞の東門にたどりつくと、番所の近くでちょっとした騒ぎが起きていた。厩舎《きゅうしゃ》を脱走した馬が衛兵たちを困らせている。キキだ。

わたしたちが門の中に入ると、キキは動きを止めた。〝ラベンダーレディ、疲れてる。乗って〟

〝どうしてわたしのことがわかったの？〟

〝ストロングマンとラビットマンの匂い〟

強い男と兎男《うさぎ》――アーリとジェンコのことだ。わたしは衛兵にキキの狼藉《ろうぜき》について謝り、アーリにキキに乗るのを手伝ってもらうと、そのあと背嚢を渡してもらった。

「あとで追いつくよ」アーリは約束した。

キキと養成所に向かう前に、わたしはふたりに礼を言った。

「なんのお礼だ？　俺たち、なんにもしてないぞ」

「わざわざ護衛たちを追ってまで、わたしのことを気にかけてくれて。それに、次はあなたたちの助けが必要かもしれない」

「次なんてないほうがいい」アーリは厳しい顔で諫《いさ》めるようにわたしを見た。

「なんて感動的なんだ」ジェンコは目を拭うふりをした。「さあ行けよ、イレーナ。泣いてるところを見せたくない」鼻をすすってみせた。

「あなたの立派なプライドが、涙をなんとかしてくれるはずよ。それとも、やっぱり部下を殴らないと面子が取り戻せない？」

「ちっとも面白くない冗談だな」

わたしは手を振り、キキに家まで送ってと頼んだ。途中、アイリスと繋がり、事の一部始終を報告した。アイリスは、衛兵を送ってゴールを逮捕させると約束した。

〝もし部屋までたどりつけなかったら、馬小屋で寝ます〟あくびをしながら言うと、アイリスがためらうのがわかった。〝何か問題でも？〟

〝おまえの両親が今朝到着した〟

〝嘘でしょう？〟

〝嘘じゃない。イーザウはわたしとともにここにいるが、母親は、おまえが行方不明だと知ると木の上に登ってしまい、説得しても下りてこない。半狂乱になっていて、わたしたちの言葉に耳を貸さないんだ。おまえに話をしてもらわないと〟

〝わかりました。母は今どこに？〟

パールは牧場の脇にそびえる、背の高いオークの木の上にいた。

キキはわたしをその木の根元に連れていった。オレンジ色や茶色の葉がまだわずかに枝にしがみついている。てっぺん近くに母の暗緑色の外套が見えた。わたしはパールの名を呼び、無事だと告げた。「だからもう下りてきて」

「イレーナ！　ああよかった……！　こっちのほうが安全だから、登ってらっしゃい」

説得するのは無理だとあきらめ、わたしは外套を脱いで背嚢に詰めると、地面に置いた。キキの背中を貸してもらっても、背伸びしないと一番下の枝に手が届かない。母の木登りの能力には舌を巻くしかなかった。

キキが下で草を食《は》む間、わたしはさらに上へとよじ登り、やっと母のいる場所にたどりついた。母よりも一本低い位置の枝に腰を下ろしたが、母はすぐに横に現れ、わたしをぎゅっと抱きしめた。やがて泣き出した母の身体が小刻みに震え、ふたりしてバランスを崩して落ちてしまわないように、わたしは木の幹にそっと掴まった。

母が落ち着くのを待って、身体を離した。母はわたしの横に座り、肩に頭をもたせかけた。その顔は、涙とわたしの服についた泥とで筋状に汚れている。わたしはシャツのきれいな場所で拭こうとしたが、母は首を振り、ポケットからハンカチを出した。母の暗緑色の外套にはたくさんのポケットがあり、シルエットは細身で、余計な生地はカットされている。毛布にはならないかもしれないが、枝を移動するときの防寒具としては申し分がない。

「これがナッテイのデザインした外套？」わたしは生地を撫《な》でながら尋ねた。

「そうよ。密林の中に十四年間こもりきりだったから」母は寂しそうに笑った。「涼しい季節に羽織るものが必要だったの」

「来てくれてうれしいわ」

母の笑みが消えた。目に恐怖の色が浮かび、それから何度か深呼吸した。「旅の途中、不安を抑えるためにお父さんからエラディンをもらった。それで順調だった。ただ――」

「タイミングが悪かった」わたしはそっと続けた。「でも、こうして無事に戻ったわ。ね？」わたしは母に腕を差し出した。それがいけなかった。

母はわたしの腕を掴み、まだ血の跡が残る手首の痣《あざ》を見つめた。わたしは袖を下ろして、それを隠した。「ただの擦り傷よ」

「何があったの？　包み隠さず話しなさい」母は命じた。

わたしはかいつまんで顛末《てんまつ》を話し、ほんの少しだけ話に粉砂糖をまぶした。「彼はもう二度とわたしに手出ししてこないわ」

「もちろんよ、そんなこと二度と許さない。一緒に家に帰りましょう」

今朝の事件のあとでは大喜びで受け入れたい提案だ。「わたしは何をすればいいの？」

「父さんの試料集めを手伝うか、わたしと一緒に香水を作るか。またあなたを失うなんて、考えただけでも耐えられない」

「でも、耐えてもらわなきゃいけないの、母さん。困難や危険から逃げ隠れするつもりはないの。それに、自分にもまわりの人にも、約束したの。最後まで見届けるって。もし途中で投げ出したりしたら、一生自分が許せないと思う」

そよ風が木の葉を揺すり、肌の汗が氷のように冷える。母は外套の襟をかきあわせた。母の感情が周囲で複雑にねじれるのがわたしにも感じられた。何しろ今まで経験した覚えのないことを経験しているのだ――わが子が他人のためにわざわざ危険に身を投じ、ふたたび失うかもしれないと知らされた。今、母は必死に不安と闘っている。母が望むのは、家族の無事と、慣れ親しんだ故郷だけなのに。

ふと記憶がよぎった。「その外套を見ていると密林を思い出すわ」

「そう？」

「イランイランノキの葉裏と同じ色だもの。昔、市場から家に帰る途中で急な土砂降りに遭って、大きなイランイランノキの下で雨宿りしたでしょう？」

「覚えてたのね？」母がにっこりした。

わたしはうなずいた。「子どもの頃の記憶の封印が解かれたの。でもそれだって、危険を冒してアイリスとアヴィビアン平原に行かなかったら、取り戻せなかった」

「平原に行ったの？」母が目を丸くした。「怖いもの知らずね、ほんとに」

「あの旅では、怖かったことを少なくとも五つは挙げられる」とりわけムーンマンの偃月《えんげつ》刀《とう》で首を切られそうになったこと。でも、それを母に話さないだけの分別はあった。

「なのに、なぜ行ったの？」

「行く必要があったから。怖じ気《おけ》づいてすべきことをしないなんて、わたしにはできない」

母はわたしの言葉を黙って反芻《はんすう》している。

「その外套は、寒さから母さんを守ってくれるだけじゃないわ。ポケットを故郷にしかない特別な品々でいっぱいにすれば、不安でどうしようもなくなったときに、いつでも密林が母さんを包んでくれる」

「そんなふうに考えたことなかったわ」

「実は、わたしのことを思い出せるよう、そのポケットに入れてほしいものがあるの。来て」母がついてきているかどうか確かめもせずに、わたしは木をするすると下りた。一番下の枝にたどりつくと、そこからぶら下がって地面に飛び降りる。

背嚢の中を引っかきまわしているとがさごそと音がして、目を上げると、母が木の幹に楔《くさび》を打ちながら下りてくるのが見えた。炎の魔除け《アミュレット》のお守りは背嚢のポケットに入っていた。

「わたしはこれを、恐怖だけが友達だった頃に勝ち取ったの」そう言って母に渡した。年に一度のイクシアの火祭で行なわれる曲芸コンテストで優勝したときの賞品だ。そのあと人生最悪の日々が続いたけれど、そうなるとわかっていたとしても、わたしはやはりあのコンテストに出場しただろう。「大切にしている四つの品物のうちのひとつ。これを母さんに持っていてほしい」

母はアミュレットをしげしげと見つめた。「ほかの三つは？」

「蝶《ちょう》と蛇」わたしは首飾りを引っ張り出し、腕輪も見せた。

「誰かがあなたのためにこしらえてくれたもの？」

「ええ。友人が」わたしは母にもっと尋ねられる前に答えた。

母は眉を片方吊り上げたが、こう尋ねただけだった。「最後のひとつは？」

わたしは背嚢の中を探しながら、その大事なものというのが武器だと知ったら母はびっくりするだろうかと考えた。そもそも完璧とはほど遠い娘なのだから、きっと驚かないだろう。わたしは母に飛び出しナイフを手渡し、柄に彫られた銀の文様の意味を説明した。

「同じお友達から？」母が尋ねる。

わたしは笑い、アーリとジェンコについて話した。「友達というより兄さんみたいなものなの」

母の笑みは、嵐のあとに顔を出したお日さまみたいだった。「イクシアにあなたのことを大事に思ってくれる人がいるとわかってよかった」母はアミュレットを外套のポケットにしまった。「炎は力の象徴よ。必ず身につけるようにするわ」

つかのまわたしをぎゅっと抱いたあと、パールは身体を引いた。

「そのままじゃ凍えてしまうわ。外套を着なさい。中に入りましょう」

「はい、母さん」

イーザウとアイリスは、構内の西翼にある、養成所の客室棟でわたしを待っていた。骨が折れるかと思うほどの父のきつい抱擁は我慢したけれど、両親からの夕食の招待は断るしかなかった。今はただ、お風呂に入って早く眠りたい。明日はできるだけふたりと一緒に過ごすと約束し、やっと解放された。

アイリスが浴室までわたしに付き添った。目の下に隈《くま》ができ、わたしと同じくらい疲れているように見える。でも何かじっと考えこんでいるようだった。

「母親に魔法を使ったのか？」アイリスが尋ねた。

「そんなつもりはありません。なぜですか？」

「ほっとして落ち着きを取り戻したように見えたから。たぶん本能的に使ったんだろう」

「それってまずいことですよね？　ちゃんと力を制御すべきだったのに」

「いや、おまえにすべての規範を当てはめるのは難しいのではと思い始めているんだ。たぶん、おまえの成長過程のせいか、魔法の制御法を覚えたのが人より遅かったせいで、魔力が普通とは違う形で発達したのだろう。だが心配はいらない」わたしの表情を見て、アイリスは続けた。「それがおまえの長所になると、わたしは信じている」

アイリスとわたしは浴室で別れた。のんびり湯に浸《つ》かったあと、わたしは疲れた身体を引きずるようにして部屋に戻った。眠りにさまよい出す前に最後に思ったのは、アイリスがわたしを信用して、新しい護衛をつけないなんて驚いた、ということだった。

それは、夢も見ない甘い眠りに落ちた瞬間だと思う。突然アイリスが心に呼びかけてきて、叩き起こされた。まぶしい日光に目を細め、今いる場所や時間を確かめようとする。

〝何時ですか？〟わたしは尋ねた。

〝午前半ばだ〟アイリスが答える。

つまり、昨日の午後からずっと眠っていたのだ。〝どうして起こしたんですか？〟

〝緊急議会が召集され、おまえも出席を要請されている〟

〝緊急議会？〟

〝ゴールが殺された。それから、イロム顧問官の正体がヴァレクだとカーヒルが主張している〟

28

ゴールが殺された？　そしてヴァレクが捕まった？　ふらつく頭ではアイリスの言葉の意味がよくわからなかった。でも、質問する暇もなく、アイリスの意識は消えてしまった。わたしはできるだけ大急ぎで着替え、議事堂に走って向かった。

ヴァレクがゴールを殺したの？　もしヴァレクが本当に捕らえられたのだとしたら、シティア人に彼を処刑する口実をもうひとつ与えたことになる。ヴァレクがいることに驚いてみせるべき？　それとも、知っていたと認める？　ゴール殺害の共犯者と見なされているのだろうか？　疑われているのは確かだろう。アイリスに話したのは、ゴールがどこで見つかるかということだけだ。ほかには何も言っていない。

答えの出ない疑問が頭の中を巡る。わたしは議事堂の階段前で立ち止まり、編んだ髪を撫《な》でつけ、ナッティが仕立ててくれた新しいシャツとスカート風ズボンの皺《しわ》を伸ばした。周囲を見回し、誰にも尾行されていないことを確認する。わたしはひとりで平気だとアイリスは信頼してくれた。そのアイリスを失望させるわけにはいかない。

議員たち、四人の魔術師範、数人の衛兵、それにカーヒルが大広間に集まっていた。あちこちで議論が白熱し、耳を聾《ろう》するほどの騒ぎだ。サンドシード族の議員を激しく指さすカーヒルの姿が目にとまった。カーヒルの紅潮した顔は怒りに歪《ゆが》んでいる。

第一魔術師範のローズ・フェザーストーンが小槌《こづち》を叩《たた》き、一同に静粛を求めた。会話がやみ、議員たちが席に着く。歓迎式典のときの装飾はすでに取り払われ、U字形のテーブルが設置されていた。ローズとほかの三人の魔術師範が湾曲部に、部族長たちは両側の直線部に座った。片側に六人、反対側にもう五人、六番目の席にはカーヒルが腰を下ろす。U字の中央に木製の演台が置かれている。わたしは衛兵長とその部下たちとともに壁際に立った。そのまま白い大理石に溶けてしまいたかった。

「議題はゴール・イクシア中尉の件だ」ローズが切り出した。

わたしは驚いてアイリスに目を向けた。

〝北からの亡命者には、全員イクシアという族名が与えられている〟とアイリスがわたしの心の中で説明した。〝族長はカーヒルと見なされている。いわば名誉部族と名誉称号だ。カーヒルは土地も持たず、議会での投票権もない〟

だからカーヒルは議会に対し憤り、最高司令官打倒作戦をいっこうに支援しようとしてくれないことが不満なのだ。

「中尉の遺体は、城塞の東、フェザーストーン族の土地にある休耕地で発見された」ローズが続けた。「治療師は、心臓を剣でひと突きにされたことが死因だと断定した」

議員たちの間に囁《ささや》き声が広がったが、ローズが冷たく睨《にら》みつけると、たちまちしんとした。「現場に凶器はなく、現在周囲の捜索が進んでいる。第四魔術師範によると、生きているゴールを最後に見たのはイレーナ・リアナ・ザルタナだという。そこで彼女を証人として召喚した」

十六組の目がいっせいにこちらに向けられた。敵意、不安、懸念、それぞれの表情が一同の間に散らばっている。

〝心配するな〟アイリスの声がした。〝何が起きたか説明しなさい〟

わたしは演台に進んだ。そこが証人台だろうと推測したのだ。

それから、誘拐されたこと、そこから脱出した経緯を話した。ゴールの身体を操ったことに話が至ると、全員が息をのむ音がした。『倫理規範』、という囁き声が広がる。

アイリスが立ち上がった。「自己防衛のために魔術を使うのは違法でもなんでもない。むしろ、ゴールに怪我《けが》をさせずに脱出したのだから、褒められてしかるべきだ」

ゴールがわたしを誘拐するに至った動機について、議員たちから次々に質問が飛んだ。わたしの護衛たちが薬で眠らされたと証言すると、やっと疑問の声がやんだ。

「おまえはゴールを鎖に繋《つな》いで小屋に置き去りにし、それ以降、姿を見ていないんだな？」ローズが尋ねた。

「はい」

「この言葉は真実だ」ローズの険しい表情から察するに、渋々そう言ったのだろう。「ゴール殺害犯の捜査は継続する。イレーナ、着席してよろしい」ローズは、自分やほかの魔術師範の背後の長椅子を示した。「別の議題に移ろう。カーヒル・イクシア、証人台へ」

長椅子に向かうわたしは、カーヒルとすれ違った。カーヒルの青い瞳は固い決意に満ち、わたしと目を合わせようとしなかった。木の長椅子の端に腰かけ、カーヒルに非難される覚悟をする。それでも、彼の言葉はわたしの心を恐怖で縮こまらせた。

「……そしてヴァレクの変装とを考えあわせると、イレーナ・ザルタナこそ、ヴァレクの心の友であり、手だれの密偵だ」

室内でさまざまな声がどっとあがった。ローズが小槌を打ったが、誰も耳を貸さない。さらにローズは静粛にと命じ、同時に強い魔力を放った。全員を黙らせることができたのはほんの一瞬だけだったが、指示を行き渡らせるにはそれで充分だった。

「カーヒル、証拠はあるのか？」ローズが尋ねた。

カーヒルは養成所の衛兵のひとりに合図をした。衛兵が奥のドアを開けると、マロック大尉とカーヒルの四人の部下たちが、イロム顧問官を引き連れて会議場に入ってきた。イロムの腕は背中で繋がれており、四人の衛兵がその身体に剣を突きつけている。サイネ大使と数名のイクシアの兵士たちが、粛々とそのあとに続いた。

わたしはなんとかヴァレクと目を合わせようとしたが、彼は議員たちを睨みつけている。最初に口を開いたのはサイネ大使だった。「説明を要求する。これは戦争行為だ」

「カーヒル、事が明らかになるまで顧問官を拘束してはならないと命じたはずだ」ローズが唸《うな》った。琥珀《こはく》色の瞳には怒りの炎が燃えている。

「みすみす奴《やつ》を逃がせと？　だめだ。やはりみんなの前で正体を暴いたほうがいい」カーヒルはイロムに近づき、髪を乱暴に掴《つか》んだ。

わたしは身を縮めたが、イロムはうっと声を漏らしながらも無理にうつむいた。カーヒルはひるまず、今度はイロムの鼻を引っ張り、顎の下の皮膚を引っかく。イロムが悲鳴をあげて首の傷から血があふれ出し、カーヒルはぎょっとして後ずさった。また顔に手を伸ばそうとするが、マロックにその手を掴まれた。カーヒルの口が驚きでぽかんと開く。

「顧問官を解放しろ」ローズが命じた。

イロムの手枷《てかせ》がはずされ、怒りで顔を紅潮させたカーヒルとその部下たちは部屋から連れ出された。会議は終了し、ローズはすぐさま大使とイロムに駆け寄って謝罪した。

わたしは長椅子に座ったまま、サイネ大使の怒りの表情とイロムのむくれ顔が、ローズの言葉で多少は緩むのを眺めた。人の注意を引くのが怖かった。カーヒルのわたしへの非難を誰も覚えていませんように。

イロムの変装を暴けなかったカーヒル同様、わたしも心底驚いた。策略家だと知っていても、ヴァレクには驚かされっぱなしだ。わたしはイクシア兵士の顔をひとつひとつ確かめ、案の定、青い目の兵士が満足げな表情をしているのに気づいた。おそらく、ヴァレクが顧問官の変装をするときにはイロムが衛兵の格好をし、ヴァレクがシティア内をお忍びで歩きまわる場合には、立場を交換するのだろう。

議員やイクシア使節団が部屋から退出し出すと、アイリスが長椅子のわたしの横に座った。〝ヴァレクに、ここから立ち去れと忠告しなさい。危険すぎる〟

〝知ってたんですね〟

〝もちろんだ。どうせ使節団に紛れて現れると思っていたよ〟

〝彼がここにいてもかまわないんですか？　スパイ活動をしているかもしれないのに〟

〝あの男はおまえのために来た。ふたりが少しでも一緒に過ごせて、よかったと思っている〟

〝でも、ゴールを殺したのがもしヴァレクだったら？〟

〝ゴールはおまえを脅した危険人物だ。逮捕したかったが、殺されても仕方がなかった〟

「何か食べてきなさい。顔色があまりよくない」アイリスが口に出して言った。

「ありがとうございます。ついこの間まで母の顔も知らなかったのに、今ではふたりもいます」

アイリスは笑った。「人より手助けが必要な人間というのがいるものなんだ」わたしの膝を軽く叩き、ベインを捜しに行った。

ところが部屋を出ていこうとしたとき、バヴォル・ザルタナ族長が近づいてきた。「サイネ大使がおまえと会いたがっている」

「いつですか？」

「今だ」

バヴォルはわたしの先に立って大広間を出た。「大使には執務室が与えられている。こちらにいる間にも、仕事を片づけられるように」議事堂内を進みながら説明する。

その巨大な建物の中に、シティア政府が丸ごとおさまっていた。執務室や会議室に人が出入りし、政府の日常業務で活気にあふれている。地下の記録室にあらゆる公式文書が保管されているが、各地の記録は部族がおさめる地域の首都に置かれている。

わたしはサンドシード族の移動首都のことを思った。平原中を移動しながら、記録も運搬し続けるのだろうか？　そのとき、アイリスのサンドシード族についての講義を思い出した。彼らは今も口承で記録し、《物語の紡ぎ手》を通じて歴史を伝えるのだ。青く身体を染めたムーンマンが地下の記録室に座っているイメージが頭に浮かび、思わず微笑《ほほえ》んだ。

バヴォルが何事かというようにわたしを見た。

「記録室のことを考えていたんです。サンドシード族は、どんなふうに議会に情報を伝えているのかなと思って」

バヴォルがにやりとした。「彼らは頑固でな。仕方がないから、彼ら流の……普通でないやり方を認めておる。《物語の紡ぎ手》が年に二回議事堂にやってきて、書記に部族の出来事を語るのだ。それでうまくいっているし、わが国は安泰だ。さあ着いたぞ」バヴォルは開いたドアを示した。「あとでまた話そう」バヴォルは軽く会釈して立ち去った。

バヴォルは招かれていないのだ。わたしは部屋の玄関ホールに入った。飾り気のない机の向こうにイロム顧問官が座っている。首の引っかき傷の血はすでに止まっていた。閉じた扉の前にふたりの衛兵が立っている。

イロムが立ち上がって扉をノックした。かすかに声が聞こえ、イロムが扉の取っ手を回す。「来ました」そう言うと扉を押し開けて、中に入るようわたしに促した。

サイネ大使の執務室に足を踏み入れたわたしは、実用的な家具と装飾を排した内装に目をとめた。衛兵が大使の背後に立っていたが、大使は彼らを下がらせた。どちらもヴァレクではない。いったいどこに行ったのだろう？　アーリとジェンコは非番らしい。

「昨夜、ひと騒ぎ起こしたらしいな」ふたりきりになったところで、サイネが切り出した。

大使の力強い目がわたしを探る。その外見にわたしは目をみはった。繊細な顔かたちは最高司令官のままだが、長い髪と目のまわりに施した細いアイラインのおかげで、年齢不詳の美しさを醸している。

「せっかくおやすみのところ、お邪魔でなければいいのですが」わたしはかしこまった調子を崩さずに言った。

大使は今の言葉を打ち消すように手を振った。「ふたりきりだ。自由にしゃべっていい」

わたしは首を振った。「魔術師範の耳を侮ってはいけません」わたしはローズのことを思った。国を愛する者の義務として、ローズなら大使の部屋の盗聴を考えるだろう。

サイネはうなずいた。「国王気取りのあの男、にせ情報を掴まされたらしいな。どうしてそんなことになったのか」

「情報が錯綜《さくそう》していたものと思われます」

「妙な言いがかりをつけられることは、もうないんだろうな？」サイネが尋ねた。

その視線はわたしの喉に突きつけられたナイフのようだった。司令官のこの変装についてわたしがちゃんと口をつぐんでいられるかどうか、心配しているのだ。

「もちろんです」わたしはサイネに手のひらを見せ、秘密は絶対に守ると誓ったときに彼女が刻んだ傷跡を指さした。そう、ヴァレクにさえ漏らさない。

そこで、ヴァレクをシティアから立ち去らせろというアイリスの提案を思い出した。わたしは蝶《ちょう》の首飾りを引っ張り出した。「いつまでもくすぶり続ける噂《うわさ》の火種があるものです。また火事にならないよう、燃料を残さないことが肝心でしょう」

サイネにはヴァレクのことだとわかったはずだ。「ずいぶん曖昧な忠告だが、承知した。だが、実はおまえとは別の話がしたいのだ」サイネは黒い革の書類鞄《かばん》から一枚の羊皮紙を取り出し、それを丸めた。

「最高司令官からおまえに伝言だ。彼はおまえと最後に交わした会話について、よくよく考えた。そして、おまえから提示された提案を有効と認め、提案について感謝したいと言っていた」サイネはわたしに巻紙を渡した。「魔術修行が終わったら訪ねてほしいという招待状だ。われわれは一週間後に国に戻る。出発前に返事が欲しい」

そして謁見は終わった。わたしは大使にお辞儀をし、執務室を辞去した。養成所に向かいながら、今の言葉に首をひねる。最高司令官はわたしの処刑命令書に署名をした。つまり、イクシアを訪問するのは自殺行為だ。

部屋に戻ったわたしは、暖炉に火を熾《おこ》して、室内が暖かな炎で明るくなるのを待ってから手紙を広げた。躍る炎を眺めながら、アンブローズ最高司令官の提案について考えた。手渡されたのは、わたしの処刑命令書だった。でも、それを火にくべてしまうわけにはいかなかった。書類には短い文面が加えられていた。イクシアへの忠誠を証明すれば命令は無効とし、イクシアのために働く魔術師がいれば有利だと将軍たちに証明してみせれば顧問官の地位を与えると。これを実行すれば、わたしはイクシアに戻れるのだ。友人たちのもとに、ヴァレクのもとに。

議会の会議でわたしを手だれの密偵と呼んだカーヒルは、そうとは知らずに、わたしの未来像を言い当てていたのだ。

29

わたしは暖炉の炎を眺めた。せめぎあう感情、忠誠心、本望が、目の前の炎と同じように胸の中で燃え躍る。だがすぐに結論など出るはずもなく、自分の処刑命令書を背嚢《はいのう》にしまった。考えるのはあとにしよう。

両親との約束を思い出し、ふたりがそこで昼食をとっているかもしれないと考えて食堂に向かった。途中でダックスと鉢合わせした。

「イレーナ」ダックスは歩調を合わせてわたしの隣を歩いた。「久しぶりだね」

「学校中で囁《ささや》かれているわたしの噂話《うわさばなし》を耳に入れたくてたまらない。そうでしょ?」

「僕にだって生活ってものがあるんだ。噂話を聞いてる暇なんかなかったさ」ダックスはいかにも傷ついたというようにふくれてみせたが、わたしが顔をのぞきこむと、ため息をついた。「わかったよ、君の勝ちだ。ほんと退屈でね。第二魔術師範は探偵ごっこにかかりっきりだし、ゲルシーも特別研究で忙しそうでちっとも姿を見せないし」ダックスはわざとらしくそこで言葉を切った。「退屈で死にそうだったから、君になったつもりで、君の冒険を疑似体験しているわけ」

「それで、噂は――」

「君の冒険は今や伝説だよ」両腕を大きく開いて笑った。「で、今度はどこに行くの？　ドラゴン退治？　君の卑しき従者としてお供させてもらってもいい？　毎晩、僕のシャツで君の魔術道具を磨いてやるから。約束するよ」

「わたしの悩みで楽しんでもらえてよかった」皮肉をこめて言った。「今、わが木登り王と王妃を捜してるの。わたしたち、養成所で目に見えない軍隊を作った、邪悪な木登り悪魔と戦う作戦を練っているところで」

ダックスの目がきらきらした。「木登り王妃の冒険については、今朝聞いたよ」

急に、冗談を言う気分ではなくなった。母のことを生徒たちがどう噂しているかなんて聞きたくない。ダックスが詳しく説明し出す前に、わたしは彼を引き連れて歩き出した。

両親は食堂にいたので、わたしたちはそこに合流した。食事をする間、ダックスがいてくれたおかげで、会話は養成所や馬など日常の話題に留《とど》まり、議会での会合について両親に質問する暇を与えなかった。母はダックスだけの特別な香水を蒸留してあげると約束した。わたしがシティア人の友人を見つけたことがうれしいようだ。

ダックスに別れを告げたあと、両親と一緒に客室棟のほうに向かった。小ぶりな台所でパールがお茶をいれる間、わたしはイーザウにキュレアについて尋ねた。ファードがわたしを誘拐したのではと疑ったアイリスは、キュレアのことを父にすでに話していた。

父は胼胝《たこ》だらけの手で顔を擦《こす》った。「そんな使われ方をするとは思ってもみなかった。新物質を見つけたときは、必ず副作用がすべて明らかになるまで実験し、有用なものか、悪用される恐れがないか確かめる。そして薬か毒か判断するんだ。日の目を見ないものもあるが、有用性が危険性を上回るものも多い。多少の副作用はあるにしても」

母がお茶をのせた盆を持って部屋に入ってくると、父は口をつぐんだ。父の目が、ファードがキュレアをおぞましい形で悪用したことについて、母は知らないのだと告げていた。母はカップにお茶を注《つ》ぎ、ソファのわたしの隣に座った。昼食の間は外套《がいとう》を着ていたが、部屋の中では脱いでいた。「議会の会合で何があったの？」母が尋ねた。

わたしはふたりに、カーヒルがイロム顧問官を非難した件について、かなりざっくりと話した。ヴァレクの名前を出したとたん、パールはぎくりとして首元に手をやったが、結局カーヒルの早合点だったと告げると緊張を解いた。わたしとヴァレクの繋《つな》がりについてカーヒルが指摘したことは伏せ、ゴールが殺されたことも伝えた。

「それはよかった」パールがうなずいた。「呪いをかける手間が省けたわ」

「母さん！」わたしは目を剥いた。「呪いもかけられるの？」

「わたしに作れるのは、香水や香料だけじゃないのよ」

イーザウもうなずいた。「レヤードとムグカンがすでに死んでいたのは運がよかった。

怒ったときの母さんは、それはもう想像力豊かでね」

両親には、あとどれだけ驚かされるのだろう？　わたしは話題を変え、ここまでの旅や、ザルタナ一族の様子についてあれこれ尋ね、約束どおりその日はふたりと過ごした。

時間が遅くなってきたので、イーザウがわたしを部屋まで送ろうと言った。ゴールの一件以来、護衛もついていないので、最初は断った。それでも父は折れず、母の機嫌もしだいに悪くなり、わたしは呪いの話を思い出した。母を怒らせるのはいやだったので、とうとううなずいた。

構内は静寂に包まれ、がらんとしていた。月光が氷に覆われた木々をきらめかせている。満月まであと四日。わたしはヴァレクの腕輪に触れ、手首のまわりでくるくるひねった。

部屋に向かう途中でイーザウが口を開いた。「キュレアについて、もうひとつ話がある」

「まだ何かあるの？」

父はうなずいた。「すべての実験を終わらせないままキュレアをサンドシード族に出荷したのは、鋭い棘《とげ》を持つイラクサが理由だ。アヴィビアン平原に分布するこの植物の棘を刺すと、何日も耐えがたい痛みに苦しむことになる。気づかずに茂みにさまよいこむ子どもがいつも犠牲になるんだ。低容量なら、キュレアは傷の痛みを見事に麻痺《まひ》させる。だが、大量のキュレアで全身を麻痺させようとする者がいるとは」イーザウは顔をしかめ、肩まで伸びた白髪を撫《な》でた。「その後、実は別の副作用が見つかったんだが、当時は重視していなかった。だがこうなると……」イーザウは足を止め、わたしに向き直った。「キュレアを大量に摂取すると、魔力も麻痺してしまうんだ」

顔から血の気が引いた。つまり、キュレアは魔術師範さえも完全に無力化する恐れがあるのだ。明日の夜、極秘裏に人質交換が行なわれる。魔法でゴールの身体を乗っ取った経験から、わたしはいざとなったらファードの身体も乗っ取るつもりでいた。薬でたとえ身体の自由は奪われても、魔法は使えると思ったからだ。こうなると、絶対にキュレアを打たれないようにすることが生命線となる。

父はわたしの目に浮かんだ恐怖に気づいたらしい。「実は、解毒剤に近いものが存在する」

「解毒剤？」

「完全に毒を消せるわけではないが、魔力を解放し、感覚も少しは戻る。その代わり別の問題が生じる」イーザウは苛立《いらだ》たしげに首を振った。「まだ実験途中なんだ」

「その解毒剤って？」

「テオブロマだ」

別の問題が何か、それでわかった。あの茶色いお菓子を食べると、魔力に対して心の抵抗力が失われてしまう。ほかの魔術師から攻撃されたとき、心の防御壁が機能しなくなるのだ。たとえ自分より弱い相手でも。

「テオブロマを使うとして、どれくらい必要なの？」わたしは父に尋ねた。

「大量に。だが、わたしなら濃縮できる」

冷たい風が吹き抜け、わたしはぶるっと身体を震わせて、外套の前をきつくかきあわせた。わたしたちはまた歩き出した。

「味は悪くなるが、量は少なくなるだろう」

「明日の午後までにできる？」わたしは尋ねた。

父はわたしを見つめた。そのやさしい目が心配そうに曇る。

「母さんには報告できないようなことをするつもりなんだな？」

「ええ」

「大事なことなのか？」

「とても」

父はしばらく黙りこんだ。そしてわたしの部屋の前に着くと、わたしを抱擁した。「自分が何をしているか、ちゃんとわかっているんだな？」

「計画があるの」

「イレーナ、おまえは困難を乗り越えて、故郷に帰る道を見つけ出した。今回もきっとやり遂げると信じている。明日の昼までに解毒剤を届けるよ」

わたしが室内の確認をする間、父は保護者面した熊のように戸口でぬっと立っていた。

安全だとわかると満足して、おやすみと言い、客室棟のほうに戻っていった。

ベッドに横たわり、父の話について考えた。そのとき窓の鎧戸《よろいど》が開き、わたしははっとして、枕の下に置いた飛び出しナイフを手に起き上がった。ヴァレクが窓からするりと入ってきて、鎧戸を閉めると、音もなくベッドに飛び降りた。

「ヴァレク、この国を出て。あなたがここにいることを大勢の人が知りすぎている」

「殺人鬼を見つけてからだ。第一、最高司令官から大使を守れと命じられている。勝手に戻ったら、命令不履行だ」

「大使本人から帰国を命じられたら？」わたしは顔が見えるように身体の向きを変えた。

「最高司令官の命令がすべてを凌駕《りょうが》する」

「でも――」

ヴァレクの唇がわたしの質問を止めた。彼とは話しあわなければならないことがたくさんある。ゴールの死、最高司令官からの申し出。でもヴァレクの身体がわたしの身体に重なり、麝香《じゃこう》の香りが鼻腔《びこう》をくすぐったとたん、すべて頭から消え去った。ふたりでいられる時間は限られている。せっかくの夜をおしゃべりで無駄にする気はなかった。

日の出の光で半ば明るくなった未明に目覚めたとき、ヴァレクの姿はすでになかった。でも身体に力が漲《みなぎ》っているのがわかる。ファードとの待ち合わせは午前零時の予定だ。わたしは一日の予定を確認しながら、計画についても見直した。

午前中の授業で、アイリスはわたしに、また魔法で物を動かす練習をさせようとした。でもわたしは、心の防御壁を強くする練習がしたいと頼んだ。イーザウの解毒剤を使わなければならないなら、たとえテオブロマの影響下にあってもファードの魔法を弾《はじ》き返せる、強力な防御壁を作りたい。

授業を終える前にアイリスが尋ねた。「ゴールに監禁された疲れが残っているのか?」

「少し。なぜですか?」

アイリスは皮肉っぽく微笑《ほほえ》んだ。「先週は毎日、オパールの捜索はどうなっているのかとしつこく訊《き》いてきた。だが今日はなんの質問もない」

「新しい情報があれば、何も訊かなくても教えてくれるだろうと思ったんです」

「これは大進歩だ!」アイリスが声をあげた。「われわれをやっと信じる気になったらしい」その瞳にひらめいたいたずらっぽい光が弱まった。「新しい情報はない。奴《やつ》は城塞内にも平原にもいないようだ。だから捜索範囲を広げつつある」

父のもとに急ぎながらも、罪悪感で胸が痛んだ。アイリスら魔術師範たちと一緒にわたしもオパールの捜索をしたかった。でも今は、ヴァレクひとりを護衛につけてファードと会う計画で頭がいっぱいだった。ヴァレクは兵士四人分の戦力になるとはいえ、アイリスに計画を明かすことはできない。真のシティア人なら、情報を議会に報告するべきなのに。なぜアイリスを信用できないのか?　アイリスが知れば、わたしをファードと会わせまいとするからだ。会えば、シティアを危険にさらしかねないのだから。でもわたしが現場にいなければ、ファードを不意打ちにはできない。アイリスは、シティアを救うためならオパールひとりを犠牲にするのは仕方がないと考えているのだ。でもわたしは、ファードを止めるにはすべてを賭けるしかないと信じていた。すべての危険を予測し、それを最小限にすることが勝負の鍵だ。

アイリスは、わたしにはファードを捕らえる力はないと思っている。でもわたしは、シティア一の魔術師ローズを心に入らせず、トゥーラの身体を癒《いや》して意識を探し、ゴールの身体を乗っ取ることさえできた。キュレアの解毒剤も手に入る。

信頼は双方向でなければならない。忠誠心も。わたしに忠誠心があるだろうか？ アイリスに対してはある。だが、シティアに対しては？ あるとは言いきれない。

たとえわたしがオパールを救出し、ファードを捕らえても、アイリスはもうわたしに魔術を教えてはくれないだろう。そう考えると胸が塞ぎ、自《おの》ずと自分のこれからや、最高司令官からの申し出について考えてしまう。

アイリスがわたしとの関係を切れば、わたしはシティアになんの義理もなくなる。カーヒルがイクシア転覆をもくろみ、蜂起しようとしていると、最高司令官に報告することもできる。カーヒルは、わたしとヴァレクの関係を得々と議会に告げ口するだろう。

父は客室棟の外でわたしを待っていた。父はテオブロマを、コマドリの卵大の錠剤に凝縮してくれていた。「溶けないようにゼラチンで固めてある」

「溶けないように？」

「キュレアで身体が動かないときに、どうやって薬を飲む？」そうかとわたしが目を見開くと、父は続けた。「錠剤を歯の間にしこんでおくんだ。キュレアを打たれたら噛《か》み、顎の筋肉が麻痺する前にできるだけ飲みこめ。願わくは、残りも溶けて喉を滑り落ちてくれれば」

　解毒剤について知る前は、とにかくキュレアを打たれないようにすることが第一だった。奴に進んで身を任せれば、ファードはキュレアを使う必要がなくなる――というより、少なくともわたしはそう願っていた。でも父の錠剤のおかげで、今夜の計画にさらに自信が持てただけでなく、アイデアももらった。そこでわたしは父からいくつか借り物をした。

　午後の残りはジトーラと護身術の練習をし、両親との夕食のあとは厩舎《きゅうしゃ》に行った。その日はずっと、なんとも妙な気分だった。何をするにも、それが最後のように思えるのだ。たぶん、今夜を境にわたしの人生は変わるという、紛れもない事実のせいだろう。

　キキはわたしの気分を察知した。〝ラベンダーレディ、悲しい〟

〝少しね〟わたしはキキを馬房から出し、ブラシをかけ始めた。いつもはあれこれ話しかけるところだけれど、今夜は黙々と手を動かした。

〝ラベンダーレディと一緒に行く〟

わたしは驚いて手を止めた。キキとの繋がりは、感情の吐露や単純な意思の疎通にすぎないと思っていた。確かにキキはわたしの気持ちを見抜き、たとえばわたしがゴールに脅されたときにもそれを悟る直感を持っていたけれど、ふたりが繋がる理由を知らないのだと今まで思っていた。〝あなたを連れていったら怪しまれるわ〟

〝匂いがわかるぐらいの場所にいる。ラベンダーレディはわたしが必要〟

わたしはブラシを脇に置き、考えた。カーヒルは乗馬レッスンのために厩舎に姿を現さなかった。当然だろう。ひとりで練習しようと思えばできるだろうけれど、鞍《くら》も、人の助けもなしに、どうやって背中に乗ったらいい？

〝たてがみを掴《つか》んで。ジャンプ。引っ張る〟

〝キキ、今夜のあなたにはあれこれ世話になりっぱなしね〟

〝わたしは頭がいい〟キキは謙遜しなかった。

牧場を走りながら、キキの提案について考えた。キキを連れていき、平原で草を食《は》ませておけばいい。人質交換は、平原でわたしが知っている唯一の場所、血の岩で行なわれる。ファードがどうやってその情報を手に入れたのか考えると、肌がぞくりとした。

ファードのイメージや考えは、今も悪夢にたびたび現れる。ひょっとして、奴とうっかり繋がってしまっているとしたら？　わたしを手に入れようとするファードの執念が、わたしの夢に取《と》り憑《つ》いていた。夢の中のわたしは、もう蛇たちから逃げようとはしない。代わりに、巻きつかれてぎゅっと絞めつけられ、噛まれたすえに訪れる死という名の忘却を待ち望んでいる。夢の中の自分の行動が、ファードと同じくらい不愉快だった。

キキが速足になったので、わたしは現実に引き戻され、バランスを保つことに集中した。脚や背中が痛み出したところで、キキが足を止めた。

キキをすばやく撫でたあと、馬房に戻す。〝またあとでね〟と告げ、人質交換に向かう準備のために部屋に戻ろうとした。空が暗くなるにつれ、不安が自信を蝕《むしば》む。

〝信頼〟キキが言った。〝信頼はペパーミント〟

わたしは笑った。キキは世界を、胃袋を通じて眺める。ペパーミントはいいもの。だから、人を信じることもいいもの。

ヴァレクはわたしの部屋で待っていた。こわばった表情はまるで鉄仮面のようだ。瞳を冷たい光沢が覆っている。殺し屋のまなざしだ。

「さあ」ヴァレクはわたしに、首元まである黒いシャツと黒いズボンを手渡した。「この服は、吹き矢から君を守ってくれる特殊な素材でできている。ただし、矢をじかに突き刺されれば終わりだ」

「すごい」わたしはヴァレクに感謝した。少なくともこれで不意打ちはされない。万が一ファードが近くに来たときには、わたしのほうが優位に立っていることを願うばかりだ。

新しい服はわたしの小柄な身体には大きすぎた。だから袖をまくり上げ、ズボンが落ちないようにベルトをした。ヴァレクがふっと微笑んだ。「実は、わたしの服なんだ。裁縫はあまり得意じゃなくてね」

わたしは慎重に背嚢に荷物を詰めた。持っていくのはどうしても必要なものだけ。テオブロマ、イーザウからもらった品物、鉤縄《かぎなわ》、林檎《りんご》ひとつ、そしてボウ。ファードは武装せずに来いとは言わなかった。鍵開け用の針金は髪の中に隠し、腿にくくりつけた飛び出しナイフはズボンのポケットに作った穴から取り出せる。ヴァレクが事前に配慮してくれたのだ。針と糸は器用に操れなくても、戦術にかけてヴァレクの右に出る者はいない。

わたしたちは計画を再確認し、わたしはキキについてヴァレクに話した。

「大型動物連れでなくても、養成所と城塞の門から忍び出るのは難しいんだぞ」

「なんとかやってみる。信じて」

ヴァレクは無表情でこちらを見ている。

「わたしがキキを連れて先に平原に行くから、あなたはそのあと城塞の門を抜けて待ち合わせの場所に来て」わたしは続けた。「オパールを無事確保し、ファードの姿が見えたら、それが行動開始の合図」

ヴァレクがうなずいた。

わたしは外套を羽織り、出発した。午前零時まであと四時間。構内を歩く人はまばらだった。歩道沿いに松明《たいまつ》がともされ、ひんやりした夜気の中を急ぐ生徒たちは、夜間授業に行く者もいれば、友人との待ち合わせに向かう者もいる。その中で、わたしだけが異質だった。まるで、仲間に入りたいと思いながら彼らを眺める影。頭を悩ますことと言えばベインに課せられる宿題だけ、そんなふうになりたかった。

キキは馬房で待っていた。わたしは扉を開け、キキを外に出した。外套を着て、背嚢を背負ったまま馬の背に乗るのは無理だったので、踏み台を引いてきて使った。

〝練習しないと〟キキが言った。〝平原に踏み台はない〟

〝そうするわ〟わたしは素直に助言を聞いた。

門に向けて出発しかけたところで、キキがアイリスの塔を振り返った。〝魔法貴婦人《マジックレディ》〟

アイリスに黙って人質交換に向かうことについて、抑えていた罪悪感が頭をもたげそうになる。〝きっと、よく思わないわ〟

〝怒って蹴りまくる。マジックレディにペパーミントをあげて〟

わたしは笑った。でも、ふたりの間の亀裂を修復するにはペパーミントじゃ足りない。

〝ペパーミントは両方の側にとっておいしい〟キキが言う。

馬流の謎めいたアドバイスだろうか？〝本当はムーンマンが父親なんじゃない？〟

〝ムーンマンは頭がいい〟

わたしはキキの言葉を反芻《はんすう》し、その真意を読み解こうとした。養成所の門にたどりつく前に魔力の糸をたぐりよせ、意識を飛ばす。衛兵がふたりと魔術師がいた。衛兵ふたりは退屈し、ひとりは早く交代時間にならないかと思い、もうひとりは夜食に何を食べようかと考えている。魔術師は丸椅子でまどろんでいた。わたしは魔術師をより深い眠りに引きずりこみ、衛兵については彼らの望みを利用して、門を通る馬と騎手以外のことに気をそらそうとした。ひとりは夜空を眺めて南天の星がどこまで動いたか推し量り、もうひとりは何か食べ物はないかと詰所の中を探しまわった。どちらもわたしたちには気づかず、すぐにわたしたちは彼らの視界から消えた。

キキは音もなく城塞内を歩いていった。サンドシード出身の馬に近づく蹄鉄工《ていてつこう》はいない。彼らが金属の靴を軽蔑していることは、つとに有名だからだ。城塞の門を見張っている衛兵は四人。わたしは門を通過する間、また彼らの気をそらした。門が視界から消えると、キキはいきなり駆け出し、アヴィビアン平原をめざした。そして道も城塞も消えたところで、速度を落として歩き始めた。

わたしの思いは、ペパーミントについてのキキの言葉に戻っていった。今夜の計画を成功させるには、それぞれが己の役目を果たす必要がある。両側がおいしいと思わなければならないのだ。信頼はペパーミントと等しいとも、キキは言った。つまり、ヴァレクではなくアイリスのことだろうか?

ふいに頭の中で答えがひらめいた。キキの助言を解読した自分をほめるべきか、それとも、馬に教えられるまで当たり前のことに気づかなかった自分を責めるべきか。

〝アイリス〟わたしは呼びかけた。

〝イレーナか？　どうした？〟

わたしは深呼吸して気持ちを落ち着かせ、計画についてアイリスに伝えた。告白のあと、空虚な沈黙がしばらく続いた。

〝おまえは死ぬ〟アイリスがとうとう言った。〝おまえはもはや、わたしの教え子ではない。わたしはほかの魔術師範たちと繋がり、おまえが奴と接触する前に止める〟

そういう反応が返ってくることはわかっていた。だからこそ打ち明けたくなかったのだ。

〝アイリス、おまえは死ぬと、前にもあなたに言われました。イクシアの蛇の森で初めて会ったときのことです〟

アイリスはためらった。〝ああ〟

〝わたしは絶体絶命でした。魔力が制御不能なわたしは、殺すとあなたに脅された。しかもヴァレクには毒を盛られていた。あの時点では、どっちにしてもわたしはいずれ死ぬと思われた。それでも少し待ってほしいと頼み、あなたはそれを聞き入れてくれた。ほとんど見ず知らずのわたしを信じ、自力で道を切り拓《ひら》くチャンスを与えてくれたんです。わたしにはシティアの流儀はわからないかもしれないけれど、窮地を切り抜けることにかけてはベテランです。ほかの魔術師範を呼び出す前に、そのことを考えてください〟

また長く重苦しい沈黙が続き、わたしはアイリスとの繋がりを切った。今は目の前の仕事に専念しなければならない。キキは血の岩まであと一キロ半に迫ったところで足を止めた。サンドシード族の魔法の気配を感じる。彼らの野営地を守っていたものほどの力はないが、気づかずに足を踏み入れる獲物を待ち受ける、薄い蜘蛛《くも》の巣に似ている。しっかりした防御壁を持っている魔術師ならサンドシード族に気づかれないかもしれないが、彼らがその魔力を増強すればすぐに見抜かれ、侵入者は魔術攻撃を受けるだろう。でも、魔術に免疫のあるヴァレクなら察知されないはず。わたしはほっと息をついた。

わたしはキキの背中から下りた。〝人目につかないようにしていて〟と告げる。

〝風上にいて。匂いが嗅げるように〟キキが指示した。

わたしは丈の高い草に隠れ、ヴァレクを待った。キキは一時間でここに到着したが、ヴァレクが現れるまでにはもう一時間余計にかかるだろう。それから充分待ったと感じたところで、血の岩に向かって歩き出した。反対側からヴァレクが近づいてくるものと信じて。

〝兎《うさぎ》〟キキが言った。〝いいもの〟

わたしは微笑んだ。巣穴から飛び出した兎がキキには見えたのだろう。かすかな風が吹き、月明かりに照らされた自分の影が波打つ草の上をかすめて走るのを眺める。

アイリスの声がふいに聞こえた。〝勝手にしろ〟そして繋がりが途絶え、同時に、師弟の絆《きずな》も断たれたのがわかった。突然、頭の中にぽっかりと空洞ができ、ずきずき痛んだ。ショックで、胸が張り裂けそうになった。大丈夫、ヴァレクとキキはわたしを追ってくれている——そう自分に言い聞かせ、なんとか落ち着きを取り戻した。

約束の場所に近づくと、足を止めて外套を脱いだ。それを丸めて背の高い葉の茂みに隠すと、イーザウにもらったテオブロマの錠剤を背嚢から出し、奥歯の間に置いた。違和感があったけれど、誤って噛んだりしませんようにと祈った。

わたしはそのまま進んでいった。目の前いっぱいに暗い岩陰がそびえている。雲間から月光が漏れ、薄闇に目を凝らしてファードとオパールを捜した。

血の岩の背後からオパールが出てきたのを見て、安堵感《あんどかん》があふれた。少女がこちらに駆けてくる。その顔は恐怖でこわばり、目は腫れ、青白い肌には涙の跡ができている。わたしはファードの気配はないかと魔力であたりを捜索し、視覚でも探した。

オパールがすすり泣きながらわたしの腕に飛びこんできた。簡単すぎる。普通なら、人質を解放する前に、わたしに同行するよう約束させるはずでは？　オパールはわたしを強く抱きしめるあまり、肌を鷲掴《わしづか》みにしていた。ファードはまだ現れない。わたしはオパールから身を引き、城塞に戻る準備をしようとした。

「ごめんなさい、イレーナ」ふいにオパールが叫び、走り去った。

わたしは振り返った。ほくそ笑むファードが立っているものと思って。だが誰もいない。

不思議に思ってオパールを追おうとしたが、足が言うことを聞かない。よろめいて倒れたとき、身体の感覚がいっさいなくなった。

30

地面に横たわるわたしの身体は、あっという間に麻痺《まひ》した。全身の筋肉が凍りつくほんの一瞬前に、やっとキュレアを打たれたのだと気づいた。その瞬間、顎が固まる直前にテオブロマの錠剤を噛《か》み、わずか一滴だけ解毒剤を飲みくだした。

横向きに倒れていたわたしは、灰色の月明かりの中、オパールが城塞へ走っていくのを見た。こんな情けない事態に至ったのは、まさに自分の力を過信したせいだ。魔力についてもキュレアについてもファードのことばかり警戒していたせいで、オパールから攻撃を受けるとは思ってもみなかった。オパールがわたしに薬を打ち、謝罪し、逃げたのだ。

鈍い恐怖が身体を駆け巡っていた。キュレアはわたしの魔力だけでなく、感情も抑えこんでしまったようだ。濡《ぬ》れて重たくなった毛糸の帽子を頭にかぶらされている気分だ。

背後から、草を踏む足音が近づいてくる。わたしはヴァレクが現れるのを待った。ファードがわたしに近づいてきたら、ヴァレクが飛びかかってくれるだろうか。

足音が止まり、視界が変わった。仰向けにされたが、何も感じない。一瞬頭がくらりとしたものの、夜空に視線が定まった。目は動かせないが瞬《まばた》きはできる。言葉は出ないが呼吸はできる。口や舌は動かないが飲みこむことはできる。変な感じだ。

　顔が視界に入ってきたとき、一瞬、恐怖より驚きが大きかった。長い髪の女がわたしをのぞきこんでいた。女はローブを着ており、首にかすかな縞模様《しまもよう》が見えるが、描いたものか刺青《いれずみ》かはわからない。ナイフの切っ先をわたしの目に突きつける。空気が急にぎゅっと固まったかのように、肺になかなか入ってこなくなった。

「今殺してやろうか」女が尋ねた。聞き覚えのある話し方だ。女は愉快そうに首を傾《かし》げた。「返事はなし？　心配するな。今はまだ殺さない。痛みを感じないんじゃ面白くないもの。たっぷり苦しませてから、あたしがとどめを刺してやる」

　視界から女の顔が消えた。わたしは記憶を探った。あの女は知っている人？　なぜわたしを殺したがる？　たぶんファードの部下なのだろう。しゃべり方は似ているが、軽快さに欠ける。それより、ヴァレクはどこ？　きっと一部始終を見ているはずなのに。

　何かが擦《こす》れる音、それから、どすんという音が聞こえ、妙に方向感覚が狂い出し、女に引きずられているのだと気づいた。世界が傾いたり、まっすぐになったりする。ちらりと見えたものや聞こえた音から察するに、わたしは荷馬車に乗せられ、そこにくりつけられたらしい。女が荷台から飛び降り、そのあと馬を呼ぶ声が聞こえた。

　荷馬車のきしみと馬の足音で、移動し始めたことがわかった。草がガサゴソと擦れる音からすると、アヴィビアン平原のさらに奥へと向かっているようだ。ヴァレクはどこ？

気を揉《も》み、待ち焦がれ、眠りさえした。そして、溶けたテオブロマが喉の奥に流れてくるたびに飲みこんだ。はたして、キュレアの効果を抑えられるだけ摂取できるだろうか？

女が馬車を止めたとき、夜空にはうっすらと夜明けの楔《くさび》が打ちこまれていた。手足の感覚が戻りつつある。舌を動かし、テオブロマをさらに飲みこもうとした。

手首と足首がずきっと痛んだ。両手足がこわばり、冷えている。わたしは硬い荷台に大の字に縛りつけられていた。魔力の源と繋《つな》がる力が蘇《よみがえ》りかけたとき、女が荷台に上がってきた。長く細い針を手にしているのを見て、気持ちが乱れる。わたしは恐怖を追いやり、必死に力をたぐり寄せた。

「ああ、だめだめ」女がわたしの腕に針を突き立てた。「あんたの感覚が戻る前に《無《ヴォイド》》に着かないと。冷たい刃に切り刻まれる感覚を味わってもらうのは、それから」

ヴァレクが登場するならこのタイミングだとわたしは思った。でもヴァレクは姿を見せず、わたしが「誰……」と言いかけたところで、薬で舌の筋肉がまた麻痺してしまった。

「あんたはあたしを知らない。でも、あたしの兄のことはよく知ってる。大丈夫、痛めつけられる理由はすぐにわかるから」女が荷台から降り、おなじみの移動の音が再開した。

さあ、いつでも現れて、ヴァレク――わたしはそう祈ったが、空に太陽が昇るにつれ、希望は薄れていった。何かが起きて、ヴァレクはわたしを追跡できなくなったのだ。たぶん、勝手にしろという昨夜のアイリスの言葉が警告だったのだろう。

ヴァレクに何があったのか。数々の恐ろしい筋書きが頭の中で駆け巡り、気を散らすためにキキのことを考えた。近くにいるのだろうか？　わたしの匂いを追っている？　魔力が麻痺しても、助けが必要だと伝わるのか？

荷馬車がまた止まったとき、太陽は地平線のあたりでぐずついていた。指先が燃えるように熱いのは、キュレアの効果が切れ始めた証拠だ。すぐに痙攣《けいれん》、痛み、冷気が身体に襲いかかってきた。わたしは震え、イーザウの解毒剤の残りを急いで飲みこむと、次の注射に身構えた。しかし、針は刺されなかった。

その代わり、女は荷台に上がってくると、わたしの上にかがみこむようにして立ち、大きく腕を広げた。「《無》にようこそ。いや、あんたの場合は、地獄にようこそ、かな」

翳《かげ》りゆく光の中、女の灰色の瞳がはっきりと見えた。力強い顔立ちは誰かに似ているが、思い出せない。頭が痛み、朦朧《もうろう》とする。魔力の源に触れようとするが、気配がない。何も。

女の唇に得意げな笑みが浮かんだ。「ここはシティアでも珍しい、魔力の毛布に穴が開いた場所なんだ。魔力がなければ魔術も使えない」

「ここはどこ……？」わたしは尋ねた。声がかすれている。

「ダヴィーアン高原さ」

「あなたは誰？」

女は真顔になった。見たところ三十歳ぐらいに見え、長い黒髪はウエストまで届いている。砂色の外套《がいとう》から出した袖をまくり上げ、腕を覆う紫色の動物の刺青を露《あら》わにした。

「まだわかんない？　あんた、そんなに大勢殺してるの？」

「男を四人。でも、女だって殺すときは殺す」わたしは女を睨《にら》みつけた。

「偉そうにできる立場じゃないよ」女はポケットからナイフを取り出した。

わたしは急いで考えた。この女はわたしが殺した人間にかかわりがあるのだ。四人のうちよく知っているのはレヤードだけ。ほかは正当防衛だったし、彼らの名前さえ知らない。

「まだわからない？」女がこちらに迫ってきた。灰色の瞳に怒りが燃え上がり、その表情が記憶を揺さぶった。

ムグカン――わたしをかどわかし、霊魂を盗もうとした魔術師だ。シティアではカングムの名で知られていた。手を下したのはヴァレクだが、その前にアイリスとわたしが魔力の網でムグカンを捕らえたのだ。殺した人数に含めてはいなかったけれど、その死にわたしも責任があるのは確かだ。「カングムは死んで当然だった」

怒りのあまり女の顔が歪《ゆが》んだ。女はナイフをすばやくわたしの右腕に突き刺し、すぐに引き抜いた。右腕に痛みが迸《ほとばし》り、わたしは悲鳴をあげた。

「あたしはだーれだ？」

腕の痛みに耐えながら、女と目を合わせた。「カングムの妹ね？」

女はうなずいた。「名前はアレア・ダヴィーアン」

それはシティアの部族にはない名前だった。わたしが訝《いぶか》しげな顔をしているのがわかったらしい。「かつてはサンドシード族だった」アレアは族名をまさに吐き出した。「あの連中は過去に囚《とら》われている。われわれはシティアのほかの部族より強い魔力を持っているのに、平原をさまよい、夢を見、物語を紡ぐことで満足している。兄は、われわれがシティアを支配する構想を描いていた」

「でもカングムは、イクシアを手中にせんとするブラゼルを手伝っていたわ」刺傷から血がどくどくと流れ出ているときに、相手の言わんとすることを理解するのは難しかった。

「それが第一歩だったんだ。北の軍隊を掌握したあとでシティアを攻撃する。でもあんたがすべて台無しにした、そうだろう?」

「そうするのが一番だと思ったから」

アレアのナイフが今度は左腕をすっと走り、肩から手首に一本の赤い筋ができた。「おまえが兄にしたようにあたしがその喉をかっ切るとき、せいぜい後悔したらいいさ」

両腕に痛みが走ったが、ヴァレクのシャツを切り裂かれたことのほうがなぜか腹立たしかった。アレアはわたしの顔を狙って、またナイフを振り上げた。わたしは急いで機転をきかせた。「この高原に住んでるの?」と尋ねた。

「ああ。あたしたちはサンドシード族から離れ、新しい部族を打ち立てた。ダヴィーアンがシティアを征服する。そうなれば、生きるために盗む必要もなくなるんだ」

「征服って、どうやって?」

「一族のもうひとりが魔力を求めて作戦を遂行している。儀式を終えれば、彼は四人の魔術師範全員を合わせた以上の力を持つようになる」

「あなたがトゥーラを殺したの?」わたしは尋ねた。アレアが目を細め、名前にぴんとこない様子だったので、つけ加えた。「オパールのお姉さん」

「いや。そっちはいとこが楽しんだ」

アレアはファードの親戚なのだ。作戦を遂行しているというのはファードなのだろうが、そうなるとひとつ疑問が湧く。最後の儀式の標的は誰なのか? 魔力を持つ娘なら誰でも可能性があるし、となると彼の居場所もわからない。それなのに、あと二日しかないのだ。

じっとしていられなくなって、思わずロープを引っ張った。アレアが満足げに微笑《ほほえ》む。

「心配しなくていい。シティアを制するとき、おまえはもういない。だが、もう少しだけ生きていてもらおうか」そう言うと針を取り出し、わたしの腕の傷に突き刺した。わたしは悲鳴をあげた。「おまえの血をこの荷台で無駄にはしたくない。その真っ赤な生き血を集めて利用できるよう、特別な装置を用意してあるんだ」アレアが荷台に飛び乗ってきた。

キュレアのおかげで腕の痛みが鈍り始めたが、身体は完全には麻痺しなかった。イーザウの解毒剤が効き始めたのだ。《無》にいるのなら心の防御壁が機能しなくてもかまわない。それでも、荷台に縛りつけられて武器もないまま戦えるのか心許《こころもと》なかった。背嚢《はいのう》とボウを探したりすれば、動けることが露見してしまう。だから歯を噛み締めて歯が鳴るのをこらえ、動くなと自分に言い聞かせた。

どんという音がして、荷台が傾いた。今度は足が地面のほうを向き、頭が上になった。体位が変わった今、ほんの一メートルほど先に木製の装置があるのが見える。太い木材で枠組みが作られ、天井部分に設置された滑車のようなものから鎖と手枷《てかせ》がぶら下がってい る。枠組みの下には金属の盥《たらい》があった。犠牲者はその盥に立つのだろう。

枠組みの向こう側には、どこまでも平らなダヴィーアン高原の鮮やかな紅葉が広がっている。黄色、黄土色、茶色のパッチワークは、拷問具と対照的に心安らぐ光景だった。

動悸《どうき》が激しくなった。アレアが目の前に現れたとき、わたしはまっすぐ前方を見据えていた。アレアはわたしより五センチほど背が高く、顎が目の高さにある。すでに外套を脱ぎ、青いズボンとVネックの半袖ブラウスが見えている。ブラウスには白い円盤がいくつも縫いつけられ、まるで魚の鱗《うろこ》のようだ。武器が装着された革のベルトを腰に巻いている。「気分がよくなった？」アレアが尋ねた。「もっとよくしてやろう」刃先をわたしの右腿に突き刺した。

反応を見せまいと意識を集中させたが、痛みを感じなかったことに気づいた。アレアのナイフは、わたしの飛び出しナイフのケースにぶつかったのだ。腿に装着されたままのそれに、はたしてナイフもまだ入っているのだろうか？　アレアはわたしの表情をじっとうかがっている。心臓が狂ったように打った。動けると知られたが最後、すべて終わりだ。

「妙な服だな」しまいにアレアがつぶやいた。「厚みがあって、ナイフが刺さらない。脱がせて保管しておこう。あたしたちが一緒に過ごした記念になるだろう」

アレアが装置に近づき、上から下がった手枷を掴《つか》んで引っ張った。滑車が回り、鎖が伸びて、手枷が荷台に届いた。

「おまえの重さじゃ、あたしには持ち上げられない。だが、兄さんが滑車を取りつけてくれたおかげで、楽に動かせる」手枷をはずして大きく開いた。

行動の時が近づいている。それなりの頭があれば、アレアはわたしの手首は繋いだまま、脚の縛《いまし》めを解くだろう。腕が枠組みにくくりつけられてしまえば、また何もできなくなる。チャンスは一瞬だ。そして、その一瞬を予測し、すべてを賭けるつもりだった。

アレアはナイフを持ってこちらにかがみ、荷台の横木とわたしの右手を繋ぐ縄を切った。わたしは右手がぶらりと脇に落ちるに任せた。繋ぐ前にもう一方の手の縄も切って、と祈りながら。ところがアレアはナイフをベルトに戻し、わたしの腕に手を伸ばした。

わたしはとっさに手をポケットにつっこみ、飛び出しナイフを握った。アレアが一瞬唖《あ》然《ぜん》として凍りつく。指がナイフの滑らかな柄に触れたとたんほっとして、思わず笑い出したくなった。武器をさっと取り出してアレアの腕を横に払うと、刃を飛び出させた。

同じくナイフを出したアレアが飛びのく前に、その下腹部に飛び出しナイフを突き刺した。驚いて呻《うめ》き声を漏らしながら、アレアがわたしの心臓を狙ってきた。しかし身を乗り出した拍子に少しよろめいたせいで、冷たい金属の刃は心臓ではなくわたしの腹部に深々と埋り、アレアは腹部に飛び出しナイフが刺さったまま倒れてうずくまった。

わたしはあえぎ、気を失うまいと努力した。背中で痛みが燃え上がり、内臓を万力のように締め上げる。

アレアはわたしのナイフを抜いて地面に落とした。それから外套まで這《は》っていき、ポケットから液体の入った小瓶を出して中に指を浸し、刺傷に塗った。キュレアだ。

そして、よろめきながらわたしのところに戻り、無言で状態を調べた。アレアが使ったキュレアは、動ける程度に希釈してあったに違いない。

「あたしのナイフを抜けば、出血多量でおまえは死ぬ」アレアはほくそ笑んだ。「そのままでも、やはり死ぬ。どちらにしても、高原の真ん中にいるおまえを助ける者もいないし、魔法で身体を癒《いや》すこともできない」肩をすくめた。「計画どおりとはいかなかったが、結果は同じだ」

「あなただって同じでしょ」わたしは肩で息をしながら指摘した。

「あたしは馬を連れてるし、仲間も近くにいる。治療師に治してもらったら、あんたの最期を見届けるために戻ってくるさ」アレアはふらつきながら荷車の向こう側に行き、馬に向かって舌を鳴らして合図した。やがて蹄《ひづめ》の音が遠ざかっていった。

目が霞《かす》み始め、アレアの言ったとおりだと認めるしかなかった。絶体絶命ではあるが、少なくともわたしを拷問させてアレアを喜ばせることは食い止めた。激しい痛みでなかなか集中できない。ナイフを抜くべき？　そのままにしておくべき？

時間だけが過ぎ、意識が遠のいたり戻ったりを繰り返した。やがて、駆けてくる馬の重い蹄の音を聞き、目が覚めた。まだ心が決まらないうちに、アレアがお楽しみのために帰ってきてしまったのだ。

アレアの得意げな表情を見たくなくて目を閉じたとき、いななきが聞こえた。その声が、キュレアのように痛みを消した。目を開けると、そこにキキがいた。

少しは運が向いてきたらしい。でも、キキと意思の疎通ができるかどうかわからない。「ナイフ」わたしは声に出して言った。喉が渇いて焼けつくようだ。「ナイフを取って」

地面に落ちた飛び出しナイフを見やり、それからキキを見た。「お願い」

キキは目を正しい方向に向けた。そちらに近づき、柄を歯でくわえる。確かに頭がいい。わたしが自由なほうの手を差し出すと、キキは手のひらにナイフを置いた。「キキ、もし無事に帰れたら、好きなだけ林檎《りんご》とペパーミントをあげる」

左手首のロープを切ろうと身体をひねったとき、新たな痛みが全身に走った。ロープが切れたとたん地面にどさりと崩れ落ちたが、膝と肘をつくだけの分別は残っていて、ナイフがさらに腹にめりこむのを避けた。永遠とも思える時間ののちやっと両足に手が届き、ロープを切った。

わたしひとりならそのまま地面で丸くなり、意識を失うに任せただろうが、キキがわたしにふんと鼻息をかけ、顔に鼻面を擦りつけた。目を上げたが、キキの背中は空の雲と同じくらい手の届かない場所に思えた。平原に踏み台はない――わたしは笑ったが、口から漏れたのは悲痛な声だった。

キキがふいにその場を離れ、わたしの背嚢をくわえて戻ってくると、脇に置いた。わたしは疲れた笑みを見せた。キキに乗るときはいつも背嚢を背負っていたから、背中に乗るにはそれが必要なのだと思ったらしい。じれったそうに前脚で地面をかき、背嚢をわたしに押しつける。さっき林檎の話をしたので、中にあるそれが欲しいのだろう。

わたしは背嚢を開け、そして、キキの賢さに感謝した。そこには、入れたのをすっかり忘れていたキュレアがあった。ファードに使おうと思い、イーザウから小瓶をひとつもらったのだ。傷に一滴だけ擦りこむと、痛みが消え、ほっと息をついた。身体を起こそうとすると、腕も脚も丸太のように重かったが、動くことは動いた。体内のテオブロマのおかげで、キュレアによる全身麻痺を免れているのだ。背嚢を背負うのは一苦労だったが、アレアが戻ってくる前に逃げたい、その一心でぐらつく脚でなんとか立った。

キキが前脚を折ってかがみ、じれったそうにいななく。わたしはたてがみを掴み、片脚を振り上げてキキの背中に跨《また》った。キキはよろめきながら立ち上がり、ゆっくりした足取りで滑らかに歩き出した。

《無》を出た瞬間に、そうとわかった。水に飛びこんだかのように魔力に取り囲まれ、でもすぐにそれに溺れかけた。テオブロマの副作用のせいで、わたしの心は魔力の攻撃に無防備だった。そしてアヴィビアン平原に入ったとたん、サンドシード族の防御の呪文がどっと襲いかかってきた。身を守りきれず、わたしは倒れた。

奇妙な夢やイメージや色が周囲で渦巻く。キキはアイリスの声でわたしに話しかける。ヴァレクは首に縄をかけられ、その手は背中で縛られている。アーリとジェンコは不安げに、草原の空き地の焚《た》き火《び》の横で身を寄せあっている。道に迷ったことなどないはずなのに。母は、嵐で激しく揺れる木の上で枝にしがみついている。キュレアの匂いが鼻を満たし、テオブロマが口に被膜を作る。

地面に落ちたとき、アレアのナイフが腹にさらに深く埋まった。裂けた筋肉を、傷つき、あふれる血と酸にまみれた胃を、心の目で見る。でも魔法による傷の治療に集中できない。ふいに、ヴァレクの思考がわたしに届いた。ヴァレクはまわりの兵士たちを蹴り飛ばして抵抗しているが、誰かが縄を引き、彼の首が絞まる。

ヴァレクの無念さが伝わってきた。〝すまない、愛《いと》しい人。今度ばかりは切り抜けられそうもない〟

31

〝だめ！〟わたしはヴァレクに大声で呼びかけた。〝あきらめないで。何か考えて！〟

〝君があきらめないなら、わたしもあきらめない〟ヴァレクが言い返す。

癪《しゃく》に障る人。わたしは憤慨しながら、襲いかかってくる歪《ゆが》んだ幻や魔力を無理に集め、それらをねじ伏せ、闘った。吹雪の中で舞い踊る雪片のごとく、幻が周囲をうろついている。テオブロマが血流に乗って全身に回り、感覚を押し広げ、今や魔力の触感がわかるようになった。魔力の糸が、粗い手触りの毛布のように、手の中に滑りこんできた。

汗にまみれ、息を切らしながら必死に魔力の糸を捕まえる。アレアのナイフを抜くと、そこに魔力を注ぎこんだ。腹部に両手を置き、熱い血流を魔力で覆う。

意識を集中して、心の目を傷に向ける。周囲で渦巻く魔法の糸を鷲掴《わしづか》みにし、裂けた胃を縫い閉じていく。次に腹部の筋肉を修復し、仕上げに肌を縫い上げる。ざっと見たところ、皺《しわ》の寄った傷の赤剥けた縁はいかにも醜く、息を吸うたびに鋭い痛みが走ったが、命を脅かす怪我《けが》ではもはやなくなった。

わたしは約束を守った。ヴァレクも守ってくれたことを心から祈るばかりだ。疲れきって気を失いかけ、本当なら眠っていたところなのに、キキが鼻面を押しつけてきた。

〝来て〟キキがわたしの心に告げる。

わたしは目を開けた。〝疲れちゃった〟

〝よくない匂い。行こう〟

確かにわたしたちは《無》からは脱出したが、アレアの味方はすぐそばにいるはずだ。

〝尻尾を掴んで〟キキが指示する。

キキの長い尻尾に掴まってなんとか立ち上がると、かがんでくれたキキの背中に乗る。

それからキキは、一陣の風のごとく走り出した。わたしはキキにしがみつき、眠るまいと努力した。夕日の中、後ろに飛び去る平原はかすんでいる。冷たい風が肌を刺した。

キキが速度を落としたとき、わたしは瞬《まばた》きして、周囲に目の焦点を合わせようとした。まだ平原だが、前方に焚《た》き火《び》が見える。

〝音がする。兎《うさぎ》、怖がらせないで〟

兎？　突然空腹を感じてお腹が鳴った。林檎《りんご》は持っているが、キキにあげると約束した。

キキは面白そうに鼻を鳴らし、軽くいなないて足を止めた。キキの頭の前方に目を向けると、ふたりの男が通せんぼをしていた。彼らの剣が月光でぎらりと光る。アーリとジェンコだ。わたしはふたりの名前を呼び、キキが近づいていく間に彼らも剣を鞘《さや》にしまった。

〝兎？　ラビットマンじゃなくて？〟

〝間違えた。人間にしては、速かったから〟

「ああ、よかった！」アーリが叫んだ。

わたしがキキの首にぐったりしなだれかかっているのを見て、アーリはわたしを焚き火のところまで運ぶと、卵でも扱うようにそっと下ろした。ああ、アーリが本物の兄さんだったら、と突然思う。アーリなら八歳のときでさえ、わたしの誘拐をみすみす許さなかったはずだ。

ジェンコは退屈しているふりをした。「早くここをおさらばして、栄光をまたこの手に」それから不平をこぼした。「そもそも、なんでこんなとんでもない土地に来ちまったんだか。おまえの足跡ときたら、まともに進まずに堂々巡りしてるだけなんだから」

「迷うのが嫌いなのね？」わたしはからかった。

ジェンコはふんと鼻を鳴らして腕組みをした。

「心配しないで。あなたの方向感覚はちっとも狂ってない。アヴィビアン平原には防御魔法がかけられていて、人を混乱させるの」

「魔法か」ジェンコは吐き出した。「ここに来なけりゃよかった、もうひとつの理由だ」

アーリはわたしを火のそばに座らせた。「ひどい顔だ。さあ」肩に外套《がいとう》をかける。

「どこでこれを――」

「平原で見つけたんだ」アーリが説明し、それから眉をひそめた。「昨夜ヴァレクから援護を頼まれて、僕らは彼のあとを追ったんだ。だがヴァレクは、城塞の門で待ち伏せされていた」

「カーヒルと部下たちね」

アーリはうなずき、わたしの腕の切り傷を調べ始めた。

「連中はどうやってヴァレクがそこに来るとわかったの？」

「マロック大尉は追跡者として名高い」アーリが答えた。「奴《やつ》は以前にもヴァレクと一戦交えたことがあるらしい。最高司令官の城を逃れた唯一の、元国王の兵士なんだ。絶好のチャンスをずっと待っていたんだろう」アーリが首を振った。「僕らはヴァレクが捕まって、ジレンマに陥った」

「ヴァレクを助けるか、おまえを助けるか」ジェンコが言い添える。

「でも、ヴァレクは自分の身に何か起こると事前に察し、君を誰かに守らせたかったんだと僕は思った。だから当初の計画どおり、君を追った」

アーリに水筒を渡され、わたしはごくごくと飲んだ。

「だが、結局役に立たなかったってわけさ」ジェンコが鼻を鳴らした。「約束の場所に着いたとき、馬と荷馬車が走り去った跡があったから、それで追跡できると思った。時には休むだろうし。ところが……」

「迷ってしまった」わたしが引き取った。

ふいにアーリがわたしの右腕の深い傷に触れた。「痛っ！」

「じっとして」アーリがなだめる。「ジェンコ、僕の背嚢《はいのう》から救急箱を取ってきてくれ。この傷を消毒して閉じないと」

もはや腕の傷を自力で治癒する余力もなく、わたしはアーリの治療に身をゆだねた。傷を塞ぐランドの糊《のり》の入った容器をアーリが取り出したとき、最高司令官の新しい料理人について尋ねた。

「ランドがあんなことになったから、最高司令官はランドの助手のひとりを昇格させた」

アーリが渋面を作った。

アーリが傷に糊を塗ったときわたしが顔をしかめたのは、腕の痛みより、ランドを思い出したせいだった。ひどい裏切りを受けはしたけれど、ランドはわたしを守って命を落とした。

「食事ががらりと変わっちまった」ジェンコがため息をついた。「みんな体重が落ちてるよ」

アーリはわたしの腕に包帯を巻き終わると、火の中から何か取り出した。「ジェンコが兎を捕まえたんだ」肉の一部を裂き、わたしに渡してくれた。「何か食べたほうがいい」

それでわたしも思い出した。「キキが――」立ち上がろうとした。

ジェンコが手を振ってわたしを座らせた。「俺が面倒を見るよ」

「あなた……」

「ああ、牧場で育ったんだ」

兎の肉という肉を齧《かじ》り尽くしたとき、ジェンコが馬の毛まみれになって戻ってきた。機嫌がよさそうだ。「いい馬だ」ジェンコはキキのことをそう評した。「ブラッシングされる間、あんなにおとなしくしてる馬は初めてだ。繋《つな》がれてもいないのに！」

キキが敬意を表してジェンコの呼び名を《ラビットマン》から《ラビット》に変えたことを話した。

ジェンコは変な顔でわたしを見た。「呼び名が変わるなんて前例がないんだから」「しゃべる馬。魔術。南の人間はどうかしてる」そう言って首を振った。

さらにジェンコの話は続いたかもしれないが、わたしはもう目を開けていられなかった。


翌朝、わたしは友人たちにアレアと高地の一族について話した。ふたりはアレアを追いたがったが、捕まったヴァレクとファードを見つけることのほうが先だとわたしは主張した。ヴァレクのことを考えると胸が張り裂ける思いだった。一晩ぐっすり眠っても、彼の身に起きたことを調べるだけの力がまだなかった。

それでも、休息で元気が湧いた。「城塞に戻らなきゃ」わたしは立ち上がった。

「ここがどこだかわかるか？」アーリが尋ねた。

「平原のどこかよ」わたしは背嚢を背負いながら答えた。

「さすが魔術師」ジェンコがからかう。「城塞の方向までわかるのか？」

「いいえ」キキがわたしの横にやってきたので、たてがみを掴んだ。「力を貸してくれる？」とジェンコに頼む。

ジェンコはぶつぶつ言いながらも、両手を組みあわせてわたしのブーツの下にあてがって踏み台になってくれた。キキの背中に乗ったあと、わたしはジェンコを見下ろした。

「方向はキキが知ってる。ついてこられる？」

ジェンコはにやりとした。「こっちは兎だぜ？」

アーリとジェンコも荷物をまとめ、駆け足で出発した。最高司令官の城の周囲を走りこんでいるだけあって、ふたりの体力は万全だ。道にたどりつくと、わずか一キロほどのところで迷子になったと知ったジェンコが、小声で悪態をついた。

城塞の城門に近づくと、四人の魔術師範がわたしたちを出迎えた。全員馬に乗っていて、重装備の騎兵隊がその後ろにずらりと控えていた。

驚いた表情のローズ・フェザーストーンにわたしは微笑《ほほえ》みかけたが、アイリスの冷ややかな視線を受けて真顔になった。

「みなさん、なぜここに？」

「あなたを捜しに行こうとしていたのよ。救出するべきか、殺すべきかはわからなかったけど」ジトーラが説明し、困ったようにローズのほうを見た。

わたしはうかがうようにアイリスと目を合わせたが、アイリスは目をそらし、心に話しかけようとするわたしを拒んだ。わたしを追いかけようとしてくれたのはアイリスだとはいえ、拒絶されるとやはりこたえた。

声に滲《にじ》む満足感を隠そうともせず、ローズが告げた。「シティアの安全を顧みない危険な行動をとった罰として、おまえを国外追放処分にすると決定した」

今はそんなことはどうでもよかった。「オパールは無事ですか？」師範たちに訊《き》く。

ベイン・ブラッドグッドがうなずいた。「犯人について話してくれたよ。その女と殺人鬼が一緒にいたのか？」

「いいえ。やはりファードを見つける必要があります。ファードが追っていたのはわたしじゃない。ほかの誰かを捕らえたはずです。誰か行方不明になった者はいませんか？」

わたしのその言葉でみんながざわめいた。オパールを捕らえていたのはファードだと、誰もが考えていたのだ。こうなると、作戦を立て直さなければならない。

「奴を捜し続けてもう二週間になる」その一言で、ローズが全員を静まらせた。「今さら見つかると思うか？」

「最後の犠牲者は誘拐されるのではなかったはずだ」ベインが言った。「戻って検討しよう。イレーナ、砦《とりで》にいれば安全だ。君の今後については、この一件が解決したら話しあうとする」

魔術師たちは養成所に向かい、アーリ、ジェンコ、わたしもそれに続いた。わたしはベインに追いつき、ヴァレクについて尋ねた。

ベインがわたしをじろりと睨《にら》んだ。続いて、心の防御壁が彼の魔法で圧迫される。わたしが防御を緩めると、心にベインの声が聞こえた。

〝その件は声に出して話さないほうがいい。カーヒルと部下たちは、ふた晩前にヴァレクを捕らえた。だがカーヒルは、議会にも魔術師範にも、彼を引き渡そうとしなかった〟

ベインがカーヒルの行動を快く思っていないことが伝わってきた。それでも、カーヒルを見つけて剣で串刺しにしてやりたいという気持ちは、押し殺さなければならない。

〝昨日の夕刻、カーヒルがヴァレクを絞首刑にしようとしたが、あの男は脱走した〟ベインは感心しているようだ。〝今彼がどこにいるか、われわれにはわからない〟

わたしはベインに礼を言い、キキの歩調を緩めて、みんなを先に行かせた。

よかった、ヴァレクは生きている――追いついてきたアーリとジェンコにも、ヴァレクのことを伝えた。

議事堂にたどりつくと、アーリとジェンコは客室棟に向かった。キキは足を速め、わたしたちも先行隊に追いついた。

ヴァレクはどこに行ったのか？　イクシアに戻るのが一番安全だし、理に適《かな》っているが、ファードが捕まるまではわたしから離れないはずだ。そこから思いは、ファードの次の標的は誰かということに移った。ファードは養成所で働いていた。養成所には、魔力の操り方を学ぶ若い女魔術師が大勢いるのだ。明日の夜の満月に向けて、準備に数日は必要だったはずだ。魔術師範たちは魔術でファードを見つけることはできなかったが、その少女なら交信できるかもしれない。だがどうやって彼女を見つける？

養成所の門をくぐるとすぐ魔術師範たちは馬を下り、馬を衛兵に引き渡すと、管理棟に歩き出した。わたしもそれに従ったが、ローズが階段の下でわたしを止めた。

「おまえは自室で控えていろ。沙汰は追って知らせる」

ローズに従う気はなかったけれど、会議室には入れてもらえないとわかっていた。だからベインが階段を上がろうとしたとき、その腕に触れた。

「犯人は、新入生の誰かをそそのかしたんだと思います。全員が居住棟に入れば、誰がいないかわかるはずです。彼女と交信を試みてください」

「すばらしい」ベインがうなずいた。「さあ、部屋で休みなさい、お嬢ちゃん。心配しないで。犯人を捕まえるため、できるだけのことをするから」

わたしはうなずいた。石のマントのように疲労がわたしを包んでいた。ベインの言うとおりだ。部屋に戻る前に客室棟にちょっと寄り道した。

扉を開けた父は、その筋肉質の腕にわたしをぎゅっと抱きしめた。「大丈夫なのか？あの錠剤は役に立ったかね？」

「とっても」わたしは父の頬にキスをした。「命を救われたわ」

父はうなずいた。「ひょっとしてと思い、もう少し作っておいたよ」

わたしは感謝の笑みを浮かべた。父の肩の向こうをのぞいて尋ねる。「母さんは？」

「牧場脇の大好きなオークの木さ。ずっとそうしてるんだ、おまえが……」父が苦笑する。

「わかってる。わたしから会いに行くわ」

わたしはオークの木の根元に立った。すっかり疲れ果て、馬に蹴飛ばされたような気分だった。「母さん？」わたしは呼びかけた。

「イレーナ！　上がってきなさい、ここが一番安全よ」

今のわたしには、安全な場所などどこにもないように思えた。この二日間の出来事が重くのしかかっていた。あまりにたくさんの問題、あまりに長時間の乗馬。アレアに捕まったことで、わたしはいやでも思い知った。結局のところ自分の力を過信していただけで、わたしは何もわかっていない。アレアが身体検査をして飛び出しナイフを見つけていたら、今頃わたしは足首までたまった自分の血の中に立っていたはず。

「下りてきて。お願い」わたしは叫び、地面に座りこんで脚を抱えた。目に涙があふれた。

葉ががさごそ擦れる音、枝の折れる音がして、母が横に現れた。わたしは六歳の子どもに戻って、母の腕に飛びこんで泣き崩れた。

母はわたしを慰め、客室棟の部屋に連れていったあと、ハンカチと一緒に水を一杯くれた。わたしをベッドに横たえ、額にそっとキスをした。

出ていこうとする母の手を握る。「ここにいて」

母は微笑み、外套を脱いで隣に横たわった。わたしは母の腕の中で眠りについた。

翌朝、母はわたしのベッドに朝食を持ってきてくれた。甘やかしすぎだと抗議すると、母はわたしを黙らせた。「十四年も母親業をさせてもらえなかったんだもの。楽しませて」

お皿は食べ物で山盛りだったが、わたしはひとつ残らず食べ、お茶も飲み干した。「甘いケーキは大好き」

「知ってますとも」母は得意げに微笑んだ。「食堂の給仕に尋ねたら、甘いケーキが出るたびにあなたの目が輝くって教えてくれたの」母は空の盆を持ち上げた。「もう少し眠りなさい」そう言い残して隣の部屋に行った。

従うのはたやすかったけれど、行方不明者がわかったかどうか、確かめなければ。寝ているわけにいかないのだ。わたしはひと風呂浴びてからベインを捜しに行くことにした。

「お風呂に入ったら、わたしたちの部屋に寄って」パールが声をかけた。「その殺人鬼とキュレアの話を父さんに聞かされてから、ひとつ思いついたことがあるのよ。昨日だって、あなたの役に立てていたかもしれないのに」母は鼻を鳴らし、腰に手をあてた。「わたしはうぶな小娘じゃないのよ。父さんと共謀して隠し事をする必要はないの。ヴァレクのことにしてもそう」

「どうして――」

「わたしにもちゃんと耳はあります。食堂はあなたとヴァレクの噂《うわさ》で持ちきりよ。ヴァレクがカーヒルの手から逃げたことも！」母は苦笑した。「ヴァレクについては恐ろしい評判ばかり耳にするけれど、わたしはあなたを信じている。時間ができたら、彼のことをちゃんと話して」

「ええ。わかった」わたしはうなずき、お風呂のあとで部屋に立ち寄ると約束した。

午前十時頃だったので、浴室はがらんとしていた。身体を洗いながら、ヴァレクのことをどこまで母に話そうかと考える。身体をタオルで拭き、着替えると、客室棟に向かった。

そこでダックスに呼び止められた。いつもの陽気な顔が不安げにこわばっていて、両目の下の濃い隈《くま》からすると、しばらく寝ていないようだ。

「ゲルシーを見かけてない？」ダックスが尋ねた。

「《新たな始まりの宴》以来会ってないわ」あの夜からいろいろなことが起きたため、授業は予定どおりには進んでいない。いや、シティアに来てからというもの、予定どおりに進んでいるものなど何もない。「彼女、第二魔術師範の特別研究に加わっていたんでしよ？」

「そうなんだ。ベルウッドの苗を使って実験してた。でも、ここ数日会ってないし、どこにも姿が見えない」

その言葉がアレアのナイフのようにわたしに突き刺さった。思わず息をのむ。

「どうした？」ダックスの緑色の目が不安げに見開かれた。

「苗？　どこで？　誰と？」言葉が次々に口からこぼれ落ちる。

「温室は何度も見に行った。たしか、庭師のひとりと作業してたんだ。彼に訊いてみようか？」

彼。心臓が止まりそうになった。ゲルシーが誰と一緒にいるか、わたしは知っていた。

32

「僕が？　一度もゲルシーと繋《つな》がったことなんてないのに」ダックスのやつれた顔が恐怖に歪《ゆが》んだ。

わたしはダックスを連れて自室に戻り、今、ふたりでソファに座っていた。

「心配しないで。わたしは一度しかまともに話したことがないけど、あなたは一年前からゲルシーを知ってる。あなたを通じて、わたしがゲルシーを見つけるわ」そうできるようにと願った。「力を抜いて」指示し、ダックスの手を取る。「ゲルシーのことを考えて」魔法の糸を見つけ、ダックスの心に入りこむ。

血まみれになって怯《おび》えるゲルシーの恐ろしい姿が見えた。「ダックス、今のゲルシーを想像しようとしないで。《新たな始まりの宴》のときの彼女を思い出して」

イメージが、ふわっとした緑色のドレスを着た笑顔の娘に変わる。ゲルシーの手を握り、ダンスでリードしたときのダックスの喜びが伝わってくる。わたしは魔力をゲルシーに送り、今度は彼女の心の目でダックスを見ようとした。

ゲルシーがダックスを見上げる。これまでも宴ではいつも一緒に踊っていたけれど、今回は何かが違う。手や腰にダックスに触れられると、胸が熱くときめいた。

〝ゲルシー〟わたしはゲルシーの記憶をたぐり寄せながら呼びかけた。

〝ほんとにすてきな夜だった〟ゲルシーは思う。〝でも何もかも変わってしまった。ダックスとはあの夜以来、距離ができた。わたしの頭は、ほかのことでいっぱいになった〟

〝ゲルシー、どこにいるの？〟わたしは尋ねた。

羞恥心が燃え上がった。〝わたしがばかだったの。誰にも知られたくない。お願い、誰にも言わないで〟ゲルシーの心が恐怖に震えた。

〝あなたは卑怯《ひきょう》な魔術師に騙《だま》されたの。誰もあなたを責めたりしないわ。どこにいるの？〟

〝彼に罰を受ける〟

奥へ引っこもうとするゲルシーに、わたしは、ダックスがどんなに心配しているか、養成所中を捜しまわる彼の様子を見せた。〝あいつを勝たせちゃだめ〟そう訴えた。

ゲルシーは殺風景な部屋を見せた。ゲルシーは全裸で、木の床に打ちこまれた金属製の杭《くい》に縛りつけられていた。床や壁に描かれた奇妙な模様。股間がずきずきと痛み、腕や脚にできた無数の切り傷がひりつく。奴《やつ》はゲルシーにキュレアを打つ必要さえなかったのだ。

〝彼を愛してた〟ゲルシーがつぶやいた。〝自ら身を任せたの〟

それは、夢見ていたようなすばらしい愛の交わりではなかった。ファードはゲルシーを縛り、殴り、レイプしたのだ。そのあとで全身を切り刻み、血を陶器の器に集めた。

〝あなたがいる場所の様子を見せて〟わたしは頼んだ。

その部屋の向こうに居間があり、外に見える小広場に十五体の白翡翠《しろひすい》の馬の彫刻がある。

〝信じて〟わたしはゲルシーに伝えた。〝必ず行くから〟

〝あの男に知れてしまう。彼は周囲に魔法の帳《とばり》を張り巡らせていて、誰かがそれを通過すればすぐにわかるの。危険が迫っていると感じたら最後、すぐに儀式を完了させるわ〟

〝今夜の満月まで待たなければいけないんじゃないの？〟

〝そんな必要ないわ〟

そうだ、そもそも人質交換の日にちを満月の夜と指定したのは、アレアが書いたメモだった。手紙を送ってきたのはファードだと誰もが思いこんでいたばかりか、儀式には月齢が必須条件なのだと思ってしまった。

〝彼は何度も引っ越さなければならなかった〟ゲルシーが続けた。〝最初はわくわくしていたの。師範たちが捜しているのが彼だったなんて知らなかった。あの男はわたしに、自分は師範たちから秘密任務を仰せつかっているのだと信じさせた〟

〝なんとか手を考えるわ〟わたしは約束した。

〝お願い……急いで〟

飛ばしていた意識を戻し、ソファに身体を預けた。ダックスはぞっとしたようにわたしを見つめている。

「すべてが終わったとき、ダックスにもわたしと同じものが見え、今の会話も聞こえていたのだ。

「師範たちに報告しないと――」

「だめ」頭の中でさまざまな選択肢が渦巻く。

「でも、相手は強敵だ。ゲルシーの話を聞いただろう？　魔法の帳で覆われてるんだ」

「だからこそひとりで行かなきゃ。師範たちは奴を捜しているし、奴もそれを知っている。

わたしなら、気づかれずに通り抜けられると思う」

「どうやって？」

「説明している時間がないの。でも、ゲルシーにはあなたがそばについていてあげないと。

一時間後に市場で会える？」

「もちろん」

わたしは弾《はじ》かれたように立ち上がり、荷物をまとめ始めた。

ダックスが戸口でためらっている。「イレーナ？」

わたしは振り向いた。

「もし、君にも奴を止められなかったら？」ダックスの緑色の瞳が不安げに光っている。

「ヴァレクを見つけるわ。でないと、シティアはファードのものになってしまう」

ダックスは恐怖をのみこみ、うなずいてから立ち去った。わたしは急いで道具を背嚢《はいのう》に詰め、城塞内の住民たちに紛れるために、ありふれた茶色いチュニックとズボンに着替えた。変装を外套《がいとう》で隠し、出かける前に両親の部屋に立ち寄った。

リーフが居間にいた。わたしは兄を無視した。「父さん、例の錠剤の残りはある？」テオブロマのことだとわかってくれることを祈りながら尋ねる。

父はうなずくと、すぐに取りに行った。父を待つ間、母は、ちょっとした発明をしたのだと言って、チューブやゴムでできた奇妙な容器をわたしに手渡して使い方を説明した。

「もしものときのために持っていって」

「これ、すごいわ。とっても心強い」

母がにっこり笑う。「どんな母親も、そのひと言を聞きたいの」

リーフは無言だったが、わたしがそれを何に使うのか吟味するように鋭く見つめている。

父が戻ってきてわたしに錠剤を渡した。「われわれと一緒に昼食をどうだ？」

「ごめんなさい、することがあるの。あとでまた来るから」わたしは父を抱擁し、母の頬にキスをした。

実のところ気が咎《とが》めていた。魔術師範たちにファードとゲルシーについて話すべきでは？　結局のところ、アレアからわたしが逃げられたのは単なる偶然に過ぎず、魔力を使って自分に何ができるのか、まだ日々発見している最中だ。養成所を追放された今、果たして自分の可能性を完全に開花させられる日が来るのだろうか？

戸口から出ようとしたところで、母に呼び止められた。

「これを」母はわたしに炎のアミュレットを手渡した。「あなたにはこのアミュレットが必要よ。これを手にするためにどれだけの試練に耐えたか、忘れないように」

抗議しようと口を開きかけたが、母は首を振った。「あなたが持っていて」それから、わたしの身体をぎゅっと抱いた。

真紅のアミュレットを日光にかざしながら、母との間にできた心の絆《きずな》に、自分でも驚いていた。アミュレットをポケットに入れ、城塞に向かって足早に出発した。養成所の門を出たところで背後の足音に気づいた。ボウを手にさっと振り返ると、一メートルほど後ろをついてきていたリーフが立ち止まった。ベルトから山刀が下がっているが、抜く気配はない。

「あとにして、リーフ」きびすを返したが、兄はわたしの肩を掴《つか》んで振り返らせた。

「どこに行くつもりかはわかっている」

「すごいじゃない」わたしは兄の手を振り切った。「だったら、一分一秒を争っていることもわかるでしょ？　養成所に戻って」わたしは歩き出した。

「戻ったら、師範たちにおまえが何をするつもりか、洗いざらい話す」

「ほんとに？　告げ口はあまり得意じゃなさそうだけど」

「今回はためらわない」

兄の広い肩が強情そうにこわばっているのを見て、わたしは足を止めた。「何が望みなの？」

「おまえと一緒に行く」

「どうして？」

「僕が必要になるはずだ」

「十四年前、密林でどれほど頼りになったかを考えれば、ひとりで行ったほうがいいと思う」

兄はひるんだが、表情は頑《かたく》なだ。「僕を連れていかないなら、勝手についていって計画をめちゃくちゃにしてやる」

かっとなったが、懸命に怒りを押し殺した。今は言い争っている暇などない。「わかった。ただしあなたにファードの魔法の帳を突破させるために、心の中に入らせてもらうから」

兄は顔を青ざめさせたもののうなずき、一緒に市場に急いだ。ダックスがそこで待っていた。わたしはリーフをダックスとその場に残し、フィスクを捜しに行った。

一反の布を物々交換しようとしている女性に手を貸していたフィスクは、わたしに気づくとすぐに取引を終わらせた。「かわいいイレーナ、ご用は何？」

わたしは要望を伝えた。

フィスクは微笑《ほほえ》んだ。「面白そうだね。ただし――」

「ただで、というわけにはいかない」代わりに先を続けた。

フィスクはすぐさま友人たちを集めに走った。

フィスクが二十人ほどの子どもを集めてくると、わたしは計画について話した。「合図があるまで広場には決して近づかないで。いい？」子どもたちはうなずいた。全員がやるべきことを理解したと納得したところで解散させ、所定の位置につかせた。フィスクがわたしとリーフを白翡翠の馬の像のところに連れていく。ダックスは、ファードの魔法の帳から充分離れていながら、二階の窓から姿が見えるところで待機した。

わたしは心を開いて、ファードの魔法の帳がどこにあるのか探した。広場から半ブロックほど先で、リーフがわたしの腕に触れて呼び止めた。

「その先だ」リーフが囁《ささや》く。

「どうしてわかるの？」

「炎の壁を感じる。わからない？」

「ええ」

「じゃあ、僕が来たかいがあった」

わたしは兄を睨《にら》みつけたが、言い返しはしなかった。フィスクがわたしたちに注目し、合図を待っている。

今は喧嘩《けんか》をしているときじゃない。わたしはリーフを見た。「あなたも心を開いてくれないと。わたしを信じて」

リーフは躊躇《ちゅうちょ》せずにうなずいた。「やってくれ」

わたしは魔力を引き出し、大きなカーテンのように自分の周囲に巡らせた。意識を飛ばしてフィスクの心に触れる。「両親のことを考えて」うまくいくことを祈りながら告げた。

フィスクは目を閉じ、両親のことを思い浮かべた。フィスクを通じてふたりの心と繋がり、それからリーフの心に手を伸ばした。

リーフの心は痛みに満ちた黒い迷宮のようだった。罪悪感、恥辱、怒りが絡まりあっている。ムーンマンがなぜ兄を助けてやれと言ったのか、これでわかった。

その暗い思いを脇に押しのけ、代わりにフィスクの父親の不安――家族を養うために仕事を見つけなければという不安を、そこに据えつけた。一方わたしの心にも、姉の体調を心配するフィスクの母親の思いを引き入れる。そうしてリーフの心とわたしの心に別の人格と考えを植えつけ終えると、フィスクに合図した。

少年は犬のように吠《ほ》えた。まもなくそれに応答して、ほかの吠え声が大理石の城壁にこだまする。フィスクの友人たちは、鬼ごっこをしたり、広場とその周辺を覆うファードの魔法の帳の中を盛んに走りまわったりして、撹乱《かくらん》作戦を開始した。

わたしはフィスクとリーフの手を取り、三人一緒に広場を進んだ。帳を越えたとき、憤然とした強力な魔術師がこちらを探ってくるのが熱で伝わってきた。彼はわたしたちの心をひととおり読み、地元の物乞い一家だと判断して、離れていった。

彫像のそばにたどりついたところで、わたしはフィスクの両親との繋がりを切った。自分が二箇所に同時に存在していたような奇妙な感覚に襲われたことについて、彼らはそのうち、友人に打ち明けるかもしれない。

「本番はこれからよ」わたしはリーフに声をかけた。

兄はわたしと目を合わせようとしなかった。恥辱で顔が紅潮している。わたしは苛立《いらだ》って、ぴしゃりと言った。「過去のことは、今はどうでもいいから」

兄はうなずいたが、まだわたしと目を合わせない。フィスクは友人たちのほうに駆けていって遊びの輪に合流し、もう数分間、わたしたちが家に入る時間稼ぎをした。

わたしたちは脇道からその家に近づいた。扉には鍵がかかっていたので、背嚢から道具を取り出して錠を開ける。ピンを並べ終わると錠のタンブラーが回り、扉が内側に開いた。リーフが驚いて息を漏らす。わたしは道具をポケットに戻し、リーフとともに玄関ホールに足を踏み入れ、扉を閉めた。

足音をさせないように居間に入る。ありきたりな家具や内装が場違いに見えた。もっと奇妙な、常軌を逸した部屋を想像していたのだ。殺人者の心の闇を反映したような部屋を。

リーフは山刀を、わたしはボウを握っていたが、そんなものは役に立たないとわかっていた。魔力が家中に満ちていて、それが肌にひしひしと伝わり、汗が滲《にじ》み始めた。子どもたちの声が小さくなり、二階で人が歩くかすかな足音が聞こえた。

ゲルシーの心に意識を繋げ、近づいてくるファードを見つめた。茶色い石の器と長いナイフを手にしている。顔に赤い仮面をかぶり、ほかには何も身につけていない。ゲルシーはその全身に彫られた刺青《いれずみ》にずっと魅せられていたが、今では嫌悪感しかない。

〝今、一階にいる〟わたしはゲルシーに呼びかけた。〝奴は何をするつもり？〟

〝もっと血を欲しがってる。待って。あなたがいるとわかったら、わたしは殺される〟

ゲルシーが痛みで呻《うめ》き出したとき、わたしはリーフに掴まって耐えなければならなかった。わたしは兄にイーザウのテオブロマの錠剤を渡し、口に入れてと身振りで指示した。それから背嚢を床に置き、パールがくれた容器をそっと取り出した。

片手にボウ、もう一方に容器を持ち、階段の下でリーフと待機する。ついにファードがまた動き出す音が聞こえた。

〝行ったわ〟ゲルシーが安堵《あんど》したように囁いた。

今だ――緊張で胃がこわばった。心の防御壁を補強するため、魔力を引き出す。それが間違いだった。ファードが魔力の動きに気づき、警戒を強めるのがわかった。

「行こう」わたしはリーフに囁き、一段飛ばしで一緒に階段を駆け上がった。

ファードは踊り場で待っていた。歪んだ笑みを浮かべていたが、意識を集中させるにつれて唇が結ばれていく。その姿を見たとたん、恐怖と嫌悪感が喉元にせり上がり、トゥーラの恐ろしい記憶があふれて、嘔吐《おうと》しそうになる。

次の瞬間、ファードの魔術攻撃が怒涛《どとう》のように襲いかかってきた。その勢いで階段から落ちるまいと、手すりを掴む。リーフも横でよろめいたが、なんとか持ちこたえている。これでおしまい？　ファードを見やると、奴は目を閉じていた。そちらに近づいて、パールの容器を持ち上げた。

「イレーナ、止まれ」リーフがふいに言った。声がおかしい。

隣に目を向けたそのとき、兄が山刀を振り上げるのが見えた。飛びのいた拍子にパールの容器を取り落とし、山刀をボウで受け止める。

「いったい――」問いかけようとしたが、錠剤を歯に挟んでいるのでうまく話せない。

リーフは錠剤を吐き出し、次の一撃に移った。「僕の完璧な妹が連れ去られたとき、これで両親の愛情は僕だけのものになると思った」兄の山刀がわたしの首を裂こうとする。

山刀を避けるように首をすくめた。恥辱と罪悪感がリーフにこんな真似《まね》を？　最初からファードとぐるだったの？　信じられないという思いを頭から押しやり、リーフの腹部をボウで突くと、兄はうずくまって呻いた。だが、魔力の圧迫を肌に感じたと思った次の瞬間、リーフは力を取り戻してすっくと起き上がった。今のは誰の魔力？

「ところが今度は、完璧な幽霊と競うはめになった」リーフが攻撃を繰り出した。

巨大な刃を受け止めるたび、木っ端が飛び散る。ボウがこなごなになるのは時間の問題だったし、狭い踊り場でわたしはどんどん追いつめられていた。左側には廊下、右側には開いた扉がある。

「母さんは家に閉じこもり、父さんは家に帰ろうとしなかった。全部おまえのせいだ」リーフは激しく山刀を振り回し、息を切らした。「そしておまえはただ僕を困らせたくて、戻ってこなかった。そうだろ？　おまえは疫病神だ。今すぐ切り刻んでやる」

ファードはすでに姿を消していた。部屋に入ってきたファードを見て、ゲルシーが短く悲鳴をあげたのが聞こえた。リーフにわたしを足止めさせて、儀式を終わらせようという魂胆なのだ。そして作戦は功を奏していた。

大きな音をたててボウがまっぷたつに割れた。迫ってくるリーフに対し、わたしは魔術で盾を作ったが、兄は苦もなく通り抜けた。いよいよ最後の手段として、自分の意識を飛ばし、兄の心の暗部に入った。

憎しみと自己嫌悪があふれ返る中、そこにもうひとり、誰かがいるのがわかった。ファードだ。《物語の紡ぎ手》の能力を持つファードは、リーフの生々しくねじれた怒りをすべてかき集め、わたしにぶつけさせたのだ。

リーフが振り下ろした山刀をよけて左にひらりと跳び、意識を引っこめる。意識を飛ばしたまま防戦はできない。リーフは武器を振りかぶり、また攻撃してきた。もう身を守るものが何もない。パールの容器は手の届かない場所にある。

助けを求めるゲルシーの叫び声が、熱く熱した火かき棒のようにわたしの心を焼き、奮い立たせた。わたしはすかさずリーフの心に入りこむと、ゴールにしたように身体を操った。わたしの腹部の手前数センチで山刀を止め、一歩飛びのく。

リーフの心の闇のさらに奥に潜りこみ、誘拐される妹を見つめる少年を見つけ出した。少年は罪悪感や憎悪にまだ汚されていない。そのときの彼には好奇心と驚きしかなかったのだ。その感情は、ファードにも利用できない。わたしはリーフを、夢も見ないほどの深い眠りにいざなった。それから自分の身体に戻ると、リーフは床に崩れ落ちた。今はファードを止めることが最優先だ。リーフのことはあとでなんとかしよう。願わくは。

わたしはパールの容器を手に取ると、廊下に飛び出してゲルシーを捜した。左側の一番奥の扉だけが閉じ、鍵もかかっている。すぐさま道具を出して鍵を開けた。最速記録だ。ジェンコも褒めてくれるはず。

扉が内側に勢いよく開き、転げるようにして中に入ると、ファードの手がゲルシーの首を絞めていた。わたしは、ゲルシーの顔から動きが消えていくのをぞっとしながら見つめた。瞳にはもう何も映らず、表情もなくなった。

ファードが歓声をあげ、天井に向かって両の拳を突き上げた。

33

遅すぎた。ファードが歓喜に浸る姿を見ながら、気持ちが沈んでいく。

そのとき、ゲルシーの身体から奇妙な影が起き上がるのが見えた。理性に阻まれる前に、わたしはとっさに飛びついた。ファードを突き飛ばして影をのみこみ、ゲルシーの霊魂を身体に取りこむ。一瞬、時間が止まった気がして、その隙にゲルシーを心の隅の安全な場所に匿《かくま》った。次の瞬間、かちっと音がしてまた世界が動き出し、わたしはファードの上に倒れこんだ。パールの容器は手から吹き飛び、壁際に落ちた。

すぐさまファードは身体を翻してわたしを床に押さえつけ、腹部に馬乗りになった。

「わたしの霊魂だ。返せ」

「あなたのものじゃない」

〝イレーナ？〟心の中でゲルシーの混乱が伝わってくる。

〝待ってて〟わたしはゲルシーに告げた。

ファードがわたしの首に手をかけた。その手を掴《つか》み、左膝を立てて腰を浮かし、相手が身を乗り出した勢いを利用してバランスを崩させた。左足に重心をかけて腰をひねり、ファードを振り落とす。そして、跳ね起きるとすぐに臨戦態勢に入った。

ファードはにやりとして、豹《ひょう》のようにしなやかに、すばやく立ち上がった。「どうやら戦力は五分五分らしいな。だが、こちらのほうが有利だ」

わたしは攻撃に備えて身を硬くしたが、相手は動かない。代わりに真紅の刺青《いれずみ》が光り出し、まぶしさに目を焼かれた。ファードが濃い褐色の瞳で、わたしをじっと見つめる。

ファードの顔がレヤードに変化した。周囲の世界が回り出し、いつしかわたしはイクシアのレヤードの寝室にいて、ベッドに縛りつけられ、レヤードが拷問道具の入った玩具《おもちゃ》箱を探るのを眺めていた。レヤードの拷問にまた耐えなければならないのかと思うと恐怖とパニックが襲ってきたが、すぐに場面が飛んだ。気がつくと今度は、奴《やつ》の喉から噴き出す熱い血潮に濡《ぬ》れながら、レヤードの愕然《がくぜん》とした表情を眺めていた。

〝おまえも人殺しだ〟ファードがわたしの心に語りかけてきた。わたしが殺したほかの男たちのイメージが現れては消える。〝おまえには、シンボルや血の助けを借りずとも霊魂を集める力がある。なぜレヤードが今もつきまとっているのかわかるか？　おまえは奴の霊魂を取りこんだ。殺した大勢の人間のうちの、最初のひとりだからな。わたしには未来が見えるが、おまえの未来は暗い〟

めくるめく速さでイメージが巡る。わたしを見つめるアイリスの冷ややかな目。首をくくられてぶら下がるヴァレク。わたしを内側から叩《たた》きのめすリーフの憎しみ、わたしの処刑を求めるカーヒル。密偵を働いた罪で裁かれるわたしを無関心に眺める最高司令官。

〝遠い昔、魔術師範が《霊魂の探しびと》をどう裁いたか見るがいい〟

柱に鎖で縛りつけられた男に火が放たれた。男の悲鳴がわたしの心を震わせる。ファードは、その男の皮膚が焦げて焼き尽くされるまで、イメージをわたしの心に映し続けた。

〝《霊魂の探しびと》は、人の役に立とうと、家族や友人たちのために死者を生き返らせようとしただけだ。目覚めた死者が生前とは違う人格だったとしても、彼のせいではない〟ファードが囁《ささや》く。〝未知の存在に対する不安と恐怖が、彼に有罪を宣告したのだ。議会がおまえを有罪にしたように。わたしが見せたイメージはすべて、おまえの物語の糸が語る運命だ。ムーンマンではなく、わたしがおまえの《物語の紡ぎ手》なのだ〟

そう言われると、そんな気がしてくる。ファードは、居場所を見つけたがっているわたしの気持ちを理解している。居場所は彼の隣だ。《霊魂の探しびと》と《霊魂の盗《ぬす》びと》。

〝そうとも。わたしがおまえの物語を変えてやろう。そうすれば議会は、おまえを生きながらに焼き殺したりはしない。さあ、ゲルシーの霊魂をよこせ〟

わたしの心の片隅で、抵抗し、行動しろとわめく声がする。〝霊魂を盗むなんて間違っている。あなたに渡したりしない〟

〝では、おまえにそんな才能が備わっている理由はなんだ？　能力を活《い》かさないなんて愚の骨頂だろう?〟

〝人のために使う〟

〝もうひとりの《霊魂の探しびと》もそのつもりだった。その結果、どうなった?〟

意識を集中させるのが難しくなってきた。ファードがしだいにわたしを操り出している。

ゲルシーを奪われるのは時間の問題だ。

〝娘をよこせ。無理に奪えば、おまえは死ぬ。生まれ変わったわたしの最初の犠牲者となるだろう。おまえの両親がその次だ〟

八つ裂きにされたパール、ばらばらに切り刻まれたイーザウの姿が頭に浮かんだ。なすすべもなくふたりを見つめるわたしの前で、血飛沫《ちしぶき》が上がる。

〝ふたりを救え。そうすればおまえは生まれて初めて、完全な自由を手に入れる〟

ファードの強力な呪文に心が揺れた。彼の言うとおりだと考えている自分がいる。自由。

ファードがわたしの身体に歓喜の波を送りこんできた。喜びと幸福感に包まれて、思わず呻《うめ》く。ファードがゲルシーを渡してしまいたかった。だが、わたしの魂をすっかり満足させたのはやりすぎだった。こういう感覚なら、もう何度も味わったことがあるからだ。そう、ヴァレクに抱きしめられるたびに、いつも。

よろめきながら立ち上がり、ゲルシーに手を伸ばそうとするファードを必死に押し返す。

ファードは自分の失敗に気づいたらしく、ふたたびわたしの心に攻撃を仕掛けてきた。

両腕でぎゅっと胸を抱いたまま、床に倒れた。焼けつくような痛みが身体を貫き、涙と汗が目を刺す。痛みに身体をよじったそのとき、母が作ってくれた容器がすぐ近くに見えた。一瞬の隙さえあれば……。

〝困っているようだね、愛《いと》しい人？〟ヴァレクが尋ねてきた。

〝あなたの力が必要なの、魔術への耐性が〟

〝仰せのままに〟

すると、わたしには到底作れないような防御壁が心の中にそびえ、ファードの力を阻んだ。わたしは目を開けた。「あと少しだったわね」ファードに告げると、パールの容器を拾ってから、おぼつかない脚で立ち上がった。

ファードは驚きからすぐに立ち直った。「かまうものか。わたしを拒もうとしたことで、おまえは力を使い果たした」

ファードがつかつかと近づいてきて、手でわたしの喉を覆った。ファードの言うとおり、彼を止める力はもうなかったけれど、わたしには別の手段がある。ファードの親指に気管をぐっと絞めつけられながら、わたしは震える手でパールの容器を持ち上げた。

視界がちかちかし出す。ファードにわたしの動きを阻止する暇を与える前に、わたしはノズルを彼に向けて、ゴムでできたポンプ部分を握り、その顔にキュレアを吹きつけた。香水を身体に吹きかけるためにパールが作ったその小さな器具が、見事に役に立った。

ファードの顔が恐怖で凍りついた。わたしは呟き込みながらファードの手を逃れ、彼はそのまま床に倒れた。〝わたしの代わりがまた現れる〟それが、薬で身体も魔力も麻痺《まひ》する前にファードが告げてきた、最後の言葉だった。

ファードの身体が麻痺したことを確認すると、彼の心の中に入りこんだ。彼が盗んだ霊魂は、闇の中に囚《とら》われていた。それらを空に解き放つ。自由になった霊魂たちに揉《も》みくちゃにされながら、彼らの喜びと幸せをつかのま一緒に満喫したあと、自分の身体に戻った。

即座にゲルシーに駆け寄り、首に指先をあてがうと、傷に意識を集中させて修復した。同時に腕や脚の切り傷も治療していく。そして、〝戻りなさい〟とゲルシーに語りかけた。

ファードとの戦いの間、ゲルシーはわたしの心の中で怯《おび》えて縮こまっていたが、ようやく理解したらしい。ゲルシーの身体に生気が戻り、震えながら長々と息を吸いこんだ。

飛び出しナイフでゲルシーの手足の枷《かせ》を断ち切り、とろけたテオブロマの錠剤を吐き出すと、わたしも彼女の横に倒れこんだ。息を吸いこむたび、喉が燃えるように痛む。

しばらくしてようやく力をかき集め、ゲルシーを引っ張って一緒に立ち上がった。彼女の服を見つけて着るのを手伝い、居間にある座り心地のよさそうなソファに誘導する前に、二階の窓から手を出して振った。まもなくダックスが駆けつけるだろう。

「退学だわ」ゲルシーが囁いた。

わたしは首を横に振った。「みんなちゃんとわかってくれる。回復に必要なだけいくらでも休めるわ」

現れたダックスにゲルシーの付き添いを任せると、わたしはリーフを置き去りにした階段の踊り場に戻った。気が進まず、脚がのろのろとしか動かない。

今、兄のねじれた心をほぐす力は残っていなかった。ムーンマンとの約束を果たすのはもう少し先になるだろう。わたしが立ち去ったあとで目を覚ますように、リーフの眠りを少し浅くした。ファードの最後の言葉で、まだ終わっていない仕事があったことをふいに思い出したのだ。

階下に下りたとき、ダックスはゲルシーを守るようにその身体を抱えていた。

「第二魔術師範に知らせておいたよ。師範たちがまもなくここに来る。ファードを養成所の牢屋《ろうや》に繋《つな》いでおくために、衛兵部隊を従えて」

「じゃあ、姿を消したほうがいいわね。わたしは自室で謹慎しているはずなんだから」

ダックスは首を振った。「第二魔術師範は君のしたことをもう知ってる」

「それなら余計に、彼らが到着するとき、わたしはここにいないほうがいい」

「でも――」

わたしは手を振り、背嚢《はいのう》を肩にかけながら戸口に急いだ。養成過程を退学処分になったのだから、部屋からまもなく追い出されることもわかっていた。わたしを部屋から無理やり立ち退かせる楽しみをローズに与えることなく、さっさと出ていくつもりだった。

　広場を歩いていると、フィスクが駆けてきた。

「僕ら、役に立った？」と尋ねる。「全部うまくいった？」

「ありがとう、あなたたちのおかげよ」わたしは背嚢の中を探り、手持ちのシティア硬貨をすべてフィスクに渡した。「これ、仲間のみんなで山分けして」

　少年はにっこりして走り去った。

　城塞内を歩く間も、身体の芯まで疲れきっているせいで、目がぼやけ、眩暈《めまい》がした。議事堂に通りかかったとき、いつも階段近くをうろついている物乞いの一団が寄ってきた。

「ごめんなさい。今日は何もしてあげられない」肩越しに言うと、一団は議事堂のほうに引き返したが、ひとりだけ粘っている。わたしは振り返った。「だから、今日は――」

「きれいなお嬢さん、銅貨一枚お恵みを」と男が言う。

　男の顔は泥まみれで、長い髪は脂ぎって固まっていた。服はぼろぼろだし、馬糞《ばふん》のような匂いがする。それでも、人を見透かすようなサファイアブルーの瞳は隠せなかった。

「君の命を今しも助けた男に、銅貨一枚すら恵んでくれないのかい？」ヴァレクは囁くと、「《統一の泉》に、十五分後」と言い残して階段に戻り、ほかの物乞いたちに合流した。

　はやる思いを抑えて養成所の方角にそのまま進み、議事堂が視界から消えるとすぐに脇道に入って、《統一の泉》に向かった。穴がいくつも開いた翡翠《ひすい》の大玉と、その中にある十一の玉が、ひんやりした空気の中で輝いている。ヴァレクが無事だったとわかってほっとする気持ちと、彼はすぐにでもこの国を離れるべきだという不安とが、わたしの中で葛藤していた。

物陰で何かがすばやく動いたのに気づいた。奥まった戸口の陰にゆっくりと近づくと、そこにいたヴァレクとつかのま、ひしと抱きあった。それから身を引いた。

「ファードを倒すのを助けてくれてありがとう。でも、捕まる前に早くシティアを出て」

ヴァレクは微笑《ほほえ》んだ。「それで、せっかくの見世物をみすみす見逃すのか？　いやだね。君が任務を終えるまで付き添う」

わたしには、心の中でひっそり驚くことしかできなかった。ヴァレクとわたしにはアイリスのような心の繋がりはない。それでもヴァレクはわたしの気持ちを読み取り、助けが必要なときは必ずそこにいてくれる。

「説得しても無駄なのね」ヴァレクの無事を知って高揚した気持ちが、たちまちしおれた。

「そのとおり」

「わかった。ただし、もしあなたが捕まったときには、〝ほら、言ったでしょ〟と言わせてもらうから」険しい口調で言い渡そうとしたのに、疲れきっているわたしの心はヴァレクがそばにいてくれる安心感でいっぱいで、冗談めかした言い方になってしまった。

「いいだろう」言い返されるのを予測していたように、ヴァレクの目がきらりと光った。

34

ヴァレクとわたしはどう行動するのが一番いいか決め、アヴィビアン平原の境界あたりで落ち合う約束をした。

養成所に着くと、荷物をまとめるために自分の部屋に直行した。何を持っていこうかと考えていると、誰かがドアをノックした。いつもの習慣でボウを捜したが、そういえばリーフに壊されたのだと思い出し、代わりに飛び出しナイフを掴《つか》んだ。

扉を開けたとき、少しだけほっとした。ためらいがちな様子で、アイリスが立っていた。

わたしは一歩下がってアイリスを中に迎え入れた。

「報告がある」アイリスが切り出した。わたしがただアイリスを見つめ、何も答えずにいると、そのまま続けた。「ファードは養成所の牢獄《ろうごく》に収監され、議会はおまえの追放命令を取り消した。おまえの魔力をどこまで伸ばせるか調べるため、ここに留《とど》まってもらいたがっている」

「指導者は誰ですか？」

アイリスは目を床に落とした。「決めるのはおまえだ」

「考えておきます」

アイリスはうなずいてきびすを返し、ふと足を止めた。「すまなかった、イレーナ。わたしはおまえの力を信じていなかった。だがおまえは、われわれ四人の魔術師範にもできないことをやり遂げた」

わたしたちの間には今もかすかな繋《つな》がりがあり、アイリスが迷い、自信を失っているのが伝わってきた。今後困難な状況に直面したとき、自分が果たしてそれに対処できるか疑っている。問題解決のために必要だとずっと信じていたことが、間違いだったと感じているのだ。

「あの状況では、解決の鍵は魔術ではありませんでした。ファードを倒せたのは、彼の魔術を消せたから。そしてそれは、ヴァレクの力なしにはできなかった」

アイリスはわたしの言葉についてしばし考え、心を決めたように見えた。

「協力関係を結ぶというのはどうだろう？」

「協力関係？」

「おまえにはもう指導者は必要ないと思う。必要なのは、おまえがどれだけ強力な《霊魂の探しびと》かはっきりさせる手助けをする協力者だ」

自分に貼られたそのレッテルに顔をしかめた。「わたしが《霊魂の探しびと》？」

「かもしれないと疑ってはいたが、できれば信じたくなかった。今おまえがひるんだのと同じように、本能的に拒んだんだ。どうやらわたしには手引きが必要らしい。シティア流のやり方が正しいとは限らないことが、今回わたしにもわかった。それを知るために、力を貸してはもらえないだろうか？」

「〝当たって砕けろ〟のやり方を身につけたいというんですか？」

「おまえが《霊魂の探しびと》としての自分の可能性を知りたいなら。それは本当に『倫理規範』に背くものなのか。もしかすると規範のほうを改定すべきではないか。そして、おまえをすでに師範と考えていいのか、あるいは、まずは師範試験を受けさせるべきなのか」

「師範試験？　いろいろと怖い話を耳にしました」喉が締めつけられ、無理やりごくりと唾をのみこもうとした。

「大部分はただの噂《うわさ》だ。生徒を怯《おび》えさせて、本当に自信と勇気のある者だけに名乗りを上げさせるために」

「でも、もしそれだけの力がなかったら？」

「ただ不合格になるだけだ。だが、それで自分の限界を知ることができる。あとで驚くはめになるより、はるかにいい」

アイリスはふと口をつぐんだ。〝取引のこと、どう思う？〟心に問いかけてきた。

"考えてみます。いろいろあったからまだ心の整理がつかなくて"

"確かに〟アイリスは理解を示した。〝その気になったら知らせてほしい〟そう言い残し、部屋から立ち去った。

わたしは扉を閉めた。頭の中は、自分の能力を限界まで試す可能性と、《霊魂の探しびと》とそしられる恐怖の間で揺れ動いていた。最高司令官の毒見役だったとはいえ、イクシアでの暮らしのほうが楽だったように思えてくる。

ヴァレクがさりげなくそう呼ぶ〝任務〟が終われば、次の行く先にはいくつか選択肢がある。また選択肢ができたのはうれしいけれど。

わたしは、忘れ物はないか室内を確認して回った。ヴァレクに贈るヴァルマーの彫刻、シティア硬貨の残り、イクシアで着ていた制服、着替えを背嚢《はいのう》に詰めた。衣装箪笥《だんす》には、実習生の長衣、ナッティが縫ってくれた数枚の服がまだ下がっている。机には雑記張や本が積まれ、室内にはアップルベリーとラベンダーの香りが漂っていた。愛《いと》おしさに胸が締めつけられ、突然気づいた。そう思うまいとしながらも、ここはもうわが家だったのだ。

背嚢を背負うと、その重みが、わたしを引き止めようとしているように感じた。途中、客室棟に立ち寄り、両親の部屋を訪れた。イーザウが台所で立ち動く音が聞こえ、パールは妙な表情を浮かべている。首をしきりにさするその様子に、動揺がうかがえる。母はわたしの背嚢を下ろさせ、お茶ぐらい飲んでいきなさいと告げて、詰め物をしたピンクの椅子にわたしが腰を下ろすのをじっと見つめていた。

　母は、もう一杯お茶をとイーザウに声をかけると、今わたしがそこを立とうものなら即座に飛びつくつもりなのか、隣に浅く座った。イーザウがお茶ののった盆を持ってきた。パールは勢いよく立ち上がり、湯気の立つカップをわたしに手渡した。

　少なくともお茶を飲み終わるまではわたしが椅子を立たないと知って満足したのか、パールが口を開いた。「ここを発《た》つのね？　そうでしょう？」わたしが答える前に母は首を振った。「言わなくてもわかるわ。今にも折れそうな花みたいにわたしを扱って。言っておくけど、そういう花は、手折られたときに強烈な香りを発するものなの」母がわたしを見つめる。

「片づいていない問題があるの。また戻ってくるから」そんな説得力のない言葉では母をなだめられなかった。

「親に嘘をつくのはやめなさい」

「嘘なんかついてない」

「いいわ。じゃあ、自分に嘘をつくのはやめなさい」母は、床に置いたぱんぱんに膨らんだわたしの背嚢に目を向けた。「イクシアに落ち着いたら連絡して。そうしたら訪ねに行くから」母は決まったことのように言った。「ただし、暖かくなってからね。寒いのは嫌いなの」

わたしは思わず立ち上がり、お茶をこぼしそうになった。

イーザウも、困惑した様子ながらうなずいた。「北の氷山近くで育つカルミアの花を探したいものだな。慢性の咳《せき》に効く薬になるとどこかで読んだんだ。見つかったら興味深い研究ができる」

「イクシアに戻ってもかまわないの？」わたしは両親に尋ねた。

「この一週間のおまえのことを考えると」父が笑った。「生きていてくれるだけでうれしいよ。それに、われわれはおまえの判断を信じている」

「もしわたしがイクシアに行ったら、たびたび訪ねてきてくれる？」

ふたりは約束してくれた。別れを長引かせたくなくて、わたしは背嚢をひったくるようにして持つと、立ち去った。


〝林檎《りんご》？〟キキが期待をこめて尋ねた。

〝ううん、でもペパーミントを持ってきた〟わたしは馬具庫に行き、キャンディの袋を探した。ふたつ取り出してキキのところに戻る。

キキが舐《な》め終わったところで尋ねた。〝出発の準備はいい？〟

〝うん。鞍《くら》は？〟

〝今回はいらない〟養成所は学生には馬具を用意してくれるが、卒業後は自分で用意することになっている。

踏み台を引っ張ってきたわたしに、キキが鼻を鳴らした。

〝わかってるわ。野外に踏み台はない、でしょ？　でも、今日は疲れてるの〟

実際、わずかに残っていたエネルギーも、恐ろしいほど急速に消耗していった。幸い、養成所でも城塞でもすんなり門を通過できた。

わたしたちはしばらく谷間の道を進んだ。城塞を振り返りはしなかった。だって、いつかは戻ってくるはずだから。白い大理石の壁に反射するパステルカラーの夕焼けも、今日が見納めというわけじゃない。そうでしょう？

空から光が消えゆく頃、背後から蹄《ひづめ》の音が聞こえた。キキが足を止めて振り返る。

〝トパーズ〟キキがうれしそうに言った。

しかし、ぎらぎらと怒りが燃えるカーヒルのその残忍な表情からすると、これは楽しい対面にはなりそうになかった。

「どこに行く？」カーヒルが尋ねた。

「あなたには関係ない」

たちまちカーヒルの顔が真っ赤になった。「関係ない？　わたしに関係ないだと？」そこで怒りをこらえ、低く轟《とどろ》く声で続けた。「おまえはシティアーのお尋ね者の、心の友だ。おまえの行き先はわたしの最大の関心事なんだよ。実際、おまえの居場所は常に正確に把握しておくつもりだ」そこで口笛を吹く。

ざっと人が動く音を耳にして振り返ると、カーヒルの部下たちが背後で身構えるのが見えた。体力を温存するためにと魔術で前方を確認していなかったことを悔やんだ。

〝匂いに気づかなかった、キキ？〟わたしは尋ねた。

〝うん。こっちが風上だった。かわす？〟

〝まだ待って〟

わたしはカーヒルに向き直り、尋ねた。「何が望みなの？」

「そうやってとぼけてみせて、衝突を避けてきたんだな？　今まではそれでうまくいっていたかもしれない。よくもばかにしてくれたもんだ」気味が悪いほど冷静な声だ。「わたしも第一魔術師範も、おまえは密偵じゃないと思いこまされた。魔術で信用させたんだ。すっかり騙《だま》された」

「カーヒル、わたしは――」

「わたしの望みはヴァレクを殺すこと。そうすれば、家族を殺された復讐《ふくしゅう》のみならず、議会にわたしの力を見せつけて、ついに支援を勝ち取ることになるだろう」

「あなたはヴァレクを捕らえたのに逃げられた。なのに、どうして殺せるというの？」

「おまえが人質になれば、あいつは進んで命を差し出すはずだ」

「わたしを捕まえるには人手が足りないと思う」

「へえ、そうかな？　もう一度見てみろ」

　わたしは肩越しに振り返った。カーヒルの部下たちはキキの後ろ脚から充分距離を取っているが、夕闇の中でさえ、彼らが吹き矢を口にし、わたしを狙っているのがわかった。

「吹き矢にはキュレアが塗ってある。実に優れた武器だ。これが身体に回れば、遠くには逃げられまい」

　不快感が恐怖に変わり、動悸《どうき》が激しくなる。背嚢にいくつかテオブロマは入っているが、それを取り出そうとすれば、わたしは吹き矢の針山と化すだろう。

「おとなしく協力するか、それとも麻痺《まひ》させられたいか？」お茶を勧めるような口調だ。

〝幽霊《ゴースト》〟ふいにキキが言った。

　キキの言葉の意味を理解する暇もなく、平原の背の高い草の中から、ヴァレクが飛びこんできた。誰もが驚いて一瞬その場に凍りついた。カーヒルも呆気《あっけ》に取られている。

「それは悩ましい選択だな」ヴァレクが言う。「じっくり考えたほうがいいぞ、イレーナ。その間に……」ヴァレクは両手を広げてカーヒルに近づいていった。物乞いの変装から、地元民らしい質素な茶色のチュニックとズボンにすでに着替えている。丸腰に見えるが、そんなわけはなかったし、それはカーヒルも同じだった。カーヒルはトパーズの手綱を左手に持ち替えて剣を抜いた。

「わたしの理解が間違っていないか確かめよう」ヴァレクは、わずか一メートルしか離れていないところにあるカーヒルの剣にもまったく動じていないように見える。「おまえは家族の敵討ちがしたいと言う。もっともだ。だが、王家の人々はおまえの家族じゃないということを知っておくべきだ。わたしが長年かけて学んだのは、敵の内情を知り尽くすべしということだ。王家の血筋は、最高司令官がイクシアの支配権を手にした日に途絶えた。それは間違いない」

「嘘だ！」カーヒルはトパーズに前進を促し、ヴァレクに剣を突き出した。

ヴァレクはすばやく軽やかに脇によけ、馬と刃をかわした。

トパーズの向きを変えてまた突進しようとするカーヒルに、わたしは叫んだ。「そう考えればすべて納得がいくわ。それに、ヴァレクが半端な仕事をするはずがない」

カーヒルは驚いて手綱を引き、馬を止めた。「この男を愛するあまり、理性をなくしたか」

「あなただって権力を渇望するあまり、頭がまともに働かなくなっている。部下たちはあなたを利用してるのよ。誰が見ても明白なのに、あなたはその事実に目を向けまいとしている」

カーヒルは首を横に振った。「そんな戯言に耳を貸すものか。部下たちは忠実だ。わたしに従わなければ罰を受ける。ゴールの死で、いっそうそれが身に染みたはずだ」

その水色の瞳にいっさい表情がないことに気づいた。「ゴールを殺したのはあなたね」

カーヒルは微笑《ほほえ》んだ。「部下たちはわたしに命を預けたんだ。殺しても犯罪ではない」そして剣を振りかざした。「位置につけ！」部下たちに命じる。「構えよ――」

「ずいぶん部下を信頼しているみたいだけど、考えてみたほうがいいわ、カーヒル。みんな、あなたの命令に従う前にマロック大尉がうなずくかどうか見てる。そしてあなたに重すぎる剣を渡し、使い方もまともに教えなかった。だいたい、強力な魔術師である国王の血縁者なのに、なぜあなたには魔力がないの？」

「それは――」カーヒルが躊躇《ちゅうちょ》する。

部下たちはうろたえたのか、あるいは混乱したのか、顔を見合わせている。どちらかわからないが、彼らの集中力が切れたのは確かだった。その瞬間、ヴァレクがわたしの後ろに飛び乗り、命じる前にキキが即座に走り出した。わたしはたてがみを掴み、ヴァレクはわたしのウエストを抱え、そしてキキは疾風のごとく駆けた。

カーヒルが号令をかけるのが聞こえ、矢がしゅっとかすめる音も耳にしたような気がしたが、たちまちわたしたちは矢の射程から逃れた。キキはいつもの二倍もの速さで苦もなく走っている。月が天頂に届く頃、やっとキキは足を緩め、やがて止まった。

〝匂い消えた〟キキが言った。

ヴァレクとわたしはキキの背中から滑り下りた。キキに怪我《けが》はないかとわたしが確かめ終わると、馬はじれったそうに鼻を鳴らして、草を食《は》みに行ってしまった。

わたしはひんやりした夜気を感じて身震いした。矢が刺さっていないか確認してから外《がい》套《とう》の襟をかきあわせる。「危なかったわ」

「そうでもない」ヴァレクがわたしを抱き寄せる。「部下たちの集中を乱してやったから、あの国王気取りが命令を出しても、彼らには狙いを定める暇がなかったんだ」

外套を着ていなくても、ヴァレクは暖かかった。

わたしの心を読んだのか、ヴァレクはいたずらっぽく笑った。「君のに一緒にくるまるよ。でも、まずは火を熾《おこ》して何か食べて、少し眠る必要がある」

わたしは首を振った。「わたしに必要なのはあなた」ヴァレクを納得させるのにそう時間はかからなかった。ヴァレクはそっとわたしの外套に入ってきた。

肉を焼く芳《かぐわ》しい匂いで目覚めた。まぶしい日光に目を細めながら、火のそばでかがみこんでいるヴァレクを見つめる。串に刺した肉を燃え盛る火にかざし、炙《あぶ》っている。

「朝食？」わたしはお腹《なか》をぐうぐう鳴らしながら尋ねた。

「夕食だよ。君は一日中寝てた」

わたしは起き上がった。「起こしてくれればいいのに。カーヒルに見つかったらどうするの？」

「これだけあたりに魔力がたちこめていれば、その恐れはない」ヴァレクは空を見透かし、風の匂いを嗅いだ。「気になるか？」

わたしは周囲を囲む魔力に心を解放した。サンドシード族の防御魔術がヴァレクの頭に侵入を試み、混乱させようとするが、魔術耐性のある彼は、魔力の糸の束の方向をやすやすと変えてしまう。魔術はわたしの存在には気をとめない。

「いいえ」わたしは、自分がわずかながらサンドシード族の血を引いていることを説明した。「彼らを攻撃しようと村に近づいたら、防御魔術にやり返されると思う」ふとムーンマンの魔力と偃月刀《えんげつとう》のことが頭に浮かぶ。「あるいは《物語の紡ぎ手》にやられるか」

ヴァレクは考えこんだ。「ダヴィーアン高原までどれくらいかかる？」

「キキしだいね。疾風走で行こうとキキが決めれば、二、三時間で到着する」

「疾風走？　そう呼んでるのか？　ここまで足の速い馬は見たことがないよ」

わたしはヴァレクの言葉について考えた。「平原にいるときだけやってくれるの。ひょっとするとサンドシード族の魔力と関係しているのかもしれない」

ヴァレクは肩をすくめた。「速ければ速いほどいい。アレアはさっさと片づけるに限る」

でも、アレアを具体的にどうするかは、正直なところまだ決めかねていた。あの怪我が回復しているとすれば、わたしにとってかなり危険な存在だとわかってはいたが、それでも殺したくはなかった。サンドシード族に引き渡すだけで充分だろう。ムーンマンが言っていたダヴィーアン高原のダニのことを思い出し、もっと仲間がいるとファードがほのめかしたのは、アレアのことではなく、ほかのダヴィーアン族のことだと気づいた。

ヴァレクが炙っていた肉を取り、わたしに串を渡した。「食べるんだ。力をつけないと」

わたしは正体のわからないその肉の塊の匂いを嗅いだ。「これ、何？」

ヴァレクは笑った。「知らないほうがいい」

「毒？」

「さあね」

試しに齧《かじ》ってみた。肉汁たっぷりだが、妙に素朴な味がする。げっ歯類の一種だろうが、少なくとも毒はなさそうだ。食事を終えると、わたしたちはわずかな荷物をまとめた。

「ヴァレク、アレアの件が片がついたら、イクシアに戻ると約束して」

ヴァレクがにやりと笑う。「どうして？　せっかく気候に慣れてきたのに。ここに避暑用の別荘を建ててもいい」

「そもそも、そういう生意気な態度ばかり取るから、面倒に巻きこまれるのよ」

「違うな、もともとは君だ。君がゴールに捕まらなければ、あの国王気取りに正体を明かすような真似《まね》はしなかった」

「正体を明かしたのはあなたじゃない。申し訳ないけれど、カーヒルと戦ったときに、わたしが余計なことを口にしたの」

「またわたしの名誉を守るため？」

イクシアにいたときも、ヴァレクをかばうために、工作活動をしていた彼の正体をうっかりばらしてしまったことがあった。「そう」

ヴァレクは呆《あき》れたように首を振った。「わたしを愛していることはよくわかっているから、いちいち証明しなくていい。国王気取りにどう思われようと、かまわない」

わたしはカーヒルのことを考えた。「あなたがゴールを殺したと思ってた。ごめんなさい」

ヴァレクは手を振った。「君の言うとおりになっていたかもしれない。奴《やつ》をなんとかしようと引き返したが、出し抜かれたんだ」ヴァレクの細面の顔が真剣味を帯びる。「国王気取りは今後も厄介な存在だ」

わたしはうなずいた。「わたしがなんとかする」

「おいおい、生意気なのはどっちだ？」

わたしは言い返そうとしたが、それをヴァレクが唇で封じた。彼が身体を引いたとき、キキが頭を上げ、耳を前方に向けた。

〝匂う？〟キキに尋ねた。やがて、こちらに近づいてくる蹄の音が聞こえた。

〝ルサルカ〟キキが言う。〝サッドマン〟

リーフが追ってきたと知り、最初に感じたのは苛立《いらだ》ちだった。でも、兄にわたしたちが見つけられたということは、カーヒルにも見つけられるということだ。わたしは急に不安になった。

〝ほかにも誰かいる？〟わたしは尋ねた。

〝いない〟

ヴァレクが高い草の中に身を隠したちょうどそのとき、砂埃《すなぼこり》の中からリーフの馬がいきなり姿を現した。

リーフの緑色の目が驚きで見開かれている。「こいつがこんなに速く走ったのは初めてだ」

さっきまでの苛立ちが急に消えた。ルサルカの黒い毛並みは汗で光っていたけれど、力みは感じられない。

「キキの疾風走と同じね」リーフに尋ねる。「ルサルカもサンドシード族の馬？」

リーフはうなずいた。それから彼が言葉を継ぐ暇もなく、左のほうで何かがすばやく動いたかと思うと、草の中から飛びかかってきたヴァレクがリーフを馬から落とした。地面に落下したときには、ヴァレクがリーフの胸に馬乗りになっていた。ヴァレクはリーフの山刀をその首にあてがい、一方兄は必死に息をしようとしている。

「ここで何をしてる？」ヴァレクが尋ねた。

「イレーナを、捜しに……来た」リーフがあえぎながら答えた。

「なぜ？」

その頃には、わたしも落ち着きを取り戻していた。「待って、ヴァレク。兄なの」

ヴァレクは山刀を下ろしたが、まだリーフに跨《また》がったままだ。リーフの顔は驚きと恐怖に歪《ゆが》んでいる。「ヴァレクだって？　あんたには匂いがない。オーラも」

「こいつ、ばかなのか？」ヴァレクがわたしに訊《き》いた。

わたしは苦笑した。「違うわ」ヴァレクをリーフの上から引っ張り上げる。「兄の魔力は人の霊魂を感じることができるの。あなたの魔術耐性が兄の力を阻止しているのよ」わたしはリーフにかがみこみ、魔力で骨折箇所はないか探った。深刻な怪我はないようだ。

「大丈夫？」リーフに尋ねた。

リーフは身体を起こし、不安げにヴァレクを見た。「場合による」

「ヴァレクのことは心配しないで。過保護なだけだから」

ヴァレクはわざとらしく咳払いした。「一日でいいからおとなしくしていてくれれば、ここまで反射的に君を守ろうとせずにすむんだ」彼は脚をさすった。「しかも痛い目に遭う」

やっと落ち着いたらしく、リーフが立ち上がった。

また苛立ちが戻ってきた。「どうしてここに？」と尋ねる。

リーフは、地面に座っているヴァレクを見下ろした。「母さんに言われたんだ」

わたしは兄の次の言葉を待った。

「おまえがまた道に迷っていると母さんは言った。そして、十四年間おまえを捜し続けた兄にしか見つけられない、と」

「どうやって見つけたの？」

リーフは自分の馬のほうにやや乱暴に手を振った。「キキは平原でトパーズを見つけた。だから、サンドシード族に育てられたルサルカにもできると思ったんだ。それで……」

「ルサルカはあっという間にわたしたちを見つけた」わたしは兄の言葉について考えた。「なぜ母さんはわたしが道に迷ったと思ったのかしら？　そしてなぜあなたを送り出したのか？　十四年前は何もしてくれなかったのに」その瞬間、兄を殴りたくなった。ファードの家で、兄はわたしを危うく殺しかけたのだ。

リーフは罪悪感に縮こまった。「母さんがなぜ僕を来させたのかはわからない」

帰ってと言おうとしたそのとき、どこからともなくムーンマンが近づいてきた。

「この人は味方」ヴァレクが攻撃する前に告げた。

「ここは集合場所か何かなのか？」ヴァレクがぼそりとつぶやく。

ムーンマンが近くまで来ると、わたしは尋ねた。「太陽光線を紡ぎ上げる、謎めいた登場はなし？　身体はもう染めないの？」腕と脚の傷が褐色の肌にくっきりと浮かび上がっていた。今日は短パン姿だ。

「同じ手品を見せても面白くない。それに、突然現れたらゴーストに殺される」

「ゴースト？」わたしは尋ねた。

ムーンマンはヴァレクを指さした。「キキが彼につけた名前だ。ぴったりだ」わたしの混乱した表情を見て続けた。「魔法界の者は魔力を通じて世界を見る。われわれは両の目では彼が見えても、魔力では見えない。だからわれわれにとって彼は幽霊《ゴースト》のようなものだ」

ヴァレクはムーンマンの言葉を聞いている。無表情だが、肩のこわばりからすると、今にも飛びかかるつもりでいるらしい。

「また親類か？」ヴァレクが尋ねる。

ムーンマンがにっこり笑った。「そう、彼女の母親のおじの妻の、三番目のいとこだ」

「サンドシード族の魔術師で、《物語の紡ぎ手》なの」わたしは説明した。「でも、ここに何しに来たの？」

ムーンマンの顔からいたずらな表情が消えた。「わたしの土地にいるのはおまえたちのほうだ。同じことを訊いてもいいが、あいにくおまえがここに来た理由はすでに知っている。わたしはおまえが約束をきちんと守るかどうか確かめに来た」

「約束？」リーフとヴァレクが同時に尋ねた。

わたしは手を振ってそれを無視した。「守るわ。でも今は無理。わたしたち――」

「おまえの目的はわかっている。だが自分自身を解きほぐさない限り、それをやり遂げることはできない」

「わたし自身を？　でもあなたが言ったのは……」

そこで口をつぐんだ。リーフの心を解きほぐせと約束させられたけれど、考えてみれば、わたしたちの人生は複雑に絡みあっているとも言っていた。だけど、リーフを助けることが、アレアを捜すこととどんな関係が？

「なぜそうしないと、目的をやり遂げられないの？」わたしは尋ねた。

ムーンマンは答えない。

「なぞかけ仕立ての助言は、ほかにもうないの？」

ムーンマンは両手を差し出した。片方をリーフに、もう片方をわたしに。

ヴァレクが鼻を鳴らす。面白がっているのか、不快感からか。「家族内の問題らしい。近くにいるから、必要だったら呼んでくれ、愛しい人」

わたしはリーフを観察した。最後に《物語の紡ぎ手》と会ったとき、兄は怯えていた。でも今は一歩前に進み、ムーンマンの手を握って、決意に満ちた目でわたしを見た。

「けりをつけよう」リーフはそう言って、わたしに挑んだ。

35

わたしはムーンマンの手に手を滑りこませた。《物語の紡ぎ手》の温かな魔力がわたしの理性を包みこみ、世界が溶けた。

わたしたちはイリアイス密林を移動し、十四年前にムグカンがわたしを拉致した場所にたどりついた。わたしたち三人は、リーフの目で物を見、彼の気持ちを体験した。要は、リーフ自身になったのだ。

僕のそばを離れるからこんな目に遭うんだぞ、という意地悪な思いが心を刺す。だが、その見ず知らずの男が妹を眠らせ、藪《やぶ》の陰から背嚢《はいのう》と剣を取り出すのを見ると、自分も捕まってしまうかもしれないと急に怖くなり、足がすくんで助けに出ていけなくなった。リーフは、男が妹を連れ去ったあとも、しばらくその場に隠れていた。

ムーンマンがそこで物語の糸に手を加えて、もしリーフがわたしを助けようとしたらどうなったか、一瞬見せてくれた。ムグカンが鞘《さや》から剣を抜いた瞬間に密林に金属音がこだまし、剣はリーフの胸に突き刺さった。隠れていたのは正解だったのだ。

場面が変わり、妹が迷子になったことをとうとうリーフが両親に告げて、ふたりが怒り、悲しむ姿が見えた。真実を話して、男を止めるために自分が何もしなかったとふたりが知ったら、もっと大変なことになるとリーフは思った。捜索隊がきっと男と妹を見つけてくれると、彼は自分に言い聞かせた。そのとき妹がどんなに両親にちやほやされるか考えると、早くも嫉妬心がこみ上げた。

捜索隊が発見に失敗すると、リーフは自分で妹を捜し始めた。きっと密林のどこかにいる。僕を困らせるために身を隠しているんだ。妹を見つけなければ。そうすれば父も母もまた僕を愛してくれる。

月日は流れ、罪悪感に駆られたリーフは自殺を試み、やがて罪悪感は憎しみに変わった。そして血と北の匂いをぷんぷんさせてついに妹が帰ってきたときには、殺したいと思った。とりわけ、十四年ぶりに母の顔が、掛け値なしの喜びに輝いたのを見たときには。

カーヒルが思いがけず奇襲をかけてきたとき、北のスパイを排除したいと思っているのが自分だけではなかったと知ってうれしくなった。だが、怪我《けが》をした妹を見たとき、意外にも、憎しみの黒いマントに小さな亀裂が入った。

妹がカーヒルから逃げたのはスパイである証拠だと思ったのだが、戻ってきた妹は、自分はスパイではない、だからこうして逃げずに帰ってきたのだと主張した。するとローズまでそれを認め、リーフは戸惑った。

その混乱と心の葛藤は、妹がトゥーラを助けようとするのを見て、ますます強まった。イレーナはなぜ他人を気遣う？　僕のことや、彼女がいない間に僕がどんなに苦しんでいたかについては、気にもとめなかったのに。妹を憎み続けたかった。だが、妹がトゥーラの命をなんとか繋《つな》ぎとめたのを見て、また何もできずにただ立ちすくんでいた自分のふがいなさに耐えきれなくなった。

平原でふたりのもとに《物語の紡ぎ手》が近づいてきたとき、妹が真実を知るのは時間の問題だと悟った。妹に非難の目で見られるのが怖くて、リーフは逃げた。でも冷静になってみると、真実を知ったとして、イレーナにとってはなんの変わりもないと思い始めた。彼女はイクシアで幾多の困難をくぐり抜けてきた。この障害だって克服できるのでは？

しかしイレーナが平原から戻ってきたとき、それは不可能だと知った。イレーナの全身で怒りと非難の炎が燃えていた。妹はリーフを求めていなかったし、必要ともしていなかった。だが母に頼まれたから、渋々こうして捜しに来た。

《物語の紡ぎ手》は、話の糸が消えるに任せた。三人は、最後にムーンマンと会った暗い平原に立っていた。彼の身体の色は月光に似ていた。リーフが不思議そうにあたりを見回す。

「なぜ母さんは、ゲルシーの救出に向かうわたしを助けろと兄さんに言ったのかしら」わたしはリーフに尋ねた。

「何かしら役に立つと思ったんだろう。僕はなんとかして——」

「わたしを殺そうとした？　兄さんも〝イレーナを殺したい組合〟に仲間入りできるわ。正規会員が六人いるらしいわよ。わたしを二度殺そうとして以来、ヴァレクが会長なの」

わたしは微笑《ほほえ》んだ。でもリーフは後ろめたそうにわたしを見ている。「悪いのは兄さんじゃない。ファードが兄さんの記憶をのぞきこんで、利用しただけ」

「おまえがトゥーラを助けようとするまで、本気でおまえを殺したかった」リーフがうなだれた。

「そういう感情を持ったことを恥じなくていいと思う。過去は変えられないけれど、未来のための案内役になってくれるわ」

ムーンマンがうなずいた。「できればおまえを《物語の紡ぎ手》にしたかったが、おまえは《霊魂の探しびと》になってしまったな」にっこりと笑った。

「本当に？」自分では信じられないし、実感も湧かないのに、いったい何人の人にそう聞かされるのだろう。《霊魂の探しびと》と自称はするまい。わたしはただのイレーナだ。

ムーンマンが眉を片方吊《つ》り上げた。「心の準備ができたら、いつでも訪ねてきなさい」

そのとき周囲がぐるぐる回り出し、わたしは眩暈《めまい》をこらえて目を閉じた。やっと止まって目を開けると、またリーフとともに平原にいた。ムーンマンはヴァレクと話している。

わたしは、その岩だらけの平原で起きたことを理解しようとした。リーフは心を解きほぐす道筋をたどった。その道は、トゥーラのことでわたしを助けようと決めたとき、すでになだらかに均《なら》されていたのだ。なのに、なぜムーンマンは彼を助けろと言ったのか?わたしは《物語の紡ぎ手》を捜したが、すでにその姿はなかった。

そのとき答えが降りてきた。一緒に、罪悪感も。わたしは本当のリーフを理解しようとしないまま、ただ辛《つら》く当たっていた。成長した兄にかつての八歳の少年を重ね、償おうとする今の兄を見ようともしなかった。

こちらを見つめるリーフに向き直った。「本当に一から始める必要があるときこそ、《新たな始まりの宴》を計画すべきよね?」

リーフが微笑んだ。シティアに戻ってから初めて見る、兄の心からの笑みだった。

「別にかまわないさ。どうせ僕は踊らないけど」

「いいえ、踊るの」

ヴァレクが咳払《せきばら》いをした。「感動のひとときだが、そろそろ行かなければ。《物語の紡ぎ手》が、アレア配下の連中との対決に備えて、兵士を何人か応援によこしてくれるそうだ。夜明けに彼らと落ちあう約束になっている。君の兄さんも——」

「リーフよ」わたしは言い添えた。

「……一緒に来るのか?」

「もちろん」リーフが答える。

「だめ」同時にわたしも言った。「怪我をさせたくない。そんなの母さんが許さないわ」

「でも、もしこのまま立ち去っておまえたちに手を貸さなかったら、やっぱり大目玉を食らう」リーフは胸の前で腕を組んだ。がっしりした顎がいかにも頑固そうにこわばる。

「君たちの母上はずいぶん手強《てごわ》い人らしいな」ヴァレクが沈黙を破った。

「あんたの想像を超えると思う」リーフがため息をついて答える。

「もしイレーナと少しでも似ているなら、同情しよう」ヴァレクがからかった。

「なんですって?」

リーフが笑い、場の緊張が緩んだ。

ヴァレクはリーフに山刀を返した。「使い方を知ってるのか?」

「もちろん。何しろこれでイレーナのボウを薪《まき》に変えたんだ」リーフが冗談めかして言う。

「不意打ちだったからよ。それに、兄さんに怪我をさせたくなかっただけ」

リーフが怪訝《けげん》そうにこちらを見た。「もうひと勝負するか?」

「望むところよ」

ヴァレクがふたりの間に割って入った。「君が天涯孤独だったらよかったのに、と思い始めてるよ、愛《いと》しい人。ふたりとも目の前の任務に集中してくれないかな? 兄妹《きょうだい》同士のいがみあいを十四年ぶりに再開するのはやめにして」

「了解」わたしたちは声を揃《そろ》えた。叱られて当然だ。

く」

「けっこう。じゃあ行こう」
「どこに?」と、尋ねる。
「相変わらず謎めいた言い回しで君の《物語の紡ぎ手》が、〝行く先は馬が知っている〟とだけ教えてくれたよ」ヴァレクは肩をすくめた。「わたしが普段使う戦術とはまったく違うが、南には南の戦術があるらしい。しかも不思議なことに、今はそのほうがうまくいく」
確かに馬たちは行き先を知っていた。平原に日が昇る頃、わたしたちは背の高い草の中の岩のそばで、サンドシード族の兵士の一団と落ちあった。革の鎧《よろい》を身につけ、偃月刀《えんげつとう》か槍《やり》を携えた十二人の男と六人の女。顔や腕に縞模様《しまもよう》を描き、いかにも獰猛《どうもう》そうに見せている。

ほかに馬はいなかった。ヴァレクとわたしはキキから飛び降り、リーフもルサルカから下りてこちらに合流した。わたしは朝の冷たい空気で身震いした。ボウがないと、なんだか裸に剥かれたようで、飛び出しナイフ以外にも武器を持ってくればよかったと悔やんだ。

ムーンマンがわたしたちを出迎えた。同族の男たちの普段着を着ているが、偃月刀とボウで武装している。彼が持っているボウは黒檀製《こくたんせい》の普通のものとは違う。シンボルや動物が彫られ、黒い表面の下に金色の材質が見えている。じっと見つめるうちに、彫刻が物語を語り出しそうな気がした。わたしは首を振り、ムーンマンの話に集中しようとした。

「昨夜、斥候を送った。《無》の地帯に、イレーナが話していたような血の滴る器具が見つかった。そこからダニどもを追跡し、一・五キロほど東に野営地を発見した。今われわれは、そこから三キロほど北の平原の端にいる」

「暗くなるまで待って、奇襲をかけよう」ヴァレクが提案する。

「それはだめだ」ムーンマンが首を振った。「ダニどもは魔術の帳《とばり》を使っているから、侵入者がすぐわかる。斥候もあまり近づけなかった」ムーンマンは地平線を探っているようだった。「連中の中には強力な《編み機《ワーパー》》がいて、魔法で探っても居場所が隠されてしまうんだ」

「《編み機》？」リーフが尋ねる。

ムーンマンは顔をしかめた。「魔術師のことだ。わたしは奴《やつ》らを《物語の紡ぎ手》とは呼びたくない。自分本位な理由で魔力の糸を操る連中だからな」

サンドシード族の兵士を眺め、彼らの武器に目をやった。「魔法は使わないの？」

「使わない」

「捕虜にするつもりもない？」

「それはサンドシード族のやり方ではない。ダニは駆除しなければならない」

アレアの脅威は排除したいが、殺す気はなかった。イーザウのキュレアの小瓶が背嚢にまだ入っている。それで彼女を麻痺《まひ》させ、養成所の監獄に連行することもできるのでは？

「どうやってダヴィーアン族に魔法を使わせないようにする？」ヴァレクが尋ねる。

ムーンマンの目が怪しくぎらりと光った。「《無》を移動させる」

「そんなことができるの？」わたしは驚いて尋ねた。

「魔力の毛布の移動には、細心の注意が必要だ。毛布の穴をダニどもの野営地の真上にずらし、そこで攻撃をかける」

「いつ？」

「今だ」ムーンマンは兵士たちのほうに近づいた。

「サンドシード族を目くらましに使うつもりだ」ヴァレクがわたしに低い声で囁《ささや》いた。

「そして、アレアを始末してわたしたちは姿を消す。これは彼らの戦いだから」

「でも、アレアにとっては捕まって投獄されるほうが辛いと思う」

ヴァレクはわたしをつかのまじっと見つめた。「君がそう望むなら」

兵士たちは鬨《とき》の声《こえ》をあげ、草叢《くさむら》に消えた。ムーンマンが戻ってきた。「彼らは野営地の周囲で配置についた。《無》が真上に移動したそのときが攻撃開始の合図だ。おまえたちはわたしと来い」わたしたち三人に目を向ける。「おまえには武器が必要だ。さあ」

ムーンマンは手にしていたボウを放り、わたしはそれを右手で掴《つか》んだ。

「これはおまえのものだ。スークレイからの贈り物だ」

「スークレイ？」

「わが部族の馬の飼育係だ。おまえのことを気に入ったらしい。スークレイからの贈り物は雪のように希少だ。おまえの物語がそこに彫ってある」

〝母さん〟キキが納得したように言った。脳裏に、長老たちに会った日にキキを遠乗りに連れていった、サンドシード族のおかっぱ頭の女性が浮かぶ。

わたしはボウをまじまじと見た。バランスも太さもわたしの手にぴったりだ。表面に彫刻があるのに、黒い木の手触りは滑らかで力強い。わたしがボウの美しさに見とれている間に、ヴァレクは偃月刀を握り、リーフは山刀を振り回した。

「行こう」

わたしは外套《がいとう》を脱ぎ、急いで準備をしたあと、ムーンマンに続いて草叢に入った。

ダヴィーアン族の野営地近くに隠れるわたしたちの位置から、彼らのテントや篝火《かがりび》の周囲で人が動きまわっているのが見えた。空気が揺らぎ、巨大な熱の袋がかぶさっているかのように、中の人々の姿が歪《ゆが》んで見える。

台地の草は小さな塊になり、雨不足のせいで白茶けている。わたしはヴァレクと一緒に小さな藪の陰でかがんでいた。リーフとムーンマンはそこから百五十メートルほど離れた浅い窪地《くぼち》で身を縮めている。ほかの兵士たちはどうやって隠れ場所を見つけたのか？　ダヴィーアン族は開けた場所を野営地に選んでいて、遮蔽物はほとんどなかった。

肌を圧迫する魔力のせいで、腕が総毛立つ。意識を飛ばすと、ムーンマンのほか三人の魔術師が魔力の毛布を引っ張るのがわかった。彼らは毛布に皺《しわ》が寄ったりしないように均等な力を使い、滑らかに動かしている。魔力でここまでできるのかと思うと感動した。シティアに残るとしたら、サンドシード族から教えてもらうことがたくさんありそうだ。

《無》が到着したとたん、肺から空気という空気が吸い取られたような気がした。周囲に対する知覚は、視覚や嗅覚、聴覚といったありきたりなものに限定された。魔力が消えたことに自分がなじむ暇もなく、また鬨の声があがった。野営地襲撃の合図だ。

わたしは弾《はじ》かれたように立ち上がり、突撃するヴァレクに続いた。そして、眼前の光景が目に飛びこんできたとたん、呆然《ぼうぜん》とその場に立ちすくんだ。

ダヴィーアン族の帳が壊れ、同時に、幻影も消えた。篝火のまわりに集まっていたのは数人ではなく、三十人以上だった。数基しか見えなかったテントも、今は何列も並んでいる。

退却するには遅すぎた。急に魔力が消えて驚いているダニたちもいたが、頭数にしたら四対一ほどの割合だ。奇襲だったことと、戦いに飢えた十九人のサンドシード族の兵士がいるという点では、こちらが有利だ。乱闘の集団の中にムーンマンの髪のない頭が見えたし、リーフの力強い刀さばきでふたりのダヴィーアン人が倒されている。ヴァレクがわたしを睨《にら》みつけた。アレアを見つけろと口の動きで伝えてから、彼も戦いに加わった。

なるほど、と思いながら、戦場の縁を伝うようにして進む。この混乱の中でアレアを捜せというの？　ひとりのダヴィーアン人が大鎌を振り回してきたのを見て、頭を引っこめる。脚払いをかけ、相手がその長い武器をまた振り上げる前に胸に馬乗りになり、ボウの先で相手の首を突いて気管をつぶした。

つかのま動きを止めた。シティアに来てから人を殺したのはこれが初めてだった。二度と人の命を奪いたくないと思っていたのに。でもこの場を生き延びたいなら、慈悲は無用だ。

またダヴィーアン人が襲ってきた。防戦しながらアレアを捜すうち、憂鬱は吹き飛んだ。身をかわし、戦い、そうして対戦が続くうちに、いつ始まっていつ終わったかもわからなくなる。とうとうアレアのほうがわたしを見つけた。

長い黒髪を引っつめにして、飾り気のない白いチュニックとズボンという格好だが、血飛沫《ちしぶき》が散っている。両手にひとつずつ血まみれの短剣。アレアはわたしに微笑んだ。

「あんたを捜そうと思ってたんだ。手間を省いてくれてありがたいね」

「わたしはそういう人間なの。いつでも人のためを思ってる」

アレアは挨拶するかのように短剣を交差させ、いきなり突いてきた。飛びのき、アレアの短剣にボウを振り下ろして、切っ先を地面に向けさせる。アレアはバランスを崩すまいとして一歩前に踏み出し、同時にわたしも間合いを詰めた。ふたりの肩がぶつかり、どちらの武器も地面のほうを向く。

でも上にあるのはわたしのボウだ。そのままぐいっと持ち上げてアレアの顔を殴ると、アレアがぎゃっと叫び、鼻から血が噴き出した。それでも相手はひるまず、短剣を払ってわたしの腹を切ろうとする。わたしはアレアの懐に入った。距離が近すぎて長い武器は使えない。わたしたちはともに、持っていた武器を地面に落とした。

わたしは飛び出しナイフを、アレアもベルトからナイフを取り出した。アレアが振り返りざまにナイフを突き出し、わたしは腕でその刃を食い止めた。ナイフが皮膚に食いこんで、焼けるような痛みが走ったが、おかげで相手の手を掴むことができた。ぐいっと引き寄せ、腕をすっと切ってから突き放す。

アレアはなぜという表情で後ろによろめいた。腹部にナイフを突き立てて殺すことだってできたのに。しかし、わたしが何をしたか気づいたとたん、その顔に恐怖が浮かんだ。

飛び出しナイフにはキュレアが塗ってあったのだ。切っ先で肌に傷をつけさえすれば、それでよかった。アレアが地面に倒れると、わたしは立ったまま彼女を見下ろした。

「何もできないのって面白くないでしょう?」と尋ねた。

見回すと、ヴァレクは、ほかの誰かがわたしとアレアの戦いに割りこまないよう、防波堤の役目を果たしてくれていた。リーフはそこから少し離れた場所で、山刀を振るっている。ほかのサンドシード族は見えなかったが、やっとムーンマンの姿を見つけたとき、ちょうど敵の頭を偃月刀で切り落としたところだった。身震いして目をそむけた。

ムーンマンがわたしたちのほうに走ってきた。「退却の潮時だ」と声を張りあげる。

「次に会ったときに決着をつけましょ」わたしはアレアに告げた。

そこで《無》が動き、野営地の半分に魔力が戻ってきて、まやかしの光景をまた作り出した。周囲に魔力が満ち、退却を始めたわたしたちをムーンマンが防御魔術で覆ったのがわかった。だが、ヴァレクはじっと動かないアレアの傍らで立ち止まった。しゃがみこみ、アレアのナイフを拾い上げると、彼女に何か囁いた。

わたしが呼ぼうとしたところで、ヴァレクは手をすばやく一度だけ動かし、アレアの喉をかき切った。彼女の兄ムグカンにもたらしたのと同じ、死の一撃。

あとから追いついたヴァレクはわたしに言った。「ひとりだけ、えこひいきはできない」

わたしたちは一目散にアヴィビアン平原をめざして走った。その境界にさしかかるとダニたちも追ってくるのをやめたが、わたしたちはキキとルサルカが待っている岩肌の露出した場所にたどりつくまで速度を緩めなかった。

「奴らは野営地を高原の奥に移動させるはずだ」ムーンマンが言った。あんなに走ったのに息も切れていないが、肌は汗で光っている。「もっと増兵する必要がある。わたしと斥れば」

候を欺いたのだから、連中の《編み機》は思ったより強力らしい。長老たちに相談しなければ」

ムーンマンは挨拶代わりに会釈すると、すぐに草の向こうに姿を消した。

「さて、どうする？」リーフが尋ねた。

わたしはヴァレクと目を合わせた。まさに、さてどうする、だ。

「先に戻っていて、リーフ。わたしもあとでそうするから」

「一緒に養成所に帰るってことか？」リーフが尋ねる。

「わたしは……」養成所に戻ってまた孤独を味わう？　能力を恐れられながら？　それともシティアをスパイして、いずれはイクシアに戻る手土産にする？　もしくは自分の好きに過ごし、シティアのことをもっと知ったり、家族との時間を楽しんだりする？

「養成所に戻るのが怖いんだろう？」リーフが言った。

「なんですって？」

「距離を置くほうが楽だからな。《霊魂の探しびと》である自分に慣れ、娘や妹として生きるより」

「怖くなんかない」わたしはシティアになじもうとしてきた。でも、ずっと弾き出されてばかりなのだ。答えを出すのに、あとどれだけ手がかりを集めなければならないのか？

もし《霊魂の探しびと》は悪魔に等しく、『倫理規範』を破ったかどで生きたまま火炙《ひあぶ》りにすると申し渡されたら？

「いや、怖がってる」リーフが挑発する。

「怖くない」

「じゃあ証明してみろ」

口を開いたが、言葉が出てこない。やがて、とうとうこう告げた。「大嫌い」

リーフがにやりと笑う。「こっちこそ」そこでいったん口をつぐむ。「一緒に来るか？」

「今は行けない。少し考えてみる」それは決断を先延ばしにしただけだったし、リーフもそう悟ったようだ。

「つまり僕が正しいってことだ。これからはおまえと会うたび大いばりするからな」

「今とどこが違うの？」

リーフは笑い、本来ののんきな若者の姿が垣間見えた。「僕がどんなに意地悪で癪《しゃく》に障る人間になれるか、まだ序の口だぞ。兄として、生まれながらにして持つ権利なんだよ」

リーフはルサルカに跨《また》がり、走り去った。

ヴァレクとわたしはキキとともに歩いて北へ向かった。イクシアへと。わたしは彼と手を繋ぎ、満ち足りた気持ちでこの数時間のことを考えていた。

「ヴァレク、アレアになんて言ったの？」

「あの女の兄がどうやって死んだか告げた」

わたしが魔術でムグカンを陥れ、身体を拘束したところで、ヴァレクが喉をかき切ったのだ。アレアはまったく同じ死に方をした。

「あのときアレアを担いでいく余裕はなかった。かといって、君を襲うチャンスをみすみす与えるわけにもいかなかった」

「どうしていつも、わたしがあなたを必要としているときがわかるの？」

めったに見たことがないほど、ヴァレクの目に熱い炎が燃え上がった。「なぜかわかるんだ。空腹感や喉の渇きみたいに、わたしの中に常にある。生命維持に必要な欲求だ」

「どうやって？　魔法であなたの心と繋がることはできないし、あなたは魔力を持っていない。不可能だわ」

ヴァレクはつかのま黙りこんだ。「君が追いつめられていると感じ取ると、わたしは防御を緩め、君が魔力で繋がるのを自然に許しているのかもしれない」

「そうなのかも。ほかの人にも許したことがある？」

「いや、ない。そういう妙なことをさせるのは君だけだ。わたしにとって、君は本当に毒だよ」

わたしは笑った。「おかしなこと？」

「君にわたしの心が読めなくてよかった」

ヴァレクの目が炎に煙り、しなやかな筋肉がこわばるのがわかった。

「あなたの考えならちゃんとわかってる」たくましい胸にもたれ、身を寄せて彼に触れた。

「君には何も隠せないな」ヴァレクが呻《うめ》く。

キキが鼻を鳴らして向こうを向くと、わたしの世界はたちまちヴァレクで満たされた。

　ヴァレクとわたしはその後の数日間、心配事や問題はいっさい無視して平原を歩き、ふたりきりの時間を堪能した。行く先々で、軽食と水が隠してあるのが見つかった。人に見張られている感じはしなかったけれど、サンドシード族はわたしたちの居場所をちゃんと知っていて、そうした食料は、遠い親類をもてなす彼らなりのやり方なのだと知った。

　やがてわたしたちは平原をあとにした。城塞の東に沿って進み、フェザーストーン族の土地を北に向かう。慎重を期して昼は身を隠して夜間に移動し、三日後にイクシアの使節団に追いついた。

　すっかり日にちの感覚がなくなっていたため使節団の野営地を目にして驚いたが、ヴァレクには、彼らがイクシアとの国境までもう半日の距離にいるとわかっていたらしい。ヴァレクは、シティアの密偵の隠れ場所を特定してからイロム顧問官に変装し、真夜中に野営地に潜りこんだ。わたしは待機して、翌日そこに近づいた。別に隠れる必要はなかったし、もしこのままイクシアに戻ったら、わたしが去ったことを密偵が養成所と議会に報告するだけだ。

わたしがキキに乗って現れたとき、使節団は荷物をまとめ始めていた。ひとつだけテントが残っていたが、そこにたどりつく前に、わたしは走ってきたアーリとジェンコに捕まった。

「ほら、言っただろう、アーリ？　イレーナはきっとさよならを言いに来るって。それでおまえは当分しょぼんとして、ぶつぶつ愚痴をこぼし続ける」ジェンコがからかう。

アーリは呆《あき》れ顔《がお》で天を仰いだ。もちろん、しょぼんとするのはジェンコのほうだから。

「それとも、やっぱり俺たちと離れたくなくて、兵士に変装してイクシアに戻る気になった？」ジェンコは期待をこめて微笑んだ。

「練習試合で毎日あなたを叩《たた》きのめすのは、すごく心惹《ひ》かれるけど」

ジェンコがふんと鼻で笑った。「おまえの戦術はもうわかってる。そう簡単にはやられないぞ」

「ほんとにわたしに来てほしいの？　わたしがいると、何かと問題が起きるのに？」

「それがいいんだよ。おまえがいないと毎日退屈で、退屈で」

アーリがいかつい頭を振った。「これ以上の問題はごめんだな。外交上、大使とシティア議会は礼儀正しく接していたが、実はとうとう亀裂が入り始めた。シティアを発つ前、議員のひとりが、ヴァレクを同行したのは議員を殺すつもりだったからではないかと大使を非難したんだ」

「まずいわね」わたしはつぶやいた。「シティア人は、最高司令官が自分たちの土地を侵略するつもりじゃないかと常に心配しているの。心配しているのはわたしも同じ。ヴァレクには議員のみならず、魔術師範さえ殺す力があると知っているから。イクシアが攻撃してきたら、ほとんど抵抗もできないまま、国は混乱状態になる」

わたしはため息をついて首を振った。イクシア人とシティア人の考え方はあまりにも違いすぎる。互いをもっと理解するには、誰か仲介者が必要なのだ。不思議な感覚が身体の奥で渦巻いた。不安？　興奮？　吐き気？　たぶんそのすべてだ。判別するのは難しい。

「ヴァレクといえば」ジェンコが思い出したように尋ねた。「元気かい？」

「ヴァレクがどういう人か、知ってるでしょう？」

ジェンコはにやりと笑ってうなずいた。

「大使と話してくるわ」わたしはキキから滑り降りた。行こうとすると、アーリの大きな手がわたしの腕を掴んだ。

「あとでジェンコにはちゃんとさよならを言ってやってくれ。機嫌がよくても文句は多いが、機嫌が悪いともっとひどい」

わたしはアーリに約束したが、大使のテントに近づくにつれ、身体の奥の妙な感覚は今や痛いほど強烈になっていた。さよならを言ったらそれで終わり……そんな気がする。

テントの外に立つふたりの衛兵の片方が中に入り、わたしの到着を報告した。それから戻ってくると布の扉を持ち上げ、わたしを中に通した。

サイネ大使はキャンバス地のテーブルにつき、まだイロム顧問官の姿をしているヴァレクとお茶を飲んでいた。サイネはヴァレクを下がらせ、わたしは彼がテントを出る前にこちらを見て〝今夜〟と口を動かすのを目にした。

サイネは挨拶抜きで尋ねてきた。「イクシアに戻る気になったか？」

わたしは背嚢から最高司令官の処刑命令書を取り出した。手がかすかに震えているのがわかり、落ち着くために深呼吸する。「不幸にもイクシアとシティアの意見がぶつかりあっている今、両国には連携役が必要だと思います。両国を知り、交渉をまとめ、両者の理解を深めるのに手を貸す、中立な第三者が」

つまり、密偵にはならないが、協力したいと申し出たのだ。わたしはサイネに命令書を渡した。どうするかは最高司令官が決めるはずだった。

そしてその最高司令官は今、サイネの軍服をまとい、力強い黄金の目でわたしを見つめていた。わたしは何度か瞬《まばた》きをした。彼はあっという間にサイネからアンブローズ最高司令官に変身し、今やその顔は、どことなく大使に似ている程度だ。

司令官は処刑命令書を丸め、手のひらを叩きながら、遠い目をして思案している。あらゆる選択肢を考慮し、決して決断を急がないはずだ。

「なるほど、一理ある」とつぶやいて立ち上がり、狭い場所を行ったり来たりし出した。

背後に、丸めた寝具と角灯《ランタン》が見える。テントとテーブルが唯一の贅沢品《ぜいたくひん》らしい。司令官は立ち止まると、命令書を細かくちぎり始め、そのまま床にばらまいた。こちらを向き、わたしに手を差し出す。「いいだろう、イレーナ連絡官」

「イレーナ・ザルタナ連絡官です」わたしは訂正して最高司令官と握手をした。

それからわたしたちは、最高司令官のイクシア統治計画、シティアとの貿易拡大計画について話しあった。彼は、正式な連絡官になる前に魔術修行をやり遂げるべきだとわたしに命じた。

出発する直前、司令官はまたサイネ大使に変身した。わたしはふと悟った。その身体にはふたつの霊魂が棲《す》んでいるのだと。だから彼は秘密をこれほど完璧に隠しておけるのだ。そんなふうに考え事をすることで、養成所に戻らなければならないのだという恐ろしい事実から目をそらした。使節団が荷造りを終えると、わたしはアーリとジェンコのところに行き、また会おうと告げた。

「次は見事、尻餅をつかせてやる」ジェンコが言い放った。

「しっかり技を磨いておくんだぞ」アーリがわたしに告げる。

「母親がふたりいるだけでも大変なのに、父親までふたりいるなんて」わたしはアーリをからかった。

「それと、僕らが必要になったら連絡すること」

「わかった」

そうしてイクシア使節団は北へ、わたしは南へ向かった。

魔力の糸を引き出し、意識を飛ばした。シティアの密偵のひとりが、わたしがヴァレクと会うことを期待して尾行していた。わたしは密偵に次々と奇妙なイメージを送って混乱させ、とうとう彼は任務を忘れてしまった。


ヴァレクとの約束があったので、わたしはそう遠くまで進まなかった。ふたつの農場の間にある林の中の空き地を見つけ、そこで野営した。日が翳《かげ》り、周囲の森に意識を飛ばした。数匹のコウモリが目覚め、兎《うさぎ》が二羽茂みを歩いている。静寂がたちこめていたが、その中をカーヒルと部下たちが近づいてくるのがわかった。

カーヒルは身を隠そうともしない。森の縁に部下を残して守りに当たらせ、自分は堂々とこちらにやってくる。わたしは怖さより不快さが先に立ってため息をつき、ボウに手を伸ばした。

周囲を見回したが地上には隠れる場所はない。だが、木に登れば多少は身を守れそうだ。とはいえそれも、マロック大尉が部下たちとともに待機していればの話。カーヒルがわたしを見つけられたのは、大尉の追跡能力のおかげに違いない。

いざとなれば魔法を使うしかないかもしれない。わたしはカーヒルの心を探った。

カーヒルの心は憎しみで煮えくり返っていたが、冷静に計算し、感情を抑えてもいた。彼はわたしの野営地のそばで足を止め、首を傾《かし》げた。「邪魔してもいいか？」

「あなたの目的によるわ」わたしは答えた。

「もう魔力を使って読んだんじゃないのか？」カーヒルは言葉を切った。「どうやらシティアに留まることにしたらしいな。ヴァレクとの関係が議会に知られるとすれば、ずいぶん大胆な行動だ」

「わたしは密偵なんかじゃない。それに、議会にはイクシアとの連絡役が必要よ」

カーヒルは笑い出した。「今度は連絡役か？　笑わせるな。議会がおまえを信じると思うのか？」

「議会がたったひとりの一般人のために戦争を始めると思う？」

カーヒルは一瞬鼻白んだ。肩越しに部下たちが待機する場所に目を向ける。「それについてはわたしが自分で確かめる。だが実際、もうどうでもいいことだ。わたしは自力でなんとかすることにした」

カーヒルが動く気配はなかったが、新たな危険信号が伝わってくる。「なぜわたしにそんな話を？　わたしを追ってもヴァレクを捕まえることはできないとわかってるはずよ。どのみち、彼は今頃イクシアに戻っている」

カーヒルは首を振った。「そんな言葉、信じると思うのか？　馬に乗るには申し分のない陽気なのに、こんな場所でなぜ止まる?」カーヒルは周囲の森を身振りで示し、それから二歩わたしに近づいた。「わたしはおまえに警告しに来たんだ」もう一歩詰める。

わたしはボウを振りかざした。「近寄らないで」

「かつておまえは、自分の目的を事前に警告したゴールはまともだと言ったな。だからわたしも奴に倣おう。おまえもヴァレクもわたしには倒せない。部下にさえ無理だろう。だが、どこかにそれができる人間がいる。わたしは必ずそいつを見つけ出し、力を合わせておまえたちの息の根を止める」そしてカーヒルはきびすを返し、部下のほうに歩き出した。

わたしは、カーヒルがトパーズの背に跨って走り去るまでボウを握る手を緩めなかった。部下たちも彼を追って走り出す。カーヒルの心と繋がりを断ったあと、マロックの心を探ってみる。彼はカーヒルの妙な行動に怯《おび》え、心配していた。それはわたしも同じだった。

その夜の焚《た》き火《び》はやけに寂しげで、ヴァレクが来るのが待ち遠しかった。ヴァレクは現れると火のそばに近づき、炎で両手を温めた。せっかくの最後の夜を台無しにしたくなくて、カーヒルのことは黙っておくことにした。

「また外套を忘れたの?」わたしは尋ねた。

ヴァレクが微笑む。「君のに一緒にくるまるのが好きでね」

炎が消えてずいぶん時間が経《た》ってから、わたしはヴァレクの腕の中で眠りについた。朝日に眠りを邪魔されて、外套にさらに潜りこむ。

「一緒に来ないか」ヴァレクが言った。

それは懇願でも命令でもなく、誘いだった。

後悔が胸を苛《さいな》んだ。「まだ学ばなければならないことがたくさんあるの。それに、準備ができたら、イクシアとシティアの間の新たな連絡官になりたいと思う」

「また難しい問題が起きそうだな」ヴァレクがからかう。

「問題がなければ退屈するくせに」

ヴァレクは笑った。「そのとおりだ。それはわたしの蛇も同じさ」

「蛇？」

ヴァレクはわたしの腕を引っ張った。腕輪が現れる。「これを彫ったとき、君のことを考えていた。君の人生はこの蛇のとぐろのようだ。何度曲がりくねっても、君は必ず自分の居場所に戻ってくる。わたしのところに」彼のサファイア色の瞳が何かを約束する。

「最初の公式訪問を楽しみにしているよ。だが、あまり待たせないでほしい。頼む」

「もちろん」

もう一度口づけを交わし、ヴァレクが立ち上がる。わたしはカーヒルの話を彼にした。

「大勢の人間がわたしたちを殺そうとしたが、すべて失敗に終わった」ヴァレクは肩をすくめた。「わたしたちはあいつを不意打ちした。あいつが王家の血が流れていないことに拗《す》ねて姿を消すにしても、わたしたちの話を信じずにイクシアを攻める決意を新たにしても、どのみち新人連絡官の毎日は面白くなりそうだな」

「わたしは〝面白い〟って言葉を使う気はないけど」

「あいつから目を離すな」ヴァレクは辛そうに微笑んだ。「もう行かなければ。国境で追いつくと大使に約束した。シティアから攻撃を受けるとすれば、そのあたりのはずだからね」

ヴァレクが立ち去った瞬間、シティアに残るという選択をしたことを後悔し、孤独が押し寄せてきた。でも、キキがひんやりした鼻をわたしの頬に擦《こす》りつけ、憂鬱な気持ちに割りこんできた。

〝キキがラベンダーレディと一緒。キキが助ける〟

〝そうね。あなたにはいつも助けられてばかり〟

〝それに頭がいい〟

〝ええ、わたしよりも〟わたしは同意した。

〝林檎《りんご》は？〟

〝一晩中草を食べてたじゃない。まだお腹が空いてるの？〟

〝林檎は別腹〟

わたしは笑ってキキに林檎をあげ、それから養成所までの二日間の旅に出発した。

養成所の門に到着すると、すぐに魔術師範の会議室に行くようにと衛兵に指示された。厩舎《きゅうしゃ》でキキに急いでブラシをかけながら、わたしがいない間に何があったんだろうと考える。

冷たい風が構内を吹き抜ける中、生徒たちは建物から建物へと急ぎ足で移動する。彼らはわたしを見ると一瞬びっくりした表情を浮かべ、足取りを速めた。灰色の空が暗くなり、霙《みぞれ》が宙を切り裂く。寒い季節の不吉な前触れだ。わたしはフードをかぶって顔を守った。シティアに来たのは暑い季節の初めだった。ここにいたふたつの季節が二年にも思える。

会議室に入ると、無表情な三つの顔と土気色の顔がひとつ、わたしを迎えた。ローズは燃えたぎる怒りをさっそく投げつけてきた。それは胸にまともに当たり、わたしはよける暇もなく後ろによろけた。魔力を引き出して、ローズに意識を飛ばす。精神の防御壁を突破するのは不可能だったので、その下を狙った。心臓から入って霊魂へ。そこははるかに弱い。

〝もう少し、礼儀というものがあるんじゃないですか?〟

ローズが飛び上がる。〝何? いったいどうやって……?〟

〝あなたの霊魂を見つけました。ここは暗くて汚れている。無法者たちと長くつきあいすぎたんじゃないですか? 生き方を変えないと、霊魂が天に昇れませんよ〟

ローズの琥珀《こはく》色の目が、あらゆる怒りと憎悪を結集させた炎のまなざしでわたしを射抜いた。だがその奥で、彼女は恐れていた。憎悪や怒りは気にならないが、恐怖は強力な感情だ。恐怖に駆られた犬は、人を咬《か》む。そして今のローズはまさに雌犬だった。

わたしが繋がりを切ると、ローズは悪態をつき、悪意滴る目でわたしを睨んだ。こちらも無理に冷静さを保って見返す。やがてローズは腹立ち紛れに部屋を出ていった。

「つまり本当だったのだな」ベインがいきなり静寂を破った。「君が《霊魂の探しびと》だというのは」彼は恐れているというより、考えこんでいるようだ。

「ローズはなぜあんなに怒っていたんですか？」わたしは尋ねた。

アイリスが座れと身振りで指示した。わたしは豪華な椅子のひとつに腰を下ろした。

「おまえとヴァレクが議員暗殺計画にかかわっていると信じてるんだ」わたしが言葉を挟む前にアイリスは続けた。「証拠はない。だが、今警戒すべきは、ファードが脱獄したことだ」

わたしは弾かれたように立ち上がった。「ファードが脱獄？　いつ？　どこに？」

アイリスはベインに、ほらねとばかりに視線を向けた。「だから、奴の脱獄にイレーナはいっさい関係ないと言っただろう？」それからわたしのほうを向いた。「いつかはわからない。今朝見たら、もういなかった」アイリスは苦笑した。「カーヒルが手を貸したらしい」

わたしはすっかり混乱していた。

「奴も姿を消した。マロック大尉が激しい暴行を受けていた。ようやく意識を回復した大尉の話では、拷問されて、真実を吐かされたそうだ」アイリスはそこで口をつぐみ、首を振った。

「カーヒルが？」わたしは先を引き取った。

「カーヒルには王家の血は流れていない、と」

「知ってたの？」ジトーラが尋ねた。「なぜ教えてくれなかったの？」

「そう疑っていたんです。でも、ヴァレクがそれを裏づけてくれた」

「母親は出産で亡くなり、父親はイクシアで起きた謀反のときに死んだ兵士らしい。シティアへ逃げるとき、マロックがその子を一緒に連れてきたそうだ」アイリスが説明した。

「カーヒルは今どこに？」わたしは尋ねた。

「わからない」アイリスが答えた。「真実を知った今、奴が何を企《たくら》み始めたかも、ファードを連れ出した理由も」

カーヒルが自分の出自を知っても、ただ拗ねるだけで何もしないというヴァレクの説は、これで消えた。「とにかくカーヒルを見つけて訊《き》くしかないと思います」

「だが、今はまだ無理だ」アイリスがため息をついた。「議会は混乱している。おまえが霊魂をすべて解放したから、ファードの力は弱まり、当分は魔術も使えないだろう。そして……」アイリスがためらうのを見て、いやな予感がした。「おまえに《霊魂の探しびと》

の能力をもっと磨いて、議会顧問官になってもらいたいらしい」

自分の能力を磨きたいという気持ちはわたしも同じだった。だが、中立な連絡官になろうとするなら、議会に属するわけにはいかない。

「彼らに必要なのは顧問官じゃありません。イクシアとの連絡官です」

「わかっている」アイリスがうなずいた。

「今日にも、ファードとカーヒルを追わないと」

「それもわかっている。だがその前に議会を説得しなければ」

アイリスをじっと見つめる。わたしの《物語の紡ぎ手》が今ここにいたら、大笑いしただろう。やはりわたしの未来は、結び目やもつれや落とし穴が満載の、曲がりくねった長い道らしい。

まさに、わたし好みだ。

訳者あとがき

前作『毒見師イレーナ』で好評を博した、異世界ファンタジー〈スタディ・シリーズ〉第二部『イレーナの帰還』をお届けします。

魔力に目覚めた主人公のイレーナが、のちに師匠となる魔術師範アイリスとともに、故郷である南の国シティアに十四年ぶりに帰ってくるところから物語は始まります。幼い頃に誘拐されて北の隣国イクシアで囚《とら》われの身となっていた彼女にとって、そこは気候や地形のみならず、生活様式や政治の仕組み、はては人々の思考回路や行動パターンまでまったく違う、まさに異国でした。そこでイレーナは、スパイ容疑をかけられながらも、魔術の修行に励むことになります。一方、シティアでは若い娘の連続殺人事件が起き、その捜査にかかわることになったイレーナは、驚くべき魔力を開花させることになるのです。そして、その殺人事件の裏には恐ろしい陰謀が隠されており……。

異世界ファンタジーというと、甘くロマンティックで、幻想的なイメージがありますが、このシリーズの特徴は、クールでドライ、かつハードでさえある点でしょう。イレーナが人の心の奥に眠る記憶に入りこみ、隠れている霊魂を探すシーンでさえ、どこか荒涼とした激しさを感じさせるのです。アメリカでも、そして日本でも、このシリーズが読者の心をとらえたのは、そんなちょっと異色の魅力かもしれません。

イクシアで暮らすヴァレクとは離れ離れになったイレーナですが、ふたりの心は固く繋《つな》がり、危機に瀕《ひん》したイレーナの支えとなるのは、やはり彼です。けれど、この作品のすばらしいところは、彼を愛し、心の居場所としながらも、決して頼るばかりでなく、自分の力で道を切り拓《ひら》こうとするイレーナのたくましさでしょう。もちろん、仕事となると剃刀《かみそり》のごとく冷酷なのに、イレーナにはとろけるようにやさしいヴァレクのツンデレぶりには、女子なら誰もが参ってしまうところなのですが。

イレーナの〝遠距離恋愛〟の今後も気になるところですが、今回のテーマのひとつは家族でしょう。イレーナが行方不明になって以来、ほとんど崩壊寸前だった家族がどう再生し、特に自責の念からイレーナとの間に大きな溝ができてしまった兄リーフとの関係がどうなっていくのかが、物語の鍵にもなります。

また、作品のスパイスとなるのが、イレーナと馬たちとの交流シーン。ちょっとたどたどしい、でもかわいい彼らとの会話が翻訳に再現できていればいいのですが……。

作者の紹介、著作リストは、前作の堺三保さんの解説に詳しく書かれているため割愛しますが、この〈スタディ・シリーズ〉の続篇《ぞくへん》である、〈ソウルファインダー・シリーズ〉

が二〇一五年から始まり、ファンにとっては楽しみなところです。

前作を翻訳なさった渡辺由佳里さんの作った世界を踏襲しつつ、広げていければと思いながら訳を練りましたが、今回は南の国シティアが舞台なので、少し暑さと湿度が高いかもしれません。三部作の最後を飾る『Fire Study』もお届けできる予定ですので、どうぞ楽しみにお待ちくださいませ。

二〇一六年三月

宮崎真紀

訳者紹介　宮崎真紀

英米文学・スペイン文学翻訳家。東京外国語大学スペイン語学科卒。主な訳書にヒル『よき自殺』(集英社)、マラホビッチ『ブエノスアイレスに消えた』(早川書房)などがある。

ハーパーBOOKS

イレーナの帰還

2016年3月25日発行　第1刷

著　者　マリア・V・スナイダー

訳　者　宮崎《みやざき》真《ま》紀《き》

発行人　立山昭彦

発行所　株式会社ハーパーコリンズ・ジャパン
東京都千代田区外神田3-16-8
03-5295-8091（営業）
0570-008091（読者サービス係）

印刷・製本　大日本印刷株式会社

ISBN978-4-596-55018-7